宗璞文集

第①卷 散文 *上*

人民文学出版社

图书在版编目(CIP)数据

宗璞文集:全十卷/宗璞著. -- 北京:人民文学出版社,2024
ISBN 978-7-02-018541-2

Ⅰ. ①宗… Ⅱ. ①宗… Ⅲ. ①中国文学-当代文学-作品综合集 Ⅳ. ①I217.2

中国国家版本馆 CIP 数据核字(2024)第 023189 号

策划编辑	杨　柳
责任编辑	刘　稚
装帧设计	刘　静
责任印制	王重艺

出版发行	人民文学出版社
社　　址	北京市朝内大街 166 号
邮政编码	100705
印　　刷	河北新华第一印刷有限责任公司
经　　销	全国新华书店等
字　　数	2500 千字
开　　本	880 毫米×1230 毫米　1/32
印　　张	112.125　插页 37
印　　数	1—3000
版　　次	2024 年 4 月北京第 1 版
印　　次	2024 年 4 月第 1 次印刷
书　　号	978-7-02-018541-2
定　　价	896.00 元(全十卷)

如有印装质量问题,请与本社图书销售中心调换。电话:010-65233595

宗璞

本名冯钟璞，当代作家。祖籍河南南阳，1928年生于北平。毕业于清华大学外文系，退休于中国社会科学院外国文学研究所。既承中国文化的深厚渊源，又得外国文化耳濡目染，她的作品蕴含东方传统哲学和西方人文主义思想的精神内涵，具有独特的艺术品质和高雅格调。

少年宗璞

初夏

文集自序

宗　璞

　　自从写作以来,常有认识或不认识的人问我,你为什么写作。在不同的时候我有不同的回答,现在总起来看,我的回答很简单。我有话要说,如鲠在喉,必吐为快,所以写作。有话而不说,怎么对得起我是人。不知为什么,从少年时起我就注意到"人"这个字。记得上初中的时候,我给自己写了一副对联:"简简单单不碍赏花望月事,平平凡凡自是顶天立地人。"那是一个少年对"人"的很幼稚的认识。随着年龄增加,认识自然也提高。但我仍然钟爱我的少作。

　　人是万物之灵。人在大自然里有特殊的地位,这是经过亿万年的进化得到的。中国文化对"人"的认识很明确。《中庸》有云:人"可以赞天地之化育,则可以与天地参矣"。《荀子》讲过:"天有其时,地有其财,人有其治,夫是之谓能参。"这就是说,对这个宇宙,天、地、人各有贡献。《三字经》里的"三才者,天地人",也清楚地说明,人与天地是一个级别。宋人还说"天不生仲尼,万古如长夜",我把这理解为,天地间如果没有人,就永远不会有智慧。

　　人有智慧、能思想、能说话,这是天赋。自由地思想,自由地说出来,应该是不成问题的。我是人,我有智慧,我经过了、想过了，我要说出我的所见所思。我是有话要说才写作。在漫长的写作生涯中，我始终是一个业余作者，目的很明确，就是有话要说才说。

随着岁月流逝，我的写作也算有些成绩。我逝去的生命主要是留存在我的作品里。作品要立得住，书中人物要活起来，必须有作者的真元之气，虚情假意是不行的。"诚为诗之本，雅为诗之品"，"诚"与"雅"是古人元好问的创作主张，现代郭绍虞教授把它们引申为十字诀。我在写作中一直奉为圭臬。

翻开这部文集，最先看到的两篇文章，是上世纪八十年代初，我的第一本小说散文集的佚序和代序。我平生只请过一个人为我的书写序，那就是我的父亲冯友兰先生。他欣然应允，写了一篇短文，但没有通过出版社的法眼，不能刊用。当时正好有孙犁先生评论我的小说《鲁鲁》的文章《人的呼喊》，父亲建议用作代序，孙犁先生赞同。出书时，文章的标题被改为《肺腑中来》。这两篇文章指导我、鼓励我在写作的崎岖路上奋力前行。

我的写作生涯是一条山溪，溪流婉转，时急时缓，水声多变，时高时低，总是从我的生命得来。我知道余生有限，我只有一点希望，总起来说那就是自由。能够得到作为一个人应该享有的自由，自由地思想，自由地表达。其实这很简单，不是吗？希望不会永远停留为希望。

2023 年 5 月

《宗璞小说散文选》佚序

冯友兰

抗战前的清华大学,附设了一所职工子弟学校名叫成志小学,小学又附设有幼稚园。宗璞(我们原为她取名锺璞,姓冯,那是当然的。现在知道宗璞的人多,吾从众)是那个幼稚园的毕业生。毕业时成志小学召开了一个家长会,最后是文艺表演。表演开始时,只见宗璞头戴花纸帽、手拿指挥棒,和好些小朋友一起走上台来。宗璞喊了一声口令,小朋友们整齐地站好队。宗璞的指挥棒一上一下,这个小乐队又奏又唱,表演了好几个曲调。当时台下掌声雷动,家长和来宾们都哈哈大笑。我和我的老伴也跟着哈哈大笑,心中却暗暗惊奇。因为我们还不知道,她是个小音乐家,至少也是个音乐爱好者吧。我们还没有看见她在家里练过什么乐器。那时家里也没有什么乐器。

到了解放以后,我们也没有看见她在家里写过什么文章,可是报刊上登出了她的作品,人们开始称她为作家。我的老伴对我说,女儿成为一个小作家,当父母的心里倒也觉得舒服。我却担心她聪明或者够用,学力恐怕不足。一个伟大的作家必须既有很高的聪明,又有过人的学力。杜甫说他自己"读书破万卷,下笔如有神"。上一句说的是他的学力,下一句说的是他的聪明,二者都有,才能写出他的惊人的诗篇。

十年动乱的前夕,曾为宗璞写过一首龚定盦示儿诗。诗句是这样的:"虽然大器晚年成,卓荦全凭弱冠争。多识前言畜其德,莫抛心力贸才名。"我写这诗的用意,特别在最后一句。

人在名利途上要知足,在学问途上要知不足。在学问途上,聪明有余的人,认为一切得来容易,易于满足于现状。靠学力的人则能知不足,不停留于现状。学力越高,越能知不足。知不足就要读书。

有两种书:一种是"无字天书";一种是"有字人书"。

自然、社会、人生这三部大书是一切知识的根据,一切智慧的泉源。真是浩如烟海,无边无际。一个人如果能够读懂其中的三卷五卷或三页五页,就可以写出"光芒万丈长"的文章。古今中外的真正伟大的作家,都是能读懂一点这样的书的人。这三部大书虽然好,可惜它们都不是用文字写的。故可称为"无字天书"。除了凭借聪明,还要有至精至诚的心劲才能把"无字天书"酿造为文字,让我们肉眼凡胎的人多少也能阅读。

定盦所说的"前言",指的是有字人书。读有字人书当然也非常重要,但作为从事文学创作的人,绝不可只以读有字人书为满足,而要别具慧眼,去读那"无字天书"。

我不曾写过小说。我想,创作一个文学作品,所需要的知识比写在纸上的要多得多。譬如说,反映十年动乱的作品,写在纸上的,可能只是十年中的一件事,但那一件事的确是十年动乱的反映。这就要求作者心中有一个十年动乱的全景,一个全部的十年动乱。佛学中有一句话:"纳须弥于芥子。"好大的一座须弥山,要把它纳入一颗芥子,这是对于一篇短篇小说的要求。怎样纳法,那就要看小说家的能耐。但无论怎样,作者心中必先有一座须弥山。

我教了一辈子书,难免联想到本行。对于一个教师也有类似的要求。一个教师讲一本教科书,最好的教师对这门课的知识,定须比教科书多许多倍,才能讲得头头是道,津津有味,信手拈来,皆成妙趣。如果他的知识只和教科书一样多,讲来就难免结结巴巴,吞吞吐吐,看起来好像是不能畅所欲言,实际上他是没有什么可以言。如果他的知识还少于教科书,他就只好照本宣科,在学生面前唱催眠曲了。

要努力去读"无字天书",也不可轻视"有字人书",那里又酿进了写书人的心血。

宗璞出集子,要我写一篇序,我就拉杂为之,后来没有能用。恰好孙犁同志有评论文章,宗璞得以为序,我很为她高兴。

可惜的是,现在书已出来,她的母亲已不在人间,不能看见了。

朋友们以为我这几句话尚可发表,无以题名,姑名之为"佚序"。

人的呼喊

孙 犁

最近读了宗璞的小说《鲁鲁》,给我留下三方面的印象,都很深刻。一、作者的深厚的文学素养;二、严谨沉潜的创作风度;三、优美的无懈可击的文学语言。

仔细想来,在文学创作上,对于每个作家来说,这三者都是统一不可分割的,是一个艺术整体。

作为文学作品的第一要素的语言,美与不美,绝不是一个技巧问题,也不是积累词汇的问题。语言,在文学创作上,明显地与作家的品格气质有关,与作家的思想、情操有关。而作家对文学事业采取的态度,严肃与否,直接影响作品语言的质量。语言是发自作家内心的东西,有真情才能有真话。虚妄狂诞之言,出自辩者之口,不一定能感人;而发自肺腑之言,讷讷言之,常常能使听者动容落泪。这是衡量语言的天平标准。

历史证明,凡是在文学语言上有重大建树的作家,都是沉潜在艺术创造事业之中,经年累月,全神贯注,才得有成。这些作家,在别的方面,好像已经无所作为,因此在文学语言上,才能大有作为。如果名利熏心,终日营营,每日每时,所说和所听到的,都是言不由衷,尔虞我诈之词,叫这些人写出真诚而善美的文学语言,那简直是不可能的事。

宗璞的文字，明朗而有含蓄，流畅而有余韵，于细腻之中注意调节。每一句的组织，无文法的疏略，每一段的组织，无浪费或蔓枝。可以说字字锤炼，句句经营。一次与宗璞谈话，我对她谈了文学语言的旁敲侧击和弦外之音的问题。当我读过《鲁鲁》这篇作品之后，我发见宗璞在这方面，早已作过努力，并有显著的成绩。这样美的文字，对我来说，真是恨相见之晚了。

当然，这也和她的文学修养有关。宗璞从事外语工作多年，阅读外国作品很多，家学又有渊源，中国古典文学的修养也很好。"五四"以来，外国文学语言，一直影响我们的文学作品。但文学的外来影响，究竟不同衣食用品，文学是以民族的现实生活为主体的，生活内容对文学形式起着决定性的作用。以昆虫如此，蝉鸣于夏树，吸风饮露，其声无比清越，是经过几次蜕变的。这种蜕变，起决定作用的，绝不是它蜕下的皮，而是它内在的生命。用外来的形式，套民族生活的内容，会是一种非常可笑的做法，不会成功的。

宗璞的语言，出自作品的内容，出自生活。她吸取了外国语言一些长处，绝不显得生硬，而且很自然。她的语言，也不是标新立异，是在前人的基础之上，有所创造，有所进展。我们不妨把五四时期女作家的作品，逐篇阅读，我们会发现，宗璞的语言，较之黄、凌、冯、谢①，已经有了很大的不同，也就是有了很大的发展。因此，她的语言，虽是新颖的，并不给人一种突兀的感觉，使人不习惯，不能接受。和那些生搬硬套外来语言、形式，或剪取他人的花衣，缝补成自己的装束，自鸣得意，虚张声势，以为就是创作的人，大不相同。

---

① 指黄庐隐、凌叔华、冯沅君即宗璞之姑母、谢冰心。

《鲁鲁》写的是一只小犬的故事。古今中外,以动物作为主人公的文学作品,并不少见。但一半是寓言,一半是纪事。柳宗元写动物的文章,全是寓言,寓意深远。蒲松龄常常写到动物,观察深刻,能够于形态之外,写出动物的感情。纪昀在《阅微草堂笔记》中,有一节写到犬,我读后,以为那是过激之作,是阅历者的话,非仁者之言,不应出自大儒宗师之口。

　　宗璞所写,不是寓言,也不是童话,而是小说。她写的是有关童年生活的一段回忆。在这段回忆里,虽然着重写的是这只小犬,但也反映了在那一段时间,在那一处地方,一个家庭经历的生活。小犬写得很深刻、很动人,文字有起伏,有变化。这当然是作者的亲身经历,并非听来的故事。小说寄托了作家的真诚细微的感情,对家庭的各个成员,都作了成功的生动描写。

　　把动物虚拟、人格化并不困难,作家的真情与动物的真情,交织在一起,则是宗璞作品的独特所在。

　　遭到两次丧家的小狗,于身心交瘁之余,居然常常单身去观瀑亭观瀑,使小说留有强大的余波,更是感人。

　　这只小动物,是非常可爱的。作家已届中年,经历了人世沧桑、世态炎凉之后,于摩肩接踵的茫茫人海之中,寄深情于童年时期的这个小伙伴,使我读后,不禁唏嘘。

　　我以为,宗璞写动物,是用鲁迅笔意。纯用白描,一字不苟,情景交融,着意在感情的刻画抒发。动物与人物,几乎宾主不分,表面是动物的悲鸣,内含是人性的呼喊。

1981 年 2 月 11 日

目 录

文集自序 宗璞 ·················· 1
《宗璞小说散文选》佚序 冯友兰 ·········· 1
人的呼喊 孙犁 ·················· 1

山溪 ························ 1
西湖漫笔 ····················· 3
秋色赋 ······················ 7
墨城红月 ····················· 10
热土 ······················· 13
爬山 ······················· 17
鸣沙山记 ····················· 22
三峡散记 ····················· 25
岭头山人家 ···················· 31
三访鳌滩 ····················· 34
"热海"游记 ···················· 37
孟庄小记 ····················· 40
养马岛日出 ···················· 48
三千里地九霄云 ·················· 50

一年四季 …………………… 55
暮暮朝朝 …………………… 59
湖光塔影 …………………… 63
废墟的召唤 ………………… 67
萤火 ………………………… 71
紫藤萝瀑布 ………………… 75
秋韵 ………………………… 77
丁香结 ……………………… 80
冬至 ………………………… 82
好一朵木槿花 ……………… 84
报秋 ………………………… 87
送春 ………………………… 90
松侣 ………………………… 93
促织,促织! ……………… 97
比尔建亚 …………………… 100
拾沙花朝小辑 ……………… 102
二十四番花信 ……………… 107

我爱燕园 …………………… 110
燕园石寻 …………………… 114
燕园碑寻 …………………… 118
燕园树寻 …………………… 123
燕园墓寻 …………………… 127
燕园桥寻 …………………… 131
霞落燕园 …………………… 134
人老燕园 …………………… 141

澳大利亚的红心 …………… 146
羊齿洞记 …………………… 152
奔落的雪原 ………………… 156
在黄水仙的故乡 …………… 161
没有名字的墓碑 …………… 164
看不见的光 ………………… 169
写故事人的故事 …………… 173
他的心在荒原 ……………… 179

柳信 ………………………… 186
哭小弟 ……………………… 190
安波依十日 ………………… 196
九十华诞会 ………………… 203
一九八二年九月十日 ……… 208
心的嘱托 …………………… 212
三松堂断忆 ………………… 216
三松堂岁暮二三事 ………… 223
花朝节的纪念 ……………… 229
今日三松堂 ………………… 236
一九九三年岁末五日记 …… 238
梦回蒙自 …………………… 243
三松堂依旧 ………………… 246
蜡炬成灰泪始干 …………… 251
怎得长相依聚 ……………… 256
四姑,你能告诉我吗？ …… 262

孙维世二三事 …………………… 266
长寿老人 ……………………… 269

对《梁漱溟问答录》中一段记述的订正 …… 271
向历史诉说 …………………… 276
致丁果先生信 ………………… 285
致人民出版社信 ……………… 287
他的"迹"和"所以迹" ………… 289
给古人少许公平 ……………… 294
漫记西南联大和冯友兰先生 …… 299
人和器 ………………………… 309
《新理学》七十年 ……………… 312
在冯友兰先生诞辰一百一十五周年
　纪念会上的发言 …………… 316

水仙辞 ………………………… 319
忆旧添新 ……………………… 323
三幅画 ………………………… 325
《丛竹间燕园的家书》读后 ……… 328
久病延年 ……………………… 331
刚毅木讷近仁 ………………… 334
悼念陈岱孙先生 ……………… 340
烟斗上小人儿的话 …………… 344
仙踪何处 ……………………… 347
在曹禺墓前 …………………… 349
大哉，韦君宜 ………………… 353

痛读《思痛录》……………… 355
向前行走 …………………… 357
祭李子云 …………………… 360
握手 ………………………… 362
应该说的话 ………………… 367
独臂多面手叶廷芳 ………… 370
悼张跃 ……………………… 371
记朱伯崑 …………………… 374
记涂又光 …………………… 378
悼余敦康 …………………… 380

山 溪

——小五台林区即景

山溪，喧嚷的山溪，从峻峭的悬崖下流过，从对峙的双峰中流过，从飘着竞赛红旗的小村边流过。不管道路多么崎岖曲折，有多少大大小小的石头阻挡——那些石头啊，有的恰似一只大蚌，有的宛如纵身欲跳的大蛤蟆，有的简直就像一座小楼，在月夜下，是可以排演整整一出童话剧的。山溪并没有注意这些，它一脚高一脚低，一脚深一脚浅，忽然飞流直泻，忽然波平如镜，只管大声叫着，笑着，一路奔腾前进。

我爱这喧哗的声音。这声音包含着多么丰富的旋律。看：那乱石砌成的齐整的园中，长着从山下移植过来的核桃树；那奇峰突起的崖边，开垦了两个方桌那样大的土地，高插的木牌说明这是一块试验田。山溪的最高音是在山更深处，那一带有走不完的原始森林，葱葱郁郁。从远处看，显得那样茂密，树顶简直可以开过十万大军；在林中看，连太阳的足迹也寻找不见，只是绿沉沉的一片。

山溪，喧嚷的山溪。它的声音叫我们不要在这一片深绿中迷失。沿着它，走到了林业工人的宿营地。冬天，白雪一直堆到窗前，工人们围着通红的炉火，讨论采伐计划直到深夜。

山溪的喧闹淹没了虎豹的吼声。春天,溪边开满乳白的铃兰,浅紫的二月兰,还有那不知名的万点繁星似的一片片小黄花。年轻的管林员笑着说:"这水流得多热闹!我们就要从这山沟里开出路去,用大石头做路基,把这些绿色的金子送到需要它们的地方。"

山溪,喧嚷的山溪。是的,沿着它冲出来的这条沟壑,英挺的云杉,亭亭如华盖的落叶松、山杨、河杨,都将陆续出山,参加祖国的建设。

我爱这喧哗的声音,它诉说着平凡的山溪的决心,这决心,是我们的林业工人赋予的。

1959 年 5 月

(原载《新观察》1959 年第 16 期)

西湖漫笔

平生最喜欢游山逛水。这几年来,很改了不少闲情逸致,只在这山水上头,却还依旧。那五百里滇池粼粼的水波,那兴安岭上起伏不断的绿沉沉的林海,那开满了各色无名的花儿的广阔的呼伦贝尔草原,以及那举手可以接天的险峻的华山……曾给人多少有趣的思想,曾激发起多少变幻的感情。一到这些名山大川异地胜景,总会有一种奇怪的力量震荡着我,几乎忍不住要呼喊起来:"这是我的伟大的、亲爱的祖国——"

然而在足迹所到的地方,也有经过很长久的时间,我才能理解、欣赏的。正像看达·芬奇的名画《永远的微笑》,我曾看过多少遍,看不出她美在哪里;在看过多少遍之后,一次又拿来把玩,忽然发现那温柔的微笑,那嘴角的线条,那手的表情,是这样无以名状的美,只觉得眼泪直涌上来。山水,也是这样的,去上一次两次,可能不会了解它的性情,直到去过三次四次,才恍然有所悟。

我要说的地方,是多少人说过写过的杭州。六月间,我第四次去到西子湖畔,距第一次来,已经有九年了。这九年间,我竟没有说过西湖一句好话。发议论说,论秀媚,西湖比不上长湖天真自然,楚楚有致;论宏伟,比不上太湖,烟霞万顷,气象万千——好在到过的名湖不多,不然,不知还有多少谬论。

奇怪得很,这次却有着迥乎不同的印象。六月,并不是好时候,没有花,没有雪,没有春光,也没有秋意。那几天,有的是满湖烟雨,山光水色俱是一片迷蒙。西湖,仿佛在半醒半睡。空气中,弥漫着经了雨的栀子花的甜香。记起东坡诗句:"水光潋滟晴方好,山色空蒙雨亦奇。"便想,东坡自是最了解西湖的人,实在应该仔细观赏领略才是。

正像每次一样,匆匆地来,又匆匆地去。几天中我领略了两个字,一个是"绿",只凭这一点,已使我流连忘返。雨中去访灵隐,一下车,只觉得绿意扑眼而来。道旁古木参天,苍翠欲滴,似乎飘着的雨丝儿也都是绿的。飞来峰上层层叠叠的树木,有的绿得发黑,深极了,浓极了;有的绿得发蓝,浅极了,亮极了。峰下蜿蜒的小径,布满青苔,直绿到了石头缝里。在冷泉亭上小坐,直觉得遍体生凉,心旷神怡。亭旁溪水琤琮,说是溪水,其实表达不出那奔流的气势,平稳处也是碧澄澄的,流得急了,水花飞溅,如飞珠滚玉一般,在这一片绿色的影中显得分外好看。

西湖胜景很多,各处有不同的好处,即便一个绿色,也各有不同。黄龙洞绿得幽,屏风山绿得野,九曲十八涧绿得闲……不能一一去说。漫步苏堤,两边都是湖水,远水如烟,近水着了微雨,泛起一层银灰的颜色。走着走着,忽见路旁的树十分古怪,一棵棵树身虽然离得较远,却给人一种莽莽苍苍的感觉,似乎是从树梢一直绿到了地下。走近看时,原来是树身上布满了绿茸茸的青苔,那样鲜嫩,那样可爱,使得绿茵茵的苏堤,更加绿了几分。有的青苔,形状也很有趣,如耕牛,如牧人,如树木,如云霞,有的整片看来,布局宛若一幅青绿山水。这种绿苔,给我的印象是坚忍不拔,不知当初苏公对它们印象怎样。

在花港观鱼,看到了又一种绿,那是满地的新荷。圆圆的绿叶,或亭亭立于水上,或婉转靠在水面,只觉得一种蓬勃的生机,跳跃满池。绿色,本来是生命的颜色。我最爱看初春的杨柳嫩枝,那样鲜,那样亮,柳枝儿一摆,似乎蹬着脚告诉你:春天来了。荷叶则要持重一些,到初夏则更显成熟,但那透过活泼的绿色表现出来的茁壮的生命力,是一样的。再加上叶面上的水珠儿滴溜溜滚着,简直好像满池荷叶都要裙袂飞扬,翩然起舞了。

从花港乘船而回,雨已停了。远山青中带紫,如同凝住了一段云霞。波平如镜,船儿在水面上滑行,只有桨声欸乃,愈增加了一湖幽静。一会儿,摇船的姑娘歇了桨,喝了杯茶,靠在船舷,只见她向水中一摸,顺手便带上一条欢蹦乱跳的大鲤鱼。她自己只微笑着一声不出,把鱼甩在船板上。同船的朋友看得入迷,连连说:这怎么可能!上岸时,又回头看那在浓重暮色中变得无边无际的白茫茫的湖水,惊叹道:真是个神奇的湖!

我也领略到西湖生动活泼的另一面。星期天,游人泛舟湖上,真是满湖的笑,满湖的歌!西湖的度量,原也是容得了活泼热闹的。两三人寻幽访韵固然好,许多人畅谈畅游也极佳。见公共汽车往来运载游人,忽又想起东坡在密州出猎时写的一首《江城子》:"老夫聊发少年狂,左牵黄,右擎苍,锦帽貂裘,千骑卷平冈。"想来他在杭州,当有更盛的情景吧?那时是"倾城随太守",这时是每个人在公余之暇,来休息身心,享山水之乐。这热闹,不更千百倍地有意思么?

希腊画家亚伯尔曾把自己的画放在街上,自己躲在画后,听取意见。有一个鞋匠说人物的鞋子画得不对,他马上改了。这鞋匠又批评别的部分,他忍不住从画后跑出来说,你还是只谈鞋子好了。因为对西湖的印象究竟只是浮光掠影,这篇小文,很可能是鞋匠的议论,然而心到神知,想西湖不会怪我唐突吧?

1961年7月

(原载《光明日报》1961年8月2日)

秋 色 赋

尝见人形容春天,惯用"十分春色"几个字,果然呈现出一片花团锦簇的景象。便想,秋色比春色其实更要浓艳几分,若用"十分秋色"来形容秋天,原也是当得起的。

小时候在北方,家住在一片枫树林子里,林中掺杂着松柏和槐树。每到秋来,绿枝红叶,交相照映,真是艳丽极了。有时靠在窗前,总奇怪晚霞怎么会离得这样近,想伸手拉它过来。后来到了云南,家住在一座小山上,和云南一般的山野村庄一样,那里林木葱茏,石径委曲,清溪淙淙,绕村而过。秋来时,一层深,一层浅,一层淡,一层浓的各种颜色,如同层云出岫,变幻无穷。往往是从远处望见树尖上一点黄意,便知道了秋的消息。

今年正当重阳,去官厅湖畔收秋,又得便领略了一番秋色,只是那丰富又有所不同。火车穿过重峦叠岭,停在了一湖澄碧旁边。下得车来,依着塞上的秋风走去,只见蓝天像冰似的略略透明,坦荡荡的大路,不知通向哪里。蓝天下,大路旁,有一片火红的树林,红得那样深厚,那样凝重,从未见哪一树春花有这等颜色。红树林背后,是向日葵田,风过处,摇曳起一片金黄,衬托得红的特别红,蓝的分外蓝。那近山远山,更如牙雕石琢一般,显得说不出的英挺劲拔。因为好奇,径自奔了红林而去,要看看它怎么能这样红,为什么这样红。到了跟前,见是一片杏树。一群白羊在树下嚼着落叶,因人来了,便踩着满地娇红往小土坡上跑去。同来的伙伴不觉赞叹道:"满园秋色关不住,这也算是塞上一景罢。"

然而秋色也还在别的地方。我们在花生地里劳动了几天以后,就开始了"遛地",就是在收过的地里,捡那些遗漏的财宝。村子里的一位老白大叔赶着三条牛在前面翻地,我在后面跟着。发现一个小白点儿,就高兴得不得了。有时眼看一颗花生落进泥土的波浪里,便连忙把它刨出来。捡着、刨着,清晨的寒意早不知哪里去了,只觉得在这没遮拦的田野上,老白大叔、牛,和我成为一个和谐的整体。阳光十分明亮,鞭梢儿和牛角尖上都似乎涂抹着喜洋洋的色彩。于是忽然得了两句诗:"扫却晓寒轻,拾得秋色重。"不是么? 每一颗,每一粒都是辛勤劳动的果实。拾满了的筐子虽然未必有多少沉重,收获的欢欣却是有分量的。红的甘薯、黄的土豆、白的花生……每年这绚烂的秋色,来得何尝容易啊。

然而秋色又还在别的地方。夕阳西下,变幻的晚霞照得银灰色的旱芦苇闪闪发光,成为一片通红的光亮的海。这中间,有一点最红的颜色,那是我们的油漆得十分鲜艳的拖拉机。它在工作。马达轰隆轰隆地响着,赶走了田园的幽静。在它身后,掀起的泥土仿佛在奔腾着,喧嚣着,散发着生命的气息。我几乎忍不住想要去搂抱这亲爱的土地,它属于我的祖国。

忽然又飞过来一点红色,停在夕阳的霞光和银色的旱芦苇之间。这是个农村小伙子,穿了件大红卫生衣,靠在自行车上,怔怔地望着拖拉机。老白大叔嫌牛走得慢,又舍不得动鞭子,正抱怨地不好:"瞧这地,净是石头,种了饱的,闹了瘪的。"小伙子听见了,转过头来一笑,说:"再过几年,不管啥地,都能种了瘪的,闹了饱的。"说完了话,骑上自行车,箭也似的向西射去,霎时间就融在那红光中了。我不觉也怔怔地望着他那着红衣的背影,我仿佛看见了表现着丰富收获的多彩的秋色,而且看见了明年、后年,以及多少年以后的更丰富更多彩的秋色。

若说,明年后年的收获,不只是仿佛看见,而是已在计划着、安排着。那是月夜,我在打谷场上守着,见一片寒光,十分清冷,田野村庄,都似乎浸在水里。因为月色无边无际,便生了无边无际的奇想,譬如骑了扫帚飞去之类。然而给我印象特别深的,并不是那天生就的粉红色的扫帚,而是堆积在场上的显得如此温柔的金色的谷子,还有那在月光下如此洁白润泽的花生,已是分出一部分来,留作籽种了。

香山红叶,挈园白菊,秋色本来俯仰皆是,我却要谆谆叮嘱自己,若得"十分秋色",还需辛苦耕耘。

(原载《北京文艺》1961年第12期)

墨城红月

一过兴安岭,觉得天气猛然一凉。车窗外不再是无边的青纱帐,先是些高高低低的灌木丛,再过去,就是均匀的绿色。这就是呼伦贝尔草原么?直到看见那黑色的,又有些透明的河水,才恍然,确实又来到草原上了。

不知为什么,这里的大大小小的河水都是那样一种黑色,它一点不浑浊,只显得有些冷,有些重。但它自己一点不觉得,只顾流着。草原上的中心城市海拉尔,意思是"墨城"。我第一次来时,觉得很奇怪:这个新兴的城和"墨"有什么关系?这一次,我从河水又认识了草原,便猜想,墨城的名字,可能是从河水而来吧。

墨城海拉尔便在这样一条河旁,河上有大桥把新旧市区连接起来。这次旅行,喜欢活动的我,为病所拘,不曾出去活动,只管坐着看天。有时在桥上闲步,水么,只是流,已经知道它的特点了,便也还是看天。不料从天上,竟也看出一些名目。

这天是草原上的天,草原毫无遮拦,这样开阔,这样坦率,只是一个劲儿的绿。天呢,却是变化多端。它常常显得离地很近,有时站在四不靠的草原上,总觉得天是可以用手摸得到的,在大桥上看日落,真是"远在天边,近在眼前"了。太阳如同从炉中锻出的炽热的铁,红得发白。沉下去以后,天边还久久地染着余光。我便想,那一块天,一定很烫很烫。

那云也奇怪。它仿佛不在天上,而在地上,应该说,就是在那天和地的交界上。像要往上飘,又像要往下落,让人摸不着头脑。有时乌云密布,天阴沉沉的,滴得下水来。忽然间云在空中活动起来,大块大块地往天边滑去,太阳马上就光灿灿的,照得人睁不开眼。天也骤然升高了,就是飞,也难得上去了。那些云,都集中到一堆,落到天地的边缘上,好像是谁在那儿刷了一笔浓墨。想来那里一定会下大雨,让丰盛的草原畅饮一番。再等一会儿,这一"笔"勾销了,却又在天的另一边,添上了一笔。这看不见的笔挥来挥去,云层就汹涌而来,呼啸而去,忙个不停。那施云童子、布雾郎君,以及四海的龙王爷,在这一带的任务似乎特别繁忙,我真替他们累得慌呢。

一个傍晚,千变万化的落照已经过去了。只在天地间有一道明亮的红云,直从暮色中透过来。我站在桥上望着它,等它隐去,然而它竟不,只执拗地横在那里。等着等着,云层中忽然起了一团红光,像是个正燃烧的火球,滚了一阵,又倏地消失了。紧接着一个火球又是一个火球,都是那样闪着红光,滚滚而逝。正在看得有趣,听见有人说:"打雷啦,闪电啦,可该回家啦。"回头一看,见是个年老的牧民,牵着一匹肥壮的马,准也是要回家,望着我亲切地笑着。我便也向他笑笑,往住处走去,一路还回头去看那云后的闪电。

过了几天,便是中元节。我的看天的兴趣也达到了顶峰,因为那月亮更是奇怪,它从草原的尽头升起时,简直大得吓人,足像个汽车轮子——当然比汽车轮子好看。它照着刚被黑夜笼罩的绿色草原,现出一种淡黄的颜色,周围有轻云缠绕,引人深思。

行到中天,便全没了那种朦胧的气氛,十分明亮,十分光洁。照得上下左右,成了一片通明的世界,让人看了,胸中再存不住半点杂念。等到将落未落时,却又变成朱红的颜色,在碧沉沉的天空里,红色那样含蓄,那样润泽。记得听人唱过一个民歌,其中有"天上的红月亮"的句子,觉得奇怪,月亮哪有红的呢,最多是黄的。在这里,知道了月亮真有红的,而且是这样的红,那红色是活泼的,流动的,仿佛它正在红着……

曾和几位考古专家一同步月,他们用洞察过去的眼光看出这月光下的旷野应该是古战场。这一带民族复杂,地居险要,一向是争战的场所,然而那确都已成了过去。草原,在民族大家庭里劳动着,成长着。在桥头,又看见那老牧民,还是牵着那肥壮的马,大步走着。我们像老相识似的攀谈了很久。

月光照着他骑马向草原上驰去,我也没问他家住在哪儿。月亮会知道的吧?它默默地照了几千年几万年了。它知道今天的考古专家们将来也会被别人考古,而它也知道这个现在的人怎样在有限的生命里热情地、努力地创造着无限的历史。

我久久不能入睡。推开窗户,等着看那碧天红月的奇景。

1962 年 9 月

(原载《光明日报》1962 年 9 月 20 日)

热　土

　　弯曲的石径从小山坡上伸延下去,坡上坡下,长满了茂密的树木,望去只觉满眼一片浓绿,连身子都染得碧沉沉的。坡底绿草如茵,这里那里,点缀着粉红、淡蓝的小喇叭花。石径穿过草地,又爬上对面的小山坡,消失在绿荫深处。微风掠过这幽深的谷底,清晨芬芳的空气沁人心脾。许久以来,我还是第一次来到这隐秘的所在。

　　这不是我儿时常来游玩的地方么?对了。那四根白石柱本是藤萝架,曾经开满淡紫色的花朵,宛如一个大的幔帐。记得我和弟弟,还有几个小朋友一起,常在这里跑来跑去捉迷藏。而我们最喜欢的游戏是玩土。小山脚下石径旁,那一块地方土质松软,很像沙土,我们便常在这里进行大规模的建设,造桥、铺路、挖河……把土盖在手背上拍紧,然后慢慢抽出手来,便形成一个洞,还可以堆起土墙、土房。我们几乎天天要造一座城池呢。

　　那正是"七七事变"后不久,我们几个孩子住在姑母家,因为那时这里是教会学校,可以苟安一时。虽然我们每天只是玩,但在小小的心里也感到国破的厄运了。记得就在这藤萝架下,我给飞蚂蚁咬了一口,哭个不停。弟弟担心地拉着我的手吹着,一个大些的小朋友不耐烦了,说道:"这是什么大事,日本兵都打进来了!"

"他们来抢我们的土地吗?"我马上停住了哭,记起了这句大人说过的话。紧接着我就去抚摸我们经常抚摸的泥土,觉得土地是这样温暖,这样可亲可爱。我恨不得把祖国大地紧紧拥抱在胸怀之间,免得被人抢走。我生长在这里,我爱这树、这山、这泥土……

我不觉坐在石径的最下一阶,抚摸着那绿草遮盖的土地,沉入了遐想。

我想起清华校门内的那条林荫道,夹道两行槐树。每年夏初,淡淡的槐花香,便预告着要有一批年轻人飞向祖国各地,去建设我们亲爱的祖国。记得我走上工作岗位那年,我们几个同学在那条路上徘徊了多少次!我们讨论怎样使自己成为一丝一缕,来为祖国、为人民织造锦绣前程!后来我们全班十一个同学一起写了一份决心书,其中有这样的话语:"如果有不如意的时候,请不要跺脚吧!脚下的土地,埋藏着烈士的头颅,浸染着烈士的鲜血。我们没有权利惊扰他们,我们只有义务在这片土地上,实现他们为之献身的理想。"记得在大礼堂宣读这份决心书时,会场是那样安静,气氛是那样激动和热烈,每个年轻的心都充满着建设祖国的美好愿望。会后,我走出礼堂,看到门前一片草坪,我又一次想拥抱祖国的土地。我要用每一分力量,使祖国的土地更加温暖……

下放劳动时,我亲耳听到一个公社书记也说了类似的话:我们脚下的土地非比寻常,"不要跺脚"。在村中住下了,我才知道确实有"热土"这两个字。我的房东大娘在抗日战争、解放战争中都是积极分子,她常说,这附近十几个村庄,多少里地,每一寸都有她的脚印。"连那桑干河的水波纹,都让我踩平了。"她的独生子没有大枪高就参了军,五十年代末期在张家口地委工作,多次来信请娘去住。我就坐在大门前小凳上给老人家念过几次这样的信。大娘每次听过,总是怔怔地望着村外那一片果树林。村子居高临下,越过那一片雪白的花海,可以望见花林外面的桑干河,闪着亮光,正在滔滔流去。"热土难离呀!"大娘每次都喃喃地说,"热土难离!"

热土难离!我们的泪水、血汗灌溉着它,怎能不热!我们的骨殖、身体营养着它,怎能不热!因为我们在这里度过了童年,在这里寄托着青年时代的梦想;我们还要永远安息在这里。因为这是我们的,我们自己的,我们自己的祖国的土地。

可是在六十年代末期,一切过去的和将来的梦,一切美好的人为之生活、战斗的信念,都成为十恶不赦的罪行。正在建设的城池轰然倾倒,热土变成了废墟。那段沉重的日子,说不完写不尽,但有些记忆,也会随着岁月的流逝而淡漠的。可有一个说来平淡的现象,却使我永不能忘。由于各种原因,我好几个月不曾出城,一次终于来到这校园中看望年迈的父母,在经过几个宿舍楼时,感到气氛异常,两边楼顶上都横放着床板,后来知道那是武斗中的防御工事。行人经常来往的大路空荡荡的,到处扔着些破砖烂瓦。虽然阳光照得刺眼,却显得十分荒凉惨淡。不知是怎么回事,我踌躇良久,绕道而行。后来听人说,幸亏没有愣走过去,要是走过去,还不知道有怎样的下场!那时,无论怎样的下场,我都不在乎,但我却记住了那空荡荡点缀着碎砖石的路面,阳光照得刺眼。

以后我每想起这制造出来的空荡荡的荒凉惨淡,就想起我们的流着活水、开着鲜花的土地,就想起要在这一片热土上创造美好生活的热切心情,就想起幼年时怕失去祖国的恐惧。无论经过怎样的曲折艰险,我总觉得脚下的热土给我力量,无论怎么迷茫绝望,我从未失去对祖国的信念。

清晨和煦的阳光,从浓密的树荫间照了下来,可以看见一束束亮光里浅淡的白雾。雾气正在消散,一束光恰照在我儿时玩沙土的地方,这里是一片鲜嫩的绿色,我们那幼小的手建造起来的玩具城池,当然不复存在。但我们现在正用成年人的坚定的手,在祖国的热土上,建设着新的、各种各样的美好的城池。为了得到这建设的权利,我们付出过多少巨大的牺牲,多少锥心的痛苦,多少艰辛的劳动……

建设新的城池,当然也不会一帆风顺,说不定还需要血肉之躯来作基石。然而经过那惨重灾难的人民,永远不会束手无策,永远会有足够的勇气,来建设起崭新美好的一切一切,即或面对疾风骤雨、惊雷骇电!因为我们是站在亿万人民的血泪和汗水浇灌的热土上,是站在中华民族祖祖辈辈的身体骨骸营养的热土上啊!

我离开这幽静的绿谷,慢慢走回家去,远远看见巍峨的图书馆门前,有一群群背着书包的年轻人在等候……

1979 年 6 月
(原载《十月》1979 年第 4 期)

爬　山

我喜欢爬山。

山,可不是容易亲近的,得有多少机缘凑合,才能来到山的脚下。谁也不能把山移到家门前。它不像书,无论内容多么丰富高深,都可以带来带去,枕边案上,随时可取。置身于山脚,才是看到书的封面,或瑰丽,或淡雅,或雄伟,或玲珑,在这后面蕴藏着不知;若要见到每一页的景象,唯一的办法,是一步步走。

山是老实的。山也喜欢老实的、一步一步走着的人。

我们开始爬山。路起始处有几户人家,几棵大树,一点花草,点缀着这座光秃秃的山。向上伸展着的路,黄土白石,很是分明。到了一定的高度,便成为连续不断的之字形,从这面山坡转过去,不知通向哪里。

"云水洞在哪儿?"侄辈问村舍边的老汉。

"在那后面。"老汉仰首指着邻近山峰上的三根电线杆,"还在那杆后面。"他看看我们,笑道,"上吧!"

山路不算险,但因没有修整,路面崎岖,很难行走。我爬到半山腰,已觉气喘吁吁。转身不需要仰首,便见对面山上云雾缭绕,山脚的几户人家,也消失在那一点绿荫中了。

"能上去么?"家人问。

当然能的。我们略事休息,继续攀登。又走了一段,我心跳,头也发涨,连忙摸摸衣袋中的硝酸甘油,坐了下来。"不去了,好么?"家人又问。

当然要去的!只要多休息,从容些就行。我们逐渐升高,山顶越来越近了。

已经有下山的人,他们是从另一侧上去的。"还有多远?"上山的人总爱问。"不远了,快一半了。""值得看,那洞像天文馆一样。"下山的人说。在同一条山路处,互不相识的人总是互相关心,互相鼓励的。虽然在人生的道路上,并不尽然。

转过了山头,便是下坡路了。可以看见对面山头上的三根电线杆,而无需仰首了。这山头后面的山腰中有两间小屋,一前一后。"那里就是了!"有人叫起来。大家为之精神一振,人们加快了脚步。我还是一步步有节奏地走着。山坳里不再光秃秃,森然的树木送来清凉的空气。走着走着,深深的山谷中忽然出现一堵高大的断墙,巨石一块块摞着,好像随时会倒下来。不知经过了多少年月,多少水流风力和地壳变化,叠成了这堵墙,这倒有点像黄山的景色。我忽然想起,去年今日,我正在黄山的云海中行走。

对云水洞的向往阻止了关于黄山的回忆,我们终于到了。一路风景平淡,洞外更像个集市,乱哄哄都是人。洞里会怎样?因为谁也不曾到过这类的洞,大家都很兴奋。进洞了,甬道不宽,地上湿漉漉的,洞顶也在滴水。灯光很弱,显得有些神秘。

前面的人忽然发出一阵惊叹之声,我们进入了一个大厅堂。头上是一个大圆顶,这样的高大!似乎山也没有这样高。"那么山是空的了。"谁说了一句。我们还没有来得及惊叹,灯光灭了,眼前漆黑一片,惊叹声变作惋惜的叹声。如果罩住我们的穹隆能像天文馆的圆顶,发出光来就好了。没有光,什么也看不见。我觉得头上便是黑夜的天空本身,亿万年前便笼罩着大地的天空本身,而我们是在山的内部!人流向前进了,我们模糊地觉得有几块大石,矗立在路边。卧虎?翔龙?还是别的什么?只好想象。有的时候,身在现场也需要想象的。

我们看到石的帐幔,又是这样高大!像是它撑住了黑色的天空。看到洞顶垂下的石钟乳,如同小小的瀑布;听讲解员敲了几下石鼓、石钟,鼓声浑厚,钟声清亮,却不知它们的形状。看得最清楚的,是路边的一只骆驼。它站在那里,不知有几千万年了。第五厅较小,身旁石壁上缀满了闪亮的雪花,头顶垂着一穗穗玉米,不知出自哪一位能工巧匠之手。等我们赶到第六厅——最后一厅时,看到了一座座玲珑剔透的山峰,在明亮的灯光下,宛如仙境,据说这里有十八罗汉像。又是正要惊叹时,灯倏地灭了,只好慨叹缘悭,不得识罗汉面。但是得睹仙山,也算是到了西天吧。

限于时间,不能等下一次开灯。虽然只匆匆一瞥,那宏伟、那奇特、那黑暗都留在了我的眼前。回来的路上,大家仍兴奋地谈说,只因没有看全,稍有些遗憾。我却满意,因为这番见识,是靠一步步走,才得到的。

我们又一步步下了山。山脚的老汉在路边摆出许多块上水石。他问:"上去了?"我对他笑。要知道,比这高得多的山我也上去了呢,无非一步步走而已。

车上人都睡了。我不由得又想起黄山上的那几天。那一次医生原不批准我上山,见我心诚,才勉强同意。我也准备半途而废的。到慈光阁的路上,只是一般山景,已经累了。上了庙后的从容亭,忽觉豁然开朗,远处的大谷,露出宽阔的石壁,如同敞开胸怀,欢迎每一个来客。小路便沿着这雄伟的山谷,向上,向上,消失在云雾中。谁能在这里止步呢?而且那"从容"两字用得多好!我常觉黄山的文化修养较差,是件憾事。这两个字,却是我一直不忘的。

到半山寺,我已抬不起脚。猛抬头,看见天都峰顶的金鸡,是那样惟妙惟肖,顿时又有了力气。"上来吧!上来吧!"它在叫天门,也在召唤远方的陌生人。走吧,走吧,一步步从容地走,终究会到的。

上得蟠龙坡,才真算到了黄山。从这里开始,上下完全是两个世界。从坡顶远望,每一座山,都好像各自从地下拔起,不慌不忙地高耸入云。我恍然大悟,黄山,原是个大石林。站在没有遮拦的坡顶,罡风吹走了下界的一切烦恼,奇丽的景色涤荡着心胸,只觉得眼前这般开阔,心上了无牵挂,毫无纤尘,真如明镜台了。怪不得庙宇、庵、观都选在奇峰异壑,才能修身养性呢。

记得在玉屏楼那晚,本想出来看月的。前两天汤溪的夜,真是月明如洗。只是房中人太多,我在最里面,走不出来。只好从一个狭窄的窗中,对着黑黝黝的大石壁,想象着月下的群山怎样模糊了轮廓,而群山上的月,又是怎样格外明亮,格外皎洁。

半途而废的计划取消了。我继续一步一步向上爬。忽见远处一片明亮的水,中间隐现城池,我以为那是"人寰处"了。被问的人大笑,说那便是著名的云海,只可惜浅了些,所以露出些峰峦。我坐定了观赏,见它波涛起伏,真像大海一般,但它究竟是云,看上去虚无缥缈,飘飘荡荡,与大海的丰富沉着,是两般风味。黄山是山,山中划分区域,以海为名,最初想到这样命名的,也算是聪明人了。

我一步步走着。看那大鳌鱼,那样大,那样高,那样远。我终于钻进了它的腹中,又从嘴里出来了。我在平天矼上漫步,在东海门流连。我走的是现成的路,是别人一步步走出来的现成的路。徐霞客初到黄山时,是用锄凿冰,凿出一个坑,放上一只脚。如果在现成的路上还不能走,未免惭愧。当然,若是无心山水,当作别论。

我登上了始信峰,那是我登山的最终极处。这峰较小,却极秀丽,只容一人行走的窄石桥下,深渊无底。远看石笋矼,真如春笋出土,在悄悄地生长。峰顶是一块大石,石上又有石,我没有想到,上面又写着"从容"二字。

我从容地下了山。因为未上天都,有人为我遗憾。想来我虽不肯半途而废,却肯适可而止,才得以从容始,又以从容终。

后来一直想写一段关于黄山的文字,又怕过于肤浅,得罪山灵。不料从小小上方山的浮光掠影中联想到去年今日。无论怎样的高山,只要一步步走,终究可以到达山顶的。到达山顶的乐趣自不必说,那一步步走的乐趣,也不是乘坐直升飞机能够体会到的。

于是又想到把写文章比作爬格子的譬喻。林黛玉有话:还得一笔笔地画。薛宝钗评论说:这话妙极了,不一笔一笔地画,可怎么画出来了呢。文章也是一个字一个字写的,不在格子上爬,可怎么写出来了呢?

不一步步爬,可怎么上山呢。

我喜欢爬山。

1980 年 8 月

(原载《光明日报》1980 年 10 月 5 日)

鸣沙山记

西行归来很久了,有些印象已经淡漠;也有些印象经过时间的酿造,轮廓反更分明,意思也更浓郁。这从记忆里时常浮现的画面之一,是鸣沙山。

鸣沙山在敦煌市城南,我们下榻在城东。城东果木成荫,绿色满眼,和华北的夏日无异。可是驱车不到半小时,下得车来,我忽然发现自己落入了沙的世界。眼前是一座沙山,脚下是厚厚的积沙,沙粒很细,踩上去如同在海滩行走。也许亿万年前,这里曾是海底罢。

眼前的沙山就是鸣沙山了。当时是晚上八时许,正值黄昏,那天天色似不很晴朗,在灰暗的天空下,巨大的沙山默默地站着,显得孤寂而遥远。山光光的,除了数不尽的细沙,什么也没有。因为有山,甚至也没有沙漠的瀚海无垠的气魄。但是好像有一种什么力量,使我们都肃然。那感觉不是空间上的,而是时间上的。时间退回到遥远的遥远的过去,那时生命还没有发生。没有动物的踪迹,也没有植物的覆被,有的只是永恒的静谧,和对未来的期待。

我们在沙漠上走,把鞋子拿在手中。风从耳边吹过。我看见风也向沙山上吹着,在半山腰把沙粒向上扬起,似乎是帮助沙山长得更高。我恍然,风若总是从这个方向这样吹,自不会湮没山脚下的泉水。

鸣沙山脚下有一个月牙泉,是与山齐名的。我们走了一段路再向右转,便看见四面黄沙之中那一湾明亮的水。水面据说较前小多了,也浅多了,但还清澈。水边有几株芦苇,大有江南水乡的意味。对岸有几处断墙残壁。那是以前庙宇的遗迹;还有一株枯树,巍然处于瓦砾之中。这一切,很像一幅纸色已经发黄,笔墨也已模糊的古画。这时有一个并没有骑驴的壮年人,安详地走进这幅画面,一点不理会这边的笑嚷,只顾穿过废墟,一直向远处走去。

"他一个人,往哪儿去?"我不禁问,望着远处的山,山那边当然还有山。

没有人能回答,我也不能去问个究竟。于是这孤寂的投向洪荒的身影,便和碧水黄沙一起,在记忆中留了下来。

这时天色更暗,鸣沙山显得更高了,仿佛离天空很近。风扬起细沙,在山腰形成一团团烟雾,又飘飘扬扬地散了。我转身向山脚走去,把伙伴们留在泉边。我真想爬上沙山,再从山上滑下来,据说就可以听到沙粒相撞的声音,但我还是适可而止了。我孤零零地站在山脚下,举目尽是灰色的沙,心中充满莫名其妙的喜悦。那感觉好像是在白茫茫的雪原上,正想扑进雪里抚摸雪的清凉;又如同在浩漫漫的大海边,正想站在起伏的海浪上随着波涛远去。我几乎跪下来拥抱大地!拥抱这孕育着生命,哺育着人类的整个的大地!大地的景色多么丰富,多么幻妙,多么奇,又多么美!这里有塞北的荒凉和江南的妩媚,有山的静止和水的流动,两种情调极不相同的美互相对照,相互辉映,互相联结,成为一体。我想长啸,听一听沙山和清泉的回响,我想大喊,呼叫那投向洪荒的寂寞的人。

"我们在这里!"我喊着。当然,连在月牙泉边的伙伴也听不见,更何况那远去的人。

我们确实在这里。我们在这里生活、战斗、成长。戈壁滩上有一座锁阳城遗址,据说现在夜晚仍有厮杀呐喊之声。记录着人类文明发展的敦煌文化,现在仍在呼吸,仍在散发着光辉。我看见那妙相庄严的菩萨,才忽然懂得"容光照人"这四个字。我看着著名的三兔藻井,真觉得画中的云在旋转、流动,就像眼前灰暗的天空上,大片的,缓缓流动着的,活着的云一样。

我们在这里,我们还要在这里长久地、更好地生活下去。

归途上大家踩着坎坷不平的阡陌,不觉议论道,千万不该在这样的山川中开这几亩不打粮食的田地,还抽用月牙泉水来浇田!做了多年的不肖子孙,现在总该明白一点了罢。

我不时回头,看那孤身远去的人是否赶了上来。沙山在渐浓的夜色中更显得巨大、沉重,沙粒仍然在山腰飘扬旋转,落到沙山上去。

"我们在这里。"我默默地说。

恐再无来鸣沙山的机缘了。我愿听到它的消息,使这一片景色在我的记忆中,苍茫的更苍茫,妩媚的更妩媚。

1981 年 12 月 31 日

(原载《丹》(万叶散文丛书),百花文艺出版社 1984 年出版)

三峡散记

我所见的三峡,从中峡巫峡始。

船从汉口开。那一天天色灰蒙蒙的,水色也灰蒙蒙的。在一片灰蒙蒙之间,长江大桥平静稳重地跨在龟蛇二山上,古色古香的黄鹤楼和现代化的二十层的晴川饭店遥相对峙。水面上忽然闪出一道亮光,摇着、跳着,往船头方向漾开去,一直到大桥那一边。原来云层里透出小半个灰白的太阳来。

船开了,追着水面跳荡的远去的阳光开行了。

大桥看不见了。两岸房屋越来越少,江面越来越宽,有一道绿边围着。极目前方,出口很窄,水天相接,长江从窄窄的天上流过来。等船驶近,原来也是十分宽阔。窄窄的水天相接的出口又移到远处了,于是又向前去穿过那窄的出口。

船行的次日中午过沙市,约停四五小时又起锚。直到黄昏,还是原野平阔,江流浩荡,暮色中更显得浑重。我想不出三峡是怎样开始的,便去问过来人。据说山势逐渐高起,过了宜昌才见分晓。日程表上写明第三日七时左右到下峡西陵峡,尽可放心休息。

半夜两点多钟,一阵喧闹的人声、哨声和拖铁链的声音把我惊醒。从窗中看出去,只见一堵铁壁挡在眼前,几乎伸手便可摸到。"到葛洲坝了!"我猛省,连忙起身出房。只见甲板上灯火辉煌,我们的船在船闸里。上下四层的船不及闸墙三分之一高,抬头觉得闸顶很远,那一块黑漆漆的天空更远。人们从船头走到船尾,又从船尾走到船头,互相招呼:"要放水了!""要开闸了!"据说闸门每扇有两个篮球场大。等到船闸停满了船只,便开始放水。眼看着我们的船向上浮升,一会儿工夫,已不用仰望闸顶,只消平视了。紧接着闸门缓缓打开,"扬子江"号破浪前行,黑夜间,觉得风声水声灌满两耳。站在船尾看时,璀璨的葛洲坝灯火渐渐远去,终于消失在黑暗里。我心中充满了对人——我的同类的无限敬仰之情。只因有了人,万物之灵长的人,万物本身,包括这日夜奔腾不息的长江,才有各自的意义。

我自己却是愚蠢之物,过分相信日程表,以为离七点钟尚早,便又回房。等我再出来时,两岸有丘陵起伏,满心以为要到三峡了,不想伙伴们说:"西陵峡已经过了! 屈原和昭君故里都过了!"

我好懊恼。"百里西陵一梦中。"我说。

可是没有时间懊恼或推敲诗句。船左舷很快出现一座山城,古旧的房屋依山势而建,层层叠叠,背倚高山,下临江水,颇觉神秘。这是寇莱公初登仕途,做县令的地方。大江东流,沿岸哺育了多少俊杰人物,有名的和无名的,使人在山水草木城郭之间总有许多联想。不只是地理的,而且是历史的,这是中国风景的特色。

天还是灰蒙蒙的,雨点儿在空中乱飞,据说这是标准的巫峡天气。我们在云雾弥漫中向前行驶,忽然面前出现两座奇峰,布满树木,呈墨绿色。江水从两山间流来,两山后还有山,颜色淡得多,披云着雾。江水在这山前弯过去了,真不知里面有多深多远！这就是巫峡东口了,只觉得一派仙气笼罩着山和水。人们都很兴奋,山水却显得无比的沉静,像一幅无言的画,等待人走进去。

　　船进入巫峡,江流顿时窄了许多。两岸峭壁如同刀削,插在水里。浑浊泥黄的江水形成了一个个小漩涡,从船两边退去,分不清究竟向哪个方向流。面前秀丽的山峰截断了江流,到山前才知道可以绕过去。绕过去又是劈开的两座结构奇特的山峰,峰后云遮雾掩,一座座峰颜色越来越淡,像是墨在纸上渗了开来。大家惊异慨叹,不顾风雨,倚在栏边,眼睛都不敢眨一眨。我望着从船旁退去的葱葱郁郁的高山,真想伸手摸一摸。这山似乎并不比船闸远多少。

　　据说神女峰常为云雾遮蔽,轻易不肯露面,人们从上船起便关心是否有缘得见。抬头仰望,只觉得巉岩绝壁压顶而来,令人赞叹之间不免惶悚。一个个各种名目的峡过去了,奇极了,也美极了。冷风挟着雨滴和山水一起迎接我们的船。"快看,快看!"大家互相指着叫着。"看到了！看到了！"看到的舒一口气,没看到的懊丧地继续抻长脖子。

　　我看到了。我早就知道神女会见我的。那山峰本来就峻峭秀奇,在云雾中似乎有飞腾之势。就在峰顶侧,站着一个窈窕女子,衣袂飘飘,凝视远望。怎能相信她是块石头！再一想,她本是块石头,多亏了人,才化为仙女,得万人瞻仰;才有她的事迹,得千古流传。薄薄的淡灰色的云纱缠绕着仙女和峰顶,云和山一起移动,人们回头看,再回头看,看不见了。

　　快到巫山时,一只货船自上游疾驶而下,船上人大声喊着,听起来像歌一样萦绕在峡谷中。临近时才听清他喊的是"道谢了！道谢了！"原来是大船为免小船颠簸,放慢了速度。

"道谢了！道谢了！"喊声随着船远去了。忽然想起《水经注》上对巫峡的总结："巴东三峡巫峡长,猿鸣三声泪沾裳。"现在没有猿啼了,却有人的喊声在峡谷中撞击,充满了和自然搏斗的欢乐。

过了巫山县,驶过黛溪宽谷,便是上峡瞿塘峡。上峡只有八公里,仍是高山重嶂断岸千尺,很是雄浑壮伟,只不如中峡灵秀。出夔门时,据说滟滪堆就在脚下,还有传说为八阵图的礁石也炸掉了。人,当然是要胜过石头的。

五月四日上午到重庆。距一九四六年过此地,已是三十九年了。当时全家六人,如今只余其半。得诗一首志此："四十年前忆旧游,曾怀凤约在渝州。雾浓山转疑无路,月冷波回知有秋。似纸人情薄不卷,如云往事散难收。恸哭几度服缟素,销尽心香看白头。"

这里不仅是物是人非,物也大大变迁了。夜晚在码头候船,江中也有万家灯火,大小船只密密麻麻,好一派热闹气象。这晚皓月当空,距上次见此山城月,已近五百回圆了。

五日从重庆返回,顺江而下。次日上午到奉节停泊,由一小汽船带一条座船,载我们到上峡中风箱峡看纤道。小船行驶在长江里,两岸的山显得格外高,直插入云,水中漩涡急转,深不可测。船行近一座峭壁,只见山侧有一道凹进去的沟,那就是从前的纤道了。《水经注》载,过三峡下水五日,上水百日,可见其难。五十年代初上水还需半个月,也是人力为主。登石阶数百,我们站在纤道上,头顶山崖几乎不能直立。想当初拉纤人便是这样弯着身子逆水拖船的。此时我们没有了船的支撑,山势更显雄伟,脚下急流滚滚,真觉得个人不过沧海一粟。从峡口望进去,可以看到六层山色,最近的是黄,然后是深绿、绿、蓝灰、灰和在江尽处天下边的灰白,灰白后似乎还有什么,每个人可以自己在想象里补充。

我忽然想跳进江去,当然没有实行。其实真有机会一亲长江流水时,是绝不肯的。

回去时,小船正驶在江心,上游飞快地下来了一只货船。船上人高声喊着,还是唱歌一样。忽然一声巨响,小船猛地歪了一下,许多人跌倒了,有的人头上碰出血来。两边船上都惊呼,又有人喊话,寂静的江心一时好不热闹。原来那货船把小汽船和我们的座船之间的缆绳撞断了。那货船仍在喊话,顺着急流转眼就不见了,下水船是停不住的。我们的座船在江心滴溜溜乱转,我正奇怪它到底要往哪边行驶,忽然发现它不能开,只能随旋转的水而旋转,不免心向下一沉。幸亏小汽船及时抛过缆绳,很快调整好了,平安驶回"扬子江"号。回船后大家都有些后怕,座船上没有任何工具,若冲下去,只有撞在礁石上粉身碎骨了。想来江流吞没的英雄好汉,不在少数。

而吞没的尽管吞没了,几千万年如水流去。人渐渐了解了江河,然而究竟又了解多少呢?

船在奉节停泊了一夜,七日晨又进了三峡。水急船速,中午时分已到了下峡。我因上水时错过了,便一直守在船栏边。一般的说法是上峡雄,中峡秀,下峡险。近年来下峡的巨石险滩多已除去,并无特别险阻之处了。眼前是叠峦秀峰,可以引出各种想象。不可仰视的断岸绝壁上有着斑斓的花纹,有的如波浪,有的如山峦,有的如大幅抽象派的画。繁复的线条和颜色,气势逼人,不可名状。这可以说是西陵峡的特色吧,但是我想不出一个准确的字来概括。大幅绝壁上面是葱葱郁郁的山巅，据说山巅上平野肥沃，别有天地。山水奇妙，真不可思议。

船过秭归、香溪，是屈原、昭君故里。滚滚长江，每一段都有中华民族可歌可泣的历史遗迹，以"扬子江"号的速度，怀古都来不及。而我们的绝才绝色都出于此，也是天地灵秀之所钟了。香溪水斜插入江，颜色与江水截然不同。一青一黄，分明得很。世事滔滔，总有人是在"独醒"的。其实，对于"世事洞明皆学问，人情练达即文章"这两句话，我倒是很佩服。

船驶出西陵峡口，顿觉天地一宽。见峡口两峰并不很高大，这是因葛洲坝使水位提高了。峡口山上有亭台，众人如蚁行其上，显然是一公园。远见大堤拦截，各种横杆竖线，我们又回到了红尘。

峡口两山老实地站在江中，船仍随水东流。我和我的记忆，也随船漂远了。

1985年5月下旬

（原载《光明日报》1985年6月30日）

岭头山人家

　　长途汽车到站时,又在飘雨点儿了。这里老天面孔变得快,喜怒无常。我旋即发现我们站在一个山头上,来路是不陡的坡,满坡沉沉的绿树;对面是不深的谷,满谷层层茶丛。这边是汽车站小屋,另一边有面土墙,墙上有用长条石块搭就的简易石门,颇有古风。石头上布满青苔,所以眼前满是绿色。雨中的绿有些灰蒙蒙,向四面八方上上下下延伸着,一时真不知自己身在何处。

　　进得石门,打听要去的人家,很快有一位六十岁上下的妇人挺身而出,前头带路。路是石头铺的,凸出的部分已经磨得很圆,但路面仍高低不平。越来越大的雨点儿打下来,石头间全是泥水。路是弯曲的,上坡下坡,左转右转,经过分割成小块的田地,经过一条窄街,转到另一条更窄的街。走完这条街,我们来到大片跳动着绿色、没有一点空隙的水田前。对岸是一个高坡,坡下有尖顶大稻草垛。坡前有绿篱,篱后一排房子,那就是我们要去的人家。

　　好个清凉世界,我暗自思忖。黄昏风雨,送来不少凉意,到底远离尘嚣,气候也不同了。那绿篱后的房屋,纵不一定达到新农村的新水平,肯定也是舒服宜人,可以稍憩我们疲倦的双脚。

　　主人热情地迎出来。我已经歪歪倒倒,借大家拉扯,跨进大门。大门是破旧的,门洞里满是泥泞,显然比外面成分更多,那是猪的痕迹。大家寒暄着,坐定待茶。我不谙吴语,自有外子应对,喘过气儿,便打量所在的环境。

屋内很黑,只有门,没有窗。渐渐习惯了黑暗,可见室内很宽敞,除简单几件桌椅和靠墙倚着的农具外,没有什么东西。地面是泥土本色,夯过,还是坑坑洼洼。黄狗黑猫,还有几只小鸡,在地上踱来踱去,寻找食物。充塞于整个房屋的,是猪圈味儿。猪圈就在门外,和我们不过一墙之隔。这味儿我很熟悉,四十余年前,我家曾住昆明农村某猪圈楼上。不过那里房屋有窗,够亮,猪圈味儿在光亮中比在黑暗里似要淡些。

另一间是灶间,燃料中也有松针。他们也叫松毛,和几十年前昆明一样。住什么烧什么穿什么,不是几十年,而是几百年沿袭下来,这也是一种稳定。遗憾的是,他们怕失去这稳定。坐在灶门前烧火的姑娘,在岭头山小学成绩优秀,考进了几十里外镇上的中学,可是怕离开家,不肯去上。她坐在那儿烧火,很平静,很惬意,对落满灶台的苍蝇视而不见。她的大哥盖了新房,仍然照旧格式:只有门,没有窗,同样的灶间,同样的阁楼,从楼板间对楼下可以一览无余。在铁路沿线增添江南风光的二层小白楼是高级房屋,大部分农家尚不能企望。

食物的变化很大。他们挨过饿,吃过草根树皮,现在专吃大米饭了。只是一年收入不够一家人填饱肚皮,每年夏天还需往杭州国营农场割稻,换得"钞票"买粮。不过他们觉得一切都够好了。主人很少问外面的生活,那与他们无关,他们没兴趣。

这时看到墙边凸出的泥台,问是何物,原来是炒茶叶的炉,现在不用了。茶叶全送到队上,有机械化装置来炒。记得几十年前曾听过曹禺同志一次江南行后的报告,他说到梅家坞,见茶农用手炒茶,用手直接感受火候,几乎不忍再喝茶。现在旧炉弃置,当然令人振奋。

但变化还是太慢了!不只在房屋的旧、脏、不合理;不只在这数百户大村没有一个万元户,连千元户也不用提;不只在我们的男主人穿着补丁衣服,更重要的在于几个年轻人对事物缺乏兴趣。尤其是两个姑娘,她们那红红白白脸庞上茫然的眼光,叫人看了心发痛。

江南景色从来脍炙人口,此次来,可能因内、外各种条件,只觉拥挤。大城市固然人拥挤,田野间庄稼也拥挤。挤到田边地头,没有一小块土地空闲。丝瓜在陆地勉强沾一点土,架子搭在水中,向水上伸展。地方可谓开发殆尽,而人的智慧,还远远没有开发。这若是开发起来,该是无穷无尽的。

次日清晨,我们又在雨中看到侍弄得无比精细整齐的稻田、茶树和玉蜀黍——他们称为六谷的,所有可用的地方都用上了,让人觉得不够舒展。这村子有一座大礼堂,以前供开大会用。现在会少了,电影也不多。礼堂边有一溜歪斜的平房,便是小学,有几间快要塌了,有几间乱放着破烂桌椅,不知孩子们怎样上课。据说不愿上学的很多,他们看不出上学有什么用,认识几个字便不错,对九年义务教育更是漠然。这些头脑,何时能像田地一样经过精耕细作而丰收呢。

我不愿见这东倒西歪的小学校,不愿见炉火映红的年轻的脸上茫然的眼光,也不愿见那拥挤的绿。我走了,回头望那被一片绿色烘托的石门,门下扶老携幼的主人全家,心里忽然有些欷然。

1986 年 7 月 19 日

(原载《散文世界》1986 年 10 月号)

三访鳌滩

这一段上坡路,似乎是伸向天边。四周荒无人迹,低矮的野生植物覆盖着地面,绿色中点缀着简单的黄与红的花。一到坡顶,天蓦地升高了,推远了。眼前就是大海,灰蒙蒙一片,无际无涯。整个海,像是凝聚着昨天的雨和云,海连着天,天连着海,看不清海天界限。略带腥味的海风挟着涛声阵阵扑面而来,大家兴奋地加快了脚步。

我们站在伸入海中的石头上,左右看去,净是些巨大的礁石。海水漫漫,看不出石头形状。早听说金石滩的礁石不凡,可以想象为古堡龙宫,神怪猛兽——那弯进海中的大石形成一个穹门,被称为通往龙宫的路;又一块大石则是后羿的臂肘,羿射九日后力尽而死,那弯着的臂肘还做拉弓状。

像么?互相问,又迟疑着,不愿回答。

再到这里时是黄昏。我们从两座石山间下到海滩。两座山般的大石,黄绿色的名黄帝石,红褐色的名炎帝石,我们走在中间,便是炎黄子孙了。夕阳从背面反照过来,海上云霭中透出层次不同的红。海滩上静极了,只有我们在走动。我们举目四望,忽然感觉这里似非人境!巨大的、颜色鲜艳的石山默默地压在头顶,面前是大海,左右是奇形怪状、令人生畏的礁石,脚下是晶莹如玉的石子,形成一个奇特的世界。我们在浩漫的大海与压顶的巨石之间,像是一幅雄伟画卷上的几个墨点儿。

"看那大龟!"有人叫。果见海滩另一端有一个硕大无朋的龟,与海中的一个小龟,头对着头,像在互相审视,互相辨认。是小龟在劝说母亲回到大海,还是大龟在召唤独生子上岸休息?鳌滩想因这一石塑而得名了。

海浪仍在一道道向岸边涌来。大海,是不休息的。

"涨潮了。"有人提醒。

海在汹涌,一浪接一浪。每一次海面都升高一些,那些小礁石都已消灭了。我们赶紧向上走,海水在身后赶来,那小龟向下沉了。走到坡顶,我才忽然想到,刚才是站在海里!

又一次去到鳌滩,天还不大亮。远远便见海滩上灯火明灭,是有人用手电筒,在觅取海的赐予。到滩上看时,赶海人深入海中,离岸相当远,灯光一闪一闪,像是大萤火虫。

他们当然都是精通水性的。我却担心:海水仍在声势浩大地向岸上涌来,他们来得及上岸么?水边许多小礁石,如同黑色的小兽蹲伏着。渐渐地,它们的身体露出得越来越多,是向岸上爬过来了?我们惊异地看着。

远处一道白绿,在黑暗中很分明。它滚得很急,奔过来撞到岸上,便消失了。每奔来一次,水面便下落,落得真快!眼见那些小兽爬出水面,眼见那望着母亲的小龟的头离水面越来越高。我们简直可以追赶海水,和赶海人一起,追进海里去,看看浩瀚的海水落到了哪里,哪里又盛得下这无边的大海。

等潮落尽,又要涨了。涨满了,再落。

我还从未见过这样呼吸着的、活得如此健旺的大海。人说不只因正值望日,且因有礁石的标志,才能清楚地感觉潮的涨落、海的起伏。不管这些礁石是否激发起各种的想象,它已使我更认识了大海,使我在短暂的停留中,经历了沧海桑田的变迁。

大海都有升落,有变迁,人生又怎能常处于一个水平面上呢!

1987年7月下旬

(原载《人民日报(海外版)》1987年8月31日)

"热海"游记

自腾冲西南行十余公里,山势渐险,巉岩峭壁,几接青天。盘行在山上的公路,呈接连不断的 S 形。眼看到了尽头,前面空荡荡的,只垂挂着大幅蓝得无比的天,蓝得无比深透,无比高远,这是无处去找的只有云南才有的蓝天。车子冲上去,似乎要奔那幅天幕去了,可是一回过头,又是坡路,又是一重天,蓝得无比的天。

我们是往那罕有的热泉地带去。热泉中最著名的一处名叫滚锅,可见有多热!越过山梁,车下行了。下行时的天也一样蓝,好像是一个蓝色的大湖,在远处等着我们掉进去。幸好我们没有坠入,总是有山托着,路引着,到了谷底,又往上行。如此下而上,上又下,忽然一股硫磺气味袭来。主人说,快到了。果然这座山谷与众不同,谷中云雾缭绕,烟气氤氲。车子转了几个弯,路旁立一界石,大书"硫磺塘"三字。

硫磺塘村,见《徐霞客游记》。霞客到这里时,适值狂风暴雨,于风雨泥泞中蹒跚于山间小路。其精神是我们今日的游兴无法比拟的。

在谷中下行颇深,以为到底了,转弯还是向下,直到一条河旁。河水很少,过桥上行,山坳间雾气弥漫,硫磺味愈重了。在一座据说是疗养院的房屋前,我们下车循石阶登山。走不多远,便觉得挟有硫磺味的热气,把我们重重包裹住了。

再往上走,赫然有一台在,台上有石栏遮护。"这就是大滚锅。"主人指点说。走上去,脚底都是热的。台上水汽蒸腾,迷茫间见一大池,池面约有十余平方米,池水翻滚,真如坐在旺火上滚开的大锅。站定了细看,见水色清白,一股股水流从池底翻上来,涌起数尺高,发出噗噗的声音,热风扑面,令人悚然。自然神力,真不可测。

这样的水波翻滚不知几千万年了,这池用石砌成八角形则是近几年的事。水与石齐。霞客记载的大池"中洼如釜,水贮于中,止及其半",看来釜边已削去许多,涌起的水势可能也不如三百年前那样猛烈,然而足可称为壮观了。石沿上刻有八卦,不知为何。台上石缝中不断咕嘟嘟冒出水泡儿,又有小水道通往浴室。同伴把鸡蛋用手帕包住浸在水中,几分钟后便熟了,大家剥来吃。据说有牛掉入池中,很快化为一锅肉汤!只不知有人喝过没有。

台后有数碑,刻有徐霞客对大滚锅的描写。台一侧一碑,有滇人李根源书写的"一泓热海"四字。因为太热,且硫磺气味太浓,无法久立读碑,只好在来回走动间,看上几眼。

从大滚锅往下的山涧中,到处有热水渗出,有的冒泡儿,有的汪着一摊水,有的则成为泉眼模样。一处小泉,从石上流下,两旁岩石呈黄绿色,好像是不规则的琉璃瓦,那是硫磺侵蚀的结果。再往下走,到一河旁,河岸陡峭,幸有栏杆可扶行。沿河道转弯,先闻水声轰隆,忽见一瀑布泻入一池。瀑布不高,但水势很猛,在溅起的水花中,可见水潭一侧有大块颜色鲜明的岩石,好像一张古怪的脸谱,涂有黄、褐、黑、白、绿各种颜色,在这儿看着水的起伏、山的变迁。

"这是蛤蟆嘴。"主人介绍。细看时,巨石颜色果然像癞蛤蟆,尤其是那黄黑色的条纹,似乎涂抹着蛤蟆的黏液。大概曾有什么山精河怪在这里居住过,有一天,它忽然定住了,化作这大石。

可是它还在呼吸。

譬喻作巨大的癞蛤蟆罢了,何以称作蛤蟆嘴呢?便是因它在呼吸。大石下有洞,像是蛤蟆的阔嘴,隔几分钟,嘴中便喷出一股水花。吸——静止,呼——喷水;吸——静止,呼——喷水。这一个间歇泉,使得幽僻的、脚下热乎乎的山谷,更增加了神秘色彩。

这一带山,名为半个山,"皆迸削之余骨,崩坠之剥肤也"。不知地形怎么样变化,整个山落得了半个,热泉才能涌出。有人曾把照相机掉到池里又捞起来,可见池不很深,水也不过热,但那斑驳浓重的色彩,神秘奇特的气氛,使人疑惑山随时会活动变幻,而不敢久留。

还有十数处泉景,我不能一一走到。据霞客记载,除上述二泉最著名外,还有一处"平沙一围,中有孔数百,沸水丛跃,亦如数十人鼓煽于下者",值得一观。我没看到,但可借风雨作书中游,足以安慰。

1989年2月20日

(原载《散文月刊》1989年12月号)

孟庄小记

神在哪里

  一九九二年十月二十二日至十一月二日,在杭州北高峰下灵隐寺旁的孟庄小住。孟庄在一片茶园之中,每天清晨,一行行茶树吸了一夜的露水,微微发亮,格外精神,手一碰湿漉漉的。茶花有铜板大,颜色陈旧,貌不惊人。还有小小的茶果,据说毫无用处,只有割去。别的植物以花胜以果胜,唯独茶以叶胜。大概力量都聚在叶里,别的便不顾了。

  随着清晨一起来的,是灵隐寺的喧嚣。很难想象沸腾人声来自清净佛地。及至身临其境,才知那"市声"与"市场"是符合的。

  刚到"咫尺西天"的大影壁前,便有十多个妇女围上来。"买香口哦?买香口哦?"一面把香递到面前。一路走过去,便是一场推销与抗购的斗争。除了香,还有小佛像、小玻璃坠儿等买来只有扔掉的东西。熙攘间已过了理公塔、冷泉亭。飞来峰还是那样,只是壁间小路和每一凹处都站满了人,也就无法玲珑剔透了。

  以前几次来,大家都忙于阶级斗争,自然无心于山水。现在想上哪儿就上哪儿,至少国内没有限制,自然会热闹。这热闹使人感觉生活别有一重天地,到底是自由多了。

临近寺门,先见香烟缭绕。曾听说现在寺庙香火很盛,亲眼见了,还是不免惊异。寺门前摆着长方形的烛台,约有两米长,数十枚红烛在燃烧。一人多高的大香炉,成把成把地烧着香。人们在香烛前跪拜,一行人跪下去,后面有人等着。他们有老有少,有男有女,有智有愚,有丑有俊,必定或有排解不开的苦恼,或有各种需求,觉得人的力量不够,要求诸冥冥中的力量。求一求,拜一拜,精神的负担分出去一点,在想象中抓住点什么,也是好事。

到大雄宝殿,见众人都在殿外礼拜。一青年女子交给僧人一纸伍拾圆,获准到佛前香案下跪求。她祈祷良久,转过身来,面带笑容。也许灾难还未退,但至少她安心了。

前些年,一个朋友悄悄地告诉我,她不是任何教的信徒,可是她每晚必祷告,把一天的烦恼事理一理,一股脑儿交给上帝,然后安稳入睡。这话现在不用悄悄说了。那袅袅香烟,在青天白日之下,凝聚着多少祈求和盼望。据说也有人是专门还愿来的,原来求的事已经满意如愿,特来感谢。说起来,我佛如来、观世音菩萨、耶稣基督、圣母玛利亚都是大大的好人,是芸芸众生的好朋友。

在罗汉堂边山石上坐着休息,仲忽然拉我起身。走开数步后才说,那石旁有一条蛇,正在游动,一面说一面拾起石子要打。我忙制止说,也许是白娘子来随喜呢,再不济也是佛寺里的生灵,不可冒犯。

忽然想起在澳洲访问时,一家公寓下的花丛中住着一条蛇,人们叫它乔治。蛇寿不知几年,这乔治想也不在了。

乘缆车登上北高峰,远望尘雾茫茫,不见人寰。一对青年夫妇带一小孩,对着一面墙跪拜。不由得好奇,上前打听拜的什么,他们不情愿地回答,拜的财神菩萨。

财神菩萨,当然也是人的好朋友。

下山都是石阶,我居然走下来了,满山青松翠竹,清气沁人。不多时到韬光庵。庵依山势而建,楼台错落有致,很不一般。院中有泉,水上有许多落叶,游人用长柄勺推开落叶,舀水来喝。我们在泉侧亭里小坐,见一妇人三步一躬走上来,舀水装入自备的瓶中,又三步一躬向上面的正殿走去。她一定是为亲人祈求平安的。这泉水是矿泉水,又有神灵保佑,传说能疗疾消灾。

我身上的病根儿少说也有好几种,我可不想试一试。听说正殿供奉的是何仙姑,倒想一睹风采。怎奈上去还有百余阶,只好知难而退。真是今非昔比了,若在从前,无论什么角落,总要走过去看一看的。

一阵风来,泉边树上的叶子纷纷飘离枝头,旋转着落向水面。是秋天了。

我们继续下山,依山涧而行。涧中过去大概是泉水淙淙,现在水很少,几近干涸。坡上植物很多,一片苍老的绿,往下伸延开去。涧边有大石,有些人坐着休息。一路走过去,好几个人问"还有多远",这是上山人常问的话。

快到灵隐寺了。涧边有用毛竹随意搭成的栏杆。毛竹茶杯口粗细,原以为引水用,走近看时,见竹上插了许多点燃的香,成为很长的竹香炉。香烟向四面飘散,渗入山林涧壑。

这不知供奉的什么神。是山、树的精灵?还是水、石的魂魄?我忽然大为实际起来,很怕香火烧着什么,又明知管不了许多,只好带着担心离开这一片清幽,走进了沸腾的佛地。

西湖别来无恙

西湖秀色，不只在一湖，还在周围的许多景致。我对满觉陇的桂花向往已久，这次秋天来南方，以为或可一见，哪知紧赶慢赶，还是没有赶上。然而没有花，满觉陇也是要去的。

满觉陇者，原来是一条路名。路两旁大片桂林，一眼望不到边。徘徊树下，似有余香，至于小花密缀枝头的景象，就要努力想象了。几乎每年秋天，我都计划到颐和园看那两行桶栽的桂树，计划十之有九落空，所以对桂花其实很不了解。印象最深的是它那浓郁而幽远的香气，所以一见桂林，先觉其味，似乎这芳香也浸透了一些咏桂的文字。

循路来到石屋洞。洞在山脚，奇径穿透，上下颇出意外。院中有小舍，售桂花栗子藕粉。于大桂树下食之，似有一种无香之香浸透全身，十分舒畅，藕粉滋味，倒不及细辨了。

去过了无桂花的满觉陇，又去无梅花的罗浮山。据说罗浮山所种乃夏梅，是一种珍奇植物。我于梅花见得更少，简直无从想象。然而百亩罗浮山风景清幽，楼台亭榭十分雅致，已令人不忍遽去。建筑名字都和月亮有关，如伴月楼、掬月亭等。想必这里是赏月的好所在。若是月下有梅，梅前有酒，更是何异神仙！一个小院落里有一石碑，大书"天缘"二字。两字发人深省，这能赏景物之极致的天缘，不知能有几人得到。我就既未见梅，也未见桂，春来九曲十八涧开得漫山遍谷的杜鹃花，也只能在《志摩日记》中观赏了。

然而西湖的正气和才情是四时不变的。这次见张苍水墓，那"友于师岳"的精神令人肃然起敬。苏堤尽头的苏东坡纪念馆,陈列物虽不多,却系住了游人的仰慕。

还有一个风情万种的西湖,阴晴雨雪都不会令人失望。几次来杭泛舟湖上,次次觉有新意。这次在三潭印月,见游人摩肩接踵,甚无意趣。匆匆走过,下得船来,脚下是碧沉沉的水,头上是蓝湛湛的天,微云一抹,远山如黛,天地忽然一宽,"西湖原来很大。"我说。

听着船边轻柔的水声,想西湖和昆明湖有许多相似之处。前者有孤山,后者有万寿山;孤山上有石亭,万寿山上有铜亭。本来修建颐和园便是以江南景色为样本的,十七孔桥大概也受到三潭印月孔中见月的启发吧。

秋日的阳光还有些灼人,照在水面上,只见一排排光波从桨的左右流过去,然后落进了湖底。到阮公墩转了一圈,那是经徐志摩品定为精品的,这次发现它扎彩楼、建戏台,传染上了许多景点的流行病,成了个扭扭捏捏的假古董,心里却也无甚感伤。

还是在碧波上滑行,逍遥了一阵子。天色渐晚,湖面起了风,船身有些摇摆。水波高高低低,一个接一个,似乎是从水底翻涌起来,不仅是水面的活动。"西湖原来很深。"我又说。

阳光渐渐集中到西边,成为绚丽的晚霞。晚霞映进水面,又透出水波,好像无数层锦缎在抖动。渐渐地,暮色从远处围拢来,推着我们到了岸边。

坐在岸边的石椅上,望着天,望着水,轻轻说了一声:"西湖别来无恙!"

三生石在这里

因为很喜欢三生石这美丽的传说,曾把它写进一篇小说,并以之为篇名,却没有想到,世上真有这块大石头。

我们先是从导游书《灵隐轶话》中看到,便去寻找。问了好几个人,都说没听说过。后来问到一位老者,得他指点,才走上正确的寻石之路。

从下天竺进灵隐边门,就是飞来峰东侧。从山脚到山顶,树木森然,不见游人,只有守门人在大声说话,和西侧的喧嚣大是不同。我们循石阶上山,轻风拂过,树叶沙沙作响。转两个弯,见有人在地上捡毛栗子。问三生石在何处,答道茶地边上就是。

再往上走不远,果然见一片茶地。山坡上翠竹千竿,山坳尽处突出一块大石。我们快步走近,心上一分是惊,二分是喜,似是猛然间见到了故人。

这石约有三人高,横有七八尺,轮廓粗犷,显得端凝厚重,不是玲珑剔透一流。石色灰白与黝黑杂陈,孔隙里生有小植物,有的横生,有的下垂,成为大石的好装饰。向茶地的一面赫然写着一篇文字,题目是"唐圆泽和尚三生石迹",记载了圆泽和士人李源转世不昧的友谊,是嘉兴金庭芬于一九一三年所刻。据说圆泽和尚圆寂前,和李源相约,十三年后在此石边相会。李源如约前来,见一牧童骑在牛背上,歌诗道:"三生石上旧精魂,赏月吟风不须论。惭愧故人远相访,此身虽异性长存。"诗意颇悠远,不知何人所作。石上所刻以及《辞海》所载,与我所记有个别字不同。

我们从边上转过去,才看清这大石其实是三块相连。当中一块背面写着"三生石"三个大字,笔锋纤细,和大石以及大石般的友谊殊不相称。然而总算有这石头附会这传说,让把假事当真的痴子们可以煞有介事地寻上一番,感慨一番。这石头又正好三块相连,以副三生之数,实在难得。

  从古到今,生死和爱情是艺术的永恒主题,其实友谊也是歌咏不尽的。读《中国哲学史新编》第六册,得见谭嗣同对朋友的解释,他以为,五伦中"于人生最无弊而有益"的,就是朋友。他认为朋友的关系能"不失自主之权","一曰平等,二曰自由,三曰节宣惟意"。我想,就广义的朋友而言确是如此,最深层的朋友关系则贵在知心,也就是精神上的理解。管仲说:"生我者父母,知我者鲍叔。"世间得一知我者,也就不虚此一生了。伯牙碎子期妙解之琴,渐离继荆轲未竟之志,友情的深重高昂,又何逊于罗密欧与朱丽叶呢!

  石侧有石阶上山。上山的路,还很长。我们走到三生石上,见三生石一块接着一块,如波浪前涌,到茶地边忽然止住。茶地下面远处有村舍,牧童大概就是从那里来的。坐在石边休息片刻,已经很满意,不想再高攀了。下山出边门时,守门人问:"找到了?""找到了。"我们答。访得了三生石,实为这次到杭州的一大收获。

  回京后便留心有关三生石的吟咏、故事。《太平广记》记载有李源和武十三郎转世相识之情,似乎是一种断袖之癖,未提到三生石。传说总是在传和说中不断完善的,人们添进自己的企求,剔除自己的厌恶。现在的三生石传说,就寄托着人们对坚贞友谊的向往吧。《全唐诗》载齐己和尚诗,有"自抛南岳三生石,长傍西山数片云"之句,看来那时已有三生石的故事,李源名字可能是后加的。齐己和尚是湖南人,他大概想把三生石安排在南岳。但自然还是在杭州现址好得多。袁宏道有一首三生石诗,描写的似乎就是现在这一块:"此石当襟尚可扪,石旁斜插竹千根。清风不改疑圆泽,素质难雕信李源。驱入烟中身是幻,歌从川上语无痕。两言入妙勤修道,竹院云深性自存。"

另一唐僧修睦,有诗咏三生石:"圣迹谁会得?每到亦徘徊。一尚不可得,三从何处来!清宵寒露滴,白昼野云隈。应是表灵异,凡情安可猜。"

"一尚不可得,三从何处来!"直如当头棒喝!我连忙放下了一支秃笔,掩过了满纸胡言,只自凝望着天上白云,窗前枯树。

1992年12月至1993年1月

(原载《江南》1993年第3期)

养马岛日出

到海边了,便总惦记着看日出。

最初几日阴雨,天空为云霾锁住,只见海天茫茫,是深深浅浅的灰色。不见太阳,也不辨东西南北。

一天清晨到得阳台上,忽见一侧天边和海面间闪着红光,空中云层后面,有个大红球,那是一轮红日,已经升得很高了。没有多久,便不能逼视。

阳台上看日出,毕竟局促。在告别养马岛的这天,特意到海边去等候。

微弱的晨曦中,树木似醒非醒,海是凝重的灰蓝。昨天还是海面的地方,现在露出高高低低的礁石,线条还不十分清晰。一个小小的人影正在那块伸入海中的大礁石上移动着,他是想上得高些,看得远些。那是我们力所不及的。我们只能循着岸边小路选择了一处开阔的地方,等候那伟大的时刻。

天边有云层围护着。渐渐地,东天红了,由浅到深,红得很朴素。似乎云层后面正在燃烧,却看不出那中心在哪里。我们凝望天边,不敢眨一眨眼睛。忽然有一条鱼从水上跳出,接着又是一条,似乎也在盼着太阳。

"快看!快看!"我们彼此叫着,只见云层后面陡然出现一个小红球。那是太阳！那是燃烧的中心。太阳在云霞围绕中跳出了海面！云霞红得耀眼,一条光闪闪的红柱从水面拖过来,每一道水波都发着红光。

　　这一带几个海岛上都有三官庙,渔民们奉祀天、地和水。我和他们一样,觉得一切是这样神圣。我心中充满感激,感激天有日月、地有泥土,感激太阳辛勤地出没、大海不息地涨落。希腊神话中的日神阿波罗每天驱赶着金色的马车向天上驶去时,是否想到地上水中的生灵在顶礼膜拜？

　　太阳不停地上升,愈来愈大,水面红柱愈来愈宽而长。终于成为一片落进海水的灿烂的彩色。太阳的红反而淡下来,变成白亮的强光,使我们转过头去。

　　太阳出来了,新的一天开始了。

　　太阳是我们的。

1994 年 7 月 21 日

(原载《胶东文学》1994 年 9 月号)

三千里地九霄云

我在记忆之井里挖掘着,想找出半个多世纪以前昆明的图像。在那里,我从小女孩长成大姑娘,经历了我们民族在二十世纪中的头一场灾难,在亡国的边缘上挣扎,奋起。原以为一切都不可磨灭,可是竟有些情景想不起来,提笔要写下昆明的重要景色——白云时,心中只有一个抽象的概念:昆明的云很美。

只有概念,没有形象,这让我觉得可怕,仿佛眼前是个无底的黑洞,把所有的图像都吸进去了。

我记得蓝天,蓝得透明,蓝得无比。我在《东藏记》开头写着:"昆明的天,非常非常的蓝。只要有一小块这样的颜色,就会令人惊叹不已了。而天空是无边际的,好像九天之外,也是这样的蓝着。蓝得丰富,蓝得慷慨,蓝得澄澈而光亮,蓝得让人每抬头看一眼,都要惊一下,'哦!有这样蓝的天!'"

蓝天上有白云,我记得的。可是云在哪里?我必须回昆明去,去寻找那离奇变幻的白云,免得我心中的蓝天空着,免得我整个的记忆留下缺陷。

于是我去了,乘汽车,乘飞机,倒也简单。一路上想,古人为鲈鱼辞官不做,若是现在,可以回乡享受了鱼宴再出来宦游,岂不两全?然而也就没有那弃官爵如敝屣的佳话了。

飞机沿西线飞,经太原、西安、重庆,到昆明坝。它穿过云层,沿着山盘旋,停在四周青山之间。

飞过了两千多里。若是走路,岂止三千里。为了那虚幻的云。

我站在昆明街角上了。头上蓝天似不如记忆中那样澄澈,似调了一点银灰和乳白,这是工业发展的效果。

天公为迎接我,在这一片不算宽阔的蓝天上缀满了白云。

昆明的云,我久违的朋友!我毫不费力地发现我的朋友们的与众不同处,他们也发现了我,立刻邀我进入云的世界。这一朵如山峰,层峦叠嶂,厚薄相接处似有溪流落下。那一朵如树丛,老干傍着新枝。这一朵如花苞,花瓣似张未张。那一朵如小船,正待扬帆起航。只一会儿工夫,这些图景穿插变幻,汇成一片,近处如积雪,远处如轻纱,伸展着,为远天拦上一层围幔。

忽然落下雨点儿,紧接着就是一阵急雨。人们站在街旁店铺的廊檐下。一个水果担子在我身旁。

"你家可买梨?宝珠梨。尝尝看。"挑担人标准的昆明话使我有余音绕梁之感。那是乡音!宝珠梨在记忆中甜而多汁,是名产。据说现在已经退化了,人们在培养新品种。我摇摇手,用乡音对答:"梨么不要。你家说的话好听呢好听。"挑担人不解地望着我。那是典型的云南人的脸,这张脸在我的记忆之井中激起了许多玲珑的水泡,闪着虹的光亮。

雨停了,挑担人拢好箩筐上的绳索,对我笑笑:"要赶二十里路回家嘛。"他向街的一头,十字路口走去,那里从前是城门。

雨后的天空,又是云的世界。我走几步便抬头,不免东歪西倒,受到"不好好走路"的责备。于是便专心走路,回想着白云下的宝珠梨担子,那陌生又熟悉的脸庞和天上的白云。

几天后,朋友们安排我去石林附近的长湖。五十年前,我曾到过那里。当时的长湖藏匿在茂密树木中,踏过曲折的石径,站到湖边时,会觉得如同打了一针镇静剂,一切烦恼不安都骤然离去,只有眼前的绿和绿意中水波的明亮,把人浸透了。我曾把这小小的湖列于西湖、太湖之上,因为它不是一般的风景,而是一种心灵的映照。

不料这一次我们驱车往路南尾泽乡,所遇震撼全在长湖之外。再没有坎坷不平的泥路,再没有背上放着木架的小马,有的是上上下下都十分平坦的公路,车子驶过,没有一点颠簸。行到高处,忽见前面豁然开朗,大片蓝天之上,有白云的图案,如一幅抽象派的画,不写真,不状物,只是一团团,一块块,一层层,卷着滚着,又在邀人进入云的世界。"昆明的云!"我叫起来,真想跳离了车子,扑到天边去!车行急速,转眼掀过了这一幅图画,眼前是无比真实的土地,鲜红色的土地,红土地!

红土地连着绿林,红土地连着蓝天,红土地连着白云!我亲爱的云南的土地!多少年来,我怎么忽略了这神秘的鲜艳的红色呢!在这红土上生长着宝珠梨,滋养着本地和外来的人,回荡着好听的昆明话;在这红土上伸展着蓝天,变幻着白云。

我们走过一个小村庄。村中房舍想必是用红土烧坯建成,屋顶墙壁一派暗红。村前池水也是红的,两三个系蓝布围腰的妇女在池边洗衣服,洗出来的衣服想必也是红的了。

颜色很绚丽,心里却酸苦。红土是酸性土壤,它的孕育是艰难的。

可是我相信,人人都会有一池清水,这是迟早的事。

尾泽小学已是正式的楼房了。院中植着花木,我住过的土坯房不见了,只是那片操场还在。五十年,该有多少农家孩子从这里得到启蒙的知识,打开了灵魂的窗户。而在操场和我一起学过阿细跳月的人们,还有几个能再来?

车直开到长湖边上,我还一再地问:"是这里么?这是长湖么?"可见长湖大变样了。似是从一个纯真少女变成了人情练达的成年人。湖水不再掩藏在树木间,而是坦然地抚摸着开朗的湖岸。岸上有草地,有野炊用的泥灶,俨然一个公园。

我们坐在一个小冈上,良久不语。作为公园,这里还是不同一般的。水面澄清,天空开阔,而且是这样的蓝!

记得《西游记》中有堆云童子、布雾郎君这样的角色,常被孙大圣传唤。布雾郎君且不说,这堆云童子无疑是个艺术家。蓝天上的云朵洒得疏密有致。渐渐地,小朵汇成大朵,如堆棉,如积雪。一会儿,棉和雪变化成一群白羊,一只大狗——狗是在牧羊吗?远山上出现了一个大玩偶,一只大袖子,有很长很弯的鼻子,似要到湖里吸水,那狗蹄子正踩在玩偶头上。玩偶不必发愁,狗蹄子很快移开了,愈来愈淡,狗消失了,只剩下群羊。想不到在无意间,得观白衣苍狗,更领悟子美"天上浮云如白衣,斯须改变如苍狗"之叹。

云还在变幻。一座七宝楼台搭起来了,又坍塌了。围湖的山和天相接处,一朵朵云如同很大的氢气球,正在欲升未升。不久化作大片纱幔,似是从山顶生出来的,把天和地连接在一起。而天是蓝的,地是红的,白云前还点缀着绿树。

归途中,一轮丽日当空。快到昆明了,忽然,年轻的朋友叫道:"快看!彩云!"

哦!彩云!就在太阳的右下方,一朵椭圆形的彩云!刚看见时是玫瑰红,一会儿变作金色,一会儿又变作很浅的藕荷色。太亮了,我们不得不闭上眼睛。再看时,可能我的不正常的视力做了加工,只见彩云后面透出彩色的光,许多亮点儿成串地从云朵上流下,更让人不能逼视。

"不能看得太久,"我们说,"会折损了福气。"

太阳随着车子向前而后退,那彩云却面对面地向我们头顶飘来,随即消失。

云南这个名称,据说始于汉代,因彩云出现而得此名。有谁真正看到过彩云?如今有我。

昆明的云!美丽的云!在我的记忆之井中注满了活水。

"三千里地九霄云"。我拟下了一个作文题目。

1994年10月26日,距目击彩云已两月矣

(原载《中国作家》1995年第1期)

一年四季

一转眼,在这校园里,住了将近一年了。先是雪如花,再是花如雪。紧接着绿荫遮住了夏天,一进校门,就觉得猛然一阵凉意,因为树多,炎热仿佛挤不进来。然后不知不觉,鲜红的、金黄的各样树叶的颜色涂了满园。仍然是不知不觉,叶子一片片落尽了,秋天的艳丽消失了。隆冬带着北风,呼啸着,旋转着,又来到这里。

时间的流逝,在学校里表现得最鲜明的倒不是景物的变化,而是知识的积累,新人的成长。那些年轻人,是怎样地紧紧抓住时间,怎样地刻苦学习啊!看见他们,总有一种可以十分信任的感觉。

一年来,我几乎是每个清晨,都到湖边去散步。在路上,常常看见许多学生,背着大书包,捧着一本书,大声念着外文,满脸专注的神色,大张着嘴,好像要把书一口吞下去似的。在几个教学楼中间的菜地里,总是有许多站着坐着读书的身影,被朝阳染成一片红色。若想隐蔽些,石边树底,到处都是好地方。有人竟钻在矮矮的蔷薇花架下,口中唧唧哝哝念念有词,手里的书那么厚,我真担心他怎么能再带着书钻出来。还曾见一个女学生,蹲在路边,用石头子儿在地上画。我想不出她在干什么,便凑过去看,只见满地都是三角形。她是在思索解不开的数学题!

给我印象最深的,是一个有几分傻气的小伙子。还是年初时,一个下着小雪的清晨,天色阴沉沉的,我沿着碎石子的甬道,往湖边去。在山坡下的湖岸上,有一个学生,他像所有的年轻小伙那样额前滋着一撮短发,正在大声念着《石壕吏》。雪花落满了一身,他却毫不觉得。"暮投石壕村,有吏夜捉人……"只管一遍又一遍地念。他那浓重的北方乡村的口音,仿佛给老杜的诗更添了几分深厚。因为站得久了,他的一身和雪地变成了一片,嘴里的热气和着诗句有节奏地往结冰的小池上飘去。

雪消了,冰化了,杨柳又发了新芽,从嫩黄变成新绿,长成长长的柳线,垂在湖面上了,这小伙子仍是每天站着读诗。杜甫的主要作品读完了,又读李白。他曾把《梦游天姥吟留别》读成"天老",可是第二天就更正,大声又读了好几遍。荷花开了又谢了,水面上还留着几株残荷。他已经背会了盛唐的那些大家,读起"碧城十二曲阑干"了。

我自己从没下功夫背过书,常对人说,凡是读一遍而记不得的,就不是好文章。可是这小伙子学习的毅力是这样感人,我好像懂了,只有这样才能真的学到点什么吧,哪怕是最容易学的。

立冬过了,天气还很暖和。有一天下午,我骑车经过体育场。正是锻炼的时间,学生们正在打球。忽然一个球从车轮前滚过,紧接着一个人直跑过来向球扑去。车子差一点儿撞上他,我连忙从车上跳了下来。这时,我眼前晃过那一撮滋着的头发,原来这就是那个念唐诗的小伙子!看他那专心的神气,我明白了,他打起球来,也是这样全力以赴的。

"你这人真是!打个球也拼命!"一个同学说他,"别打了,明天还测验呢!"

他抱着球,瞄准,投篮,命中,然后说:"你老是光顾得考试!"还是那浓重的质朴的北方乡村的口音,音调是亲切的、友善的。我知道,他的刻苦学习,是有着比考试更大许多的东西在指引着他,支持着他。

后来机缘凑巧,参加了一次学生的班会,我才更懂得其中的道理。年尽岁除,他们准备考试了,所以要讨论一下迎接考试的态度,也就是学习的态度。那有几分傻气的小伙子恰在这一班。大家嚷嚷时间不够用,他只闷着头不开口。有人就说:"关黑子基础本来差,一年的工夫,真得刮目相看了。他做团的工作尤其热心。"

关黑子的头发似乎更滋起来了。他讷讷地说:"咱们不能为考试而学习,更不能只为自己的前途,那和图谋升官发财不是一样么!我是为我的家乡,为我们的……"他用手指着窗外,窗外林立的科学大楼,仿佛就是祖国的丰沃无边的土地。他说话远不如读诗清楚,其实这话说着比做着容易得多。也许因为有陌生人在吧,黑脸直发红,话也没说完,就停住了。不过大家都明白了,也并不觉得他答非所问。我到现在还不明白的是,"关黑子"这三个字是他的名字呢,还是绰号。

从学生宿舍出来,见四面高楼,灯火辉煌。新的一年四季即将到来,有的班在准备新年联欢的节目。不知为什么,我忽然想起那伏地做数学题的女孩子,又联想起古希腊一位大数学家阿基米德。这位大数学家因为专心做学问,敌人打进城来都不知道,还呵斥入侵的敌兵不要践踏他在地上画的图形,竟因之被一个小兵一刀断送了性命。我们的祖国给青年们安排了多好的学习生活啊!只管思索罢,只管钻研罢,让你的一年四季都燃烧着,发着光亮,回顾时感到收获的欢喜罢。只是千万不要忘记,这一切,都是因为我们有着自己的不会被践踏的国家,而你的每一个一年四季,也都应该是为了祖国的将来啊。

(原载《北京日报》1963 年 1 月 8 日)

暮暮朝朝

玉簪花开了,雪堆银铸似的小棒槌花朵,叫人看了,遍体生凉;本来是嫩白的茉莉花,已经老了,不知什么时候,变成一种发红发蓝的苍劲的紫色。抬头看时,那高大枫树的繁密叶子,一丝一纹地刻在十分明净的晴空上;一种发亮的小虫儿,在屋顶的阳光中高兴地嬉戏;蟋蟀大声地叫着。我知道,秋天来了。

秋天,本是收获的季节。在这里,却还有着另外的含义,那就是说,又迎来了新的学年。清静了一个夏天的校园里,出现了许多新的、稚气的、幸福的脸庞。这些年轻人,睁大了眼睛,好奇地四处观望;走在路上,会忽然将人截住:"请问那是什么园?这是什么楼?"然后便郑重其事地标在自己绘制的校园图上。脸上那种幸福的神情,和胸前的新校徽一起,发着兴高采烈的光。要是问他上的什么系,他显然是还不知道应不应该说出那种尖端学科的名称,只在嗓子里认真地咕噜了一声,抱歉地笑一笑,连忙跑开了。

真奇怪,背着沉重的大书包来来去去的这些年轻人,都有着这样一张幸福的脸,像在过节,在欢庆什么似的。要是去问他们,一定也回答不清楚吧。然而这也很明显,他们开始在向科学进军了。每个清晨,伴着初秋的清风,校园里回响着琅琅读书声,总使我想起进军的号角,想起冲锋陷阵的呐喊,那样雄壮,充满了必胜的信念。真的,他们的每一天,每一小时,每一分钟,都会像战士一样,有着不断的斗争和胜利。

还有另一种战斗的开始,那就是毕业了,走上工作岗位。我看过一班学生的分配志愿表,觉得拿在手里的不是一张张纸,简直就是一颗颗建设祖国的红心。他们的志愿,地区栏全都是遥远的外地,工作栏全都是无声无息的岗位。我看着那些不同的笔迹,眼前闪过一张张洋溢着幸福神情的脸庞。若不是生活在我们的社会,若不是经历过我们的时代,实在是不能理解那种神情的。再听一听:"你是到这个机关。"递过去一张转关系的纸。"好。""地点在黑龙江。""好。""有什么意见吗?"分配工作的同志亲切地问。"什么?"这同学好像很奇怪,"有什么意见呢?不都是为了——"他没有说下去,但我知道,正是因为有一种什么力量,大家才有这样的幸福感,在生活的新阶段,有着这样强烈的欢度节日的心理。

我又想起了许多个夜晚,许多倾心的详谈和发人深省的会议。我了解他们在大学生活的五六年中,不只获得了专门的知识,同时还懂得了怎样做一个建设祖国的接班人。在他们出发的前夕,我们又一次在一起谈着,谈着。夜已经深了,月光好得像要把整个世界都照下来。一个同学忍不住地低声唱起了《毕业歌》:"同学们,大家起来,担负起天下的兴亡!"大家都随着唱起来,竟来不及说别的话,而这也正是要说的所有的话。不是么?在这歌声中,有着多么强烈的必胜的信念,他们唱起来,又还有着那样浓厚的幸福和欢乐的情绪……

他们走了,那歌声还久久不散。我在曲折的小径上漫步,思索着,这种信念从哪里来?这些幸福又是从哪儿开始的呢?我思索着,忽然一阵使人感到几乎有些刺激的青草的清凉气息,告诉我是这个园中的秋夜了。这里的秋夜是这样沉静,又这样明亮。明亮,并不只由于那如水的月光。不远处有一片辉煌的灯火,把一座座高楼,浴在无边的肃穆的光辉里面。我记得了,这里的彻夜的璀璨的灯光,使得或繁星,或明月,永远都是黯然失色的。

一个黑影从那灯月交辉的光亮中浮现出来,恰是个熟识的朋友。他刚做完已经连续进行七十二小时的实验,要回家去。对于外面已经是这样的秋夜,觉得十分惊异。就是他,曾对我热心地讲述他们的实验。他们怎样日以继夜,夜以继日,月复一月,年复一年,看着压力表、温度计,以及各种各样的仪器;怎样几千次地演算着公式;怎样废寝忘食地思索着各种文字的文献资料。一次失败了,还有第二次;一百次失败了,还有一千次。"我们常开玩笑互相称伊斯赫拉达,"他曾说,"因为连她,都还有一千零一夜的耐心呢。"

"你那方格纸上的曲线听话了么?"我很希望这次七十二小时的劳动有完全的成绩。

"早着呢。实验的结果在方格纸上满处飞,像节日的礼花似的,怎么也成不了一定弧度的曲线。不过一次比一次进步,总会成的,我相信。"

"那就是说,又要开始下一次了?"

"对!开始下一次。不过,不是明天,明天要去——"

"做什么呢?"我随口问。

"好久没有看见天安门了,明天我要去看看天安门。"他郑重地说,好像有点不好意思。

我忽然懂得了,这些个开始的开始,这必胜的信念,都是从那里来的啊！从那蓝天下高大的朱红建筑，从我们的国徽上来！从那里，我们看到祖国的悠久的过去；从那里，我们看到美好的将来。我也想起，有一个时期，我每天走过天安门，便想写一首诗，但翻来覆去只是一句："我走过天安门，每个清晨，每个黄昏。""每个清晨，每个黄昏，我走过天安门。"然而这一句，不也就是所有的话了吗？

我们的每一个清晨和黄昏，都是和那亲爱的有着丰富过去和美好未来的天安门紧密联系着的啊。我们的每一天都清晰地刻在晴空上，我们的每一时都有力地推动着历史车轮的飞转。我们怎能不把一生作为时间的单位，永远开始着幸福的战斗，永不停息，永不懈怠，朝朝暮暮，暮暮朝朝。

1963 年 9 月

（原载《光明日报》1963 年 10 月 1 日）

湖光塔影

从燕园离去的人,难免沾染些泉石烟霞的癖好。清晨在翠竹下读书,黄昏在杨柳岸边散步,习惯了,自然觉得燕园的朝朝暮暮,和那一木一石融在一起,难以分开。在诸般景色中,最容易萦绕于人们思念的,大概是那湖光塔影的画面了。但若真把这幅画面落到纸上,究竟该怎样着笔,我却想不出。

小时候,常在湖边行走。只觉得这湖水真绿,绿得和岸边丛生的草木差不多,简直分不出草和水、水和草来;又觉得这湖真大,比清华的荷花池大多了,要不然怎么一个叫池,一个叫湖呢。对面湖岸看来不远,但可要走一会儿,不像荷花池一跑便是一圈。湖中心有一个绿色的小岛,望去树木葱茏,山石叠翠。岛东有一条白色的石船,永恒地停在那里。虽然很近,我却从未到过岛上,只在岸边看着鱼儿向岛游去,水面上形成一行行整齐的波纹。"鱼儿排队!"我想。在梦中,我便也加入鱼儿的队伍,去探索小岛的秘密。

一晃过了几十年,这里经过了多少惊涛骇浪。我在经历了人世酸辛之余,也已踏遍燕园的每一个角落,领略了花晨月夕,四时风光。未名湖,湖光依旧。那塔,应该是未名塔了,但却从没有人这样叫它。它矗立在湖边,塔影俨然。它本是实用的水塔,建造时注意到为湖山生色,仿照了通州十三层宝塔的式样。关于通州塔,有许多优美的传说故事,而这未名塔最让人难忘的,只是它投在湖水上的影子。晴天时,岸上的塔直指青天,水中的塔深延湖底。湖水一片碧绿,塔影在湖光中,檐角的小兽清晰可辨。阴雨时,黯云压着岸上的塔,水中的塔也似乎伸展不开。雨珠儿在湖面上跳落,泛起一层水汽。塔影摇曳了,散开了,一会儿又聚在一起,给人一种迷惘的感觉。雾起时,湖、塔都笼罩着一层层轻纱。雪落时,远近都覆盖着从未剪裁过的白绒毡。

月夜在湖上别有一番情调。湖西岸有一座筑有钟亭的小山,山侧有树木、草地和一条小路。月光在这儿,多少有些局促。循小路转过山脚,眼前忽然一亮,只见月色照得一片通明,水面似乎比白天宽阔了许多,水波载着月光不知流向何方。但那北岸树丛中的灯火,很快显示了湖岸的线条,透露了未名湖的秀雅风致。行近岸边,长长的柳丝摇曳着月色湖光。水的银光下是挺拔的塔影,天的银光下是挺拔的塔身。湖中心的小岛蓊蓊郁郁,显得既缥缈又实在。这地面上留住的月光和湖面上的不同。湖面上的闪烁跳跃,如同乐曲中轻盈的拨弦;地面上的迷茫空灵,恰似水墨画中不十分均匀的笔触。

循路东行到一座小石桥边,向右折去,是一潭与未名湖相通的水。水面不大,三面山坡,显得池水很深。山坡上树木茂密,水边石草杂置。月光从树中照进幽塘,水中反射出冷冷的光,真觉得此时应有一只白鹤从水上掠过,好为那"寒塘渡鹤影,冷月葬诗魂"的诗句作出图解。

又是清晨的散步。想是因为太早,湖畔阒寂无人,只有知了已开始一天的喧闹。我在小山与湖水之间徐行,忽然想起,这山上有埃德加·斯诺先生的遗骨,我此时并不是一个人在这里。斯诺墓已经成为未名湖畔的一个名胜了。简朴的墓碑上刻着"中国人民的美国朋友"的字样。这墓地据说原是花神庙的遗址。湖边上,正在墓的迎面,有一座红色的、砖石筑成的旧庙门,那想是原来的庙门了。我想,中国的花神会好好照看我们的朋友。而朋友这个名词所表现的深厚情谊,正是我们和全世界人民关系的内涵。

站在红门下向湖中的岛眺望,那白石船仍静静地停泊在原处,树木只管各自绿着。但这几年,在那浓绿中,有一个半球状的铁网样的东西赫然摆在那里,仰面向着天空。那是一架射电天文望远镜,用来接收其他星体的电波。有的朋友认为它破坏了自然的景致,我却觉得它在湖光塔影之间,显示出人类智慧的光辉。儿时的梦在我的眼前浮起,我要探索的小岛的奥秘,早已由这架望远镜向宇宙公开了。

沉思了片刻,未名塔的背后已是一片朝霞。平日到这时分,湖边的人会渐渐多起来。有人跑步,有人读书,整个湖上充满了活泼的生意。这时却只有两个七八岁的小学生在我旁边,他们不知从何时起,坐在岸石上,聚精会神地观察水里的鱼。我想起现在已经放暑假了,孩子才有时间清早在水边流连。

"看!鱼!鱼排队!"他们高兴地大叫大嚷,一面指着水面上整齐的一行行波纹,波纹正向小岛行去。

"骑鱼探险去吧?"我不由得笑问。

"你怎么知道?"他们冲我眨眼睛,又赶快去盯住大鱼。我不只知道这个,还知道这小岛的奥秘早已不在孩子们话下,他们的梦,应该是探索宇宙的奥秘了。

我怕打扰他们,便走开了。信步来到大图书馆前。这图书馆真有北京大学的气派。四层楼顶周围镶嵌的绿琉璃瓦在朝阳的光辉里闪闪发亮，正门外有两大片草地，如同两潭清浅的池水。凸出的门廊阶下两长排美人蕉正在开放，美人蕉后是木槿树，雪青、洁白的花朵缀在枝头。馆门上高悬"北京大学图书馆"七个挺秀的大字。这里藏书三百二十万册，有两千多个座位，还是终日座无虚席。平时，每天清晨，总有许多人在门前等候。有几次，这些年轻人别出心裁，各自放下装得鼓鼓的书包，由书包排成了长长队伍。书包虽不像鱼儿会游泳，但却引导人们在知识的活水中得到营养，一步步攀登高峰。这些年轻人中的一部分已经奔向祖国的四面八方，用学得的知识从事建设了。今后，还会有更多的年轻人来这里学习，汲取知识的活水。

这时，我虽不在未名湖畔，却想出了一幅湖光塔影图。湖光、塔影，怎样画都是美的，但不要忘记在湖边大石上画一个鼓鼓的半旧的帆布书包，书包下压着一纸祖国的色彩绚丽的地图。

1979年8月

（原载《旅游》1979年创刊号）

废墟的召唤

冬日的斜阳无力地照在这一片田野上,刚是下午,清华气象台上边的天空,已显出月牙儿的轮廓。顺着近年修的柏油路,左侧是干皱的田地,看上去十分坚硬,这里那里,点缀着断石残碑。右侧在夏天是一带荷塘,现在也只剩下冬日的凄冷。转过布满枯树的小山,那一大片废墟呈现在眼底时,我总有一种奇怪的感觉,好像历史忽然倒退到了古希腊罗马时代。而在乱石衰草中间,仿佛该有着妲己、褒姒的窈窕身影,若隐若现,迷离扑朔。因为中国社会出奇的"稳定性",几千年来的传统一直到那拉氏,还不中止。

这一带废墟是圆明园中长春园的一部分,从东到西,有圆形的台,长方形的观,已看不出形状的堂和小巧的方形的亭基。原来都是西式建筑,故俗称西洋楼。在莽苍苍的原野上,这一组建筑遗迹宛如一列正在覆没的船只,而那丛生的荒草,便是海藻,杂陈的乱石,便是这荒野的海洋中的一簇簇泡沫了。三十多年前,初来这里,曾想,下次来时,它该下沉了罢?它该让出地方,好建设新的一切。但是每次再来,它还是停泊在原野上,远瀛观的断石柱,在灰蓝色的天空下,依然寂寞地站着,显得四周那样空荡荡,那样无依无靠。大水法的拱形石门,依然卷着波涛。观水法的石屏上依然陈列着兵器甲胄,那雕镂还是那样清晰,那样有力。但石波不兴,雕兵永驻,这蒙受了奇耻大辱的废墟,只管悠闲地、若无其事地停泊着。

时间在这里,如石刻一般,停滞了,凝固了。建筑家说,建筑是凝固的音乐。建筑的遗迹,又是什么呢?凝固了的历史么?看那海晏堂前(也许是堂侧)的石饰,像一个近似半圆形的容器,年轻时,曾和几个朋友坐在里面照相。现在石"碗"依旧,我当然懒得爬上去了,但是我却欣然。因为我的变化,无非是自然规律之功罢了,我毕竟没有凝固。

对着这一段凝固的历史,我只有怅然凝望。大水法与观水法之间的大片空地,原来是两座大喷泉,想那水姿之美,已到了标准境界,所以以"法"为名。西行可见一座高大的废墟,上大下小,像是只剩了一截的、倒置的金字塔。悄立"塔"下,觉得人是这样渺小,天地是这样广阔,历史是这样悠久。

路旁的大石龟仍然无表情地蹲伏着,本该竖立在它背上的石碑躺倒在土坡旁。它也许很想驮着这碑,尽自己的责任吧?风在路另侧的小树林中呼啸,忽高忽低,如泣如诉,仿佛从废墟上飘来了"留——留——"的声音。

我诧异地回转身去看了。暮色四合,方外观的石块白得分明,几座大石叠在一起,露出一个空隙,像要对我开口讲话。告诉我这里经历的烛天的巨火么?告诉我时间在这里该怎样衡量么?还是告诉我你的向往,你的期待?

风又从废墟上吹过,依然发出"留——留——"的声音。我忽然醒悟了。它是在召唤!召唤人们留下来,改造这凝固的历史。废墟,不愿永久停泊。

然而我没有为这努力过么?便在这大龟旁,我们几个人曾怎样热烈地争辩啊。那时的我们,是何等慷慨激昂,是何等满怀热忱!和人类比较起来,个人的一生是小得多的概念了,每个人自有理由做出不同的解释。我只想,楚国早已是湖北省,但楚辞的光辉,不是永远充塞于天地之间么?

空中一阵鸦噪,抬头只见寒鸦万点,驮着夕阳,掠过枯树林,转眼便消失在已呈粉红色的西天。在它们的翅膀底下,晚霞已到最艳丽的时刻,西山在朦胧中涂抹了一层娇红,轮廓渐渐清楚起来。那娇红中又透出一点蓝,显得十分凝重,正配得上空气中摸得着的寒意。

这景象也是我熟悉的,我不由得闭上眼睛。

"断碣残碑,都付与苍烟落照。"身旁的年轻人在自言自语。事隔三十余年,我又在和年轻人辩论了。我不怪他们,怎能怪他们呢!我嗫嚅着,很不理直气壮。"留下来吧!就因为是废墟,需要每一个你啊。"

"匹夫有责。"年轻人是敏锐的,他清楚地说出我嗫嚅着的话。"但是怎样尽每一个我的责任?怎样使环境允许每一个我尽责任?"他微笑,笑容介于冷和苦之间。

我忽然理直气壮起来:"那怎样,不就是内容么?"

他不答,他也停了说话,且看那瞬息万变的落照。迤逦行来,已到水边。水已成冰,冰中透出枝枝荷梗,枯梗上漾着绮辉。远山凹处,红日正沉,只照得天边山顶一片通红。岸边几株枯树,恰为夕阳做了画框。框外娇红的西山,这时却全是黛青色,鲜嫩润泽,一派雨后初晴的模样,似与这黄昏全不相干。但也有浅淡的光,照在框外的冰上,使人想起月色的清冷。

树旁乱草中窸窣有声,原来有人作画。他正在画板上涂着颜色,涂了又擦,擦了又涂,好像不知怎样才能把那奇异的色彩捕捉在纸上。

"他不是画家。"年轻人评论道,"他只是爱这景色——"

前面高耸的断桥便是整个圆明园唯一的遗桥了。远望如一个乱石堆,近看则桥的格局宛在。桥背很高,桥面只剩了一小半,不过桥下水流如线,过水早不必登桥了。

"我也许可以想一想,想一想这废墟的召唤。"年轻人忽然微笑说,那笑容仍然介于冷和苦之间。

我们仍望着落照。通红的火球消失了,剩下的远山显出一层层深浅不同的紫色。浓处如酒,淡处如梦。那不浓不淡处使我想起春日的紫藤萝,这铺天的霞锦,需要多少个藤萝花瓣啊。

仿佛听说要修复圆明园了。我想,能不能留下一部分废墟呢?最好是远瀛观一带,或只是这座断桥,也可以的。

为了什么呢?为了凭吊这一段凝固的历史,为了记住废墟的召唤。

1979 年 12 月

(原载《人民文学》1980 年第 1 期)

萤 火

点点银白的、灵动的光,在草丛中飘浮。草丛中有各色的野花:黄的野菊、浅紫的二月兰、淡蓝的"勿忘我"。还有一种高茎的白花,每一朵都由许多极小的花朵组成,简直看不清花瓣。它的名字恰和"勿忘我"相反,据说是叫作"不要记得我",或可译作"勿念我"罢。在迷茫的夜中,一切彩色都失去了,有的只是黑黝黝一片。亮光飘忽地穿来穿去,一个亮点儿熄灭了,又有一个飞了过去。

若在淡淡的月光下,草丛中就会闪出一道明净的溪水,潺潺地、不慌不忙地流着。溪上有两块石板搭成的极古拙的小桥,小桥流水不远处的人家,便是我儿时的居处了。记得萤火虫很少飞近我们的家,只在溪上草间,把亮点儿投向反射着微光的水,水中便也闪动着小小的亮点儿,牵动着两岸草莽的倒影。现在看到动画片中要开始幻景时闪动的光芒,总会想起那条溪水,那片草丛,那散发着夏夜的芳香,飞翔着萤火虫的一小块地方。

幼小的我,经常在那一带玩耍。小桥那边,有一个土坡,也算是山罢。小路上了山,不见了。晚间站在溪畔,总觉得山那边是极遥远的地方,隐约在树丛中的女生宿舍楼,也是虚无缥缈的。那时白天常和游伴跑过去玩,大学生们有时拉住我的手,说:"你这黑眼睛的女孩子！你的眼睛好黑啊！"

大概是两三岁时,一天母亲进城去了,天黑了许久,还不回来。我不耐烦,哭个不停。老嬷嬷抱我在桥头站着,指给我看桥那边的小道。"回来啦,回来啦——"她唱着。其实这完全不是母亲回来的路。夜未深,天色却黑得浓重,好像蒙着布,让人透不过气。小桥下忽然飞出一盏小灯,把黑夜挑开一道缝。接着又飞出一盏。花草亮了,溪水闪了。黑夜活跃起来,多好玩啊！我大声叫了:"灯！飞的灯！"回头看家里,已经到处亮着灯了,而且一片声在叫我。我挣下地来,向灯火通明的家跑去,却又屡次回头,看那使黑夜发光的飞灯。

照说幼儿时期的事,我不该记得。也许我记得的,其实是后来母亲的叙述,或自己更人事后的心境罢。但那一晚我在桥头的景象,总是反复地、清晰地出现在我眼前,那黑夜,那划破了黑夜的萤火,以及后来的灯光。

长大了,又回到这所房屋时,我在自己的房间里便可以看到起伏明灭的萤火了。我的窗正对着那小溪,溪水比以前窄了,草丛比以前矮了,只有萤火,那银白的,有时是浅绿色的光,还是依旧。有时抛书独坐,在黑暗中看着那些飞舞的亮点儿,那么活泼,那么充满了灵气,不禁想到《仲夏夜之梦》里那些会吵闹的小仙子;又不禁奇怪这发光的虫怎么未能在《聊斋志异》里占一席重要的地位。它们引起多么远、多么奇的想象。那一片萤光后面的小山那边,像是有什么仙境在等待着我。但是我最多只是走出房来,在溪边徘徊片刻,看看墨色涂染的天、树,看看闪烁的溪水和萤火。仙境么,最好是留在想象和期待中的。

日子一天天热闹起来。解放、毕业,几乎每个人都觉得自己在发光。我们是解放后第三届大学生。毕业前夕,一个星光灿烂的夜晚,和几个好友,久久地坐在这溪边山坡上,望着星光和萤光。我们看准一棵树,又看准一个萤,看它是否能飞到那棵树,来卜自己的未来。几乎每一个萤火虫都能飞到目的地,因为没有飞到的就不算数。那时,我们的表格里无一不填为:"坚决服从分配,到祖国最需要的地方去!"无论分到哪里,我们都会怀着对美好未来的向往扑过去的。星空中忽然闪了一下,是一颗流星划过了天空。据说流星闪亮时,心中闪过的希望是会如愿的,但我们谁也没有再想要什么。有了祖国,不就有了一切么?我觉得重任在肩,而且相信任何重任我都担得起。难道还有比这种信心更使人兴奋、欢喜的么?虽然我知道自己很小,小得像萤火虫那样。萤火虫却是会发光的,使得黑夜也璀璨美丽,使得黑夜也充满了幻想。

奇怪的是,自从离开清华园,再也不曾见到萤火虫。可能因为再也没有住在水边了。后来从书上知道,隋炀帝在江都一带经营过"萤苑",征集"萤火数斛",为夜晚游山之用。这皇帝连萤火虫都不放过,都要征来服役,人民的苦难,更可想见了。但那"萤苑"风光,一定是好看的。因为那种活泼的光,每一点都呈现着生命的力量。以后无意中又得知萤火虫能捕食害虫,于农作物有益,不觉十分高兴。便想,何不在公园中布置个"萤苑",为夏夜增光,让曾被皇帝拘来当劳工的萤火虫,有机会为人民服务呢。但在那"十年浩劫"中,连公园都几乎查封,那"萤苑"的构思,早就逃之夭夭了。

前几天,偶得机缘,和弟弟这个从小的同学往清华走了一遭。图书馆看去一次比一次小,早不是小时心目中的巍峨了。那肃穆的、勤奋的读书气氛依然,书库中的玻璃地板也还在,底层的报刊阅览室也还是许多人站着看报。弟弟说他常做一个同样的梦——到这里来借报纸。底层增加了检索图书用的计算机,弟弟兴致勃勃地和机上人员攀谈,也许他以后的梦,要改变途径了。我的萤火虫却从未在梦中出现。行向小河那边时,因为在白天,本不指望看见萤火,但以为草坡上的"勿忘我"和"勿念我"总会显出颜色。不料看见的,是一条干涸的沟,两岸干黄的土坡,春雨轻轻地飘洒,还没有一点绿意。那明净的、潺潺的、不慌不忙流着的溪水,已不知何时流往何处了。我们旧日的家添盖了房屋,现在是幼儿园了。虽是假日,还有不少孩子,一个个转动着点漆般的眼睛看着我们。"你们这些黑眼睛的孩子!好黑的眼睛啊!"我不由得想。

事物总是在变迁,中心总要转移的。现在清华主楼的堂皇远非工字厅可比了。而那近代物理实验室中的元素光谱,使人感到科学的光辉,也是萤火虫们望尘莫及的。我们骑着车,淋着雨,高兴地到处留下校友的签名。从六十年代到七十年代排过来的长桌前,那如同戴着雪帽般的白头发,那敦实可靠的中年的肩膀,那发亮的、润泽的皮肤和眼睛,俨然画出了人生的旅程。我认为,在这条漫长而又短促的道路上,那淡蓝和纯白的花朵,"勿忘我"和"勿念我",是必不可少的。因为人世间,有许多事应该永远记得,又有许多事是早该忘却了。

但总要尽力地发光,尤其是在困境中。草丛中飘浮的、灵动的、活泼的萤火,常在我心头闪亮。

1980 年 6 月

(原载《散文》1980 年 6 月号)

紫藤萝瀑布

我不由得停住了脚步。

从未见过开得这样盛的藤萝,只见一片辉煌的淡紫色,像一条瀑布,从空中垂下,不见其发端,也不见其终极,只是深深浅浅的紫,仿佛在流动,在欢笑,在不停地生长。紫色的大条幅上,泛着点点银光,就像迸溅的水花。仔细看时,才知那是每一朵紫花中的最浅淡的部分,在和阳光互相挑逗。

这里春红已谢,没有赏花的人群,也没有蜂围蝶阵。有的就是这一树闪光的、盛开的藤萝。花朵儿一串挨着一串,一朵接着一朵,彼此推着挤着,好不活泼热闹!

"我在开花!"它们在笑。

"我在开花!"它们嚷嚷。

每一穗花都是上面的盛开、下面的待放。颜色便上浅下深,好像那紫色沉淀下来了,沉淀在最嫩最小的花苞里。每一朵盛开的花像是一个张满了的小小的帆,帆下带着尖底的船,船舱鼓鼓的;又像一个忍俊不禁的笑容,就要绽开似的。那里装的是什么仙露琼浆?我凑上去,想摘一朵。

但是我没有摘。我没有摘花的习惯。我只是伫立凝望,觉得这一条紫藤萝瀑布不只在我眼前,也在我心上缓缓流过。流着流着，它带走了这些时一直压在我心上的关于生死的疑惑，关于疾病的痛楚。我浸在这繁密的花朵的光辉中，别的一切暂时都不存在，有的只是精神的宁静和生的喜悦。

这里除了光彩，还有淡淡的芳香，香气似乎也是浅紫色的，梦幻一般轻轻地笼罩着我。忽然记起十多年前家门外也曾有过一大株紫藤萝，它依傍着一株枯槐，爬得很高，但花朵从来都稀落，东一穗西一串伶仃地挂在树梢，好像在察言观色，试探什么，后来索性连那稀零的花串也没有了。园中别的紫藤花架也都拆掉，改种了果树。那时的说法是，花和生活腐化有什么必然关系。我曾遗憾地想：这里再看不见藤萝花了。

过了这么多年，藤萝又开花了，而且开得这样盛，这样密，紫色的瀑布遮住了粗壮的盘虬卧龙般的枝干，不断地流着，流着，流向人的心底。

花和人都会遇到各种各样的不幸，但是生命的长河是无止境的。我抚摸了一下那小小的紫色的花舱，那里满装生命的酒酿，它张满了帆，在这闪光的花的河流上航行。它是万花中的一朵，也正是由每一个一朵，组成了万花灿烂的流动的瀑布。

在这浅紫色的光辉和浅紫色的芳香中，我不觉加快了脚步。

1982年5月6日

（原载《福建文学》1982年第7期）

秋　韵

京华秋色,最先想到的总是香山红叶。曾记得满山如火如荼的壮观,在太阳下,那红色似乎在跳动,像火焰一样。二三友人,骑着小驴,笑语与嘚嘚蹄声相和,循着弯曲小道,在山里穿行。秋的丰富和幽静调和得匀匀的,向每个毛孔渗进来。后来驴没有了,路平坦得多了,可以痛快地一直走到半山。如果走的是双清这一边,一段山路后,上几个陡台阶,眼前会出现大片金黄,那是几棵大树,现在想来,也许是银杏罢。满树茂密的叶子都黄透了,从树梢披散到地,黄得那样滋润,好像把秋天的丰收集聚在那里了,让人觉得,这才是秋天的基调。

今年秋到香山,人也到香山。满路车辆与行人,如同电影散场,或要举行大规模代表会。只好改道万安山,去寻秋意。山麓有一片黄栌,不甚茂密。法海寺废墟前石阶两旁,有两片暗红,也很寥落。废墟上有顺治年间的残碑,镌有"不得砍伐,不得放牧"的字样。乱草丛中,断石横卧,枯树枝头,露出灰蓝的天和不甚明亮的太阳。这似乎很有秋天的萧索气象了,然而,这不是我要寻找的秋的韵致。

有人说,该到圆明园去,西洋楼西北的一片树林,这时大概正染着红黄两种富丽的颜色。可对我来说,不断地寻秋是太奢佟了,不能支出这时间,且待来年罢。家人说:来年人更多,你骑车的本领更差,也还是无由寻到的。那就待来生罢,我说。大家一笑。

其实,我是注意今世的。清晨照例的散步,便是为了寻健康,没有什么浪漫色彩。这一天,秋已深了,披着斜风细雨,照例走到临湖轩下小湖旁,忽然觉得景色这般奇妙,似乎我从未来到过这里。

小湖南面有一座小山,山与湖之间是一排高大的银杏树。几天不见,竟变成一座金黄屏障,遮住了山,映进了水。扇形叶子落了一地,铺满了绕湖的小径,似乎这金黄屏障向四周渗透,无限地扩大了。循路走去,湖东侧一片鲜红跳进眼帘:这样耀眼的红叶!不是黄栌,黄栌的红较暗;不是枫叶,枫叶的红较深。这红叶着了雨,远看鲜亮极了,近看时,是对称的长形叶子,地下也有不少,成了薄薄一层红毡。在小片鲜红和高大的金屏障之间,还有深浅不同的绿,深浅不同的褐、棕等丰富的颜色,环抱着澄明的秋水。冷冷的几滴秋雨,更给整个景色添了几分朦胧,似乎除了眼前的一切,还有别的蕴藏。

这是我要寻的秋的韵致了么?秋天是有成绩的人生,绚烂多彩而肃穆庄严,似朦胧而实清明,充满了大彻大悟的味道。

秋去冬来之时,意外地收到一份讣告,是父亲的一位哲学友人故去了。讣告上除生卒年月外,只有一首遗诗。译出来是这等模样:

  不要推却友爱
  不要延迟欢乐
  现在不悟

便永迷惑

在这里

一切都有了着落

我要寻找的秋韵,原来便在现在,在这里,在心头。

1985 年 11 月 19 日

(原载《北京文学》1986 年第 3 期)

丁 香 结

今年的丁香花似乎开得格外茂盛,城里城外,都是一样。城里街旁,尘土纷嚣之间,忽然呈出两片雪白,顿使人眼前一亮,再仔细看,才知是两行丁香花。有的宅院里探出半树银装,星星般的小花缀满枝头,从墙上窥着行人,惹得人走过了,还要回头望。

城外校园里丁香更多。最好的是图书馆北面的丁香三角地,种有十数棵白丁香和紫丁香。月光下,白的潇洒,紫的朦胧,还有淡淡的幽雅的甜香,非桂非兰,在夜色中也能让人分辨出,这是丁香。

在我断续住了近三十年的斗室外,有三棵白丁香。每到春来,伏案时抬头便看见檐前积雪。雪色映进窗来,香气直透毫端。人也似乎轻灵得多,不那么混浊笨拙了。从外面回来时,最先映入眼帘的,也是那一片莹白,白下面透出参差的绿,然后才见那两扇红窗。我经历过的春光,几乎都是和这几树丁香联系在一起的。那十字小白花,那样小,却不显得单薄。许多小花形成一簇,许多簇花开满一树,遮掩着我的窗,照耀着我的文思和梦想。

古人诗云:"芭蕉不展丁香结""丁香空结雨中愁"。在细雨迷蒙中,着了水滴的丁香格外妩媚。花墙边两株紫色的,如同印象派的画,线条模糊了,直向窗前的莹白渗过来。让人觉得,丁香确实该和微雨连在一起。

只是赏过这么多年的丁香,却一直不解,何以古人发明了丁香结的说法。今年一次春雨,久立窗前,望着斜伸过来的丁香枝条上一柄花蕾。小小的花苞圆圆的,鼓鼓的,恰如衣襟上的盘花扣。我才恍然,果然是丁香结!

丁香结,这三个字给人许多想象。再联想到那些诗句,真觉得它们负担着解不开的愁怨了。每个人一辈子都有许多不顺心的事,一件完了一件又来。所以丁香结年年都有。结,是解不完的,人生中的问题也是解不完的,不然,岂不是太平淡无味了么?

小文成后一直搁置,转眼春光已逝。要看满城丁香,须待来年了。来年又有新的结待人去解——谁知道是否解得开呢?

1985年清明—冬至

(原载《散文》1986年3月号)

冬　至

这次手术之后,已经年余,却还是这里那里不舒服,连晨起的散步也久废不去了。今天拉开窗帘,见满地白亮亮,还以为是下了雪。再看时,原是一片月光,从松树的枝条间筛下。大半个月亮,挂在中天偏西。天空宽阔而洁净,和月光一起,罩着静悄悄的大地。

以为表出了问题,看钟,同样是六时一刻。又看日历,原来今天是冬至,从入秋起就盼着的冬至。

近年有个奇怪心理:一见落叶悄悄飘离了树木,就盼冬至。随着落叶飘零,白昼一天天短,黑夜愈来愈长。清晨散步,几同夜行,无甚意趣。

只要到了冬至,经过这一年中最短的白天,便昼渐长,夜渐短,渐渐地,春天就来了。好像人在生活的道路上落到了谷底,无可再落,就有了上升的希望。可以期待花开草长,可以期待那拖着蓝灰色长尾巴的喜鹊的喳喳叫声,并且在粉红色的晨光中吸进清新的空气。

很想看一看月光怎样淡去,晨光怎样浓来,却无这点闲逸的福分。在开始忙碌的一天时,心中充满了喜悦,因为冬至毕竟来了。因为天时有四季变化,时代有巨大变革;因为生活的丰富是尝不尽的。

冬至是一年的转机,我喜欢转机。

1985 年岁末记冬至之晨

(原载《光明日报》1986 年 2 月 9 日,为《送黎遄》之"外一篇")

好一朵木槿花

又是一年秋来,洁白的玉簪花挟着凉意,先透出冰雪的消息。美人蕉也在这时开放了,红的黄的花,耸立在阔大的绿叶上,一点不在乎秋的肃杀。以前我有"美人蕉不美"的说法,现在很想收回。接下来该是紫薇和木槿。在我家这以草为主的小园中,它们是外来户。偶然得来的枝条,偶然插入土中,它们就偶然地生长起来。紫薇似娇气些,始终未见花。木槿则已两度花发了。

木槿以前给我的印象是平庸。"文革"中许多花木惨遭摧残,它却得全性命,陪伴着显赫一时的文冠果,免得那钦定植物太孤单。据说原因是它的花可食用,大概总比草根树皮好些吧。学生浴室边的路上,两行树挺立着,花开有紫、红、白等色,我从未仔细看过。

近两年木槿在这小园中两度花发,不同凡响。

前年秋至,我家刚从死别的悲痛中缓过气来不久,又面临了少年人的生之困惑。我们不知道下一分钟会发生什么事,陷入极端惶恐中。我在坐立不安时,只好到草园踱步。那时园中荒草没膝,除了我们的基本队伍亲爱的玉簪花外,只有两树忍冬,结了小红果子,玛瑙扣子似的,一簇簇挂着。我没有指望还能看见别的什么颜色。

忽然在绿草间,闪出一点紫色,亮亮的,轻轻的,在眼前转了几转。我忙拨开草丛走过去,见一朵紫色的花缀在不高的绿枝上。

这是木槿。木槿开花了,而且是紫色的。

木槿花的三种颜色,以紫色最好。那红色极不正,好像颜料没有调好;白色的花,有老伙伴玉簪已经够了。最愿见到的是紫色的,好和早春的二月兰、初夏的藤萝相呼应,让紫色的幻想充满在小园中,让风吹走悲伤,让梦留着。

惊喜之余,我小心地除去它周围的杂草,做出一个浅坑,浇上水。水很快渗下去了。一阵风过,草面漾出绿色的波浪,薄如蝉翼的娇嫩的紫花在一片绿波中歪着头,带点调皮,却丝毫不知道自己显得很奇特。

去年,月圆过四五次后,几经洗劫的小园又一次遭受磨难。园旁小兴土木,盖一座大有用途的小楼。泥土、砖块、钢筋、木条全堆在园里,像是凌乱地长出一座座小山,把植物全压在底下。我已习惯了这类景象,知道毁去了以后,总会有新的开始,尽管等的时间会很长。

没想到秋来时,一次走在这崎岖山路上,忽见土山一侧,透过砖块钢筋伸出几条绿枝,绿枝上,一朵紫色的花正在颤颤地开放!

我的心也震颤起来,一种悲壮的感觉攫住了我。土埋大半截了,还开花!

土埋大半截了,还开花!

我跨过障碍,走近去看这朵从重压下挣扎出来的花。仍是娇嫩的薄如蝉翼的花瓣,略有皱褶,似乎在花蒂处有一根带子束住,却又舒展自得,它不觉环境的艰难,更不觉自己的奇特。

忽然觉得这是一朵童话中的花,拿着它,任何愿望都会实现,因为持有的是面对一切苦难的勇气。

紫色的流光抛洒开来,笼罩了凌乱的工地。那朵花冉冉升起,倚着明亮的紫霞,微笑地俯看着我。

今年果然又有一个开始。小园经过整治,不再以草为主,所以有了对美人蕉的新认识。那株木槿高了许多,枝繁叶茂,但是重阳已届,仍不见花。

我常在它身旁徘徊,期待着震撼了我的那朵花。

它不再来。

即使再有花开,也不是去年的那一朵了。也许需要纪念碑,纪念那逝去了的,昔日的悲壮?

1988 年重阳

(原载《东方纪事》1989 年第 2 期)

报　秋

　　似乎刚过完了春节,什么都还来不及干呢,已是长夏天气,让人懒洋洋的像只猫。一家人夏衣尚未打点好,猛然却玉簪花那雪白的圆鼓鼓的棒槌,从拥挤着的宽大的绿叶中探出头来。我先是一惊,随即怅然。这花一开,没几天便是立秋。以后便是处暑便是白露便是秋分便是寒露,过了霜降,便立冬了。真真的怎么得了!

　　一朵花苞钻出来,一个柄上的好几朵都跟上。花苞很有精神,越长越长,成为玉簪花模样。开放都在晚间,一朵持续一昼夜。六片清雅修长的花瓣围着花蕊,当中的一株顶着一点嫩黄,颤颤地望着自己雪白的小窝。

　　这花的生命力极强,随便种种,总会活的。不挑地方,不拣土壤,而且特别喜欢背阴处,把阳光让给别人,很是谦让。据说花瓣可以入药。还有人来讨那叶子,要捣烂了治脚气。我说它是生活上向下比,工作上向上比,算是一种玉簪花精神罢。

　　我喜欢花,却没有侍弄花的闲情。因有自知之明,不敢邀名花居留,只有时要点草花种种。有一种太阳花,又名"死不了",开时五色缤纷,杂在草间很好看。种了几次,都不成功。"连'死不了'都种死了",我们常这样自嘲。

玉簪花却不同,从不要人照料,只管自己蓬勃生长。往后院月洞门小径的两旁,随便移栽了几个嫩芽,次年便有绿叶白花,点缀着夏末秋初的景致。我的房门外有一小块地,原有两行花,现已形成一片,绿油油的,完全遮住了地面。在晨光熹微或暮色朦胧中,一柄柄白花擎起,隐约如绿波上的白帆,不知驶向何方。有些植物的繁茂枝叶中,会藏着一些小活物,吓人一跳。玉簪花下却总是干净的,可能因气味的缘故,不容虫豸近身。

花开到十几朵,满院便飘着芳香。不是丁香的幽香,不是桂花的甜香,也不是荷花的那种清香。它的香比较强,似乎有点醒脑的作用。采几朵放在养石子的水盆中,房间里便也飘散着香气,让人减少几分懒洋洋,让人心里警惕着:秋来了。

秋是收获的季节,我却两手空空。一年两年过去了,总是在不安和焦虑中。怪谁呢,很难回答。

久居异乡的兄长,业余喜好诗词。前天寄来南宋词人朱敦儒的那首《西江月》。原文是:

> 日日深杯酒满,朝朝小圃花开。自歌自舞自开怀,且喜无拘无碍。
>
> 青史几番春梦,黄泉多少奇才。不须计较与安排,领取而今现在。

若照他译的英文再译回来,最后一句是认命的意思。这意思有,但似不够完全,我把"领取而今现在"一句反复吟哦,觉得这是一种悠然自得的境界。其实不必深杯酒满,不必小圃花开,只在心中领取,便得逍遥。

领取自己那一份,也有品味、把玩、获得的意思。那么,领取秋,领取冬,领取四季,领取生活罢。

那第一朵花出现已一周,凋谢了,可是别的一朵一朵在接上来。圆鼓鼓的花苞,盛开了的花朵,由一个个柄擎着,在绿波上漂浮。

1990 年 8 月 10 日

(原载《散文》1990 年第 10 期)

送　春

说起燕园的野花,声势最为浩大的,要数二月兰了。它们本是很单薄的,脆弱的茎,几片叶子,顶上开着小朵小朵简单的花,可是开成一大片,就形成春光中重要的色调。阴历二月,它们已探头探脑地出现在地上,然后忽然一下子就成了一大片。一大片深紫浅紫的颜色,不知为什么总有点朦胧。房前屋后,路边沟沿,都让它们占据了,熏染了。看起来,好像比它们实际占的地盘还要大。微风过处,花面起伏,丰富的各种层次的紫色一闪一闪地滚动着,仿佛还要到别处去涂抹。

没有人种过这花,但它每年都大开而特开。童年在清华,屋旁小溪边便是它们的世界。人们不在意有这些花,它们也不在意人们是否在意,只管尽情地开放。那多变化的紫色,贯穿了我所经历的几十个春天,只在昆明那几年让白色的木香花代替了。木香花以后的岁月,便定格在燕园,而燕园的明媚春光,是少不了二月兰的。

斯诺墓所在的小山后面,人迹罕到,便成了二月兰的天下。从路边到山坡,在树与树之间,挤满花朵。有一小块颜色很深,像需要些水化一化;有一小块颜色很浅,近乎白色。在深色中有浅色的花朵,形成一些小亮点儿;在浅色中又有深色的笔触,免得它太轻灵。深深浅浅连成一片。这条路我也是不常走的,但每到春天,总要多来几回,看看这些小友。

其实我家近处,便有大片二月兰。各芳邻门前都有特色,有人从荷兰带回郁金香,有人从近处花圃移来各色花草。这家因主人年老,儿孙远居海外,没有人侍弄园子,倒给了二月兰充分发展的机会。春来开得满园,像一大块花毡,衬着边上的绿松墙。花朵们往松墙的缝隙间直挤过去,稳重的松树也似在含笑望着它们。

这花开得好放肆!我心里说。我家屋后,一条弯弯的石径两侧,直到后窗下,每到春来,都是二月兰的领地。面积虽小,也在尽情抛洒春光。不想一次有人来收拾院子,给枯草烧了一把火,说也要给野花立规矩。次年春天便不见了二月兰,它受不了规矩,野草却依旧猛长。我简直想给二月兰写信,邀请它们重返家园。信是无处投递,乃特地从附近移了几棵,尚未见功效。

许多人不知道二月兰为何许花,甚至语文教科书的插图也把它画成兰花模样。兰花素有花中君子之称,品高香幽。二月兰虽也有个兰字,可完全与兰花没有关系,也不想攀高枝,只悄悄从泥土中钻出来,如火如荼点缀了春光,又悄悄落尽。我曾建议一年轻画徒,画一画这野花,最好用水彩,用印象派手法。年轻人交来一幅画稿,在灰暗的背景中只有一枝伶仃的花,又依照"现代"眼光,在花旁画了一个破竹篮。

"这不是二月兰的典型姿态。"我心里评判着。二月兰是一大片一大片的,千军万马。身躯瘦弱地位卑下,却高扬着活力,看了让人透不过气来。而且它们不只开得隆重茂盛,尽情尽性,还有持久的精神,这是今春才悟到的。

因为病,因为懒,常几日不出房门。整个春天各种花开花谢,来去匆匆,有的便不得见。却总见二月兰不动声色地开在那里,似乎随时在等候,问一句:"你好些吗?"

又是一次小病后,在园中行走。忽觉绿色满眼,已为遮蔽炎热做准备。走到二月兰的领地时,不见花朵,只剩下绿色直连到松墙。好像原有一大张绚烂的彩画,现在掀过去了,卷起来了,放在什么地方,以待来年。

我知道,春归去了。

在领地边徘徊了一会儿,忽然意识到二月兰的忠心和执着。从春如十三女儿学绣时,它便开花,直到雨僝风僽,春深春老。它迎春来,伴春在,送春去。古诗云"开到荼蘼花事了",我始终不知荼蘼是个什么样儿,却亲见二月兰蓦然消失,是春归的一个指征。

迎春人人欢喜,有谁喜欢送春?忠心的、执着的二月兰没有推托这个任务。

1992年9月下旬

(原载《散文天地》1993年第1期)

松　侣

一位朋友曾说她从未注意过木槿花是什么样儿,我答应院中木槿花开时,邀她来看。

这株木槿原在窗前,为了争得光线,春末夏初时我把它移到篱边。它很挣扎了一阵,活下来了,可是秋初着花时节,一朵未见。偶见大图书馆前两排木槿,开着紫、白、红各色的花朵,便想通知朋友,到那里观看。不知有什么事,一天天因循,未打电话。过了些时,偶然走过图书馆,却见两排绿树,花朵已全落尽了。一路很是怅然,似乎不只失信于朋友,也失信于木槿花。又因木槿花每一朵本是朝开夕谢的,不免伤时光之不再,联想到自己的疾病,不知还有几多日子。

回到家里,站在院中三棵松树之间,那点脆弱的感怀忽然消失了,我感到镇定平静。三松中的两棵高大稳重,一株直指天空,另一株过房顶后作九十度折角,形貌别致,都似很有魅力,可以倚靠。第三棵不高,枝条平伸作伞状,使人感到亲切。它们似乎说,好了,不要小资情调了,有我们呢。

它们当然是不同的。它们不落叶,无论冬夏,常给人绿色的遮蔽。那绿色十分古拙,不像有些绿色的鲜亮活跳。它们也是有花的,但不显著,最后结成松塔掉下来,带给人的是成熟的喜悦,而不是凋谢的惆怅。它们永远散发着清净的气息,使得人也清爽,据说像负离子发生器一样,有着实实在在的医疗作用。

更何况三松和我的父亲是永远分不开的。我的父亲晚年将这住宅命名为"三松堂"。"庭中有三松,抚而盘桓,较渊明犹多其二焉"(《三松堂自序》之自序)。寄意深远,可以揣摩。我站在三松之下感到安心,大概因为同时也感到父亲的思想、父亲的影响和那三松的华盖一样,仍在荫蔽着我。

父母在堂时,每逢节日,家里总是很热闹。七十年代末,放鞭炮之风还未盛,我家得风气之先,不只放鞭炮,还要放花,一道道彩光腾空而起,煞是好看。这时大家又笑又叫,少年人持着竹竿,孩子们躲在大人身后探出个小脑袋,放花放炮的乐趣就在此了。放了几年,家里人愈来愈少了,剩下的人还坚持这一节目,有一次一个闪光雷放上去,其中一些纸燃烧着落在松树顶上,一枝松针马上烧起来,幸亏比较靠边,往上泼水还能泼到,及时扑灭了。浇水的人和树一样,也成了落汤鸡。以后因子侄辈纠缠,也还放了两年。再以后,没有高堂可娱,青年人又都各奔前程,几乎走光,三松堂前便再没有节日的喧闹。

这一切变迁,三松和院子中的竹子、丁香、藤萝、月季和玉簪都曾亲见。其中松树无疑是祖字辈的,阅历最多,感怀最深,却似乎最无话说。只是常绿常香,默默地立在那里,让人觉得,累了时它总是可以靠一靠的。

这三棵松树似是家中的一员,是亲人,是长辈。燕园中还有许许多多松柏枞桧这类的树,便是我的好友了。

在第二体育馆之北,六座中西合璧的庭院之间,有一片用松墙围起来的园子,名为静园。这里原来是没有墙的,有的是草地、假山,又宽又长的藤萝架。"文革"中,这些花草因有不事生产的罪名,全被铲除,换上了有出息的果树,又怕人偷果子,乃围以松墙。我对这一措施素不以为然,静园也很少去。

这两年,每天清晨坚持散步,据说这是我性命攸关的大事,未敢少懈。散步的路径,总寻找松柏之处,静园外超过千步的松墙边便成为好地方。一到墙边,先觉清气扑人,一路走下去,觉得全身的血液都换过了。

临湖轩前有一处三角地,也围着松墙。其中一段路两边皆松,成为夹道。那松的气息,更是向每个毛孔渗来。一次雨后走过夹道,见树顶上一片云气蒸腾,树枝上挂满亮晶晶的水珠,蜘蛛网也成了彩色的璎珞,最主要的是那气息,清到浓重的地步,劈头盖脸将人包裹住了。这时便想,若不能健康地活下去,实在愧对造化的安排。

走出夹道不远,有一处小松林,有白皮松、油松等,空气自然是好的。我走过时,总见六七位老太太在一起做操,一面拍拍打打,一面大声谈家常。譬如昨天谁的媳妇做的饭,谁的孙子念的什么书。松树也不嫌聒噪,只管静静地施行负离子疗法。

中国文学中一直推崇松的品格,关于松的吟咏很多。松树的不畏岁寒,正可视为不阿时不媚俗的一种节气。这是"士"应有的精神境界,所以都愿意以松为友。白居易《庭松》诗云:"疏韵秋槭槭,凉阴夏凄凄。春深微雨夕,满叶珠蓑蓑。岁暮大雪天,压枝玉皑皑。四时各有趣,万木非其侪……即此是益友,岂必交贤才。顾我犹俗士,冠带走尘埃。未称为松主,时时一愧怀。"最后两句用松之德要求自己,勉励自己,要够格做松的主人。松不只给人安慰,给人健康,还在道德上引人向上。世之益友,又有几人能做到呢?

自然界中,能为友侣的当然不只松柏一类。虽木槿之短暂,也有它的作用与位置。人若能时时亲近大自然,会较容易记住自己的本色。嵇康有诗云:"目送归鸿,手挥五弦。俯仰自得,游心太玄。"纵然手不能举足不能抬,纵然头上悬着疾病的利剑,我们也能在自己的位置上俯仰自得,不是吗?

1993 年 9 月下旬

(原载《中国残疾人》1993 年 12 月号)

促织,促织!

秋来了。

不知不觉间,秋天全面地到来了。

最初的信息还在玉簪花。那一点洁白的颜色仿佛把厚重的暑热戳了一个洞,凉意透了过来。渐渐地,鼓鼓的小棒槌花苞绽开了,愈开愈多,满院中弥漫着淡淡的香气。人走进屋内有时会问一句,怎么会这样香,是熏香还是什么?我们也答说,熏香哪有这样气味,只是花香侵了进来罢了。花香晚间更觉分明,带着凉意。

一个夏天由着知了聒噪,吵得人恨不得大喝一声"别吵了",也只能想想而已,谁和知了一般见识?随着玉簪的色与香,夜间忽然有了清亮无比的鸣声,那是蟋蟀。叫叫停停,显得夜愈发的静,又是一年一度虫鸣音乐换演员的时候了。知了的呐喊渐渐衰微,终于沉默。蟋蟀叫声愈来愈多,愈来愈亮。清晨在松下小立,竹丛里,地锦间,都有不止一支小乐队,后来中午也能听到了。最传神,最有秋之意韵的鸣声是在晚间,似比白天的鸣声高了八度,很是饱满。狄更斯在《炉边蟋蟀》这篇小说里形容蟋蟀的叫声"像一颗星星在屋外的黑暗中闪烁,歌声到最高昂时,音调里便会出现微弱的,难以描述的震颤"。小说的男女主人公都喜欢这小东西,说炉边能有一只蟋蟀,是世界上最幸运的事。

我们的小歌者中最优秀的一位也是在厨房里。它在门边,炉边,碗柜边,水池边转着圈鸣叫,像要叫醒黑沉沉的夜,叫得真欢。叫到最高昂处似乎星光也要颤一颤。我们怕它饿了,撕几片白菜叶子扔在当地,它总是不屑一顾。

养蟋蟀有许多讲究,可以写几本书。我可无意此道,几十年前亲戚送的古雅的蛐蛐罐,早不知到哪里去了。我喜欢自然环境中蟋蟀的歌声,那是一种天籁,是秋的号角,充满了秋天收获的喜悦。

家人闲话时,常常说到家中的两个淘气包——两只猫;说到一只小壁虎,它每天黄昏爬上纱窗捉蚊子,恪尽职守;说到在杂物棚里呼呼大睡的小刺猬,肚皮有节奏地一凸一凹,煞是好看。也说到蟋蟀,这小家伙,为整个秋天振翅长鸣,不惜用尽丹田之气。它的歌声使人燥热的梦凉爽了,使人凄清的梦温暖了。我们还讨论了它的各种名字:蟋蟀,俗名蛐蛐,一名蛩,一名促织。

促织这两个字很美,据说是模仿虫鸣声,声音并不大像,却给人许多联想。促织,可以想到催促纺织,催促劳动,提醒人一年过去了大半,劳动成果已在手边,还得再接再厉。

《聊斋志异》中有《促织》一篇,写官府逼人上交蟋蟀,九岁孩童为了父母身家性命,魂投蟋蟀之身。以人的智慧对付虫,当然所向披靡。这篇故事不只写出以皇帝为首的统治者的暴虐荒唐,更写出了人的精神力量。生不可为之事,死以魂魄为之!这是一种执着,奋斗,无畏无惧,山河为动,金石为开的力量。

近来,我非常不合潮流地厌恶"潇洒"这两个字。这两个字已被用得极不潇洒了,几乎成了不负责任的代名词。潇洒,得有坚实的根底,是有源有本,是自然而然的一种人格体现,不是凭空追求能得到的。晋人风流的底是真情,晚明小品空灵闲适的底是妙赏。没有底,只是哼哼唧唧自哀自怜,或刻意作潇洒状,徒然令人生厌。

听得一位教师说,她班上有一个学生既聪明,又勤奋,决不浪费时间。她向别的同学推广,有些人竟嗤之以鼻,说:"太牲了!"经过解释,才知道牲者畜牲也,意思是太不像人了。

究竟怎样才像人?才是人?才能做与"天地参"的人?只是潇洒么?只是好玩么?

听听那小蟋蟀!它还在奋力认真地唱出自己的歌!

促织,促——织——

1994年8月

(原载《散文(海外版)》1995年1月号)

比尔建亚

我家有一盆花,已经有三十多年了。一丛草花,活了三十多岁,也算高寿。更何况我很少管它,几乎连水也不浇,只在深秋时把它移进室内,春暖时搬出去,这是最多的照顾了。它却活得很起劲,不知什么时候,就会在绿叶中透出一枝枝嫩红的笔杆状的花苞,然后开出一串串吊钟样的花朵。有时在冬天,有时在春天,谁也记不准它开花的节令。

这花名唤比尔建亚,还是一九六六年以前,我在洒兹府居住时,在崇文门花店买的。我想不起当初为什么要买这盆花,只记得随口问了花名,答称"比尔建亚"。这名字相当古怪,究竟是哪四个字,不得而知,后来也没有去请教植物学家。一晃三十多年过去了,看过它的人,许多都离开了这个世界,比尔建亚还顽强地活着,没有要离开的意思。

我们很用心地养过一盆蟹爪莲,上上下下几层红花,煞是好看,可是稍一怠慢,就活不成,后来盆也不知哪里去了。我们也养水仙,常常是朋友送的能装点满室清雅,自己养的则总落得一簇青蒜似的叶子。今年,我们的水仙不见花苞,想着只有等桃李争春了。不料在杂物间里过冬的几盆绿色植物中,忽然透出一道道娇红,笔杆样的,十分精神。

这是比尔建亚,那娇红的笔杆状的花苞,有的已经绽开,露出一挂挂的小吊钟,花是黄的,有一道深绿的边,花蕊很长。我望着它,心中充满了诧异和敬意。

过了三十多年才忽然意识到,我从未见过另一盆这样的花,所有见过它的人也都说是第一次见。照说该以奇花异草的规格待它,但是我想不起来,它呢,也不计较。

(原载《南方日报》1996 年 4 月 21 日)

拾沙花朝小辑

林黛玉曾说,不知为什么,眼泪越来越少了。似是护花主人评:泪还尽,则大限到矣。有几天,我觉得脑中干枯,昏沉沉一片空白,想是因为越来越走近那生满野百合花的尽头了。可是,过了几天,却又生出许多古怪念头,如春水初涨,在脑海中生长流动,活泼泼地。一群念头过去后,留下了痕迹,如同潮水退后的沙粒,便拾起来。时为百花将生之日,是为拾沙花朝小辑。

二月某日,崇文区某中学的一位语文教师打电话来说,初一语文新课本中有我的《紫藤萝瀑布》一文。这篇文章她读过许多年了,但现在要讲解,却觉困难。其背景含义及对人生的感悟,孩子们是不会懂的,只能讲一讲对景物的细致描写。可是这一点她也觉得难,因为她不记得藤萝花的模样,她周围的许多人都说没有见过藤萝花。

我有些诧异,怎么会没有见过藤萝呢。藤萝是北京的花,就像海棠、石榴一样。旧宅子里面总是有的,京郊的这寺那寺,名园或非名园都常有藤萝架。或许大家都见过,只是不认得罢了。我说,到初夏时再讲这一课,带孩子们郊游,在藤萝花下讲。她说这文章是课本的第二课,等不到初夏了,如有照片看看也好。

照片是有的,但很模糊,勉强认出藤萝花成串地从高处挂下来，并没有瀑布的效果。《宗璞影记》最后一部分"小精灵们"收入了石头、铁箫、猫儿和花的照片，但是没有藤萝。我有一段文字："这本影记中有送春的二月兰，有报秋的玉簪花，但是没有紫藤萝瀑布。静止的画面无法表现我所感受的那种灵动，那种活泼，那种热闹和生机。我想就不让照片介入我的文字了。便是二月兰和玉簪花，也只是记下形状而已。"

那位可敬的、认真的女教师取走了照片，我很怀疑照片的作用是正还是负。这几年，我自己也没有看见紫藤萝瀑布了。临湖轩下小湖旁，原有预备好的藤萝架，可是不见藤萝。现在校园中最大的草坪，翻回历史页码，曾是一片果园。那时认为花是不事生产游手好闲的象征。再向前翻一页，这里原有假山，还有一个很长的藤萝架，在花下有石桌、石凳可以小憩。这些都已成为过去，不提也罢。

对了，学生宿舍某楼前也有一个藤萝架，但据说，花总是稀稀落落。

我的文字留住了紫藤萝瀑布，我们的心留住了紫藤萝瀑布。

一九九八年，高考语文试题中用《报秋》作为一个考题。那一年高考期间，考生们进了考场，开始回答语文试卷后，我接到出题人之一北大王先生的电话。他说："现在解密，可以告诉你这个消息。十几万考生同时在读你的文章。"我觉得有一种青春的力量簇拥着我，提携着我，不知该说什么，只是从心底希望大家都考好。

在《报秋》文中我曾这样写：

> 一朵花苞钻出来，一个柄上的好几朵都跟上。花苞很有精神，越长越长，成为玉簪花模样。开放都在晚间，一朵持续一昼夜。六片清雅修长的花瓣围着花蕊，当中的一株

顶着一点嫩黄,颤颤地望着自己雪白的小窝。

这花的生命力极强,随便种种,总会活的。不挑地方,不拣土壤,而且特别喜欢背阴处,把阳光让给别人,很是谦让。据说花瓣可以入药。还有人来讨那叶子,要捣烂了治脚气。我说它是生活上向下比,工作上向上比,算得一种玉簪花精神罢。

清朝李渔不理解这种精神,他说玉簪花容易成活,很"贱"。这样的花本来应是容易普及的,却也总有人说不认得。我便介绍颐和园玉兰树下那一片,它们总是比城中的先开放,提早报秋。这几年来未在初秋去长廊那一带,也不知它们是否还在。

《送春》文中关于二月兰的描写,首先得到了燕园居民的关注和认同。他们不愧是二月兰的知己。有人说,二月兰就是这样的,像紫色的花毯,让那完成了使命的春之神踏着一片轻盈的紫雾离开。二月兰也惹动了乡愁,友人从收音机中听到朗诵这篇文章,写信来说很怀念家乡那一片颜色。这是几年前的事了。我还写了一首小诗《二月兰问答》,有这样的形容:

　　一幅幅活泼的水彩画
　　七宝流光罩
　　又朦胧又缥缈——二月兰在笑;
　　一个个快活的小乐队
　　叮叮咚咚敲
　　又悠扬又跳跃
　　二月兰在笑。

这样的景色,这几年也不多见了。我们彼此安慰说,今年是小年罢。可是又过了一年,大年仍没有到。那紫色的花毯似乎陈旧了,破损了。它们是野生的、自由自在的小东西,常在溪边、路侧、屋脚、树下展现着笑容,是大自然不经意地涂抹的颜色。人占的地盘越多,野生物自然越少。是不是要提出抢救二月兰,辟出一片花圃?野生物是种不出来的,种出来就不是它了。

趁二月兰还有小年,赶快认一认吧。

从抢救二月兰联想到昆明的木香花。它们灭绝得更快。那茂盛的、白得如雪的木香花沿着漫长的泥土路随意生长,伴随着我的少年时代,也点缀了许多人的梦。可是现在昆明的年轻人说,他们从来没见过木香花。自八十年代初,我数次回"乡",真的找不到一点痕迹。它们被高楼大厦、名花异木压下了,挤走了。哪里去找它们的种子?哪里去找它们的根?留下的是记忆。在记忆里,灿烂的、朴实的木香花不只会形成短篱,有时还会攀上屋顶,在檐前形成一道自然的屏风。它们的香气淡淡的,伴随着少年人的想象,飘得很远。

可是,人们说从没有见过木香花。

也许,我该专为木香花写一篇散文。

自告别阅读以后,信息少了许多,想知道纸上的事,总要依赖他人。但我还是很快乐。因为我看得见蓝天白云,青山绿水,水上的桥,桥边的树。我相信,今年的春天仍会在我眼前呈现那姹紫嫣红开遍的景色。我会看见两树迎春随风摇曳的枝条,使得月洞门处在一片嫩黄的光彩中。这花到底是迎春还是连翘,我听人讲解多次,曾经明白,不久又糊涂。我会看见那微雨中的丁香,小小的结仍未解开。我看得见灰喜鹊和黑喜鹊在空中飞。据说,灰喜鹊只会跳,黑喜鹊却会走,我看不清,就靠想象来弥补。

我看不见很多东西,可是我看得见大自然。它是那样大,那样丰富,大得让我看得见,丰富得让我看得见。哲人说:"了解于社会的全之外,还有宇宙的全。"也就是说,要记住自己在宇宙中的地位。我没有很高的境界,只是感觉到自己上下周围有天地、有万物,是多么大的福气。

我看得见大自然,我很满足。

2001年2月中旬

(原载《书摘》2001年第12期)

二十四番花信

今年春来早,繁忙的花事也提早开始,较常年约早一个节气。没有乍暖还寒,没有春寒料峭。一天,在钟亭小山下散步,忽见,乾隆御碑旁边那树桃花已经盛开。我常说桃花冒着春寒开放很是勇敢,今年开得轻易不需要很大勇气,只是衬着背后光秃的土山,还可以显出它是报春的先行者。

迎春、连翘争相开花,黄灿灿的一片。我很长时期弄不清这两种植物的区别,常常张冠李戴,未免有些烦恼,也曾在别的文章里写过。最近终于弄清,迎春的枝条呈拱形,有角棱,连翘的枝条中空。原以为我家月洞门的黄花是迎春,其实是连翘,有仲折来的中空的枝条为证。

报春少不了二月兰。今年二月兰又逢大年,各家园子里都是一大片紫色的地毯。它们有一种淡淡的香气,显然是野花的香气。去冬,往病房送过一株风信子,也是这样的气味。

榆叶梅跟着开了,附近的几株都是我们的朋友,哪一株大,哪一株小,哪一株颜色深,哪一株颜色浅,我们都再熟悉不过。园边一排树中,有一株很高大,花的颜色也深,原来不求甚解地以为它是榆叶梅中的一种。今年才知道,这是一棵朱砂碧桃。"天上碧桃和露种",当然是名贵的,它若知我一直把它看作榆叶梅,可能会大大的不高兴。

紧接着便是那若有若无的幽香提醒着丁香上场了。窗前的一株已伴我四十余年。以前伏案写作时,只觉香气直透毫端,花墙边的一株是我手植,现在已高过花墙许多。几树丁香都不是往年那种微雨中淡淡的情调,而是尽情地开放,满树雪白的花,简直是光华夺目。我已不再持毫,缠绕我的是病痛和焦虑,幸有这光亮和香气,透过黑夜,沁进窗来,稍稍抚慰着我不安的梦。

我为病所拘,只能就近寻春,以为看不到玉兰和海棠了。不想,旧地质楼前忽见一株海棠正在怒放,迎着我们的漫步。燕园本来有好几株大海棠,不知它们犯了何罪,"文革"中统统被砍去,现在这一株大概是后来补种的。海棠的花最当得起"花团锦簇"这几个字。东坡诗句"只恐夜深花睡去,故烧高烛照红妆",照的就是海棠。海棠虽美,只是无香,古人认为这是一大憾事。若是无香要扣分,花的美貌也可以平均过来了。再想想,世事怎能都那么圆满。

又一天,走到临湖轩,见那高松墙变成了短绿篱,门开着,便走进去,晴空中见一根光亮的蛛丝在袅动,忽然想起《牡丹亭》中那句"袅晴丝,吹来闲庭院,摇漾春如线"。这句子可怎么翻译,我多管闲事地发愁。上了台阶,本来是空空的庭院,现在觉得眼睛里很满,原来是两株高大的玉兰,不知何时种的。玉兰正在开花,虽已过了最盛期,仍是满树雪白。那白花和丁香不同,显得凝重得多。地下片片落花也各有姿态,我们看了树上的花,又把脚下的花看了片刻。

蔡元培像旁有一株树,叶子是红的,我们叫它红叶李。从临湖轩出来走到这里,忽见它也是满树的花。又过了两天,再去寻时,已经一朵花也看不见了。真令人诧异不止。

"我一生儿,爱好是天然。"花朵怎能老在枝头呢,万物消长是大自然的规律。

柳絮开始乱扑人面。我和仲走在小路上,踏着春光,小心翼翼地,珍惜地。不知何时,那棵朱砂碧桃的满树繁花也已谢尽,枝条空空的,连地上也不见花瓣。别的花也会跟着退场的。有上场,有退场,人,也是一样。

2002年春末

(原载《书摘》2002年第2期)

我爱燕园

我爱燕园。

考究起来,我不是北大或燕京的学生,也从未在北大任教或兼个什么差事。我只是一名居民,在这里有了三十五年居住资历的居民。时光流逝,如水如烟,很少成绩,却留得一点刻骨铭心之情:我爱燕园。

我爱燕园的颜色。五十年代,春天从粉红的桃花开始。看见那单薄的小花瓣在乍暖还寒的冷风中轻轻颤动,便总为强加于它轻薄之名而不平,它其实是仅次于梅的先行者。还没有来得及为它翻案,不要说花,连树都难逃斧钺之灾,砍掉了。于是便总由金黄的连翘迎来春天。因它可以入药,在校医院周围保住了一片。紧接着是榆叶梅热闹地上场,花团锦簇,令人振奋。白丁香、紫丁香,幽远的甜香和着朦胧的月色,似乎把春天送到了每个人心底。

绿草间随意涂抹的二月兰,是值得大书特书的。那是野生的花,浅紫掺着乳白,仿佛有一层亮光从花中漾出,随着轻拂的微风起伏跳动,充满了新鲜,充满了活力,充满了生机。简直让人不忍走开。紫色经过各种变迁,最后便是藤萝。藤萝的紫色较凝重,也有淡淡的光,在绿叶间缓缓流泻。这时便不免惊悟,春天已老。

夏日的主色是绿,深深浅浅浓浓淡淡的绿。从城里奔走一天回来,一进校门,绿色满眼,猛然一凉,便把烦恼都抛在校门外了。绿色好像是底子,可以融化一切的底子,那文眼则是红荷。夏日荷塘是我招待友人的保留节目。鸣鹤园原有大片荷花,红白相间,清香远播。动乱多年后,寻不到了。现在勺园附近、朗润园桥边都有红荷,最好的是镜春园内的一池,隐藏在小山之后,幽径曲折,豁然得见。红荷的红不同于桃、杏,鲜艳中显出端庄,就像白玉兰于素静中显出华贵一样。我曾不解为什么佛的宝座作莲花状,再一思忖,无论从外貌或品德比较,没有比莲花更适合的了。

秋天的色彩令人感到充实和丰富。木槿的花有紫有白,紫薇的花有紫有红,美人蕉有各种颜色,玉簪花则是玉洁冰清,一片纯白。而最得秋意的是树叶的变化。临湖轩下池塘北侧一排高大的银杏树,秋来成为一面金色高墙,满地落叶也是金灿灿的,踩上去不由生出无限遐想。池塘西侧一片灌木不知名字,一个叶柄上对称地生着秀长的叶子,着雨后红得格外鲜亮。前年我为它写了一篇小文《秋韵》,去年再去观赏时,却见树丛东倒西歪,让人踩出一条路。若再成红霞一片,还不知要多少年!我在倒下的枝叶旁徘徊良久,恨不能起死回生!"文化大革命"中滋长的破坏习性,什么时候才能改变?!

一望皆白的雪景当然好看,但这几年很少下雪。冬天的颜色常常是灰蒙蒙的,很模糊。晴时站在未名湖边四顾,天空高处很蓝,愈往边上愈淡,亮亮地发白,枯树枝丫、房屋轮廓显出各种姿态,像是一幅没有着色只有线条的钢笔画。

我爱燕园的线条。湖光塔影,常在从燕园离去的人的梦中。

映在天空的塔身自不必说，投在水中的塔影，轮廓弯曲了，摇曳着，而线条还是那么美！湖心岛旁的白石舫，两头微微翘起，有一点弧度，显得既圆润又利落。据说几座仿古建筑的檐角，就是因为缺少了弧度，而成凡品。湖西侧小山上的钟亭，亭有亭的线条，钟有钟的线条，钟身上铸了十八条龙和八卦。那几条长短不同的横线做出的排列组合，几千年来研究不透。

我爱燕园的气氛，那是人的活动造成的。每年秋天，新学年开始，园中添了许多稚气的脸庞。"老师，六院在哪里？""老师，一教怎样走？"他们问得专心，像是在问人生的道路。每年夏天，学年结束，道听途说则是："你分在哪里？""你哪天走？"布告牌上出现了转让车票、出让旧物的字条。毕业生要到社会上去了，不知他们四年里对原来糊涂的事明白了多少，也不知今后会有怎样的遭遇。我只觉得这一切和四季一样分明，这是人生的节奏。

有时晚上在外面走——应该说，这种机会越来越少了——看见图书馆灯火通明，像一条夜航的大船，总是很兴奋。那凝聚着教师与学生心血的智慧之光，照亮着黑暗。这时我便知道，糊涂会变成明白。

三角地没有灯，却是小小的信息中心，前两年曾特别热闹，几乎天天有学术报告，各种讲座，各种意见，显示出每个人都用自己的头脑在思索，一片绚烂胜过自然间的万紫千红。这才是燕园本色！去年上半年骤然冷落，只剩些舞会通知、电影广告和遗失启事，虽然有些遗失启事很幽默，却总感到茫然凄然。近来又恢复些生气。我很少参加活动，看看布告，也是好的。

我爱燕园中属于我自己的记忆。我扫过自家门前雪，和满地扔瓜子壳儿的男士女士们争吵过。我为奉老抚幼，在衰草凄迷的园中奔走过。我记得室内冷如冰窖的寒冬,也记得新一代水暖工送来温暖的微笑。我那操劳一生的母亲怀着无限不安和惦念在校医院病逝,没有足够的人抬她下楼。当天,她所钟爱的狮子猫被人用鸟枪打死,留下一只尚未满月的小猫。这小猫如今已是十一岁,步入老年行列了。这些记忆,无论是美好的还是痛苦的,都同样珍贵。因为那属于我自己。

我爱燕园。

1988 年 1 月 18 日

(原载《精神的魅力》,北京大学出版社 1998 年出版)

燕园石寻

从燕园离去的人,可记得那些石头?

初看燕园景色,只见湖光塔影,秀树繁花,不会注意到石头。回想燕园风光,就会发现,无论水面山基,或是桥边草中,到处离不开石头。

燕园多水,堤岸都用大块石头依其自然形态堆砌而成。走进有点古迹意味的西校门,往右一转,可见一片荷田,夏日花大如巨碗。荷田周围,都是石头。有的横躺,有的斜倚,有的竖立如小山峰,有的平坦可以休憩。岸边垂柳,水面风荷,连成层叠的绿,涂抹在石的堤岸上。

最大的水面是未名湖,也用石做堤岸。比起原来杂草丛生的土岸,初觉太人工化。但仔细看,便可把石的姿态融进水的边缘,水也增加了意味。西端湖水中有一小块不足以成为岛的土地,用大石与岸相连,连续的石块,像是逗号下的小尾巴。

"岛"靠湖面一侧,有一条石雕的鱼,曾见它无数次沉浮。它半张着嘴,有时似在依着水面吐泡儿,有时则高高地昂着头。不知从何时起,它的头不见了,只有向上翘着的尾巴,在测量湖面高低。每一个燕园长大的孩子,都在那石鱼背上坐过,把脚伸在水里,自由自在地幻想未来。等他们长大离开,这小小的鱼岛便成为他们生命中的一个逗号。

不只水边有石,山下也是石。从鱼岛往西,在绿荫中可见隆起的小山,上下都是大石。十几株大树的底座,也用大石围起。路边随时可见气象不一、成为景致的石头,几块石矗立桥边,便成了具有天然意趣的短栏。杂缀着野花的披拂的草中,随意躺卧着大石,那惬意样儿,似乎"嵇康晏眠"也不及它。

这些石块数以千计,它们和山、水、路、桥一起,组成整体的美。

燕园中还有些自成一家的石头可以一提。现在要选的七八块都是太湖石,不知入不入得石谱——

办公楼南两条路会合处有一角草地,中间摆着一尊太湖石,不及一人高,宽宽的,是个矮胖子。石上许多纹路孔窍,让人联想到老人多皱纹和黑斑的脸,这似乎很丑。但也奇怪,看着看着,竟在丑中看出美来,那皱纹和黑斑都有一种自然的韵致,可以细细观玩。

北面有小路,达镜春园。两边树木郁郁葱葱,绕过楼房,随着曲径,寻石的人会忽然停住脚步。因为浓绿中站着两块大石,都带着湖水激荡的痕迹。两石相挨,似乎你望着我,我望着你。路的另一边草丛中站着一块稍矮的石,斜身侧望,似在看着那两个伴侣。

再往里走,荷池在望。隔着卷舒开合任天真的碧叶红菡萏,赫然有一尊巨石,顶端有洞。转过池西道路,便见大石全貌。石下连着各种形状的较小的石块,显得格外高大。线条挺秀,洞孔诡秘,层峦叠嶂,都聚石上。还有爬上来的藤蔓,爬上来又静静地垂下,那鲜嫩的绿便滴在池水里、荷叶上。这是诸石中最辉煌的一尊。

不知不觉出镜春园,到了朗润园。说实话,我从来没有弄清两园交界究竟在何处。经过一条小村镇般的街道,到得一座桥边,正对桥身立着一尊石。这石不似一般太湖石玲珑多孔,却是大起大落,上下凸出,中间凹进,可容童子蹲卧,如同虎口大张,在等待什么。放在桥头,似有守卫之意。

再往北走,便是燕园北墙了。又是一块草地上,有假山和太湖石。这尊石有一人多高,从北面看,宛如一只狼犬举着前腿站立,仰首向天,在大声吼叫。若要牵强附会说它是二郎神的哮天犬,未尝不可。

原以为燕园太湖石尽于此了,晨间散步,又发现两块。一块在数学系办公室外草坪上。这是常看见的,却几乎忽略了。它中等个儿,下面似有底座,仔细看,才知还是它自己。石旁一株棣棠,多年与石为伴,以前依偎着石,现在已遮蔽着石了。还有一块在体育馆西,几条道路交叉处的绿地上,三面有较小的石烘托。回想起来,这石似少特色。但既是太湖石,便有太湖石的品质。孔窍中似乎随时会有云雾涌出,给这错综复杂的世界更添几分迷幻。

燕园若是没有这些石头,很难想象会是什么模样。石头在中国艺术中,占有极重要的地位,无论园林、绘画还是文学。有人画石入迷,有人爱石成癖,而《红楼梦》中那位至情公子,原也不过是一块石头。

很想在我的"风庐"庭院中,摆一尊出色的石头。可能因为我写过《三生石》这小说,来访的友人也总在寻找那块石头。还有人说确实见到了。其实有的只是野草丛中的石块。这庭院屡遭破坏,又屡屡经营,现在多的是野草。野草丛中散有石块,是院墙拆了又修,修了又拆,然后又修时剩下的,在绿草中显出石的纹路,看着也很可爱。

1988年7月7日雨中

(原载《人民文学》1989年第5期)

燕园碑寻

燕园西门,古色古香,挂着宫灯的那一座,原是燕京大学的正门。当时车辆进出都走这个门,往燕南园住宅区的大路也是从西边来。上一个斜坡,往右一转,可见两个大龟各驮着一块石碑,分伏左右。这似乎是燕南园的入口了,但是许多年来,并没有设一个路牌指出这一点,实在令人奇怪。房屋上倒是有号码,却也难寻找。那些牌子的挂处特别,有的颇为浪漫地钉在树上,有的妄想高攀,快上了房顶。循规蹈矩待在门口的,也大多字迹模糊,很不醒目。

不过总算有这两座碑为记,其出处据说是圆明园。燕园里很多古物,像华表、石狮子、一块半块云阶什么的,都来自圆明园。驮碑的龟首向南,上得坡来先看到的是碑的背面,上面刻有许多名字。我一直以为是捐款赞助人,最近才看清上写着"圆明园花儿匠"几个大字,下面是名单。看来皇帝游园之余,也还承认花儿匠的劳动。这样,我们寻碑的小小旅行便从对劳动者的纪念开始了。

两个大龟的脖颈很长,未曾想到缩头。严格说来这不是龟,而是龙生九子的一种,那名字很难记。东边的一个不知被谁涂红了大嘴和双眼,倒是没有人怀疑会发大水。一代一代的孩子

骑在它们的脖颈上,留下些值得回忆的照片。碑的正面刻有文字,东边这块尚可辨认:

　　……于内苑拓地数百弓,结篱为圃,奇葩异卉杂莳其间,每当露蕊晨开,香苞午绽,嫣红姹紫,如锦如霞。虽洛下之名园河阳之花县不足过也。伏念天地间,一草一木皆出神功……以祀花神,从此寒暑益适其宜,阴阳各遵其性。不必催花之鼓,护花之铃,而吐蕊扬花四时不绝……

　　这倒是说出一点百花齐放的道理。立碑人名字不同,都是圆明园总管。一立于乾隆十年,花朝后二日;一立于十二年,中秋后三日。已是两百多年前的事了。

　　从燕南园往北,有六座中西合璧的小院,以数目名。多为各系的办公室。在一、二、三院和四、五、六院之间,原是大片草地,上有颇具规模的假山,还有一大架藤萝,后因这些景致有"不生产"的罪名,统统被废。这块地变成苹果园,周围圈以密不通风的松墙,保护果实。北头松墙的东西两端,各有大碑,比松墙高些,露出碑顶。过往的人,稍留心的怕也以为是什么柱子之类,不会想到是怕人忘却的碑。

　　从果树下钻过去,挤在碑前,可见上有满汉两种文字。碑身很高,又不能爬到大龟身上,只能观察大概。两碑都是康熙二十四年为四川巡抚杭爱立的。东边是康熙亲撰碑文,写明"四川巡抚都察院右副御史加五级谥勤襄杭爱碑文",文中有"总藩晋地,著声绩于当年;拥节关中,弘抚绥于此境"的句子。据《清史稿》载,杭爱先任山西布政使,擢陕西巡抚,又调四川镇压叛乱,大大有功。西边碑上是康熙特命礼部侍郎作的祭文,这两碑应该立在杭爱坟墓之前,可是坟墓也不知哪里去了。

北阁以北的小山顶上,荒草丛中,有一座不大像碑的碑。乍一看,似是一块断石;仔细看,原来大有名堂。碑身上刻有明末清初画家蓝瑛的梅花,碑额上有乾隆题字。梅花本来给人孤高之感,刻在石上,更觉清冷。有几枝花朵还很清晰,蕊心历历可见。若不是明写着蓝瑛梅花石碑,这碑也许早带着几枝梅花去垫墙基屋角了,本来这种糊涂事是很多的。现在它守着半山迎春开了又谢,几树黄栌绿了又红,不知还要过多少春秋。燕园年年成千上万的人来去,看到这碑的人可能不多。不过,不看到也没有什么可遗憾。

再往北到钟亭下面,有一个小小的十字路口。我在这里走了千万遍。有时会想起培尔·金特在十字路口的遭遇,那铸纽扣的人拿着勺,要把他铸成一粒纽扣,还没有窟窿眼儿。十字路口的西北面有近几年立的蔡子民先生像,西南面有一块正式的乾隆御碑,底座和碑边都雕满飞龙,以保护御笔。碑身是横放的长方形,两面有诗,写明种松戏题,丁未仲春中游御笔,并有天子之宝的御印。乾隆的字很熟练,但毫无秀气,比宋徽宗的瘦金体差远了。义山诗云:"古来才命两相妨",像赵佶李煜这样的人,只能是误为人主吧。

从小山间下坡,眼前突然开阔。柳枝拂动,把淡淡的水光牵了上来,这就是未名湖了。过小桥,可见德才兼备体健全七座建筑。"文革"中改名曰红几楼红几楼,不知现在是否又改了回来。其中健斋是座方形小楼,靠近湖边。住在楼中,可细览湖上寒暑晨昏各种景色。健斋旁有四扇石碑,一排站着,上刻两副对联:"画舫平临苹岸润,飞楼俯映柳荫多";"夹镜光澄风四面,垂虹影界水中央"。据说是和珅所刻,原立在湖心岛旁石舫上的小楼前,小楼毁后移至此。严格说来并不是碑。它写景很实,画舫指的是石舫,飞楼当指那已不复存在的舱楼。夹镜指湖,垂虹指桥,全都包括在内了。"平临苹岸"一句,平苹同音,不好。其实苹字可以改作另一个带草头的字,可用的字不少。

从未名湖北向西,到西门内稍南的荷池,荷池不大,但夏来清香四溢,那沁人肺腑的气息,到冬天似乎还可感觉。一九八九年五月四日,荷池旁草地上,新立起一座极有意义的碑,它不评风花雪月,不记君恩臣功,而是概括了一段历史,这就是国立西南联合大学纪念碑。这碑原在昆明现云南师大校园中的一个角落里,除非特意寻找,很难看见。为了纪念那一段不平凡的日子,为了让更多的人知道历史,作为组成西南联大的三校之一的北京大学和西南联大校友会做了一件大好事,照原碑复制一碑立在此处。

碑的正面是碑文,背面刻有全体为抵抗日本侵略,为保卫祖国而从军的学生名字。碑文系冯友兰先生撰写,闻一多先生篆额,罗庸先生书丹,真乃兼数家之美。文章记述了西南联大始末,并提出可纪念者四。首庆中华古国有不竭的生命力:"盖并世列强,虽新而不古,希腊、罗马,有古而无今。唯我国家,亘古亘今,亦新亦旧,斯所谓'周虽旧邦,其命维新'者也。"次论三校合作无间:"同无妨异,异不害同,五色交辉,相得益彰,八音合奏,终和且平。"第三说明:"万物并育而不相害,道并行而不相悖,小德川流,大德敦化,此天地之所以为大。斯虽先民之恒言,实为民主之真谛。"第四指出古人三次南渡未能北返:"风景不殊,晋人之深悲;还我河山,宋人之虚愿。吾人为第四次之南渡,乃能于不十年间,收恢复之全功,庾信不哀江南,杜甫喜收蓟北。"实可纪念。文章洋溢着一种爱国家、爱民族、爱理想的深情,看上去,真不觉得那是刻在一块冰冷的石头上。

几十年来,碑文作者遭遇了各种批判、攻击乃至诋毁、诬蔑,在世界学者中实属罕见。一九八〇年我到昆明,瞻仰此碑,曾信手写下一首小诗:"阳光下极清晰的文字／留住提炼了的过去／虽然你能证明历史／谁又来证明你自己"。也许待那"自己"变为历史以后,才会有别的证明。证明什么呢?证明一个人在人生最后的铸勺里,化为一枚有窟窿眼儿的纽扣?

每于夕阳西下,来这一带散步,有时荷风轻拂,有时雪色侵衣。常见有人在认真地读那碑文,心中不免觉得安慰。于安慰中,又觉得自己很傻,别人也很傻,所有做碑的人都很傻。碑的作者和读者终将逝去,而"断碣残碑,都付与苍烟落照"。不过,就凭这点傻劲儿,人才能一代一代传下去。还会有新的纪念碑,竖立在苍烟落照里。

1990 年 2 月 2 日

(原载《文汇报》1990 年 3 月 8 日)

燕园树寻

燕园的树何必寻？无论园中哪个角落，都是满眼装不下的绿。这当然是春夏的时候。到得冬天，松柏之属，仍然绿着，虽不鲜亮，却很沉着。落叶树木剩了杈丫枝条，各种姿态，也是看不尽的。

先从自家院里说起。院中的三棵古松，是"三松堂"命名的由来，也因"三松堂"而为人所知了。世界各地来的学者常爱观赏一番，然后在树下留影。三松中的两株十分高大，超过屋顶，一株是挺直的；一株在高处折弯，作九十度角，像个很大的伞柄。撒开来的松枝如同两把别致的大伞，遮住了四分之一的院子。第三株大概种类不同，长不高，在花墙边斜斜地伸出枝干，很像黄山的迎客松。地锦的条蔓从花墙上爬过来，挂在它身上，秋来时，好像挂着几条红缎带。两只白猫喜欢抓弄摇曳的叶子，在松树周围跑来跑去，有时一下子蹿上树顶，坐定了，低头认真地观察世界。

若从下面抬头看，天空是一块图案，被松枝划分为小块的美丽的图案，由于松的接引，好像离地近多了。常有人说，在这里做气功最好了，可以和松树换气，益寿延年。我相信这话，可总未开始。后园有一株老槐树，比松树还要高大，"文革"中成为尺蠖寄居之所。它们结成很大的网,拦住人们去路,勉强走过,便赢得十几条绿莹莹的小生物在鬓发间、衣领里。最可恶的是它们侵略成性,从窗隙爬进屋里,不时吓人一跳。我们求药无门,乃从根本着手,多次申请除去这树,未获批准。后来忍无可忍。密谋要向它下毒手了,幸亏人们忽然从"阶级斗争"的噩梦中醒来,开始注意一点改善自身的生活环境,才使密谋不必付诸实现。打过几次药后,那绿虫便绝迹。我们真有点"解放"的感觉。

老槐树下,如今是一畦月季,还有一圆形木架,爬满了金银花。老槐树让阳光从枝叶间漏下,形成"花荫凉",保护它的小邻居。因为尺蠖的关系,我对"窝主"心怀不满,不大想它的功绩。甚至不大想它其实也是被侵略和被损害的。不过不管我怎样想,现在一块写明"古树"的小牌钉在树身,更是动它不得了。

院中还有一棵大栾树,枝繁叶茂,恰在我窗前。从窗中望不到树顶。每有大风,树枝晃动起来,真觉天昏地暗,地动山摇,有点像坐在船上。这树开小黄花,春夏之交,有一个大大的黄色的头顶,吸引了不少野蜂。以前还有不少野蜂在树旁筑窝,后来都知趣地避开了。夏天的树,挂满浅绿色的小灯笼,是花变的。以后就变黄了,坠落了。满院子除了落叶还有小灯笼,扫不胜扫。专司打扫院子的老头曾形容说,这树真霸道。后来他下世了,几个接班人也跟着去了,后继无人,只好由它霸道去。看来人是熬不过树的。

出得自家院门,树木不可胜数,可说的也很多,只能略拣几棵了。临湖轩前面的两株白皮松,是很壮观的。它们有石砌的底座,显得格外尊贵。树身挺直,树皮呈灰白色。北边的一株在根处便分权,两条树干相并相依,似可谓之连理。南边的一株树身粗壮,在高处分杈。两树的枝叶都比较收拢,树顶不太大,好像三位高大而瘦削的老人,因为饱经沧桑,只有沉默。

俄文楼前有一株元宝枫,北面小山下有几树黄栌,是涂抹秋色的能手。燕园中枫树很多,数这一株最大,两人才可以合抱。它和黄栌一年一度焕彩蒸霞,使这一带的秋意如醇酒,如一曲辉煌的钢琴协奏曲。

若讲到一个种类的树,不是一株树,杨柳值得一提。杨柳极为普通,因为太普通了,人们反而忽略了它的特色。未名湖畔和几个荷塘边遍植杨柳,我乃朝夕得见。见它们在春寒料峭时发出嫩黄的枝条,直到立冬以后还拂动着;见它们伴着娇黄的迎春、火红的榆叶梅度过春天的热烈,由着夏日的知了在枝头喧闹。然后又陪衬着秋天的绚丽,直到一切扮演完毕。不管湖水是丰满还是低落,是清明还是糊涂,柳枝总在水面低回宛转,依依不舍。"杨柳岸,晓风残月",岸上有柳,才显出风和月,若是光光的土地,成何光景?它们常集体作为陪衬,实在是忠于职守,不想出风头的好树。

银杏不是这样易活多见的树,燕园中却不少,真可成为一景。若仿什么十景八景的编排,可称为"银杏流光"。西门内一株最大,总有百年以上的寿数,有木栏围护。一年中它最得意时,那满树略带银光的黄,成为夺目的景象。我有时会想起霍桑小说中那棵光华灿烂的毒树,也许因为它们都是那样独特。其实银杏树是满身的正气,果实有微毒,可以食用。常见一些不很老的老太太,提着小筐去"捡白果"。

银杏树分雌雄。草地上对称处原有另一株,大概是它的配偶。这配偶命不好,几次被移走,有心人又几次补种。到现在还是垂髫少女,大概是看不上那老树的。一院院中,有两大株,分列甬道两旁,倒是原配。它们比二层楼还高,枝叶罩满小院。若在楼上,金叶银枝,伸手可取。我常想摸一摸那枝叶,但我从未上过这院中的楼,想来这辈子也不会上去了。

它们的集体更是大观了。临湖轩下小湖旁,七棵巨人似的大树站成一排,挡住了一面山。我曾不止一次写过那金黄的大屏风。这两年,它们的叶子不够繁茂,已经不像从前那样有气势了。树下原有许多不知名的小红树,和大片的黄连在一起,真是如火如荼,现在莫名其妙地消失了,大概给砍掉了。这一排银杏树,一定为失去了朋友而伤心罢。

砍去的树很多,最让人舍不得的是办公楼前的两大棵西府海棠,比颐和园乐寿堂前的还大,盛开时简直能把一园的春色都集中在这里。"文革"中不知它触犯了哪一位,顿遭斧钺之灾。至今有的老先生说起时,仍带着眼泪。可作为"老年花似雾中看"的新解罢。

还有些树被移走了,去点缀新盖的楼堂馆所。砍去的和移走的是寻不到了,但总有新的在生在长,谁也挡不住。

新的银杏便有许多。一出我家后角门,可见南边通往学生区的路。路很直,两边年轻的银杏树也很直,年复一年地由绿而黄。不知有多少年轻人走过这路,迎着新芽,踩着落叶,来了又走了,走远了——

而树还在这里生长。

1990 年 2 月 15 日至 4 月 15 日

(原载《文汇月刊》1990 年第 6 期)

燕园墓寻

提起燕园的墓,最先就会想到埃德加·斯诺安眠的所在。那里原是花神庙的旧址,前临未名湖,后倚一小山,风水绝佳。岸边山下,还有花神庙旧山门。在燕园居住近四十年,见这山门的颜色从未变过,也不见哪一天刷新,也不见哪一天剥落,总是一种很旧的淡红色,映着清波,映着绿柳。

下葬在一九七二年。那天来了许多要人,是一大盛事。据说斯诺遗嘱葬他一部分骨灰在此,另一部分撒进了纽约附近的哈德逊河,以示他一半属于美国,一半属于中国。分得这样遥远,我总觉得不大舒服,当然这是多虑。一块天然的大石头盖住了墓穴,矮长的墓碑上简单地刻着名字和生卒年月,金色的字,不久便有几处剥落了。周围的冬青,十几年也不见长高,真是奇怪。

斯诺的名著《西行漫记》曾风行全世界。三四十年代沦陷区的青年因看这书被捕入狱,大后方的青年读这书而更坚定追求的信心。他们追求理想社会,没有人剥削人,没有人压迫人,献身的热情十分可贵,只是太简单了。斯诺后来有一部著作《大河那边》我未得见。如果他活到现在,不知会不会再写一部比较曲折复杂的书。

另一位美国人葛利普（1870—1946），一九二〇年应聘担任北京大学地质系教授和农商部地质调查所古生物部主任，为中国地质学会创立者之一。他去世后先葬在沙滩北大地质馆内，一九八二年迁至燕园西门内。这里南临荷池，北望石桥，东面是重楼飞檐的建筑，西面是一条小路。来往的人很容易看见他的名字，知道有这样一位朋友。这大概是墓的作用。

还有一位英国朋友的墓可真得寻一寻了，不仔细寻找是看不见的。前两年，经一位燕京校友指点，我们在临湖轩下靠湖的小山边走来走去许多遍，终于在长草披拂中找到一块石头，和其他石头毫无区别，只上面写着"Lapwood"几个英文字和"1909—1984"几个数字。只此而已，没有别的记载。

赖朴吾曾是燕京大学数学系教授，北平沦陷时曾越过封锁线到过平西游击区，和抗日游击队有联系。解放后他回英国任剑桥大学数学系主任。一九八四年来华讲学，在北京病逝，遗愿"把骨灰撒在未名湖边的一个小小的花坛里"。大概原是不打算留下名字的，所以葬在草丛中大石下，让人寻找。

这几天在未名湖边散步，忽然发现临湖轩下小山脚的草少了许多。赖朴吾的名字赫然分明，再没有草丛遮掩。旁边一块较小的石上，又添了一个外国名字和数字"1898—1981"。因照签名镌刻，认辨不出是哪一位。经过多方打听，才知道这不是墓，而是纪念碑。那名字是 Sailor，即故燕京大学心理系教授夏仁德，美国人。

据说夏仁德是虔诚的基督徒，但二十世纪三十年代的青年学生，在他指定的参考书中第一次接触了《共产党宣言》。北平沦陷时，进步学生常在他家中集会。他曾通过各种关系，将许多医药器材送进解放区。解放后返回美国，后来人们渐渐不知道他了。现在燕京校友将他的名字刻在石上,以示不忘。

这几个朋友的墓使我感到一种志在四方的胸怀。我们总希望叶落归根,异域孤魂是非常凄惨的联想。而他们愿意永远留在这未名湖边,傍着旧石,望着荷田,依着花神庙。也许他们的家乡观念淡泊些?也许他们认为,自己所爱的,便是超乎一切的选择?

离葛利普不远,在原燕京图书馆南面小坡旁,有两座碑,纪念四位青年学子。我一直以为那是墓,所以列入"墓寻"篇,这次仔细观察,始知是纪念碑。两座碑都是方形柱,高约两米,顶端是尖的,使人想起"刺破青天锷未残"的诗句。

四位同学都是一九二六年"三一八"事件中的遇难者。北面的一座纪念三位北京大学学生。四方柱上三面刻"三一八"遇难烈士名字。他们是:张仲超,陕西三原人氏,二十三岁;黄克仁,湖南长沙人氏,十九岁;李家珍,湖南醴陵人氏,二十一岁。背面刻"中华民国十有八年五月卅日立石",下有铭文,曰:"死者烈士之身,不死者烈士之神。愤八国之通牒兮,竟杀身以成仁。唯烈士之碧血兮,共北大而长新。踏着三一八血迹兮,雪国耻以敌强邻。繄后死之责任兮,誓尝胆以卧薪。北大教授黄右昌撰"。黄右昌不知何许人。立碑时这里还是燕京大学。倒是巧得很,以后北大迁来了。

南面一座纪念燕京大学二年级女学生魏士毅。有说明本来同学们打算把她葬在这里,因家属不同意,乃立碑"用申景慕"。碑文和铭文都简练而有感染力。碑文如下:"劬学励志,性不容恶,尝慨然以改革习俗为己任。民国十五年三月十八日北京各学校学生为八国通牒事参加国民大会至国务院请愿,女士与焉,遂罹于难。年二十有三岁。"铭曰:"国有巨蠹政不纲,城狐社鼠争跳梁,公门喋血歼我良,牺牲小已终取偿。北斗无酒南箕扬,民心向背关兴亡。愿后死者勿相忘。"碑最下方书:"燕大男女两校及女附中学生会全体会员立"。

这一带环境变迁很大,实际上人的忘性也很大。有多少人记得这里原来的那一片树林,那一片稻田?记得那林中的幽僻和那田间的舒展?我曾在震耳的蛙声中,在林间小路上险些踩上一条赤链蛇。现在树林稻田都已消失,代之而起的是留学生楼——勺园,蛙声则理所当然地为出租车声代替了。

幸好这两座烈士纪念碑依旧。碑座上还不时会出现一两束新摘的野花,在绿荫中让人眼前一亮。

长勿相忘。

燕园居民中传着一种说法,说是园中还有许多无形的、根本寻不出的墓。那是未经任何手续,悄悄埋在这风景佳胜处的。对于外人来说,就无可寻考了。只有亡人的亲人,会在只有自己知道的角落,在心里说些悄悄话。也许在风前月下,在杳无人迹的清晨与黄昏,还会有小小的祭奠。

祭奠与否亡灵并不知道,实在是生者安慰自己的心罢了。墓其实也是为活人设的。在燕园寻墓迹的同时,也在为已去世十三年的母亲在燕园外安排一个永栖之所,要它像个样儿,不过是活人看着像样而已,也许潜意识里更为的是让以后有这等雅兴的人寻上一寻。

1990 年 4 月 15 日

(原载《随笔》1990 年第 6 期)

燕园桥寻

燕园西墙边这条路走过不止千万遍,从不觉得有什么特别。这次本想从路的一端出新校门去的,有人站在那儿说,此门只准走车,不能走人。便只好转过身来,循墙向旧西门走去。

忽然看见了那桥,那白色的桥。桥不很大,却也不是小桥,大概类似中篇小说吧。栏杆像许许多多中国桥一样,随着桥身慢慢升起,若把个个柱顶连接起来,就成为好看的弧线。那天水面格外清澈,桥下三个半圆的洞,和水中倒影合成了三轮满月。我的眼睛再装不下别的景致了。

"燕园桥寻",这题目蓦地来到了心头。我在燕园寻石寻碑寻树寻墓,怎么忘记了桥呢!而我素来是喜欢桥的。

再向前走,两株大松树移进了画面,一株头尖,一株头圆,桥身显在两松之间,绿树和流水连成一片。随着脚步移动,尖的一株退出了,圆的一株斜斜地掩着桥身,像在问答什么。走到桥头时,便见这桥直对旧西门。原来的设计是进门过桥,经过一大片草地,便到办公楼。现在听说为了保护文物,许久不准走机动车了,上下班时间过桥的行人与自行车还是很多。

冬天从荷塘边西南联大纪念碑处望这桥,雪拥冰封,没有了桥下的满月。几株枯树相伴,桥身分明,线条很美。上桥去看,可见柱头雕着云朵，扶手下横板上雕出悬着的流云，数一数，栏杆十二。这是燕园第一桥。

燕园的第二座桥，应是体育馆北侧的罗锅桥。这种桥颐和园里有。罗锅者，驼背之意也。桥面中间隆起，两面的坡都很陡，汽车是无法经过的，所以在桥旁修了柏油路。桥下没有流水，好在未名湖就在旁边，岸边垂柳，伸手可及，凭栏而立，水波轻，柳枝长。湖心岛边石舫泊在对面，可以望住那永远开不动的船。

不知中国园林中为什么设计这样难走的桥。圆明园唯一存下的"真迹"桥，也是一个驼背。现在因为残缺了，更是无法过去。再一想，大概园林中的桥不只是为了行走，而且是为了观赏。"二十四桥明月夜"，桥，使人想起多少景致。我未到过扬州。想来二十四桥一定各有别出心裁的设计，有的要高，有的要弯，有的要平，所以有的桥平坦如路，有的就高出驼背来了。

第三座桥是临湖轩下的小桥，桥身是平的，配有栏杆。栏杆在"文革"中打坏了半边，很长一段时间，我在心里称它为"断桥"，现在已修好了。桥的一边是未名湖，一边是一个小湖，真正的没有名字，总觉得它像是未名湖的女儿，就称它为女儿湖吧。夏初，桥边一株大树上垂下一串串紫藤萝，遗憾的是，没有小仙子从藤萝花中探出头来。秋初，女儿湖上有许多浮萍，开极鲜艳的黄花，映着碧沉沉的水，真如一幅油画。

未名湖还有两座简朴的桥。一座通湖心岛，是平而宽的石板桥，没有栏杆。这样湖面便显得开阔，不给人隔开的感觉。有时想，如果这里造的也是那种典型的桥，大概在感觉中湖面会小许多，可惜无法试验这想法是否正确。另一座从钟亭下通往沿湖各楼的小桥，不过几块青石堆成。桥下小溪一道，与未名湖相通,桥边绿树成荫,幽径蜿蜒,可以权且想象这路不知通往何方。其实,走过几步便是学校的行政中心办公楼了。

想着燕园的桥,免不了想到燕园的水。燕园中有大小湖泊,长短沟溪,正流着的水会忽然消失,隐入地下,过一段路又显现出来。从未名湖过去,以为没有水了,却又见西门内的水活泼泼地,向南形成一片荷塘。从旧西门进来,经过荷塘,以为没有水了,东行却又见未名湖。勺园留学生楼北侧,立有塞万提斯像,在这位古装外籍人士的背后,横着一条深溪,两座小桥分架其上,一座四栏杆桥在荷塘边,一座六栏杆桥通往树丛之中。若不注意,只管走下去,顺脚得很,因为有桥连着呢。

俄罗斯盲诗人爱罗先珂的诗剧《桃色的云》中有这样几行反复出现的句子:"虹的桥是美丽的,虹的桥是相思的。虹的桥是想要上去的,虹的桥是想要过去的。"我很喜欢《桃色的云》,曾多次撺掇剧院演出,总未果。桥本身就是美的,充满希望的;虹的桥更是美丽的,相思的,而且是属于春天的。

燕园北部镜春、朗润两园水面多,也有几个石板桥,印象中似乎特色不显著。这一带较有野趣,用石板平桥正可取。记得一年夏间,随意散步过来,过几处石桥,见两园交界处,数家民房,绿荫掩映,真有点江南小镇的风光。

曾见一个陌生人在曲折的水湾旁问路,人们指点说,前面有桥,有桥连着呢。

1991 年 1 月 23 日

(原载台湾《联合报》1992 年 4 月 10 日)

霞落燕园

北京大学各住宅区,都有个好听的名字。朗润、蔚秀、镜春、畅春,无不引起满眼芳菲和意致疏远的联想。而燕南园只是个地理方位,说明在燕园南端而已。这个住宅区很小,共有十六栋房屋,约一半在五十年代初已分隔供两家居住,"文革"前这里住户约二十家。六十三号校长住宅自马寅初先生因过早提出人口问题而迁走后,很长时间都空着。西北角的小楼则是校党委统战部办公室,据说还是冰心前辈举行"第一次宴会"的地方。有一个游戏场,设秋千、跷跷板、沙坑等物。不过那时这里的子女辈多已是青年,忙着工作和改造,很少有闲情逸致来游戏。

每栋房屋照原来设计各有特点,如五十六号遍植樱花,春来如雪。周培源先生在此居住多年,我曾戏称之为周家花园,以与樱桃沟争胜。五十四号有大树桃花,从楼上倚窗而望,几乎可以伸手攀折,不过桃花映照的不是红颜,而是白发。六十一号的藤萝架依房屋形势搭成斜坡,紫色的花朵逐渐高起,直上楼台。随着时光流逝,各种花木减了许多。藤萝架已毁,桃树已斫,樱花也稀落多了。这几年万物复苏,有余力的人家都注意绿化,种些植物,却总是不时被修理下水道、铺设暖气管等工程毁去。施工的沟成年累月不填,各种器械也成年累月堆放,高高低低,颇有些惊险意味。

这只不过是最表面的变化。迁来这里已是第三十四个春天了。三十四年,可以是一个人的一辈子,做出辉煌事业的一辈子。三十四年,婴儿已过而立,中年重逢花甲,老人则不得不撒手另换世界了。燕南园里,几乎每一栋房屋都经历了丧事。

最先离去的是汤用彤先生。我们是紧邻。一九六四年的一天,他和我的父亲同往《人民日报》开会批判胡适先生,回来车到家门,他忽然说这是到了哪里,找不到自己的家。那便是中风先兆了,不久逝世。记得曾见一介兄从后角门进来,臂上挂着一根手杖。我当时想,汤先生再也用不着它了。以后在院中散步,眼前常浮现老人矮胖的身材,团团的笑脸。那时觉得死亡是真不可思议的事。

"文化大革命"初始,一张大字报杀害了物理系饶毓泰先生,他在五十一号住处投缳身亡。数年后翦伯赞先生夫妇同时自尽,在六十四号。他们是"文革"中奉命搬进燕南园的。那时自杀的事时有所闻,记得还看过一个消息,题目是《刹住自杀风》,心里着实觉得惨。不过夫妇能同心走此绝路,一生到最后还有一个同赴死的知己,人世间仿佛还有一点温馨。

一九七七年我自己的母亲去世后,死亡不再是遥远的了,而重重地压在心上,却又让人觉得空落落,难于填补。虽然对死亡已渐熟悉,后来得知魏建功先生在一次手术中意外地去世时,还是很惊诧。魏家迁进那座曾空了许久的六十三号院,是在七十年代初,但那时它已是个大杂院了。魏太太王碧书曾和我的母亲说起,魏先生对她说过,解放以来经过多少次运动,想着这回可能不会有什么大错了,不想更错! 当时两位老太太不胜慨叹的情景,宛在目前。

六十五号哲学系郑昕先生、后迁来的东语系马坚先生和抱病多年的老住户历史系齐思和先生俱以疾终。一九八二年父亲和我从美国回来不久,我的弟弟去世,在悲苦忙乱之余忽然得知五十二号黄子卿先生也去世了。黄先生除是化学家外,擅长旧体诗,有唐人韵味。老一代专家的修养,实非后辈所能企及。

女植物学家吴素萱先生原在北大,后调科学院植物所工作,一直没有搬家。七十年代末期,我进城开会,常与她同路。她每天六点半到公共汽车站,非常准时。我常把校园里的植物向她请教,她都认真回答,一点也不以门外汉的愚蠢为可笑。她病逝后约半年,《人民日报》刊登了一张她在看显微镜的照片,当时传为奇谈。不过我想,这倒是这些先生们总的写照。九泉之下,所想的也是那点学问。

冯定同志是老干部,和先生们不同。在五十五号住了几十年,受批判也有几十年了。他有名句言:"无错不当检讨的英雄。"不管这是针对谁的,我认为这是一句好话,一句有骨气的话。如果能有坚持原则不随声附和的空气,党风民风何至于此!听说一个小偷到他家行窃,破窗而入,翻了半天才发现有人坐在屋中,连忙仓皇逃走。冯定对他说:"下回请你从门里进来。"这位老同志在久病备受折磨之后去世了。到他为止,燕南园向人世告别的"户主"已有十人。

但上天还需要学者。一九八六年三月六日,朱光潜先生与世长辞。

朱家在"文革"后期从燕东园迁来,与人合住原统战部小楼。那时燕南园已约有八十余户人家,兴建了一座公厕,可谓"文革"中的新生事物。现在又经翻修,成为园中最显眼的建筑。朱家也曾一度享用它。据朱太太奚今吾说,雨雪时先由家人扫出小路,老人再打着伞出来。令人庆幸的是北京晴天多。以后大家生活渐趋安定,便常见一位瘦小老人在校园中活动,早上举着手杖小跑,下午在体育馆前后慢走。我以为老先生大都像我父亲一样,耳目失其聪明,未必认得我。不料他还记得,还知道我的近况,不免暗自惭愧。

  我没上过朱先生的课,来往也不多。一九六〇年十月我调往《世界文学》编辑部,评论方面任务之一是发表古典文艺理论。我们组到的第一篇稿子是朱先生摘译的莱辛名著《拉奥孔:论画和诗的界限》,原书十六万字,朱先生摘译了两万多字,发表在一九六〇年十二月《世界文学》上。记得朱先生在译后记中论及莱辛提出的为什么拉奥孔在雕刻里不哀号在诗里却哀号的问题。他用了化美为媚的说法,并曾对我说用"媚"字译charming最合适。媚是流动的,不是静止的;不只是外貌的形状,还有内心的精神。"回头一笑百媚生",那"生"字多么好!我一直记得这话。一九六一年下半年他又为我们选译了一组文艺复兴时代意大利文艺理论,都极精彩。两次译文的译后记都不长,可是都不只有材料上的帮助,且有见地。朱先生曾把文学批评分为四类,以导师自居、以法官自命、重考据和重在自己感受的印象派批评。他主张第四类,这种批评不掉书袋,却需要极高的欣赏水平,需要洞见。我看现在《读书》杂志上有些文章颇有此意。

  也不记得为什么,有一次追随许多老先生到香山,一个办事人自言自语:"这么多文曲星!"我便接着想,用"满天云锦"形容是否合适,满天云锦是由一片片霞彩组成的。不过那时只顾欣赏山的颜色,没有多注意人的活动。在玉华山庄一带观赏之余,我说我从未上过"鬼见愁"呢,很想爬一爬。朱先生正坐在路边石头上,忽然说,他也想爬上"鬼见愁"。那年他该是近七十了,步履仍很矫健。当时因时间关系,不能走开,便说以后再来。香山红叶的霞彩变换了二十多回,我始终没有一偿登"鬼见愁"的夙愿,也许以后真会去一次,只是永不能陪同朱先生一起登临了。

"文革"后期政协有时放电影,大家同车前往。记得一次演了一部大概名为《万紫千红》的纪录片,有些民间歌舞。回来时朱先生很高兴,说:"这是中国的艺术,很美!"他说话的神气那样天真。他对生活充满了浓厚的感情和活泼泼的兴趣,也只有如此情浓的人,才能在生活里发现美,才有资格谈论美。正如他早年一篇讲人生艺术化的文章所说,文章忌俗滥,生活也忌俗滥。如季札挂剑夷齐采薇这种严肃的态度,是道德的也是艺术的。艺术的生活又是情趣丰富的生活。要在生活中寻求趣味,不能只与蝇蛆争温饱。记得他曾与他的学生澳籍学者陈兆华去看莎士比亚的一个剧,回来要不到出租车。陈兆华为此不平,曾投书《人民日报》。老先生潇洒地认为,看到了莎剧怎样辛苦也值得。

朱先生从《给青年的十二封信》开始,便和青年人保持着联系。我们这一批青年人已变为中年而接近老年了,我想他还有真正的青年朋友,这是毕生从事教育的老先生之福。就朱先生来说,其中必有奚先生内助之功,因为这需要精力、时间。他曾要我把新出的书带到澳洲给陈兆华,带到社科院外文所给他的得意门生朱虹。他的学生们也都对他怀着深厚的感情。朱虹现在还怪我得知朱先生病危竟不给她打电话。

然而生活的重心、兴趣的焦点都集中在工作,时刻想着的都是各自的那点学问,这似乎是老先生们的共性。他们紧紧抓住不多了的时间,拼命吐出自己的丝,而且不断要使这丝更亮更美。有人送来一本澳大利亚人写的美学书,找我请朱先生看看值得译否。我知道老先生们的时间何等宝贵,实不忍打扰,又不好从我这儿驳回,便拿书去试一试。不料他很感兴趣,连声让放下,他愿意看,看看人家有怎样的说法,看看是否对我国美学界有益。据说康有为曾有议论,他的学问在二十九岁时已臻成熟,以后不再求改。有的老先生寿开九秩,学问仍和六十年前一样,不趋时尚固然难得,然而六十年不再吸收新东西,这六十年又有何用?朱先生不是这样。他总在寻求,总在吸收,有执着也有变化。而在执着与变化之间,自有分寸。

老先生们常住医院,我在省视老父时如有哪位在,便去看望。一次朱先生恰住隔壁,推门进去时,见他正拿着稿子卧读。我说:"不准看了。拿着也累,看也累!"便取过稿子放在桌上。他笑着接受了管制。若是自己家人,他大概要发脾气的,这是他生命中最重要的事啊。他要用力吐他的丝,用力把他那片霞彩照亮些。

奚先生说,朱先生一年前患脑血栓后脾气很不好。他常以为房间中哪一处放着他的稿子,但实际上没有,便烦恼得不得了。在香港大学授予他荣誉学位那天,他忽然不肯出席,要一个人待着,好容易才劝得去了。一位一生寻求美、研究美、以美为生的学者在老和病的障碍中的痛苦是别人难以想象的。他现在再没有寻求的不安和遗失的烦恼了。

文成待发,又传来王力先生仙逝的消息。我家与王家在昆明龙头村便是邻居,燕南园中对门而居也已三十年了。三十年风风雨雨,也不过一眨眼的工夫。父亲九十大寿时,王先生和王太太夏蔚霞曾来祝贺;朱光潜先生去世时,他们还去向朱先生告别,怎么就忽然一病不起!王先生一生无党无派,遗命夫妇合葬,墓碑上要刻他一九八〇年写的赠内诗。诗中有句云:"七省奔波逃狴犴,一灯如豆伴凄凉。""今日桑榆晚景好,共祈百岁老鸳鸯。"可见其固守纯真之情,不与纷扰。各家老人转往万安公墓相候的渐多,我简直不敢往下想了,只有祷念龙虫并雕斋主人安息。

十六栋房屋已有十二户主人离开了。这条路上的行人是不会断的。他们都是一缕光辉的霞彩,又组成了绚烂的大片云锦,照耀过又消失,像万物消长一样。霞彩天天消去,但是次日还会生出。在东方,也在西方,还在青年学子的双颊上。

1986 年 5 月

(原载《中国作家》1986 年第 4 期)

人老燕园

"人老燕园"这个题目,在心中已存放许久了。当时想的是父辈的老去。他们先是行动不便,然后坐在轮椅上,然后索性不能移动了。近年来,燕南园中年轻人愈来愈少。邻居中原来健步如飞的已用上助步器,原来拙于行的已要人搀扶了。我们的紧邻磁学专家褚圣麟教授年过九十,前几天在燕南园边上找不着回家的路。当时细雨迷蒙,夜色已降,一盏昏黄的路灯照着跌跌撞撞的老人。幸有学生往褚宅报信。老先生又不认得来接的人,问:"你是谁?这是上哪儿去?"

"是谁?""上哪儿去?"这是永恒的问题。我听到描述时,心中充满凄凉。人们的道路不同,这就是"是谁";路的尽头则一定是那长满野百合花的地方,人们从生下来便向那里走,这就是"上哪儿去"。

老父去世以后,燕南园中平稳了两年,接下来的是江泽涵先生和夫人蒋守方。

江先生是拓扑学引进者,几何学权威。在昆明西仓坡,我们便是对门而居,到燕南园后又是几十年的邻居,江老先生总是随着三个男孩称我为冯姐姐。他老来听力极差,又患喉癌,说话困难,常常十分烦躁,江家诸弟便开导他:"看看人家冯先生,从来都是那么心平气和。"江、蒋二先生先后去世,相差不过十天。江先生去世时,并不知蒋先生已先他而去,两人最后的时光都拘禁在病室中,只凭儿孙传递消息。记得有一次我去他家探望,正值修理房子,屋里很乱,江先生用点表示家具什物,用线表示距离,做了一个图论的图,以求搬动的最佳方案。他向我讲解,可惜如对牛弹琴。江家老二说江先生的墓碑上要刻一拓扑图形。想到这拓扑图形将也掺杂在拥挤的墓碑群中,很是黯然。

十月间我有香港之行,不过十天。回来得知张龙翔先生去世,十分惊讶。张先生是生物化学家,八十年代曾任北大校长。九月间诸位老太太在张家小聚,我也忝列,还见他走来走去。张先生多年前曾患癌症,近年转到颈椎,不能起床,十分险恶。但经医疗和家人的用心调护,他竟能站立,能行走,而且出去开会。我总说张先生是真正的抗癌明星,怎么一下就去世了呢?

五十六号房屋继失去周培源先生之后,又一次失去了主人,唯有庭前树林依旧。

而我真正想到用"人老燕园"这个题目来作文,是因为自己渐增老态。多少年来我一直和疾病做斗争,总认为病是可以战胜的。我有信心:人能战胜疾病,人比疾病强大,也常以此鼓励病友。小时候读老舍的小说,记得里面有个人物老是抱怨说:"从脑袋瓜子到脚步鸭子都是痛的。"我倒没有这样全方位发作,但却从头到脚轮流突出,不是这儿不舒服,就是那儿不舒服。近年忽然发现这麻烦不只是因病且因为老,而老是不可逆转、不可战胜的。

五月间我下台阶到院中收衣服,当时因自觉能干颇为得意,不料从台阶上摔下,崴了脚,造成跖骨骨折。全家为此折腾了三个月,先是去校医院拍片子、上石膏,直到最后煎中药洗脚。坐着轮椅参加了两次集会。七月六日华艺出版社向希望工程赠书,其中包括新出版的《宗璞文集》。我坐轮椅前往参加,人家看我坐轮椅而来,不知我是何许人,想想实在滑稽。又一次北大纪念闻一多先生,我又坐轮椅前往,会议厅在二楼,却无电梯。北大副校长郝斌同志看见我,说:"怎么搞的!你等等,别动。"呼啦一下来了好几个年轻人,将我抬上二楼,会议结束后,又将我抬下来。我看不清眼前的人,只知道他们都年轻,是青春的力量抬动我,要上便上,要下便下。我无法一一致谢,只好念念有词"多谢,多谢"。朋友们得知我摔伤,都说这是警告,往后一切要小心,因为人已经老了。

可不是吗,人已经老了。

儿时的友伴徐恒(縻岐),原是物理系学生,后来是我国第一代播音员。她常打电话来问痊愈到什么程度,知道我已除去石膏,正洗中药,便说要来看看。她来了,坐定后见我走路东歪西倒的样子,便要我好好走路,走时不怕慢,但不能跛,并对仲说"不能让她这样走路"。我一想起縻岐的话,便很感动,还有几个人这样操心管着我呢!在准兄弟姐妹中,縻岐是大姐,她是徐炳昶先生的长女,大姐做惯了。说起徐炳昶先生,也是河南唐河人,三十年代曾任北平研究院历史所所长。唐河有个传说,不知在哪个朝代,根据风水先生的意见,计划在唐河县城的四角建造四座塔,说是可以出人才。但只造好了两个塔,就停了工,可能是没有经费。于是只出了两个名人(其实唐河县人才济济),一个是冯友兰,一个是徐炳昶。我们和徐家有点拐弯亲戚关系,算起来縻岐还要高我一辈呢。近日,友人从美国寄来一份剪报,不知是哪家报纸刊登的一篇短文,题为"冯友兰二三事",其中所言多系想象。文中说冯友兰和徐炳昶曾经为入河南省志问题而动手相打,我在电话上念给糜岐听,两人都大笑,互问你的牙掉了没有!这些胡说作为花絮还只是令人笑,可有些研究文章一本正经地把瞎话说得那么流畅,完全置事实于不顾,且为违背事实编造出理论,南辕北辙,愈走愈远,真令人悲哀。

话说远了。以前作文似乎比较严谨,现在这样也是老态吧。另一不妙的事是自进入九十年代,我每年十月间好发气管炎,咳嗽剧烈,不能安枕。年年南逃也很麻烦,在仲的坚持下安置了土暖气,于学校供暖之前,自己先行供暖。那伙头军是心甘情愿的。见他头戴浴帽,下到地窖子去对付火炉,总担心他会摔倒,只赢得嘲笑说太爱瞎想。一天,他忽然说:"再过几年,我做不动了,怎么办?"

怎么办呢?其实用不着想。再过几年,我是否还需要温暖的房间?

自南方回来已十多天了。一夜的雨,天阴沉沉,地面到处湿漉漉,本来还是绿着的玉簪花,一夜之间枯黄了。读《静庵文集》,有句云"天色凄凉似病夫",不觉悚然而惊。又想起几句《人间词》,"最是人间留不住,朱颜辞镜花辞树","君看今日树头花,不是去年枝上朵"。乃又联想到法国诗人维龙的名句:"去年的雪今何在?"去年的花和雪永不能再,今年是今年的花和雪了。从王国维想到叔本华,年轻时很喜欢叔本华的哲学,现在连为什么喜欢也说不清,只模糊记得那"永久的公道"。叔本华说,世界之自身,即是世界之判词。他以为:意志肯定自己,乃有苦痛;则应负其责任,受其苦痛,这就是"永久的公道"。人类简直没有逃出苦痛的希望。又记得这位老先生论艺术,说美是最高的善。想查书弄明白些,连书也找不到了。

雨停了,扶杖到角门外,见地下一片黄灿灿,铺成圆形,宛如一张华丽的地毯。原来是角门边大银杏树的落叶。仰望大树，光秃秃的枝干在天空刻上窄窄的线条。树不会跌倒，无须扶杖，但是它也会老，只是比人老得慢一些。

门外向南的一条直路，两边都是年轻的银杏树，叶子也已落尽，扫掉了。这条路通向学生宿舍，年轻的人在年轻的树下来来去去。转过身来，猛然间看见墙边凋残的月季枝头，居然有两朵红花，仰着头，开得鲜艳。

1996年11月中旬
（原载《文汇报》1996年12月10日）

澳大利亚的红心

瑙玛有个小小的习惯,怕下楼,因此当然也不能上楼。我们在阿丽思泉古斯艺术馆的圆厅里走着,见厅中心有一个螺旋形的小楼梯,梯侧有小喷泉,暗红色的灯光照着喷洒的水珠。我请她到厅边小坐,不要陪我上去。她说到上面就可以看见这个艺术馆的主要内容,她用了一个字,我一时想不起那英文的意思。"上去便知。"我想。

跨过暗红的喷泉,缓缓上到梯顶,我不觉吃了一惊。我怎么忽然来到了澳洲中部的荒原上、旷野间?苍凉而豪迈的中澳大利亚景色,扑向我眼前,这样辽阔,这样一望无际;又这样寂静,这样无动于衷,只有远处小小风车给人一点动的感觉。似乎时间也被这豪迈苍凉羁留住了。那一直伸展开去的原野,直到天边,看不见了,却又明知它还在继续伸延,简直使人想赶过去看个究竟。在棕褐色、有的地方是暗红色的原野上,铺缀着一丛丛灰白的草,一丛丛暗绿的榛莽。再高一些是那一对称为孪生兄弟的橡树,它们真像彼此的影子。最高的植物是一株尤加利树,它那灰白的树皮下,显示着充满了生命力的筋骨。天地交界处有一段远山,又有一座淡蓝色的平顶山,像一个倒扣的长盒,后来知道它的名字是考诺山。又有一座稍长的,一端扁平的浅棕色的山,后来我知道那便是世界最大的独石,艾耳石。

我循着楼栏走了一圈,才悟出那英文字义是全景画。这画面形成一个圆圈,观画人站在中央。近处二十英尺的泥土植物全是实物,连接着二十英尺高的画面。画面不但集中了澳大利亚的有特点的景物,还画出了那原野的苍郁混沌的神情,使人不觉大有"天地悠悠"之感。

次日我们乘车行驶在真正的澳洲内陆原野上,离艾耳石越来越近,这种"天地悠悠"之感也越来越强烈。车行几个小时,眼前总是莽苍苍一片。忽然远处出现了那淡蓝色的考诺山。以后我发现无论从哪个方向看,它总是保持着那淡淡的蓝,虽然远,却很分明。走着走着,考诺山不见了。太阳没遮拦地照着,蓝天亮得耀眼。地下的草格外灰白,榛莽的绿显得格外干涩。而路呢,不知何时起,变成了鲜艳的红色。如果不是亲眼得见,实在难以想象土地能红到那样地步。这红色在那全景画中并不突出,大概是要留给人自己琢磨吧。于是天是蓝的,树是绿的,草是白的,路是一味的红。风吹草低,便是原野的活动,便是原野的声音。

我拿出"罗吉的地图",想看看行程远近。罗吉是气象学家,是瑙玛的儿子。在悉尼那几天,都是他开车。离开悉尼时,他送了我这份地图,还有一个复活节巧克力兔。他对瑙玛极为体贴关心,总是在她需要时及时出现。"这样孝顺的儿子不多了。"瑙玛常说。我也为她高兴。

罗吉的地图告诉我们,艾耳石有三点二公里长,二点四公里宽,三百三十五米高。艾耳是一个人的名字。一八七二年最初来到这石山的欧洲人取此名,艾耳本人与这石山并无关系。这里原有土著,现在都迁往别处了。他们有蛇人的传说,山的阴阳两面有两种蛇,后来成为两个部落。我不禁联想到我们中华民族的龙,其实也是由蛇图腾演变来的。看来在远古时代,蛇的势力不小。

我们到了。艾耳石从近处看如同一匹趴卧的大兽,棕色的纹理好像大象粗糙的皮肤。石山上有好几处洞穴,有的洞中有简单的原始的画,都保存得很好。头一天在阿丽思泉,瑙玛曾请一位研究土著生活的英国朋友来见,他对他们的画很了解,圈圈点点,曲线直线,都有意义,都在诉说一个故事或一种感情。只是有些内容他们不愿人知,他也就闭口不言。在他那里见到一些画,圈、点和线的形状、颜色都很和谐,倒有点像当前抽象派的画。

节目中有一项是欣赏艾耳石变幻颜色。我们清早出发,登上一个沙丘,东张西望。向东看日出,向西看石山的颜色。石山在黑暗里黑黝黝的,黑夜渐渐淡去,石山逐渐显出棕色的皮肤;朝阳在天边涂抹着彩霞,石山在不知不觉间也涂了一层橘红色。在太阳跃出地平线的一刹那,据说石山会像着火一样通红,但那天不知为什么,没有见到这奇观。又因为东张西望不能兼顾,对两边似乎都无多少心得。从沙丘上下来,瑙玛笑道:"走了几万里路,临了石山不变颜色。""总得把最奇特的留给想象。"我笑答。其实眼前的景色已经够奇了。在灰白和暗绿相间的原野上,破开一条鲜红的大路,向石山缠绕过去。远处虽有总是那样蓝的考诺山和另一座奥尔加山,近处的艾耳石却显得这样大、这样孤单,不知从什么时候被抛掷在这里,遗忘在这里。它像澳洲一样,终于被发现了,而且成为胜景。我记起 T. 哈代所著《还乡》的第一章,"一片苍茫,万古如斯",那描写伊登荒原的文字是多么美;还有那红土贩子——现在科学发达,当然不用红土染色了。

"这路,这土,多么红……"我喃喃道。

"这是澳大利亚的红心,"瑙玛说,"澳大利亚的红心欢迎你。"

"红心"两字并非瑙玛发明,在导游画册里便是这样说的。在辽阔无垠的原野上袒露的红路,真像敞开了赤诚的胸怀,那是人民友好的心愿。我向她感谢地微笑,默默地俯身抓起一把红土。原来在土著的许多美好的传说中,确有红土染身的故事。说是在世界尽头住着一个女人,她的职责是早晨点火照亮世界,晚上熄火让万物安息。在点火与熄火时,她都要用红土装饰自己,红色反照在天上,便成了朝霞和落日的绮辉。

我们沿着红色的路,下午便返回阿丽思泉。在渐渐合拢来的暮色中,西天却逐渐明亮,越来越红,很快就成了一片通红。红云上压着一层层灰黑的云。这里没有别处落照的千百种颜色的变幻,整个天空,只有红与黑两种颜色。红云真像在天上烧着大火,因为天地是这样无边无际,火也烧得透旺,烧得恣意,从天的一端直烧到另一端。偏又有层层黑云,有时在红云上压着,有时在红云下托着,更显出那壮丽的通红来。通红的天连着通红的地面,仿佛从地面上也在升起红云,真使人感到一种浩大、神秘的力量。这大概是那世界尽头的女子在撒扬红土所致吧。

车上几个小孩在说儿歌:"彼吉博吉胖墩墩,拉着女孩们不住亲;一伙男孩来游戏,彼吉博吉跑开去。"在清脆的童音中忽然发出一声赞叹,瑙玛说:"看那边!"和通红的西天遥遥相对,在草莽中升起一轮明月,月轮很大,染着淡淡的金黄,默然俯视着这原野。我忽然想起,内蒙古草原上大而圆的月亮,不也就是这一个么?它冷眼观看了亿万年来地球各处人类的发展,不知地球上何人初见月,也不知月亮何时初照人。人的智慧发展到今天,月亮本身的奥秘也已让人探得去了。

日落的壮观持续约一小时,夜幕终于遮盖了一切。路边的地灯告诉我们已走上柏油路,红土的原野越来越远……

"告别了,澳大利亚的红心。"我在心中说。我已从自然景色中苏醒过来,和车上的旅客攀谈着。旅客来自澳大利亚各阶层,也来自世界各地。谈笑间,我也学会了瑙玛小时候就在说着的儿歌:"彼吉博吉胖墩墩……"

其实,我虽然离开了那红色的原野,却并未离开澳大利亚的红心。牧场上,大学里,繁华的大城和清幽的小镇中,到处都遇到热心朋友。南澳大利亚的库诺本小学特地赠我一把银色的小勺,柄上有校徽,盒底写着:"请冯女士用它的时候记住我们,并请转达对中国小朋友的友谊。"

访问小学校时,我被安置在大沙发上,孩子们围坐在地,瞪大了眼睛瞧着我。校长科博狄克先生多才多艺,他手弹吉他,领着孩子们唱欢迎歌。我讲我自己的古老伟大正在建设的国家,讲了我们小学生的一天的生活。应校长之请,我也讲了《露珠儿和蔷薇花》这篇童话。我很怀疑我的自译能否达意,孩子们却专心地听。讲完了,一个孩子举手问:"那朵蔷薇死了?""骄傲的蔷薇死了。"我不无伤心地答。

校长让孩子们自由发问,空气很是活泼。问题一个接一个:"中国最高的山?""中国最长的河?""中国的牙膏是什么颜色?""你有多少岁?"我也问他们,问他们的志愿。几乎人人都举起小手。有的要做农民,有的要做理发师;有的女孩愿意做护士,愿做家庭妇女;有的男孩要做警察,要开飞机。只有一个孩子要做科学家,没有人愿当教师。

"如果你几年前来,会有许多孩子要做教师。"校长说,"近来教师失业的很多。"原来澳洲人口增长率趋于零,孩子少,需要的教师也少了。

"不管做什么,"校长又说,"我们要培养的是有用的、快活的人。"

临别时,校长从墙上取下两张图画送我。一张是个黄色的小人,那是海盗;一张是用拇指按出来一个个指印,组成一棵树。我想起澳大利亚名作家帕特里克·怀特的一本书《人类之树》。在人类之树上,每个民族、每个国家尽管有种种不同,都该在自己可爱美丽的国土上辛勤劳作,发展兴旺,并且互相友好往来,使这棵大树根深叶茂,绵延久远。

面对着这张天真的画,不禁又想起罗吉的地图,想起养猪人餐桌上丰盛的糕点,想起明史教授雨中送别,想起每天看着表为我煮鸡蛋的退休老船长……当然,还有代表澳中理事会接待我的瑙玛那充满了关怀、做出细致安排的亲切的声音。虽然我免不了常请她重复一次,奇怪的是,我总不觉得她说的是外国话。还有那奇特的剖露着红土的原野——澳大利亚的红心。

1981年6月初

(原载《人民日报》1981年8月8日)

羊齿洞记

记得二十二年前写《西湖漫笔》时,第一句便是"平生最喜欢游山逛水"。岁月流逝,直到现在,还是改不了山水旧癖、烟霞痼疾。

一九八二年美国的三个月之行,原拟偷暇去寻访几处自然景色;行到第一站檀香山,便知很难做到了——八十七岁的老父兴致虽好,究竟行动不便。七月十二日,国际朱熹会议组织花园岛之游,本应陪侍老父,不能前往。幸有历史研究所的冒怀辛先生,情愿代我一日之劳,我才得以一览幽胜。

到花园岛之前,并不知岛上有个羊齿洞,只听说在夏威夷群岛中,花园岛是最美的一个。从檀香山乘飞机,掠过大海,二十分钟即可到达。岛上满眼绿色。车行在蜿蜒的公路上,随时可以看见大海:有时灰,有时蓝,有时茫茫一片,有时闪亮得刺眼。路旁除树木外,最多的是甘蔗田,随着山势起伏,偶有较平坦处,颇有些"青纱帐"的意思。

到了外米亚山谷,红黄色的泥土和岩石裸露在外,没有绿色覆盖,给人一种原始的赤膊的感觉。因为峡谷太深、太宽而不陡,初看时不知其深到何等地步;仔细看谷底,却又看不见。不一会儿,一架直升飞机从谷中飞过,飞机在我们下面,也不显得很大,才知道这峡谷之大了。然而这只是一个准大峡谷,比起美国大陆著名的大峡谷,还差得远呢!

望台上风很大,吹得人几乎站不住。那赤裸的原始的峡谷,却似乎什么也不觉得,只是默默地任风吹,凭雨淋,没有遮拦,没有雕饰,把人吸引了来,又把人的想象牵引到不知何处。

中午在椰林饭店午餐。饭后与澳洲学者柳存仁先生、任继愈兄、邱汉生先生、李泽厚学长一起在椰林中散步。椰林一端望不到边,林中遍生青草,隔不远便有一个小炉子,当为晚会时烤肉用。林的另一端与餐室之间,有一条莹洁的小河,水上有独木舟,岸上有奇花异树,无人叫得出名字。又有几位日本学者和我们一起谈笑,在树下水旁,兴致勃勃,都早把朱熹老人抛在了脑后。

然后乘船。船很大,游人凭栏而坐,中间有夏威夷姑娘跳舞。前几天,在夏威夷商店里看见过草裙,裙已非草制,但式样还是仿草裙的。船上的舞者穿长裙,跳的当然仍是民间舞。舞者身材、面目都很秀美,肤色很黑,睫毛很长,舞姿曼妙,她们自己似乎也很快活。但是想想她们靠这个吃饭,背后的辛酸,还不知有多少呢!

水平如镜,两岸树木郁郁葱葱,绿得很浓。映在水中,连水也是浓绿色。夏日的阳光也很浓,一切都是浓酽的,浓酽得有些慵懒。据美国朋友说,这是夏威夷的一个特点。

船到转弯处停泊了,大家弃舟登岸。一上岸不觉诧异,原来已置身热带树林中。树身高大茁壮,藤蔓纠结,把骄阳隔在远处。循小路上行,两边全是植物的世界,很少空隙。走着走着,忽然豁然开朗!我真不知世间还有这样奇异的景色。

这是一个很大的洞,大到不觉得它是洞。大束大束的羊齿植物从洞顶悬挂下来,一片叶子连着一片叶子,突出到洞顶外。仿佛这洞翻了个个儿,这些植物本该朝上长的,却朝下长了。大滴的水珠,不断从洞顶落下来,滴到羊齿草上。每片叶子都那么绿,那么亮,绿得透明,绿得鲜嫩。不是盆景中的绿,也不是"绿满阶前"的绿,而是悬在头顶上,很大很大的任意生长的一片绿。它像瀑布一样垂下来,好像就要流到我们身上,浸湿衣服,浸湿每一个人……

　　我一直抬头望着,望得脖子发酸,才想起来问:"这是什么地方?"奇怪的是,无论北京来的,台湾来的,还是美国大陆来的各方学者,都不知道。

　　大家一面赞叹,一面循着靠侧面洞壁的窄坡向上,走到一个平台。平台边,洞壁有一处凹进去的地方,就像一个供奉佛像的坛座。我忽然想,应该有一个精灵住在这儿,绿色的、头上长着角一样的两棵羊齿草的小精灵。若是他问我有什么愿望,我会告诉他:我愿用一切代价换得弟弟的健康!我那身染沉疴的弟弟啊,你现在感觉怎样?我真想把这洞天一下子移到你的前面……

　　从高坡下望,地上全覆盖着矮矮的植物,也是千姿百态。绿丛中有一泓水,浅浅的,很清澈。这是洞顶的水,流过羊齿草滴下来积成的,也不知有多少年了。

　　归途中,我满眼仍是洞中景色。车又停过几次,可我都没有注意观赏。一处似睡巨人山(不是"睡美人",而是"睡巨人");一处据说是看瀑布,可谁也没有看见瀑布在哪里。几位英、美女学者和我,在路边攀谈、照相,哈佛杜维明教授走过来,对我说:"我打听到那洞的名字了。"他随即说了那英文名字,意思是"羊齿植物洞"。哦,羊齿洞!

会议结束后,我们在檀香山又逗留了几天,才有暇找地图、导游书等来看看。这才发现,羊齿洞不仅风景特殊,还有一个大用场——结婚圣地。

花园岛的结婚办法很富有浪漫色彩,结婚证是到游船部、照相馆领的,手续简便。然后到椰林中的教堂或羊齿洞举行仪式即可。原来那小小的"坛座",还真有"圣坛"的作用呢!

那"坛座"上的绿色精灵,是不是该改为手持红线的月下老人呢?我不知道。不过我知道,那绿色的小仙早飞进许多各种肤色的人的心中,并永远留驻在那里了。

1983 年 4 月 21 日

(原载《十月》1983 年第 4 期)

奔落的雪原

——北美观瀑记

对北美洲五大湖区的尼亚加拉大瀑布真是向往已久了。听说有人前往观赏，看着看着，忍不住跳了进去。也有人专门到那里自杀，大概以为那咆哮的急流能洗净世间的污秽罢。便想我若结识了大瀑布，当写一篇小说，写本是前往结束自己生命的人终于获得了生的力量，懂得了怎样赞美人生、谱写人生。那是一切名山大川应该给予人的，我相信尼亚加拉也是如此。

一路上我总想不通，这样大的瀑布怎能不在崇山峻岭之中，而是在平原上。经过五大湖之一的伊利湖时，只见水天一色，无边无际。公路上有不少疾驶的车，顶上倒扣一条船，便是去湖里游荡的。据说这湖连同另外三湖的水都是经大瀑布落到尼亚加拉河中，再经安大略湖、圣劳伦斯河流入大西洋的。这么多的水，想来那瀑布一定够壮观了。

车过靠近加拿大的巴法罗城时，已是下午。"不远了。"来过的人说。"怎么没有声音呢？"我想。因为目的地近了，大家都有些兴奋。我却忽然害怕起来，这平淡的湖水，连同周围平淡的景色，能汇集出怎样的雄伟呢？

下车后，我以为还要走一段路，却忽然发现已经到瀑布旁了。最先看到的是美国瀑布,立足处比河流的水面约高两三层楼。河水平静地、放心地流过来,似乎万万没有料到会猛然跌落。水色碧绿,到悬崖边时,忽然变作了大块的雪,轰然落下,溅起无数水花,使得瀑布下部宛如在云雾中。大雪块不断崩落下来,云雾不断升起。它这样宽,悬崖岸长一千一百英尺,又这样高,落差一百八十英尺。奔腾咆哮,好像要在顷刻间使出全身解数,而这顷刻一直延长了不知多少万年,永没有疲惫的时刻。

瀑布下是深谷,若凭走路,恐怕要走好一阵。我们乘电梯下到谷底去乘船,一会儿便到。电梯中可见美国瀑布旁边的小瀑布,名唤新娘的面纱。小瀑布再往北是三个瀑布中最大的、属于加拿大的马掌瀑布,悬崖岸边呈巨大的马蹄形,宽两千五百英尺,落差一百七十英尺。上船时发雨衣,船走时轰鸣的水声越来越大,船也越来越颠簸。真高啊,那急遽奔流的水壁!好像是天门大开,尽情地把水倾泻下来。到马掌瀑布下面了,浪花飞腾着,人们如立雨中。船还向前行,眼前什么也看不见,只是迷雾一片,不少人叫着笑着,连船下的水也在跳动,翻起无数水花。我望着四周迷蒙的水汽,就像在黄山上想跳入云海,在太平洋岸边想踏上海波一样,我真想跳下去!

当然只是想想而已。船慢慢地转身,回头看那宛如在天际的翻腾跃落如雪块般的水,因为太宽太高太大,一眼难以尽收。一条巨大的虹出现在迷茫的水汽中,弯弯的弧只划过瀑布的一角。在这里,瀑布一词似乎已不适用。布是窄条,而这里是这样雄伟,这样宽阔,这样急速地流动着,简直叫人喘不过气来。整个的雪原从天上崩落了!

啊,奔跑而崩落了,崩落了还继续奔跑着的雪原!

据说曾有不少人把自己装在桶里,随着瀑布落入深渊。不少人中只有一个少年生还,人们惊喜之余,给他将息调养,然后罚款。我在瀑布下走一遭,对这些冒险家增加了几分理解。可能谁都想随着瀑布跃下悬崖,尝一尝那飞在半空中、震撼灵魂的喜悦。不过真的伸出双手去拥抱能毁灭自己的巨大的力量,固然需要勇气,也未免任性。

这里人们的勇气和智慧是用在正当途径上的。原来流量每秒二十万零两千立方英尺的水,一半用来发电了。它给了人们多少光明,多少力量!到晚上,瀑布也不寂寞,强烈的灯光照着它,反正它不在乎,也不能抗议。古人叹昼短夜长,有人秉烛夜游,有人"只恐夜深花睡去,故烧高烛照红妆"。现代人的气魄大多了,夜游改用探照灯,白色灯光可以帮助人在黑夜中看到瀑布汹涌崩落的气势。凭栏倚望,有灯光处的水是一片闪烁的白,不像白天,在雪般的水花下泛出碧绿来。只是瀑布太宽,峡谷太深,无论多么强的光,落到那崩落的雪原般的千万年不曾停息的层层水花上,那巨大的无底深谷中,全显得黯淡微弱,使得整个峡谷更添了些神秘莫测、捉摸不定的色彩,一切都显得更遥远了。忽然间灯光颜色变了,暗红的颜色罩住了深谷。一会儿又变作绿的、蓝的、紫的,据说这是尼亚加拉大瀑布重要的一景。我却宁愿只要素朴的白,能帮助人们夜游便足够了。绮丽的颜色和伟大磅礴不大相称,何况还使人想起霓虹灯来。莫非这气势庄严的大瀑布也在做着一场繁华梦么?

夜深了。我们要睡了。大瀑布不管灯光怎样变幻,只顾奔跑着,跌落着,跳跃着,日以继夜地给人忘却一切的喜悦。它是勤劳的,清醒的。

次日清晨,我们又跨过美国瀑布上游,从山羊岛上步行向下,来到瀑布半中腰流连。这里上看飞流,下临云雾。瀑布似乎是悬空的,不知来龙去脉,只是向平面延伸,一直转了半圈,成为马蹄形。有这么大的马么?是霍桑在《奇异的书》里描写的,载了英雄人物去砍下妖魔的三个头的那匹飞马罢?可惜我没有听到这里的传说,不过我自己可以编出一个来。

这时,在美国瀑布下面和对岸加拿大一侧的山谷中,都有三三两两的黄衣人在行走。什么虾兵蟹将?我们问。原来可以通过隧道下去,到瀑布近身处观看。在美国这一边的叫"风洞",我们兴致勃勃地去了。穿上雨衣雨靴,也都成了虾兵蟹将。乘电梯从岩石中下去,走过隧道,到得洞口,洞外有栈桥,位置在美国瀑布和"新娘面纱"之间。水声轰鸣,比在船上时更强十倍!我们不管浪花飞舞,循栈桥向大瀑布走去,真走到它身旁了!离水流只有二十五英尺!这时仰面上看,急流自天而降,仿佛就浇在自己头上!厚重的水在脸面前奔腾着,厚重得像浮雕,却是奔跑着的活的浮雕。风挟着水蒙头盖脸而来,风和水都是硬的。这里不是水花水汽,简直是置身波涛中了。这奇异的站立着的波涛啊!"我们算是到过瀑布里面了。"一个西班牙人说。

啊!崩落了还在奔跑的雪原!要把我们带到哪里去呢?我伸出手,想和瀑布巨人握一握,他却置之不理。又是一阵水浪浇来。"快走,请快走。"管理栈桥的人说,他的声音在雷鸣般的轰响中消失了。

我又伸出手来,抓住一捧水。水从指缝间漏出了,尼亚加拉大瀑布的雄姿却永不会从我的记忆里筛去。我会永远记住你的伟大精神,你的磅礴气势,你的力量,你的速度!我会永远记住你那如同崩落的雪原般的流水。

下午到山羊岛和附近的三姐妹小岛。在山羊岛北端,可见烟波浩渺的湖面,水鸥点点。岸边树木还绿着,已带些初秋的萧瑟了。它们静静地站着观看水波流去。辉煌的激昂慷慨的乐章结束了,这里是一段慢板,徐缓悠扬。湖水从山羊岛分开,流过各种形状的石头,水清见底,从容不迫。到三姐妹岛时水面很宽,却越流越急。下面便是马掌瀑布了。绿浪时起,汹涌的水波似乎比我们站的地方还高,它们准备着,准备加入到奔落的雪原中去。

据说从加拿大一侧看尼亚加拉大瀑布更为壮观,我想不去也好。生活中美好的事物是没有穷尽的,叹为观止的景色还没有止。留着,让人向往,让人期待,让人悬念。

1984 年

(原载《散文》1984 年第 4 期)

在黄水仙的故乡

近年从外面旅行回来,常有一句问话在等着:你印象最深的是什么?这次归自伦敦,不必等问,我逢人便说,印象最深的是黄水仙,那在绿草地上轻轻摇摆着的、明亮的黄水仙。

最初见到这花是在英国朋友家里,是栽在盆中的。"这就是华兹华斯所写的黄水仙。"她指给我们看。只见一丛黄色的花,花瓣形状有些像养在水中的中国单瓣水仙,然而大得多,整个花朵犹如饮黄酒用的大酒杯,在窗台上安静地垂着头,似乎并没有什么特别出色之处。

根据记忆中的诗句,这花应该是"一眼望去千万朵,摇着头儿舞婆娑"的。花盆里、窗台上,显然不是它应该居住的地方。

伦敦已经没有人为的雾。但因天气阴晴不定,时常飞雨飘忽,景色远望总有些朦胧,好像一幅幅水墨濡染的画,颇有我国江南韵味。市内有几处公园,在淡淡的朦胧中,那大片草地总像刚经过细雨浇洗,绿色中常有一小块鲜亮的黄,驱车来去经常看见。"那是黄水仙了。"大家指点说,只是没有停下来看过。

和北京的春天特别短相反,英格兰的春天特别长。晴晴雨雨,迟迟疑疑,乍暖还寒。一天到白金汉郡的一所大宅去参观,这座宅子名为沃德逊府,原属私人,现已交国家。看完外面巍峨的众多尖顶,里面豪华的复杂陈设,便往它所属的园地走去。经过鸟厅、玫瑰亭,又经过一种软皮的大树,我们来到一个长满绿草的山坡。满眼的绿十分滋润丰满,又像是刚下过雨。走着走着,我忽然觉得眼前一亮。

草地上好大一片黄水仙!它们随着微风轻快地摇摆。简直分不清一朵朵花,只觉一片跳动着的嫩黄,让人眼亮心明。它们好像冷不防把景物中那点朦胧揭去了,告诉人们,不管怎样乍暖还寒,看,明媚的春天在这里呢!

我看着,看着,竟没有想到
这景象带给我怎样的珍宝。

又是华兹华斯的诗句。对每一个作者来说,他的所见所闻不知什么时候会给作品添上胜过珍宝的光辉。对于每一个看花人来说,自然的生命的欢乐又是艺术的力量比不上的。这后一点也许需要存疑,或者说对作者是一种鞭策。

以后在格林威治公园和皇家公园都看到大片黄水仙翩跹起舞,每次都使我惊喜。这大片的花总少不了更大片的绿草地做背景,使人于惊喜中又感到开阔而踏实。同伴们回国后,我独自留在伦敦。每天走约二十分钟的路去乘地铁,到大英图书馆看书。二十分钟的路,一路都是住宅。每座房屋前空地不大,但都整治得很好,种着各种花草,其中当然少不了黄水仙。它们一丛丛站在绿草间,调皮地把头歪来歪去。

英国人喜欢黄水仙是无疑了,有华兹华斯的诗为证。它一定也是容易种的,才这样随处可见。它很普通,绝不孤芳自赏。每一棵每一朵都很平淡,但是成为一大片时却那样活泼,那样欢乐,那样夺目,又那样朴素。它们形成群体时才充分显示出自己这一种花的美。它们每一朵每一棵都互相依靠,而且紧挨着绿草地的胸怀。

一眼望去千万朵

摇着头儿舞婆娑

美丽的黄水仙,这时想已谢了。

1984年5月初

(原载《上海文学》1984年第10期)

没有名字的墓碑

——关于济慈

上大学二年级英文课时,教师是英国人。他除文章外还随意讲一些诗。一次曾问我们喜欢哪一家。我立即回答:济慈(1795—1821)。哪几首呢?《夜莺曲》和《希腊古瓮曲》。当时读书不多,感受却强烈,所以回答爽快。以后见识虽稍广,感觉却似乎麻木多了。常常迟疑,弄不清自己究竟怎么想,更不要说别人了。也许因为诗句本身的力量,也许因为读时年轻,后来的麻木并未侵吞以前的记忆,在杂乱的积累中,济慈的诗句有时会蓦地跳出,直愣愣地望着我。

一九八四年三月中旬,我们从英格兰西南部都彻斯特返回伦敦。进市区后,车子经过一些僻静的街道,停在一座房屋的小绿门前。英国朋友说,济慈在这里住过,《夜莺曲》就是在这里写的。我没有提过要参观济慈故居,大概是贤主人知道我的故居癖罢,顺路便到这里——恰巧不是别人,而是济慈住过的地方。

这是一座小巧舒适的房屋。原属于济慈的好友,退休商人查理斯·布朗和布朗的朋友狄尔克。济慈六岁失怙,十一岁失恃。一八一八年他的二弟病逝后,他应邀在这里居住,前后约两年,供济慈使用的是一间卧室、一间起居室。起居室在楼下,有法国式落地窗可以坐看花园。那里现在有绿草地、郁金香和黄水仙。室内书橱中有他同时代人的作品。窗旁有莎士比亚肖像。莎翁是济慈最爱的诗人。无论走到哪里,他都带着莎翁的像和作品。展品中还有他手录的莎翁的诗。卧室的楼上,有带帐幔的床,帐顶弯起如船底,是照那时的样子仿制的。据说济慈病重时,讨厌这帐幔的花样,便总到布朗起居室的长沙发上休息。底层还有一间他自己用的小厨房,石壁石槽,阴冷潮湿,看去一点引不起家庭的温馨感觉。

济慈短促的一生实在没有尝过多少人间的温馨。他孤身一人,无依无靠。虽然有友谊的支持,但总还是寄居。经济拮据,又不断生病。贫病交加,那日子也许非亲自经历不能体会。他为了生计,在一八一九年底曾谋求外科医生职位,他以前学过医。布朗劝他继续写诗,并借钱给他维持生活。

一八一九年四月,布朗一家租住了这房子属于狄尔克的一部分。济慈和布朗家长女凡妮感情日笃。这一年的春和夏,大概是诗人最幸福的日子罢,五月一个清晨,他在这个花园里写出《夜莺曲》。那时这里还是个小村庄,这一带名为汉普斯德荒原,可以想见其自然景色。除夜莺一首外,《致赛琪》《忧愁》和他诗歌的顶峰《希腊古瓮曲》都是这时写出的。

  飞呵飞呵我要飞向你
  不驾酒神的车
  而是凭借看不见的诗翼

在《夜莺曲》中,济慈凭借诗的翅膀,同夜莺的歌声一起高高飞翔,展开丰富的想象。他要飞离人世的痛苦和煎熬。他在温柔的夜色中感到许多美丽的花朵,在夜莺狂喜的歌声中,死亡也变得丰富甜美。然而歌声远去了,留下的只有孤独。

据记载,一八二〇年春,有人看见济慈坐在小村外,对着眼前的自然景色痛哭。哪一位诗人不爱家乡、祖国,不爱家乡的田野、树木、溪水、花朵,不爱亲人朋友,不用心全力拥抱生活?在自己不得不离开时,哭,恐怕也减轻不了他的痛苦吧。

老实说,去英国时,想到的都是小说家,还有一个莎士比亚。压根儿没有想起济慈。他的故居也不像勃朗特姊妹和哈代故居那样有当时的气氛。但去过后,车子驶过越来越繁华的街道,他的两句诗忽然闪出,直愣愣看着我:

美即是真,真即是美——这就是
你们在地上所知和须知的一切。

如何解释这两句诗,已经有连篇累牍的文章。我当时联想到他不幸的一生,只有一声叹息。

三月二十三日我们到诗会做客。诗会是诗歌爱好者自己组织的团体。我们的老诗人方敬把另一位老诗人卞之琳翻译的《英国诗选》送给他们一本。他们十分高兴,建议选一首来朗读。这首诗恰又是济慈的《希腊古瓮曲》。诗会的前任会长,一位退休的中学校长朗读英文原诗,由我念卞译中文诗。

听见的乐调固然美,无从听见的
却更美;——

我听着老人轻微而充满感情的声音,心里知道他是怎样热爱诗,又怎样热爱济慈的诗。

>呵,幸福的幸福的枝条!永不会
>掉叶,也永远都不会告别春天
>幸福的乐师,永远也不会觉得累
>永远吹着曲调,又永远新鲜

我念中文诗时,觉得卞先生的译文真是第一流的。我的"朗诵"虽未入流,但我相信如果济慈听见,一定高兴。

回想他的故居展品中,有一个石膏面像,说是他死后从他脸上做出来的,看着想着都很不舒服。据说经过解剖,发现他的肺已经一塌糊涂,医生很奇怪他居然用这样的肺活了那么长。他是顽强的人,不顽强是无法作诗的。

一八二〇年秋,济慈的病日益严重。医生说只有到意大利过冬才有救。英国天气阴冷,一百多年前没有很好的取暖设备,的确不利于有病之身。我这次到英国一行,才懂得为什么英国小说里有夏天生火取暖的描写。九月十三日,济慈离开伦敦。船经都赛时,他曾上岸,最后一次站在英国的土地上。回到甲板后,眼看英格兰在眼前慢慢消失,他把自己的一首诗《明亮的星》写在随身携带的莎士比亚诗集里,在《一个情人的抱怨》旁边。这手迹陈列在他故居中,字迹秀丽极了。

意大利的天气没有能救他。一八二一年二月二十三日,他终于告别人世,再也不能回到他爱的土地,想来那美丽的风光一直印刻在他心中罢。再也不能见到他爱的人,她戴着他赠予的石榴石戒指一直到死。

两天后他葬在罗马新教徒墓地。照他自己的安排,墓碑上没有名字,只有他自己选的一句话:

> 这里长眠的人，
> 他的名字写在水里。

1984年4月下旬

（原载《北京文学》1984年第6期）

看不见的光

——弥尔顿故居及其他

这座小屋是约翰·弥尔顿一六○八年到一六七四年间住过的,至少有三百余年历史了。据说有一部分重修过,还时常修葺,所以不很破旧。但那砖砌的烟囱和窄窗都表现出它的古老。低矮的门,狭窄的门道,不大的房间,这就是二十年奔走革命以后弥尔顿老人活动的场所。进门左手一间是从前的厨房,壁炉里吊着旧式的锅、壶等,吊杆上有很多锯齿,可以移动容器,掌握离火的远近,还有个像大钟似的烤炉,很有田舍风味。右边一间是从前的起居室,现在陈列着弥尔顿的著作。据说老人每天清晨即起,在室内踱步,一面构思,等女儿起身后,便将腹稿口授给女儿笔录。

他四十四岁双目失明,在黑暗中过了二十年。他的伟大诗篇《失乐园》《复乐园》和《力士参孙》都是在这一时期写成的。它们给人怎样灿烂的光辉!有的评论家说,人们常用崇高这一字眼,但真正当得起的,只有很少数的艺术品,弥尔顿的史诗是其中之一。

作为一个诗人,弥尔顿有两个特点,一是有生活,一是有学问。他用一生三分之一的时间参加政治斗争,为国为民也为他的教会,积极反对君主专制。他主张人人生而平等,最先大声疾呼支持处决查理一世。他担任克伦威尔共和国政府的拉丁文秘书,为共和国政府做了很多宣传方面的工作。他在《为英国人民声辩》里说:"基督教徒不应有任何国王,既已有一个,他应是国民的公仆。"他在《失乐园》里歌颂了撒旦反对上帝的斗争,也对后来成为独裁者的克伦威尔有所批评。我想这是他能写出称得上伟大、崇高作品的一个重要原因。

弥尔顿的政治生活使他取得直接的经验,他的博览群书使他取得间接的经验。《失乐园》里有这样三行诗:

途中,它(按:指撒旦)降落在塞利卡那,
那是一片荒原,那里的中国人
推着轻便的竹车,靠帆和风力前进。

杨周翰先生从这三句诗出发,写了一篇文章《弥尔顿〈失乐园〉中的加帆车》,文中论及知识与创作的关系。说弥尔顿的学识使他的作品获得"高致"。"高致"是看不见的,也不是立竿见影能得到的。只能在读万卷书,行万里路中渐渐地"高"起来。"读万卷书,行万里路"这八个字不知出自何典,它形象地说出生活和学识对于创作的必要性。

小屋外是普通小花园,整洁宜人。这一切都由一个"房客"照管。这是英国管理故居的办法之一。由一家居住,也由这一家负责维护、接待参观。楼上原为弥尔顿卧室,现因这家主妇生产,参观者不准上楼。

我在小园中少立,觉得屋内外都给人寥落凄清之感。比较起来,弥尔顿的知音比勃朗特姐妹少得多了。也许最好的艺术总是曲高和寡?也许他太古老了?也许诗歌本身总是更受语言限制,不易翻译,不易理解？老实说,我就只读过《失乐园》的片段,还不是很认真,更不要说他的其他诗作。但是他的革命精神,他的政治活动,他的学识都融会在他的诗里,发出看不见的光。他在英国文学史上的地位是不朽的。

这次带我出游的主人是三十多年前我在南开大学读书时的老师,刘荣恩贤伉俪。三十多年前他们离开南开后便在英国居住,对英国文化很了解,了解又加上热心,所以弥尔顿故居并非最后一站。再向西行,到一个十六世纪古镇爱默先姆。这是一条很有趣的街,仿佛是故意搭起来拍电影用的,两旁房屋有的不免东倒西歪,但因维修仔细,不显风雨侵蚀的痕迹,好像一张保养得很好的老人的脸。那大车店的窗户依旧古式样,黑框白底涂抹分明。门很宽,敞开着,似乎随时会有驿车进来。它使我想起我们涿鹿县的大车店,那门也是这样的,二十五年前我还坐在马车上出入过。这里房屋不高,小门临街,以前都是黎民百姓的住所,现在据说租金越来越贵。街中有一座两层的石建筑,有柱无墙,是当时的粮食市场。主人引我进了旁边一个黑洞洞的门,里面弯弯曲曲有店铺,我们到一个香草店,店里全是各样加工过的香花香草,幽香沁人。据说现在又时兴用香草了,想是香水不够古雅罢。店主人是胖胖的妇女,知道我从中国来,立刻说她的叔叔到过中国,还上过万里长城呢。这样的寒暄我遇到多次了,很抱歉,我总怀疑他们当时是打仗去的。不过现在的笑容很是诚恳热情,不该勾起往事。最主要的是,我们自己已经不是一盘散沙,不可轻侮了。我们这东方的巨龙正奋力摆脱贫穷和愚昧的泥潭。因为坐在巨龙背上,世界对于我,才是一个自由的地方。

我们带着满身幽香到一个小饭馆吃饭。店门外有一株杨柳,就凭这一株柳树,店名就叫"杨柳"。店很小,但一进门便看见壁炉里烧得正旺的火,满屋暖洋洋的。那生菜真好。现在回想,店主人该把苔丝德蒙娜的"杨柳歌"贴在墙上作为装饰的。

英国有这个特点,到哪儿总能找出点古迹。他们深以悠久深厚的文化传统自豪,不遗余力地保护称得上是古迹的一切。从前有人说,英国人善于用旧瓶装新酒,中国人善于用新瓶装旧酒。他们的"新",想是指资产阶级革命而言,现在也不见得新。我们的旧,想是指封建主义而言,也总该换掉了。人不能把自己束缚在过去。过去应该像弥尔顿的生活底子和学识一样,要在这上面写出伟大的史诗来,发出看不见的光。

归途中又下雨了,绿色的田野在薄暮的朦胧里,随着山坡起伏。弥尔顿故居的小村在田野间,很快就看不见了。

1984 年 5 月
(原载《花城》1984 年第 6 期)

写故事人的故事

——访勃朗特姊妹故居

在英格兰约克郡北部有一个小地方,叫作哈渥斯。一百多年前,谁也没有想到,它会举世闻名。有这么多人不远万里而来,只为了看看坐落在一个小坡顶的那座牧师宅,领略一下这一带旷野的气氛。

从利兹驱车往哈渥斯,沿途起初还是一般英国乡间景色,满眼透着嫩黄的绿。渐渐地,越走越觉得不一般。只见丘陵起伏,绿色渐深,终于变成一种黯淡的陈旧的绿色。那是一种低矮的植物,爬在地上好像难于伸直,几乎覆盖了整个旷野。举目远望,视线常被一座座丘陵隔断。越过丘陵,又是长满绿色榛莽的旷野。天空很低,让灰色的云坠着,似乎很重。早春的冷风不时洒下冻雨。这是典型的英国天气!

车子经过一处废墟,虽是断墙破壁,却还是干干净净,整理得很好。有人说这是《呼啸山庄》中画眉田庄的遗址,有人说是《简·爱》中桑恩费尔德府火灾后的模样,这当然都不必考证。不管它的本来面目究竟如何,这样的废墟,倒是英国的特色之一,走到哪里都能看见,信手拈来便是一个。这一个冷冷地矗立在旷野上,给本来就是去寻访故居的我们,更添了思古之幽情。

到了哈渥斯镇上,在小河边下车,循一条石板路上坡,坡相当陡。路边不时有早春的小花,有一种总是直直地站着,好像插在地上。路旁有古色古香的小店和路灯。快到坡顶时,冷风中的雨忽然地变成雪花,飘飘落下。一两个行人撑着伞穿过小街。从坡顶下望,觉得自己已经回到百年前的历史中去了。

转过坡顶的小店,很快便到了勃朗特姊妹故居——当时这一教区的牧师宅。

这座房子是石头造的,样子很平板,上下两层,共八间。一进门就看见勃朗特三姊妹的铜像。艾米莉(1818—1848)在中间,右面是显得幼小的安(1820—1849),左面是仰面侧身的夏洛蒂(1816—1855)。她们的兄弟布兰威尔有绘画才能,曾画过三姊妹像。据一位传记作者说,像中三人,神情各异。夏洛蒂孤独,艾米莉坚强,安温柔。这画现存国家肖像馆,我没有看到过。铜像三人是一样沉静——大概在思索自己要写的故事,眼睛不看来访者。其实她们该看一看的,在她们与世隔绝的一生里,一辈子见的人怕还没有现在一个月多。

三姊妹的父亲帕特里克·勃朗特年轻时全靠自学,进入剑桥大学圣约翰学院,毕业后曾任副牧师、牧师,后到哈渥斯任教区长。他在这里住到他的亲人全都辞世,自己在八十四岁时离开人间。他结婚九年,妻子去世,留下六个孩子,四个长大成人。他们是夏洛蒂、布兰威尔、艾米莉和安。会画画的布兰威尔是唯一的儿子,善于言辞,镇上有人请客,常请他陪着说话。只是经常酗酒,后来还抽上鸦片,三十一岁时去世。

在原来孩子们的房间里,陈列着他们小时的"创作"。连火柴盒大小的本子上也密密麻麻写满了字,墙上也留有"手迹"——据说那时纸很贵。他们从小就在编故事,两个大的编一个安格利亚人的故事,两个小的编一个冈达尔人的故事。艾米莉在《呼啸山庄》之前写的东西几乎都与冈达尔这想象中的国家有关。可惜"手迹"字太小,简直认不出来写的什么。

帕特里克曾对当时的英国女作家、第一部《夏洛蒂·勃朗特传》的作者盖茨凯尔夫人说:孩子们能读和写时,就显示出创造的才能。她们常自编自演一些小戏。戏中常是夏洛蒂心目中的英雄威灵顿公爵最后征服一切。有时为了这位公爵和波拿巴、汉尼拔、恺撒究竟谁的功绩大,也会争论得不可开交,他就得出来仲裁。帕特里克曾问过孩子们几个问题,她们的回答给他印象很深。他问最小的安,她最想要什么。答:"年龄和经验。"问艾米莉该怎样对待她的哥哥布兰威尔。答:"和他讲道理,要是不听,就用鞭子抽。"又问夏洛蒂最喜欢什么书。答:"《圣经》。"其次呢?"大自然的书。"

我想大自然的书也是艾米莉喜爱的,也许是最爱的,位于《圣经》之前。几十年来,我一直不喜欢《呼啸山庄》这本书,以为它感情太强烈,结构较松散。经过几十年人事沧桑,又亲眼见到哈渥斯的自然景色后,回来又读一遍,似乎看出一点它的深厚的悲剧力量。那灰色的云,那暗绿色的田野,她们从小到大就在其间漫游。作者把从周围环境中得到的色彩和故事巧妙地调在一起,极浓重又极匀净,很有些哈代的威塞克斯故事的味道。这也许是英国小说的一个特色。这种特色在《简·爱》中也有,不过稍淡些。现在看来,《呼啸山庄》的结构在当时也不同一般。它不是从头到尾叙述,而是从叙述人看到各个人物的动态,逐渐交代出他们之间的关系。过去和现在穿插着,成为分开的一段段,又合成一个整体。

一八三五年,夏洛蒂在伍列女士办的女子学校任教员,艾米莉随去学习。但艾因为想家,不久便离开,由安来接替。艾二十岁时到哈利费克斯任家庭教师,半年后又回家。艾离家最长的时间是和夏一起到布鲁塞尔学习的九个月。她习惯家里隐居式的无拘束的生活,爱在旷野上徘徊,让想象在脑子里生长成熟。她和旷野是一体的,离开家乡使她受不了,甚至生病。但她不是游手好闲的人,她协助女仆料理一家人的饮食。据说她擅长烤面包,烤得又松又软。她常常一面做饭一面看书,《呼啸山庄》总有一部分是在厨房里写的罢。夏洛蒂说她比男子坚强,比孩子单纯;对别人满怀同情,对自己毫不怜惜。她在肺病晚期时还坚持操作自己担当的一份家务。

夏洛蒂最初发现艾米莉写诗,艾很不高兴。她是内向的,本来就是诗人气质。她一八四六年写成《呼啸山庄》,次年出版,距今已一百多年了,读者还是可以感到这本书中喷射出来的滚沸的热情。她像一座火山,也许不太大。

从她给出版人的信中,我们知道她于一八四八年春在写第二本书,但是没有片纸只字的手稿遗留下来。一位传记作者说,也许她自己毁了,也许夏洛蒂没有保藏好,也许现在还在她们家的哪一个橱柜里。

一八四八年九月布兰威尔去世时,艾米莉已经病了,她拒绝就医服药,于十二月十九日逝世。可是勃朗特家的灾难还没有到头,次年五月,安又去世。安也写过诗,和两个姐姐合出了一本诗集,写过两本小说《艾格尼丝·格雷》和《野岗庄园房客》,俱未流传。她于一八四九年五月二十四日往斯卡勃洛孚疗养,夏洛蒂陪着她。二十八日病逝,就近殡葬。

牧师宅中只有夏洛蒂和老父相依为命了。

陈列展品中有夏洛蒂的衣服和鞋,都很纤小,可以想见她小姑娘般的身材。她们三人写的书，曾被误认为是出于同一个作者，出版人请她们证实自己的身份。夏和安不得已去了伦敦。见到出版人拿出邀请信来时，那位先生问她们从哪儿得来的这信，完全没有想到这两个小女人就是作者。

三人中只有夏洛蒂生前得到作家之名。她活得比弟妹们长，也没有超过四十岁。她在布鲁塞尔黑格学校住过一年多，先学习，后任教。这时她对黑格先生发生了爱情。她爱得深，也爱得苦，这是毫无回报的爱。这也是夏一生中唯一一次的充满激情的爱，结果是四封给黑格的信，在他的家里保存下来。夏于一八五四年六月和尼科尔斯副牧师结婚。她看重尼科尔斯的爱，对他也感情日深。勃朗特牧师宅中有一个房间原是女仆住的，后改为尼科尔斯的房间。

夏洛蒂于一八五五年三月，和她的五个姊妹一样，死于肺病。

楼上较大的一间房原是勃朗特先生用，现在陈列着三姊妹著作的各种文字译本，主要是《简·爱》和《呼啸山庄》。但是没有中文本。这缺陷很容易弥补。要知道我们中国人读这两本书非今日始，上一代已经在读在译了。我们立刻允诺送几部中译本来陈列。

从窗中望去，可见近处教堂尖顶，据说墓地也不远。勃朗特全家除安以外都葬在那里。因为时间关系，我们不能去凭吊了。离开牧师宅时看见有人在三姊妹像旁拿了一张纸，我也去拿了一张，原来是捐款用的。这里的一切费用都是三姊妹的忠诚读者捐赠的。人生得一知己足矣，有这样多的人爱她们，关心她们的博物馆，真让人高兴——当然不只是为她们。

我们又回到旷野上。风还在吹，雨还在飘。满地深绿色看不出一点摇动,仿佛天在动,而地却停着。车子驶过一座又一座丘陵,路一直伸向天边。这不是简·爱万分痛苦地离开桑恩费尔德的路么?这不是凯瑟琳·恩萧和希斯克利夫生前和死后漫游的荒野么?他们的游魂是否还在这里飘荡?勃朗特姊妹在这里永远与她们的人物为伴了。

听说这一带还有勃朗特瀑布、勃朗特桥,一块大石头是勃朗特的座位,连这个县都以勃朗特命名了。人们说夏洛蒂是写云能手,而艾米莉笔下的风雪,也使人不忘。或许还该有勃朗特云和勃朗特风雪罢。

1984年5月上旬

(原载《文汇月刊》1984年7月号)

他的心在荒原

——关于托马斯·哈代

在英格兰西南部都彻斯特博物馆中,有一个小房间,参观者只能从窗口往里看。我们因为是中国作家代表团,破例获准入内。

这是托马斯·哈代(1840—1928)的书房,是照他在麦克斯门家中的书房复制的。据说一切摆设都尽量照原样。四壁图书,一张书桌,数张圈椅。圈椅上搭着他的大衣,靠着他的手杖。哈代的像挂在墙上,默默地俯视着自己的书房,和不断的来访者。

他在这样一间房间里,就在这张桌上,写出许多小说、诗和一部诗剧,桌上摆着一些文具还有一个小日历。日历上是三月七日。据说这是哈代第一次见到他夫人的日子,夫人去世以后,哈代把日历又掀到这一天,让这一天永远留着。馆长拿起三支象牙管蘸水笔,说哈代就是用它们写出《林中人》《德伯家的苔丝》和《无名的裘德》。

书架上有他的手稿,有作品,还有很多札记,记下各种材料,厚厚的一册册,装订得很好。据说这一博物馆收藏哈代手稿最为丰富。馆长打开一本,是《卡斯特桥市长》,整齐的小字,涂改不多。我忽然想现在有了打字机,以后的博物馆不必再有收藏原稿的业务,人们也没有看手稿的乐趣了。这手稿中夹有一封信,是哈代写给当时博物馆负责人的。大意说:谢谢你要我的手稿,特送上,只是不一定值得保存。何不收藏威廉·巴恩斯的手稿?那是值得的!这最后的惊叹号给我印象很深。时间过了快一百年,证明了哈代自己的作品是值得的!值得读,值得研究,值得在博物馆特辟一间——也许这还不够,值得我们远涉重洋,来看一看他笔下的威塞克斯、艾登荒原和卡斯特桥。

威廉·巴恩斯是都彻斯特人,是这一带的乡土诗人。街上有他的立像。哈代很看重他,一九〇八年为他编辑出版了一本诗集。哈代自己在某种程度上也可以说是乡土作家。可是他和巴恩斯很不同。巴恩斯"从时代和世界中撤退出来,把自己包裹在不实际的泡沫中",而哈代的意识"是永远向着时代和世界开放的"(乔治·伍德科克:企鹅丛书《还乡》序)。一九一二年哈代自己在"威塞克斯小说"总序中说:"虽然小说中大部分人所处的环境限于泰晤士之北,英吉利海峡之南,从黑令岛到温莎森林是东边的极限,西边则是考尼海岸,我却是想把他们写成典型的,并且在本质上属于任何地方,在那里'思想是生活的奴隶,生活是时间的弄人'。这些人物的心智中,明显的地方性应该是真正的世界性。"哈代把他的具有浓厚地方色彩的十四部长篇小说、四部短篇小说集总称为威塞克斯小说,但是这些小说反映的是社会,是人生,远远不只是反映那一地区的生活。小说总有个环境,环境总是局限的,而真正的好作品,总是超出那环境,感动全世界。

哈代的四大悲剧小说,《还乡》《德伯家的苔丝》《卡斯特桥市长》和《无名的裘德》,就是这样的小说。我在四十年代初读

《还乡》时,深为艾登荒原所吸引。后来知道,对自然环境的运用是哈代小说的一大特色,《还乡》便是这一特色的代表作。哈代笔下的荒原是有生命的,它有表情,会嚷会叫,还操纵人物的活动。它是背景,也是角色,而且是贯穿在每个角色中的角色。英国文学鸟瞰一类的选本常选《还乡》开篇的一段描写:

> 天上悬的既是这样灰白的帐幕,地上铺的又是那种最苍郁的灌莽,所以天边上天地交接的线道,划分得清清楚楚……荒原的表面,仅仅由于颜色这一端,就给暮夜增加了半点钟。它能在同样的情形下,使曙色迟延,使正午惨淡;狂风暴雨,几乎还没踪影,它就预先现出风暴的阴沉面目了;三更半夜,没有月亮,它更加深那种咫尺难辨的昏暗,到了使人发抖、害怕的程度。

今天看到道塞郡的旷野,已经很少那时一片苍茫、万古如斯的感觉了。英国朋友带我们驱车往荒原上,地下的植物显然不像书中描写的那样郁郁苍苍,和天空也就没有那样触目的对比。想不出哪一个小山头上是游苔莎站过的地方。远望一片绿色,开阔而平淡。哈代在一八九五年写的《还乡》小序中说,他写的是一八四〇年到一八五〇年间的荒原,他写序时荒原已经或耕种或植林,不大像了。我们在一九八四年去,当然变化更大。印象中的荒原气氛浓烈如酒,这酒是愈来愈多地掺了水了。也许因为原来那描写太成功,便总觉得不像。不过我并不遗憾。我们还获准到一个不向外国人开放的高地,一览荒原景色。天上地下只觉得灰蒙蒙的,像里面衬着黯淡,黯淡中又透着宏伟,还显得出这不是个轻松的地方。我毕竟看到有哈代的心在跳动着的艾登荒原了。

我们还到哈代出生地参观。经过一片高大的树林,到一座茅屋。这种英国茅屋很好看,总让人想起童话来。有一位英国女士的博士论文是北京四合院,也该有人研究这种英国茅屋。里面可是很不舒适,屋顶低矮,相当潮湿。这房屋和弥尔顿故居一样,有房客居住,同时负责管理。从出生地又去小村的教堂和墓地——斯丁斯福墓地。哈代的父母和妻子都葬在这里。

葬在这里的还有哈代自己的心。

墓地很小,不像有些墓地那样拥挤。在一棵大树下,三个石棺一样的坟墓并排,中间一个写着"哈代的心葬此"。这也是他第一个妻子的坟墓。

据说哈代生前曾有遗嘱,死后要葬在家乡,但人们认为他应享有葬在西敏寺的荣耀。于是,经过商议,决定把他的心留在荒原。可是他的心有着很不寻常的可怕的遭遇。如果哈代自己知道,可能要为自己的心写出一篇悲愤的,也许是嘲讽的名作来。

没有人能说这究竟是不是真的,但是英国朋友说这是真的——我倒希望不是真的。哈代的遗体运走后,心脏留下来由一个农夫看守,他把它放在窗台上,准备次日下葬。次日一看,心不见了,旁边坐着一只吃得饱饱的猫。

他们只好连猫葬了。所以在哈代棺中,有他的心,他的夫人,还有一只猫!我本来是喜欢猫的,听了这个故事以后,很久都不愿看见猫。但是哪怕是通过猫的皮囊,哈代的心是留在荒原上了,和荒原的泥土在一起,散发着荒原的芬芳,滋养着荒原的一切。

关于哈代作品的讨论已是汗牛充栋。尤其是其中悲观主义和宿命论的问题。他的人物受命运小儿拨弄,无论怎样挣扎,也逃不出悲剧的结局。好像曼斯菲尔德晚期作品《苍蝇》中那只苍蝇,一两滴墨水浇下来,就无论怎样扑动翅膀再也飞不出墨水的深潭。哈代笔下的命运有偶然性因素,那似乎是无法抗拒、冥冥中注定的,但人物的主要挫折很明显是来自社会。作者在《德伯家的苔丝》中有一段议论,说:"将来人类文明进化到至高无上的那一天,那人类的直觉自然要比现在更敏锐了,社会机构自然要比掀腾颠簸我们的这一种更密切地互相关联着的了。"他也希望有一个少些痛苦的社会。苔丝这美丽纯洁的姑娘迫于生活和环境,一步步做着本不愿意做而又不得不做的事,一次次错过自己的爱情,最后被迫杀人。这样的悲剧不只是控诉不合理的社会,在哈代笔下,还表现了复杂的性格,因为你高尚纯真,所以堕入泥潭。哈代把这一类小说名为"性格和环境小说"。在性格与环境冲突中(不只有善与恶的冲突,也包括善与善的冲突),人物一步步走向死亡。这正是黑格尔老人揭示的悲剧内容。

我们经过麦克斯门故居,因为不开放,只在院墙外看见里面一栋不小的房屋,那是哈代从一八八三年起自己照料修建的——他出身于建筑师家庭,自己也学过建筑。他于一八八五年迁入,直到逝世。据说现有人住,真不知何人胆敢占据哈代故居!

这次参观的最后一站是有名的悬日坛,这是一望无际的旷野上的大石群。据说是史前两千八百年左右祭祀太阳的庙。一块块约重五十吨的大石,有的竖立,有的斜放,有的平架在别的大石上,像是这里曾有一个宏伟的巨人,现在只剩了骨架。冷风从没遮拦的旷野上四面刮来,在耳边呼呼响,好像不管历史怎样前进,这骨架还在向过去呼唤。

我站在悬日坛边,许久才悟过来这就是苔丝被捕的地方。她在后门中睡着了,安玑要求来人等一下,他们等了。苔丝自己醒了,安静地说:"我停当了,走吧!"这些经历了数千年风雨的大石当然知道,在充满原始粗犷气息的旷野上,像苔丝这样下场的人,不止一个。

  我的大学毕业论文是以哈代为题的,那是三十五年前的事了。那时我以为哈代的作品并非完全是悲观的,它有希望。举的例子是《苔丝》这书中最后安玑和苔丝的妹妹结合,这表示苔丝的生命的延续,她自己无法达到、无法获得的,她的妹妹可以达到、获得。最近听说很多本科生研究生都以哈代为题做论文,以至关于哈代的参考书全部借完。其中有我的一位青年朋友。他深爱哈代,论文题目是《苔丝》。他以为安玑和丽沙·露的结合是安玑对苔丝的背叛,表明人性不可靠。有些评论也持此观点。我则还是坚持原来看法。哈代自己在《晚期和早期抒情诗集》序中很明确地说过:"我独自怀抱着希望。虽然叔本华、哈特曼及其他哲学家,包括我所尊敬的爱因斯坦在内,都对希望抱着轻蔑态度。"他还在日记中说:"让每个人以自己的亲身生活经验为基础创造自己的哲学吧。"哈代自己创造的是有希望的哲学。他在作品中对资本主义社会的批判是无情的,但他给人留下的是生活中的希望。

  关于悲观、乐观的问题,哈代还说他所写的是他的印象,没有什么信条和论点。他说:这些印象被指控为悲观的——这似乎是个恶谥——很为荒谬。"很明显,有一个更高级的哲学特点,比悲观主义,比社会向善论甚至比批评家们所持的乐观主义更高,那就是真实。"

  能仔细地看清真实需要勇气和本事,看清了还要写出来,需要更大的勇气和本事。哈代因写小说被人攻击得体无完肤,《无名的裘德》还被焚毁示众。有人说他因此晚年改行写诗,也有人说改行是因家庭原因。我以为他一直想写诗,在写小说时,常有诗句在他心中盘旋,想落到他笔下,他便也分给诗一些时间。他也可能以为诗的形式更隐蔽,能说出他要说的话。事实上,他从年轻时就一直断断续续在写诗。

回伦敦后,从访古改为访今了。我却还时常想起都彻斯特小城,星期天商店全关门,非常安静,旅馆外不远处斜坡下的那一幅画面:一座英国茅舍,旁边小桥流水,还有一轮淡黄色的圆月,从树梢照下来。我曾想哈代的铜像应该搬到这里。他在大街上坐着,虽然小城中人不太多,也够吵闹的了。后来得知这茅舍有个名称,是"刽子手宅"。便想幸好哈代生在近代,生前便能知道得葬西敏寺(其实诗人角拥挤不堪,不如斯丁斯福墓地多矣),若在中古,难免会和刽子手打交道。

"如果为了真理而开罪于人,那么宁可开罪于人,也强似埋没真理。"这是哈代在《苔丝》第一版导言中引的圣捷露姆的话。看来即使他有着和刽子手打交道的前途,也还是不会放下他那如椽的大笔的。

哈代出生地展有世界各国译本,但是没有来自中华人民共和国的中文译本,回来后托人带去一本《远离尘嚣》。这篇小文将成时,收到都彻斯特博物馆馆长彼尔斯先生来信,他要我转告我的同行,他们永远盼着有欢迎中国客人的机会。

应该坦白的是,在博物馆中,我把哈代的手杖碰落了两次。也许是不慎,也许是太慎。英国朋友说哈代当然不会在乎。不过我还是要向他和全世界热爱他的读者道歉。

1984 年 5 月下旬

(原载《人民文学》1984 年第 8 期)

柳　信

　　今年的春,来得特别踌躇、迟疑,乍暖还寒,翻来覆去,仿佛总下不定决心。但是路边的杨柳,不知不觉间已绿了起来,绿得这样浅,这样轻,远望去迷迷蒙蒙,像是一片轻盈的、明亮的雾。我窗前的一株垂柳,也不知不觉在枝条上缀满新芽,泛出轻浅的绿,随着冷风,自如地拂动。这园中原有许多花木,这些年也和人一样,经历了各种斧钺虫豸之灾,只剩下一园黄土、几株俗称瓜子碴的树。还有这棵杨柳,年复一年,只管自己绿着。

　　少年时候,每到春天,见杨柳枝头一夜间染上了新绿,总是兴高采烈,觉得欢喜极了,轻快极了,好像那生命的颜色也染透了心头。曾在中学作文里写过这样几句:

　　　　嫩绿的春天又来了
　　　　看那陌头的杨柳色
　　　　世界上的生命都聚集在那儿了
　　　　不是么?
　　　　那年青的眼睛般的鲜亮呵——

　　老师在这最后一句旁边打了密密的圈。我便想,应该圈点的,不是这段文字,而是那碧玉妆成、绿丝绦般的杨柳。

于是许多年来,便想写一篇《杨柳辩》。因为人们历来并不认为杨柳是该圈点的,总是以松柏喻坚贞,以蒲柳比轻贱。现在呢,"辩"的锐气已消,尚幸并未全然麻木,还能感觉到那柳枝透露的春消息。

抗战期间在南方,为躲避空袭,我们住在郊外一个庙里。这庙坐落在村庄附近的小山顶上,山上蓊蓊郁郁,长满了各样的树木。一条歪斜的、可容下一辆马车的石板路,从山脚蜿蜒而上。路边满是木香花,春来结成两道霜雪覆盖的花墙。花墙上飘着垂柳,绿白相映,绿的格外鲜嫩,白的格外皎洁。柳丝拂动,花儿也随着有节奏地摇头。

庙的右侧,有一个小山坡,草很深,杂生着野花,最多的是野杜鹃,在绿色的底子上形成红白的花纹。坡下有一条深沟,沟上横生着一株柳树,据说是雷击倒的。虽然倒着,还是每年发芽。靠山坡的一头有一个斜生的枝杈,总是长满长长的柳丝,一年有大半年绿莹莹的,好像一把撑开的绿伞。我和弟弟经常在这柳桥上跑来跑去,采野花,捉迷藏,不用树和灌木,只是草,已足够把我们藏起来了。

一个残冬,我家的小花猫死了。昆明的猫很娇贵,养大是不容易的。那是我第一次看到什么是死。它躺着,闭着眼。我和弟弟用猪肝拌了饭,放在它嘴边,它仍一动也不动。"它死了。"母亲说,"埋了吧。"我们呆呆地看着那显得格外瘦小的猫,弟弟呜呜地哭了。我心里像堵上了什么,看了半天,还不离开。

"埋了吧,以后再买一只。"母亲安慰地说。

我作了一篇祭文,记得有"呜呼小花"一类的话,放在小猫身上。我们抬着盒子,来到山坡。我一眼便看中那柳伞下的地方,虽然当时只有枯枝。我们掘了浅浅的坑,埋葬了小猫。冷风在树木间吹动,我们那时都穿得十分单薄,不足以御寒的。我拉着弟弟的手,呆呆地站着,好像再也提不起玩的兴致了。

忽然间,那晃动的枯枝上透出一点青绿色,照亮了我们的眼睛,那枝头竟然有一点嫩芽了,多鲜多亮啊!我猛然觉得心头轻松好多。杨柳绿了,杨柳绿了,我轻轻地反复在心里念诵着。那时我的词汇里还没有"生命"这些字眼,但觉得自己又有了精神,一切都又有了希望似的。

时光流去了近四十年,我已经历了好多次的死别,到一九七七年,连我的母亲也撒手别去了。我们家里,最不能想象的就是没有我们的母亲了。母亲病重时,父亲说过一句话:"没有你娘,这房子太空。"这房子里怎能没有母亲料理家务来去的身影,怎能没有母亲照顾每一个人、关怀每一个人的呵斥和提醒,那充满乡土风味的话音呢!然而母亲毕竟去了,抛下了年迈的父亲。母亲在病榻上时,用力抓着我的手说过,她放心,因为她的儿女是好的。

我是尽量想做到让母亲放心的。我忙着料理许多事,甚至没有好好哭一场。

两个多月过去,时届深秋。园中衰草凄迷,落叶堆积。我从外面回来,走进藏在衰草落叶中的小径——这小径,我曾在深夜里走过多少次啊。请医生,灌氧气,到医院送汤送药,但终于抵挡不住人生大限的到来。我茫然地打量着这园子,这时,侄儿迎上来说,家里的大猫——狮子死了,是让人用鸟枪打死的,已经埋了。

这是母亲喜欢的猫,是一只雪白的狮子猫,眼睛是蓝的,在灯下闪着红光。这两个月,它天天坐在母亲房门外等,也没等得见母亲出来。我没有问埋在哪里,无非是在这一派清冷荒凉之中罢了。我却格外清楚地知道,再没有母亲来安慰我了,再没有母亲许诺我要的一切了。

深秋将落叶吹得团团转,枯草像是久未梳理的乱发,竖起来又倒下去。我的心直往下沉,往下沉——忽然,我看见几缕绿色在冷风中瑟瑟地抖颤,原来是窗前那株柳树。在冬日的寒风中,柳色有些黯淡,但在一片枯草之间,它是绿着。"这易生长的、到处都有的、普通的柳树,并不怕冷。"我想着,觉得很安慰,仿佛得到了支持似的。

清明时节,我们将柳枝插在门外,据说可以避邪。又选了两枝,插在母亲骨灰盒旁的花瓶里。柳枝并不想跻身松柏等岁寒之友中,它只是努力尽自己的本分,尽量绿得好些,就像一个普通正常的母亲、平凡清白的人一样。

柳枝正绿着,衬托着万紫千红。这丝丝绿柳,是会织出大好春光的。

1980 年 4 月

(原载《福建文艺》1980 年第 9 期)

哭 小 弟

飞机强度研究所
技术所长冯钟越

我面前摆着一张名片,是小弟前年出国考察时用的。名片依旧,小弟却再也不能用它了。

小弟去了。小弟去的地方是千古哲人揣摩不透的地方,是各种宗教企图描绘的地方,也是每个人都会去,而且不能回来的地方。但是现在怎么能轮得到小弟!他刚五十岁,正是精力充沛,积累了丰富的学识经验,大有作为的时候,有多少事等他去做啊!医院发现他的肿瘤已相当大,需要立即手术,他还想去参加一个技术讨论会,问能不能开完会再来。他在手术后休养期间,仍在看研究所里的科研论文,还做些小翻译。直到卧床不起,他手边还留着几份国际航空材料,说是"想再看看"。他也并不全想的是工作。已是滴水不进时,他忽然说想吃虾,要对虾。他想活,他想活下去啊!

可是他去了,过早地去了。这一年多,从他生病到去世,真像是个梦,是个永远不能令人相信的梦。我总觉得他还会回来,从我们那冬夏一律显得十分荒凉的后院走到我窗下,叫一声"小姊——"

中罢了。我却格外清楚地知道,再没有母亲来安慰我了,再没有母亲许诺我要的一切了。

深秋将落叶吹得团团转,枯草像是久未梳理的乱发,竖起来又倒下去。我的心直往下沉,往下沉——忽然,我看见几缕绿色在冷风中瑟瑟地抖颤,原来是窗前那株柳树。在冬日的萧索中,柳色有些黯淡,但在一片枯草之间,它是绿着。"这容易生长的、到处都有的、普通的柳树,并不怕冷。"我想着,觉得很安慰,仿佛得到了支持似的。

清明时节,我们将柳枝插在门外,据说可以避邪;又选了两枝,插在母亲骨灰盒旁的花瓶里。柳枝并不想跻身松柏等岁寒之友中,它只是努力尽自己的本分,尽量绿得长一些,就像一个普通正常的母亲、平凡清白的人一样。

柳枝正绿着,衬托着万紫千红。这丝丝垂柳,是会织出大好春光的。

1980 年 4 月

(原载《福建文艺》1980 年第 9 期)

哭 小 弟

飞机强度研究所
技术所长冯钟越

我面前摆着一张名片,是小弟前年出国考察时用的。名片依旧,小弟却再也不能用它了。

小弟去了。小弟去的地方是千古哲人揣摩不透的地方,是各种宗教企图描绘的地方,也是每个人都会去,而且不能回来的地方。但是现在怎么能轮得到小弟!他刚五十岁,正是精力充沛,积累了丰富的学识经验,大有作为的时候,有多少事等他去做啊!医院发现他的肿瘤已相当大,需要立即手术,他还想去参加一个技术讨论会,问能不能开完会再来。他在手术后休养期间,仍在看研究所里的科研论文,还做些小翻译。直到卧床不起,他手边还留着几份国际航空材料,说是"想再看看"。他也并不全想的是工作。已是滴水不进时,他忽然说想吃虾,要对虾。他想活,他想活下去啊!

可是他去了,过早地去了。这一年多,从他生病到去世,真像是个梦,是个永远不能令人相信的梦。我总觉得他还会回来,从我们那冬夏一律显得十分荒凉的后院走到我窗下,叫一声"小姊——"

可是他去了,过早地永远地去了。

我长小弟三岁。从我有比较完整的记忆起,生活里便有我的弟弟,一个胖胖的、可爱的小弟弟,跟在我身后。他虽然小,可是在玩耍时,他常常当老师,照顾着小朋友,让大家坐好,他站着上课,那神色真是庄严。他虽然小,在昆明的冬天里,孩子们都生冻疮,都怕用冷水洗脸,他却一点不怕。他站在山泉边,捧着一个大盆的样子,至今还十分清晰地在我眼前。

"小姊,你看,我先洗!"他高兴地叫道。

在泉水缓缓的流淌中,我们从小学、中学至大学,大部分时间都在一个学校,毕业后就各奔前程了。不知不觉间,听到人家称小弟为强度专家;不知不觉间,他担任了总工程师的职务。在那动荡不安的年月里,很难想象一个人的将来。这几年,父亲和我倒是常谈到,只要环境许可,小弟是会为国家做出点实际的事的。却不料,本是最年幼的他,竟先我们而离去了。

去年夏天,得知他患病后无法得到更好的治疗,我于八月二十日到西安。记得有一辆坐满了人的车来接我,我当时奇怪何以如此兴师动众,原来他们都是去看小弟。到医院后,有人进病房握手,有人只在房门口默默地站一站,他们怕打扰病人,但他们一定得来看一眼。

手术时,有航空科学研究院、六二三所、六二一所的代表,弟妹、侄女和我在手术室外,还有辆轿车在医院门口。车里有许多人等着,他们一定要等着,准备随时献血。小弟如果需要把全身的血都换过,他的同志们也会给他。但是一切都没有用。肿瘤取出来了,有一个半成人的拳头大,一面已经坏死。我忽然觉得一阵胸闷,几乎透不过气来——这是在穷乡僻壤为祖国贡献着才华、血汗和生命的人啊,怎么能让这致命的东西在他身体里长到这样大!

我知道在这黄土高原上生活的艰苦,也知道住在这黄土高原上的人工作劳累,还可以想象每一点工作的进展都要经过十分恼人的迂回曲折。但我没有想到,小弟不但生活在这里,战斗在这里,而且把性命交付在这里了。他手术后回京在家休养,不到半年,就复发了。

那一段焦急的悲痛的日子,我不忍写,也不能写。每一念及,便泪下如绠,纸上一片模糊。记得每次看病,候诊室里都像公共汽车上一样拥挤。等啊等啊,盼啊盼啊,我们知道病情不可逆转,只希望能延长时间,也许会有新的办法。航空界从莫文祥同志起,还有空军领导同志都极关心他,各个方面包括医务界的朋友们也曾热情相助,我还往海外求医。然而错过了治疗时机,药物再难奏效。曾有个别的医生不耐烦地当面对小弟说,治不好了,要他"回陕西去"。小弟说起这话时仍然面带笑容,毫不介意。他始终没有失去信心,他始终没有丧失生的愿望,他还没有累够。

小弟生于北京,一九五二年从清华大学航空系毕业。他填志愿到西南,后来分配在东北,以后又调到成都、调到陕西。虽然他的血没有流在祖国的土地上,但他的汗水洒遍全国,他的精力的一点一滴都献给祖国的航空事业了。个人的功绩总是有限的,也许燃尽了自己,也不能给人一点光亮,可总是为以后的绚烂的光辉做了一点积累吧。我不大明白各种工业的复杂性,但我明白,任何事业也不是只坐在北京就能够建树的。

我曾经非常希望小弟调回北京,分担我侍奉老父的重担。他是儿子,三十年在外奔波,他不该尽些家庭的责任吗?多年来,家里有什么事,大家都会这样说:"等小弟回来。""问小弟。"

有时只要想到有他可问,也就安心了。现在还怎能得到这样的心安?风烛残年的父亲想儿子,尤其这几年母亲去世后。他的思念是深的,苦的,我知道,虽然他不说。现在,他永远失去他的最宝贝的小儿子了。我还曾希望在我自己走到人生的尽头,跨过那一道痛苦的门槛时,身旁的亲人中能有我的弟弟,他素来的可倚可靠会给我安慰。哪里知道,却是他先迈过了那道门槛啊!

一九八二年十月二十八日上午七时,他去了。

这一天本在意料之中,可是我怎能相信这是事实呢!他躺在那里,但他已经不是他了,已经不是我那正当盛年的弟弟,他再不会回答我们的呼唤,再不会劝阻我们的哭泣。你到哪里去了,小弟!自一九七四年沅君姑母逝世起,我家屡遭丧事,而这一次小弟的远去最是违反常规,令人难以接受!我还不得不把这消息告诉当时也在住院的老父,因为我无法回答他每天的第一句问话:"今天小弟怎么样?"我必须告诉他,这是我的责任。再没有弟弟可以依靠了,再不能指望他来分担我的责任了。

父亲为他写挽联:"是好党员,是好干部,壮志未酬,洒泪岂只为家痛;能娴科技,能娴艺文,全才罕遇,招魂也难再归来!"我那唯一的弟弟,永远地离去了。

他是积劳成疾,也是积郁成疾。他一天三段紧张地工作,参加各式各样的会议。每有大型试验,他事先检查到每一个螺丝钉,每一块胶布。他是三机部科技委员会委员,他曾有远见地提出多种型号研究。有一项他任主任工程师的课题研制获国防工办和三机部科技一等奖。同时他也是六二三所党委委员,需要在会议桌上坦率而又让人能接受地说出自己对各种事情的意见。我常想,能够"双肩挑",是我们五十年代至六十年代初期出来的知识分子的特点。我们是在"又红又专"的要求下长大的,当然,有的人永远也没有能达到要求,像我。大多数人则挑起过重的担子,在崎岖的、荆棘丛生的、有时是此路不通的山路上行走。那几年的批判斗争是有远期效果的。他们不只是生活艰苦,过于劳累,还要担惊受怕,心里塞满想不通的事,谁又能经受得起呢!

小弟入医院前,正负责组织航空工业部系统的一个课题组,他任主任工程师。他的一个同志写信给我说,一九八一年夏天,西安一带出奇的热,几乎所有的人晚上都到室外乘凉,只有"我们的老冯"坚持伏案看资料。"有一天晚上,我去他家汇报工作,得知他经常胃痛,有时从睡眠中痛醒。工作中有时会痛得大汗淋漓,挺一会儿,又接着做了。天啊!谁又知道这是癌症!我只淡淡地说该上医院看看。回想起来,我心里很内疚!我对不起老冯,也对不起您!"

这位不相识的好同志的话使我痛哭失声!我也恨自己,恨自己没有早想到癌症对我们家族的威胁,即使没有任何症状,也该定期检查。云山阻隔,我一直以为小弟是健康的。其实他早感不适,已去过他该去的医疗单位。区一级的说是胃下垂,县一级的说是肾游走。以小弟之为人,当然不会大惊小怪,惊动大家。后来在弟妹的催促下,趁工作之便到西安检查,才做手术。如果早一年有正确的诊断和治疗,小弟还可以再为祖国工作二十年!

往者已矣。小弟一生,从没有埋怨过谁,也没有埋怨过自己,这是他的美德之一。他在病中写的诗中有两句:"回首悠悠无恨事,丹心一片向将来。"他没有恨事。他虽无可以彪炳史册的丰功伟绩,却有一个普通人的认真的、勤奋的一生。历史正是由这些人写成的。

小弟白面长身,美丰仪;喜文艺,娴诗词,且工书法篆刻。父亲在挽联中说他是"全才罕遇",实非夸张。如果他有三次生命,他的多方面的才能和精力也是用不完的;可就是这一辈子,也没有得以充分发挥和施展。他病危弥留的时间很长,他那颗丹心,那颗想让祖国飞起来的丹心,顽强地跳动,不肯停息。他不甘心!

这样壮志未酬的人,不止他一个啊!

我哭小弟,哭他在剧痛中还拿着那本航空资料"想再看看",哭他的"胃下垂""肾游走";我也哭蒋筑英抱病奔波,客殇成都;我也哭罗健夫不肯一个人坐一辆汽车;我还要哭那些没有见诸报章的过早离去的我的同辈人。他们几经雪欺霜冻,好不容易奋斗着张开几片花瓣,尚未盛开,就骤然凋谢。我哭我们这迟开早谢的一代人!

已经是迟开了,让这些迟开的花朵尽可能延长他们的光彩吧。

这些天,读到许多关于这方面的文章,也读到了《痛惜之余的愿望》,稍得安慰。我盼"愿望"能成为事实,我想需要"痛惜"的事应该越来越少了。

小弟,我不哭!

1982 年 11 月

(原载《人民日报》1982 年 12 月 27 日)

安波依十日

一九八二年九月十一日，我们来美国的事情已完。这天只和家人往游新泽西天然动物园，是计划中唯一的余兴节目。

哥伦比亚大学东院招待所的房间进口处有小楼梯，约七八阶。清晨出门，父亲上楼时脚步不稳。这几天确实太累了。问他哪里不舒服，他说很舒服。见他兴致勃勃，谁也不愿扫兴。我们在校外小店进早餐，和父亲的挚友卜德博士话别。他很为只有孙女没有孙男而遗憾，笑说自己是老封建。早餐后他站在街角处看我们驱车离去。他是个瘦削的老人，白发如银。街上空无一人，也没有风吹起他的衣角或白发。父亲在车中招手。我想，他们两人恐怕再难会面了。

天然动物园的景致若使贾宝玉来评点，当说它造作。狮子懒洋洋睡在路旁，金钱豹不知躲在何处；猴子爬到车顶上，鸵鸟歪头往车窗里瞧，都希望得点好吃的。据说非洲的天然动物园大不相同，要"天然"很多。这里的游乐园，连同动物园一起，有一个招徕游客的名字——"大惊险"。可是我们都没有多少惊险之感，真正的惊险场面出现在返回纽约的路上。

路是平坦的，虽然很少颠簸，总不同于家居。父亲是很累了，但他还是说"很舒服"。他额头不热，手却冰凉。"千万等回国以后再生病。"我心里说。这时忽然听到异常的声音,咔嚓咔嚓,有节奏地响着。哥哥把车开到路边停下。

"左边轮子坏了,"哥哥宣布,"得换下来。"

车后有现成的轮子和工具。哥哥患严重的关节炎,无法操作。嫂嫂和我费尽九牛二虎之力把新轮子拖下来,工具装好,摇了半天,也没有卸下旧轮子。"以前我几分钟就能换下来。"哥哥慨叹。现在没有办法,只好找出白手巾绑在车上,向开过的车求助。

车子一辆又一辆风驰电掣般从我们身旁过去了。谁也不注意路边停着车。我们奋斗了约一个多小时,车停着,没有冷气,太阳直晒,车里热如蒸笼。父亲仍是照他平常一样,老实地坐着,绝不催促,绝不焦躁。

不远处又有一辆车停下,也是修理什么,嫂嫂跑过去求援。那是一家波多黎各人,全都黑黑的,很有吉普赛人模样。男的过来了。他摇了几下千斤顶,就把车身顶了起来,迅速地换上新轮子,从始至终没有说一句话。向他致谢时,才发现他并不会说英文。

无怪乎卜德老先生想要个孙子呢。车修好了,大家决定先到最近的一个站上打尖。这时父亲脸很红,有些气喘,可还是说"很舒服"。哥哥陪他去盥洗室,过了很久还不出来。我有些着急,托一个男孩进去看看,他一会儿就出来了,说:"那位老先生晕倒了,要叫救护车。"我愣住了,直盯着他,他忙又说:"已经醒了,像是好了。"这时哥哥扶着父亲出来了,还有两个美国人陪着,送他躺在一个长椅上。两人之一是医生,他敲敲听听,一面命餐室的人拿冰袋,老人是在发烧。医生说心脏没问题,返回纽约应该是可以的。

父亲躺着,完全清醒,还是说没有哪儿不舒服,还一再说回哥伦比亚。我们想起他的丹毒旧病,看他的左腿,果然有一点鲜红起来了,觉得有些把握,便决定返回纽约。从父亲晕倒起,只有有用的人上前帮助,并无闲人围观。

车子在落日斜晖中疾驶,大家都不说话。父亲起先微笑着说没有什么,后来我叫他,只哼一声。走了一段路,他忽然垂下头,怎么叫都不回答。他又晕过去了!等不得到纽约!我叫起来。就在最近的一个收买路钱处要了救护车,我们的车停在路边等候。

父亲斜靠着我,完全不省人事。难道真的不能回家了么?我们一定得一起回去!旅行前就商量好的,无论遇到什么事也要回去!记得吗?我们庭院中"十年浩劫"失去的竹子还没有种,书案上还有未完成的书稿,还有我那重病的弟弟在等着,盼着。啊,父亲!你可一定要和我一起回去啊!

不到五分钟便开来一辆车,跳下两个壮汉,把父亲抬上担架,给他吸氧。紧接着又来了一辆车,这才是装载病人的车。救护人员身着黄色工作服,在浓重的暮色中十分醒目,使人精神一振。他们敏捷地把父亲抬上车,我坐在他身旁,车子往最近的医院开去。

于是父亲住进了波思·安波依地区医院。我又开始了一段侍病生活。

自七十年代始,陪侍卧病在床的二老双亲是我的生活内容之一。记得一次从城里开会回来,疲惫得恨不能立刻倒下,再也不起来。可是母亲发高烧,正等着我送医院。有时是父亲重病,需要马上治疗。每次都要跑来跑去找救护车,找担架,找抬担架的人,求不尽的人情,说不完的好话。比较起来,这次是顺利的。

安波依医院是普通的公立医院,论级别,可能相当于海淀医院,还不如海淀医院宽敞。来就医的都是平民百姓。依我看来,它很好了。它有两头自动起落的床,有活动磅秤,每天称重量,把病人一卷,吊起来,毫不费事。点滴抗菌素不是每天扎针,而是在臂弯里埋进针头,用时打开。每天抽血化验,缺什么便补给什么。每人床头有电话,床对面墙上有电视,付钱使用。这都是美国人缺不了的东西。这些大概都是工业发达,医学先进的表现。但是医院给我印象最深的和发达与否似乎没有关系,那是这里的护士。

护士是神圣的职业,是白衣天使。小时在教科书里读过讲南丁格尔的文章,很为她伟大的人格所感动。可是这些年,我们的护士和天使差得太远了。在美国医院里见到护士的工作情况,不由得要为她们写一笔。

这些护士小姐们都很整洁漂亮,可她们什么都做。给药打针,铺床叠被,清理排泄物,给病人擦身,总是细心而又耐心。我在这里陪住其实多余,也是格外照顾,一般是不准陪的。父亲住两人一间的病房,十天中换了三个病友。一个是犹太工人,一个是西班牙人,卖肉为生,也不会说英语。第三个是个小黑人,在码头上开什么机器。他们的社会地位都差不多,护士小姐们对他们都一样周到。

有一位胖胖的小姐,她常用手给病人揉背。"可以轻松一些。"她说。到晚上总问我:"要杯茶吗?"一会儿便端来茶或咖啡。我问她为什么选择这一行,她笑眯眯地说:"我喜欢照顾人。"还有一位年长些,说她需要工作贴补家用。有一位特别漂亮的,说她母亲是护士,她从小就想当护士。她们都是中学毕业后又上护士学校,有的人在胸前戴着学校的毕业纪念章。最神气的是两位护士长,头戴白色头饰,胸佩工作十年(也许是二十年)的纪念章。她们比一般护士涂抹更浓,显得格外隆重。所有的护士看上去都以自己的职业自豪,并不想随时跳行变做医生,那当然也是不可能的。

曾约胖小姐谈谈护士工作。她说可以谈的太多了。一个午夜她下班后到我栖身的吸烟室来,可是我数夜未得安眠,那晚睡得正熟。迷糊中知道她来了,跳起身留她坐,她已走到走廊另一头,摆摆手转身不见了。究竟她们的甘苦如何,我不知道。也许有什么措施促使她们如此积极。不过她们具有高度的职业道德,这一点是显然的。

这医院病人民族成分复杂,工作人员也是一样。那晚收父亲住院的医生是印度人,后来管他的医生是犹太人。胖小姐是意大利人。化验室有一位中国台湾人,听说来了中国人,特地来问有无需要帮忙之处。医院门口有明文告示,规定对各人种不得歧视。各民族杂居是美国一个突出现象,越到下层越显著。

一纸告示当然不能说明问题。以前知道美国黑人和波多黎各人多在社会下层,这次来才知道白人中也分三六九等。意大利、西班牙等南欧一带人属下等,东欧人好一些,法国人好多了,北欧人是上等。白人中的顶尖是 W.A.S.P.,即白人中之安格鲁撒克逊种之新教徒。这类顶尖人物似无明文之优惠待遇,但是在找工作时他们吉星高照的机会总要多一些。

至于中国人的地位,以前有这样的笑话:中国大使去拜客,主人说我这儿没有脏衣服。现在大不相同了。不少中国血统的美国人以祖先传给的智慧和毅力在科技、企业界获得高位,还有我们正在走向现代化的祖国,为每一个人撑腰。总的来说美国的民族问题这些年是有改进的,他们也很重视这一问题。

医院里除医生、护士、勤杂人员外,还时常有牧师出现。刚进医院等着收住病房时,斜对面布帘内有一个从楼上坠伤的黑人女孩,一位黑人妇女显然是她的母亲。还有一位白人男子,我起先以为是孩子的父亲,后来他过来搭话,才知道是牧师。他说帮助排忧解难是牧师分内的事,问我是否需要帮助。后来在病房也来过几位牧师,都是全副披挂,身着黑衣,手持《圣经》,问要不要谈话。我以为和牧师谈话是危重病人的事,心里不大欢迎,也未见别的病友和他们谈话。

护士小姐总是受欢迎的。她们不只细心照料病人,还耐心解释病情。一位高个儿小姐说父亲缺钾,我听不懂,她特地送了一份剪报来,上面是关于钾的说明。主管医生请了医院外的心脑专家来会诊。管推车、称体重的特大胖子(这种胖子国内没有)动作灵活麻利,绝不要求家属助一臂之力。病人膳食也是柔软可口的。

安波依医院的普通的美国人用他们平凡的工作治好了父亲的病。父亲病势平稳后,哥哥因假满必须去上班。分别前他对我说:"又剩你一个人了。"我回到病室中,正遇见那已经出院的犹太人送来两个西红柿。小黑人的母亲说有一个什么会要来看望,问我们有什么困难。我估计那是个慈善组织,向她解释我们什么也不需要,我们有领事馆在纽约。电话里传来美国各地友人的问候,附近的认识的人(奇怪几乎走到哪儿都能找到认识的人)送来食品。父亲可以下床了,我扶他在走廊上踱步,一位住在五人一间病房里的工人笑道:"开始他的马拉松!"他的笑容使我想起"文革"中北京的一个医院不肯为父亲治病,病房中几位工人愤愤不平的样子。这幽默和那愤愤都显示了人和人之间的正常的关心,让人久久不忘。

客居他乡又患重病,在秦琼的时代是连黄骠马也得卖了。我们这段生活虽然紧张,却不觉凄凉。我想最主要的原因是,我们有一个大靠山——祖国。我们不是无根的小草,而有祖国大地可以依附;我们不是飘零的落叶,而是牢牢生长在祖国这株大树巨人的枝头。我们离家千万里,却和祖国息息相通,在祖国的庇护下,我们把落魄变成了奇遇。

十天以后,纽约领事馆的同志来接我们出院。我回头看波思·安波依的小街,我知道永不会再来了。

我们要回家了,回家了。

  本文写于一九八四年元月上旬。此期间小弟病逝。此期间父亲在北京又两次住院,一切都方便得很了。护士同志也在向天使的境界进发。何时天下人都能得此方便,而不致盛年殂谢,壮志难酬,则吾身独病死亦足!

(原载《三月风》1984年创刊号)

九十华诞会

一九八五年十二月四日,是父亲九十寿诞。我们家本来没有庆寿习惯,母亲操劳一生,从未过一次生日。自进入八十年代,生活渐稳定,人不必再整天检讨,日子似乎有了点滋味;而父亲渐届耄耋,每一天过来都不容易。于是每逢寿诞,全家人总要聚集。父亲老实地坐在桌前,戴上白饭巾,认真又宽宏地品尝每一样菜肴,一律说好。我高兴而又担心,总不知明年还能不能有这样的聚会。

一年年过来了。今年从夏天起,便有亲友询问怎样办九十大庆,也有人暗示我国领导人是不过生日的。我想一位哲学家可以不必在这一点上向领导人看齐,与其在追悼会上颂扬一番,何如在祝寿时大家热闹欢喜,活到九十岁毕竟是难得的事。我那久居异国的兄长钟辽,原也是诗、书、印三者兼治的,现在总怀疑自己的中国话说得不对,早就"声称"要飞越重洋,回来祝寿;父亲的学生、《三松堂自序》笔录者、《三松堂全集》总编纂涂又光居住黄鹤楼下,也有此志。北京大学中国哲学史教研室汤一介等全体同仁,热情地提出要为父亲九十寿诞举行庆祝会。父亲对此是安慰的、高兴的,我知道。

记得一九八三年十二月,北京大学哲学系为父亲和张岱年先生庆祝执教六十周年,当时北大校长张龙翔和清华副校长赵访熊两先生都在致词中肯定了父亲的爱国精神,肯定了一九四八年北平解放前夕他从美国赶回,是爱国的行动,并对他六十年的教学与研究工作做了好的评价。老实说,三十多年来,从我的青年时代始,耳闻目睹,全是对父亲的批判。父亲自己,无日不在检讨。家庭对于我,像是一座大山压在头顶,怎么也逃不掉。在新中国移去了人民头上的"三座大山"后,不少人又被自己的家庭出身压得喘不过气来。我因一直在中央机关工作,往来尽有识之士,所遇大体正常,但有一个在检讨中过日子的父亲,自己也并不轻松。虽然他的检讨不尽悖理,虽然有时他还检讨得很得意,自觉有了进步。

那天是我第一次听到对父亲过去行为的肯定而不是对他检讨的肯定。老实说,骤然间,我如释重负。这几年在街上看见花红柳绿的穿着,每人都有自己的外表,在会上听到一些探讨和议论,每人都有自己的头脑,便总想喊一声:哦!原来生活可以是这样。在如释重负的刹那,我更想喊一声:幸亏我活着,活过了"文化大革命",活到今天!

一位九十岁的哲学老人活着,活到今天,愈来愈看清了自己走过的路,不是更值得庆贺吗?他活着,所以在今年十二月四日上午举行了庆祝会。会上有许多哲学界人士热情地评价了他在哲学工作上的成就,真心实意地说出了希望再来参加"茶寿"的吉利话。茶字拆开是一百零八,我想那只是吉利话,但是真心实意的吉利话。现在人和人的关系不同了。人和人之间不再只是揭发、斗争和戒备,终日如临大敌,而也有了互相关心和信任,虽然还只是开始。人们彼此本来应该这样相待。

在会上还听到哲学系主任黄枏森的发言。他不只肯定了老人的爱国精神,还说了这样的话:"在解放前夕,冯先生担任清华校务会议代理主席,北平解放后,他把清华完整地交到人民手中,这是一个功绩。"我们又是第一次听到这样的肯定。这次不再如释重负,而是有些诧异,有些感动。父亲后来说:"当时校长南去,校务委员会推选我代理主席,也没有什么大机智大决策,只是要求大家坚守岗位,等候接管。这也是校务会议全体同仁的意思。现在看来,人们的看法愈来愈接近事实。这是活到九十岁的好处。"

父亲还说:"长寿的重要在于能多明白道理,尤其是哲学道理,若无生活经验,那是无法理解的。孔子云:'假我数年,五十以学易,可以无大过矣。'五十岁以前,没有足够的经验,不能理解周易的道理;五十岁以后,如果老天不给寿数,就该离开人世了。所以必须'假我数年'。若不是这样,寿数并不重要。"

中国数千年的历史中,年过九十的哲学家只有明朝中叶的湛若水和明末清初的孙奇逢二人。父亲现已过九十,向百岁进军。这当然和全国人民寿命增长,健康水平提高有关。毕竟到了二十世纪下半叶了,转眼便要进入二十一世纪。人所处的时代不同,条件不同,人本身,也总该有所不同了罢。

这"人"的条件的准备,从中国传统文化能取得什么,一直是大家关心的问题。从父亲身上我看到了一点,即内心的稳定和丰富,这也可能是长寿的原因之一。他在具体问题前可能踌躇摇摆,但他有一贯向前追求答案的精神,甚至不怕否定自己。历史的长河波涛汹涌,在时代证明他的看法和事实相谬时,他也能一次再一次重新起步。我经常说中国人神经最健全,经得起折腾。这和儒家对人生的清醒、理智的态度和实践理性精神,是有关系的。而中国传统文明的另一重要精神,无论是曾点"浴乎沂,风乎舞雩,咏而归"的愿望,或是庄子游于无何有之乡的想象,或是"我来问道无余说,云在青天水在瓶"的禅宗境界,都表现了无所求于外界的内心的稳定和丰富。

提起宋明道学,一般总有精神屠刀的印象。其流毒深远,确实令人痛恨。但在"人欲尽处,天理流行"之下,还有"乐其日用之常……直与天地万物,上下同流"等话。照父亲的了解,那"孔颜乐处",是把出世和入世的精神结合起来,从而达到彼岸性和此岸性的一致。所以能"胸次悠然"。所以父亲能在被批判得体无完肤,又屡逢死别的情况下活下来,到如今依然思路清楚、记忆鲜明,没有一点老人的执拗和怪癖。有的老先生因看不懂自己过去的著作而厌世,有的老先生因耳目失其聪明而烦躁不安,父亲却依然平静自如。其实他目力全坏,听力也很可怜。但他总处于一种怡悦之中。没人理时,便自己背诗文。尤爱韩文杜诗,有时早上一起来便在喃喃背诵。有时有个别句子想不起来,要我查一查,也要看我方便。他那大脑皱褶像一个缩微资料室。所以他做学问从不在卡片上下功夫,也很少做笔记。

四日这天黄昏,在不断的前来祝寿的亲友中来了一位负责编写西南联大校史的教师,她带来西南联大纪念碑的拓片,询问一些问题。我们看了拓片都很感慨。这篇文章是父亲平生得意之作,他的学生赞之为有论断、有气势、有感情、有文采、有声调,抒国家盛衰之情,发民族兴亡之感,是中国现代史上一篇大文。一九八〇年我到昆明,曾往联大旧址,为闻一多先生衣冠冢和联大纪念碑各写了一首小诗。纪念碑一首是这样的:

  那光下极清晰的文字
  留住提炼了的过去
  虽然你能够证明历史

谁又来证明你自己

到了一九八五年,人们不再那么热衷证明过去了,过去反倒清楚起来。因为轮廓清楚了,才觉得有些事其实无须计较的。

我们还举行了一次寿宴,请了不少亲友参加。父亲的同辈人大都在八十岁以上了。我平素不善理事,总有不周到处,这次也难免。但看到大红绸上嵌有钟鼎文寿字的寿幛,看到坐在寿幛前的精神矍铄的父亲,旁边有哥哥认真地为他夹菜,我相信没有人计较我的不周到。大家都兴高采烈。寿,人人喜欢;老寿翁,也人人喜欢。那飘拂的银髯,似乎表示对人生已做了一番提炼,把许多本身的不纯净,或受到的误解和曲解都洗去了,留下了闪闪的银样的光泽。

"为天下的父母,喝一口酒。"我说。

有的父母平凡,有的父母伟大。就一个家庭来说,不论业绩如何,如果父母年届九十,都值得开一个庆祝会。

1985 年 12 月

(原载《东方纪事》,1987 年 1—2 纪实卷)

一九八二年九月十日

写这篇文章,有些像写历史小说。因为记的是一九八二年九月十日这一天,而现在已是一九八五年年底了。三年如逝水,那一天情景却仍然历历在目,没有冲淡,没有洗掉,看来应该记录在案。

三年前的九月十日,美国哥伦比亚大学授予父亲名誉文学博士学位。这是我侍八十七岁老父赴美的起因。

但这次旅行的实际动机是,据我们的小见识,以为父亲必须出一次国,不然不算解决了政治问题,所以才扶杖远涉重洋。总算活着出去,也活着回来了。所获自然不止政治上争了一口气和一个名誉博士。

我们在九月九日自匹兹堡驱车往纽约,到市郊时已是黄昏,路边的灯不知不觉间亮了起来,越来越多。到哥大招待所时,黑夜已先我们而至了。从高楼的房间里下望,只见一片灯光的海洋,静止的闪烁的和流动的光,五彩缤纷,互相交叉,互相切入,好不辉煌。

十日上午,有几家报纸和电台来访,所问大多为来美感想。其中一位记者与我的兄长在宾州大学同学,大家又一次慨叹世界之小。在不断的客人中,清华老学长黄中孚出现在门前,宣称带来了熨斗,问我们的"礼服"是否需要熨一下。接着我在费城的几位女友联袂而至,带来四双鞋任我挑,因为据说我的鞋不大合格。这时我们不但惊世界之小,更喜人情之厚了。

下午四时,在哥大图书馆圆形大厅举行了隆重的授予名誉博士的仪式。仪式由哥大校长索尔云主持。上台的几个人都罩上了丝绒长袍,很庄严,可也很热。索尔云笑道:"荣誉和安逸是不能并存的。"

仪式最先由哥大哲学教授狄百瑞先生致词。这次授予学位本系他所倡议。狄先生在香港中文大学新亚书院讲学时,对他的介绍中有一句话:"先生本一介书生。"看到一位金发碧眼的书生,觉得很有趣。他在致词中说:"我自己不能理解也不能同意近年来对冯先生的批评;我也不妄自评价他的行为的意义。我以为,他了解自己是有困难的,其中有尖锐的冲突。但是他忍耐,他永不失望,总是向着未来,相信中国和西方会有更好的了解。他是中国真正的儿子,也是哥伦比亚可尊敬的校友。他的学术研究为促进我们两大民族的了解,做出了很多贡献。"

之后由索尔云致词,授证书,戴兜帽。再由父亲致答词。这份答词已收入《三松堂自序》。他在答词中概括地讲述了自己六十年哲学路程,最后引用了"周虽旧邦,其命维新"这两句诗。他的努力是保持旧邦的同一性和个性,同时要促进实现新命——现代化。请注意"旧邦新命"的提法首见于冯撰西南联大纪念碑碑文:"我国家以世界之古国,居东亚之天府,本应绍汉唐之遗烈,作并世之先进。将来建国完成,必于世界历史,居独特之地位。盖并世列强,虽新而不古;希腊罗马,有古而无今。唯我国家,亘古亘今,亦新亦旧,斯所谓'周虽旧邦,其命维新'者也。"碑文作于一九四六年。这次又提到这两句,强烈地表现了老人一贯热爱祖国的精神,如日月昭昭,肺腑可见!

答词中还说,在国家统一、建立了强大的中央政府后,会出现新的广泛哲学体系,作为国家的指针。中国今天也需要一个包括新文明各个方面的广泛哲学体系来指导。对于这一点,父亲的挚友卜德提出了异议。

仪式之后是招待会,父亲坐在轮椅上和来祝贺的宾客握手,不少人问起我的创作。现在想来很觉惭愧,三年来我在这方面毫无进展。晚上为父亲举行的宴会上,有几位朋友讲了话。卜德先生是《中国哲学史》两卷本的英译者,曾数次到中国。他自己说,一九七八年是最后一次,那年他两次到北大,都未获准见父亲。他确曾写过一信,说既然如此,他永不再来。如今逢此盛会,彼此感动可想而知。感动和欢喜不妨碍他坦率地说出自己的看法,意见不同也丝毫不妨碍友谊。这使我也感动和欢喜。

卜德那一段异议译文大意如下:"冯先生答词中说,一国政治的统一往往伴随着新的统一的哲学,并以为今天也要如此。可以理解,在任何时代和国家中,许多人——特别在他们经历了严酷的政治、社会紧张局面之后,会渴望有一个无所不包的单一的体系,使他们知道如何待人处世,如何对待人类以外的世界,这体系会使人得到心理上的平安和有社会目的。但是如果这样,特别是官方支持时,就会走向教条主义和盲目的狂热,使人不敢提出问题。所以我以为,理智的多样思考,尽管会带来实际困难,总是比整齐划一为好。我以为,先秦的百家争鸣,汉以后佛道教的争辩,比后来政府支持的正统儒家,更能促进理性发展。"

父亲后来说,当时无时间深谈,可是卜德说的不需要正统,这不需要本身也是一个正统。所以在一个时期中还是要有大多数人共同的思想。我很怕落入哲学的论辩,制止他再发挥。我以为,一个时期大多数人共同的思想最好是自然形成而非人为强制,可以提倡,而不应禁止。数千年封建制度使我们习惯于统一,最好也渐渐习惯于不同、多样。

晚宴上发言的还有哥大副教授陈荣捷和哈佛教授杜维明。陈先生说,最重要的是,当别人贬低中国文化传统时,在一片全盘西化的呼声中,冯先生写出了他的哲学史,使知识界重新信任自己的传统。他至少给中国哲学以尊严,如果还不是荣耀的话。这就保证了他在中国历史上的地位。杜先生说,冯教授最关心的是儒家文化的个性和为科学技术规定的世界文化二者的创造性综合,这和儒家那永远的追求不可分。那追求是:在使人性失去的世界中,追求充分的人的意义。

最后父亲讲了一则轶事:我们在旧金山机场遇到一位老人,攀谈起来。那位老先生问,你们来自中国,可知道冯友兰先生是否还在世?双方大笑后得知老先生也是哥大校友,比父亲高一班,老先生说大家都非常关心父亲的情况。晚宴结束了。父亲再次感谢哥大,也感谢在美国体验到的温暖的人情和理解。

回到房间里,凭窗而望,见灯光的海洋依旧。心头不觉泛起一阵温暖的波浪,这是人情的温暖,是逐渐了解的温暖。一张张含笑的面孔在眼前掠过,仪式上的、招待会上的、晚宴上的,还有两个多月来的新朋旧友,他们那关心的、寻求理解的目光比灯还亮。灯光的海洋流动着,夜复一夜。从昨晚到今晚,有多少页人生的书翻过了呢。

1985 年岁暮

(原载《丁香结》,百花文艺出版社 1987 年出版)

心 的 嘱 托

冯友兰先生——我的父亲,于一八九五年十二月四日来到人世,又于一九九〇年十二月四日毁去了皮囊,只剩下一抔寒灰。在八天前,十一月二十六日二十时四十五分,他的灵魂已经离去。

近年来,随着父亲身体日渐衰弱,我日益明白永远分离的日子在迫近,也知道必须接受这不可避免的现实。虽然明白,却免不了紧张恐惧。在轮椅旁,在病榻侧,一阵阵呛咳使人恨不能以身代。在清晨,在黄昏,凄厉的电话铃声会使我从头到脚抖个不停。那是人生的必然阶段,但总是希望它不会来,千万不要来。

直到亲眼见着他的呼吸渐渐急促,血压下降,身体逐渐冷了下来,直到亲耳听见医生的宣布,还是觉得这简直不可能,简直不可思议。我用热毛巾拭过他安详的紧闭了双目的脸庞,真的听到了一声叹息,那是多年来回响在我耳边的。我们把他抬上平车。枕头还温热,然而我们已经处于两个世界了,再无须我操心侍候,也再得不到他的关心和荫庇。这几年他坐在轮椅上,不时会提醒我一些极细微的事,总是使我泪下。我的烦恼,他无须耳和目便能了解,现在再也无法交流。天下耳聪目明的人很多,却再也没有人懂得我的有些话。

这些年,住医院是家常便饭,这一年尤其频繁。每次去时,年轻的女医生总是说要有心理准备。每次出院,我都有骄傲之感。这一次,是《中国哲学史新编》完成后的第一次住院,孰料就没有回来。

七月十六日,我到人民出版社交《新编》第七册稿。走上楼梯时,觉得很轻快,真是完成了一件大任务。父亲更是高兴,他终于写完了。直到最后一个字,都是他自己的,无须他人续补。同时他也感到长途跋涉后的疲倦。他的力气已经用尽,再无力抵抗三次肺炎的打击。他太累了,要休息了。

"存,吾顺事;殁,吾宁也。"父亲很赞赏张载《西铭》中的这最后两句,曾不止一次讲解:活着,要在自己恰当的位置上发挥作用;死亡则是彻底的安息。对生和死,他都处之泰然。

父亲在清华任教时的老助手、八十八岁的李濂先生来信说:"十一月二十四日夜梦恩师伏案作书,写至最后一页,灯火忽然熄灭,黑暗之中,似闻恩师与师母说话。"正是那天下午,父亲病情恶化。夜晚我在病榻边侍候,父亲还能断续说几个字:"是璞么?是璞么?""我在这儿,是璞在这儿。"我大声叫他,抚摩他,他似乎很安心。我们还以为这一次他又能闯过去。

从二十五日上午,除了断续的呻吟,父亲没有再说话。他无须再说什么,他的嘱托,已浸透在我六十二年的生命里;他的嘱托,已贯穿在众多爱他、敬他的弟子们的事业中;他的嘱托,在他的心血铸成的书页间,向全世界发出回响。

父亲是走了,走向安息,走向永恒。

十二月一日兄长钟辽从美国回来。原是回来祝寿的,现在却变为奔丧。和母亲去世时一样,他又没有赶上,但也和母亲去世时一样,有了他,办事才有主心骨。我们秉承父亲平常流露的意思,原打算只用亲人的热泪和几朵鲜花,送他西往。北大校方对我们是体贴尊重的。后来知道,这根本行不通。

络绎不绝的亲友都想再见上一面,不停地电话询问告别日期。四川来的老学生自戴黑纱,进门便长跪不起。南朝鲜学人宋兢燮先生数年前便联系来华,目的是拜见老人,现在只能赶上无言的诀别。总不能太不近人情,这毕竟是最后一面。于是我们决定不发讣告,自来告别。

柴可夫斯基哽咽着的音乐伴随告别人的行列回绕在遗体边,真情写在每一个人脸上。最后我们跪在父亲的脚前时,我几乎想就这样跪下去,大声哭出来,让眼泪把自己浸透。从母亲和小弟离去,我就没有痛快地哭一场。但是我不能。我受到许多真诚的心的簇拥和嘱托,还有许多许多事要做,我必须站起来。

载灵的大轿车前有一个大花圈,饰有黑黄两色的绸带。我们随着灵车,驶过天安门。世界依然存在,人们照旧生活,一切都在正常运行。

我们一直把父亲送到炉边。暮色深重,走出来再回头,只看见那黄色的盖单,它将陪同父亲到最后的刹那。

两天后,我们迎回了父亲的骨灰,放在他生前的卧室里。母亲的遗骨已在这里放了十三年。现在二老又并肩而坐,只是在条几上。明春他们将合葬于北京万安公墓。侧面是那张两人同行的照片,母亲撑着伞,父亲一脚举起,尚未落下。那是六十年代初一位不知名的人在香山偷拍的,当时二老并不知道。摄影者拿这张照片在香港出售,父亲的老学生,加拿大籍学人余景山先生恰巧看见,遂将它买下,七十年代末方有机会送来。母亲也见到了这帧照片。

亲爱的双亲,你们的生命的辉煌乐章已经停止,但那向前行走的画面是永恒的。

借此小文之末,谨向所有关心三松堂的亲友致谢。关系有千百种不同,真情的分量都不同寻常。踵吊和唁文未能一一答谢,心灵的慰藉和嘱托永远铭记不忘。

1990 年 12 月 17 日至 19 日,距曲终已三周矣

(原载《文汇报》1991 年 1 月 2 日)

三松堂断忆

转眼间父亲离开我们已快一年了。

去年这时,也是玉簪花开得满院雪白,我还计划在向阳的草地上铺出一小块砖地,以便把轮椅推上去,让父亲在浓重的树荫中得一小片阳光。因为父亲身体渐弱,忙于延医取药,竟没有来得及建设。九月底,父亲进了医院,我在整天奔忙之余,还不时望一望那片草地,总不能想象老人再不能回来,回来享受我为他安排的一切。

哲学界人士和亲友们都认为父亲的一生总算圆满,学术成就和他从事的教育事业使他中年便享盛名,晚年又见到了时代的变化。生活上有女儿侍奉,诸事不用操心,能在哲学的清纯世界中自得其乐。而且,他的重要著作《中国哲学史新编》,八十岁才开始写,许多人担心他写不完,他居然写完了。他是拼着性命支撑着,他一定要写完这部书。

在父亲的最后几年里,经常住医院,一九八九年下半年起更为频繁。一次是十一月十一日午夜,父亲突然发作心绞痛,外子蔡仲德和两个年轻人一起,好不容易将他抬上救护车。他躺在担架上,我坐在旁边,数着脉搏。夜很静,车子一路尖叫着驶向医院。好在他的医疗待遇很好,每次住院都很顺利。一切安排妥当后,他的精神好了许多,我俯身为他掖好被角,正要离开时,他疲倦地用力说:"小女,你太累了!""小女"这乳名几十年不曾有人叫了。"我不累。"我说,勉强忍住了眼泪。说不累是假的,然而比起担心和不安,劳累又算得了什么呢。

过了几天,父亲又一次不负我们的劳累和担心,平安回家了。我们笑说:"又是一次惊险镜头。"十二月初,他在家中度过九十四寿辰。也是他最后的寿辰。这一天,丁石孙先生和民盟中央的几位负责人前来看望,老人很高兴,谈起一些文艺杂感,还说,若能汇集成书,可题名为《余生札记》。

这余生太短促了。中国文化书院为他筹办了庆祝九十五寿辰的"冯友兰哲学思想国际研讨会",他没有来得及参加。但他知道了大家的关心。

一九九〇年初,父亲因眼前有幻象,又住医院。他常常喜欢自己背诵诗词,每住医院,总要反复吟哦《古诗十九首》。有记不清的字,便要我们查对。"青青陵上柏,磊磊涧中石。人生天地间,忽如远行客。""浩浩阴阳移,年命如朝露。人生忽如寄,寿无金石固。"他在诗词的意境中似乎觉得十分安宁。一次医生来检查后,他忽然对我说:"庄子说过,生为附赘悬疣,死为决疣溃痈。孔子说过,朝闻道,夕死可矣。张横渠又说,存,吾顺事;殁,吾宁也。我现在是事情没有做完,所以还要治病。等书写完了,再生病就不必治了。"我只能说:"那不行,哪有生病不治的呢!"父亲微笑不语。我走出病房,便落下泪来,坐在车上,更是泪如泉涌。一种没有人能分担的孤单沉重地压迫着我,我知道,分别是不可避免的。

我们希望他快点写完《新编》,可又怕他写完。在住医院的间隙中,他终于完成了这部书。亲友们都提醒他,还有本《余生札记》呢。其实老人那时不只有文艺杂感,又还有新的思想,他的生命是和思想和哲学连在一起的。只是来不及了,他没有力气再支撑了。

人们常问父亲有什么遗言。他在最后几天有时念及远在异国的儿子钟辽和唯一的孙子冯岱。他用力气说出的最后的关于哲学的话是:"中国哲学将来一定会大放光彩!"他是这样爱中国,这样爱哲学。当时有李泽厚和陈来在侧。我觉得这句话应该用大字写出来。

然后,终于到了十一月二十六日那凄冷的夜晚,父亲那永远在思索的头脑进入了永恒的休息。

作为父亲的女儿,而且是数十年都在他身边的女儿,在他晚年又身兼几大职务,秘书、管家兼门房,医生、护士带跑堂,照理说对他应该有深入的了解。但是我无哲学头脑,只能从生活中窥其精神于万一。根据父亲的说法,哲学是对人类精神的反思。他自己就总在思索,在考虑问题。因为过于专注,难免有些呆气。他晚年耳目失其聪明,自己形容自己是"呆若木鸡"。其实这些呆气早已有之。抗战初期,几位清华教授从长沙往昆明,途经镇南关,父亲手臂触城墙而骨折。金岳霖先生一次对我幽默地提起此事,他说:"当时司机通知大家,不要把手放在窗外,要过城门了。别人都很快照办,只有你父亲听了这话,便考虑为什么不能放在窗外,放在窗外和不放在窗外的区别是什么,其普遍意义和特殊意义是什么。还没考虑完,已经骨折了。"这是形容父亲爱思索。他那时正是因为在思索,根本就没有听见司机的话。

他的生命就是不断地思索,不论遇到什么挫折,遭受多少批判,他仍顽强地思考,不放弃思考。不能创造体系,就自我批判,自我批判也是一种思考。而且在思考中总会冒出些新的想法来。他自我改造的愿望是真诚的，没有经历过二十世纪中叶的变迁和六七十年代的各种政治运动的人，是很难理解这种自我改造的愿望的。首先，一声"中国人民站起来了"促使多少有智慧的人迈上了走向炼狱的历程。其次，知识分子前冠以资产阶级，位置固定了，任务便是改造，又怎能知自是之为是，自非之为非？第三，各种知识分子的处境也不尽相同，有的居庙堂而一切看得较为明白，有的处林下而只能凭报纸和传达，也只能信报纸和传达，其感受是不相同的。

幸亏有了新时期，人们知道还是自己的头脑最可信。父亲明确采取了不依傍他人，"修辞立其诚"的态度。我以为，这个"诚"字并不能与"伪"字相对。需要提出"诚"，需要提倡说真话，这是我们这个时代的悲哀。

我想历史会对每一个人做出公允的、不带任何偏见的评价。历史不会忘记有些微贡献的每一个人，而评价每一个人时，也不要忘记历史。

父亲一生对物质生活的要求很低，他的头脑都让哲学占据了，没有空隙再来考虑诸般琐事。而且他总是为别人着想，尽量减少麻烦。一个人到九十五岁，没有一点怪癖，实在是奇迹。父亲曾说，他一生得力于三个女子：一位是他的母亲、我的祖母吴清芝太夫人，一位是我的母亲任载坤先生，还有一个便是我。一九八二年，我随父亲访美，在机场上父亲作了一首打油诗："早岁读书赖慈母，中年事业有贤妻。晚来又得女儿孝，扶我云天万里飞。"确实得有人料理俗务，才能有纯粹的精神世界。近几年，每逢我生日，父亲总要为我撰写寿联。一九九〇年夏，他写了最后一联,联云:"鲁殿灵光,赖家有守护神,岂独文采传三世;文坛秀气,知手持生花笔,莫让新编代双城。"父亲对女儿总是看得过高。"双城"指的是我的长篇小说,曾拟名《双城鸿雪记》,后定名为《野葫芦引》。第一卷《南渡记》出版后,因为没有时间,没有精力,便停顿了。我必须以《新编》为先,这是应该的,也是值得的。当然,我持家的能力很差,料理饭食尤其不能和母亲相比,有的朋友都惊讶我家饭食的粗糙。而父亲从没有挑剔,从没有不悦,总是兴致勃勃地进餐,无论做了什么,好吃不好吃,似乎都滋味无穷。这一方面因为他得天独厚,一直胃口好,常自嘲"还有当饭桶的资格";另一方面,我完全能够体会,他是以为能做出饭来已经很不容易,再挑剔好坏,岂不让管饭的人为难。

父亲自奉甚俭,但不乏生活情趣。他并不永远是道貌岸然,也有豪情奔放、潇洒闲逸的时候,不过机会较少罢了。一九二六年父亲三十一岁时,曾和杨振声、邓以蛰两先生,还有一位翻译李白诗的日本学者一起豪饮,四个人一晚喝去十二斤花雕。六十年代初,我因病常住家中,每天傍晚随父母到颐和园包坐大船,一元钱一小时,正好览尽落日的绮辉。一位当时的大学生若干年后告诉我说,那时他常常看见我们的船在彩霞中漂动,觉得真如神仙中人。我觉得父亲是有些仙气的,这仙气在于他一切看得很开。在他的心目中,人是与天地等同的。"人与天地参",我不止一次听他讲解这句话。《三字经》说得浅显,"三才者,天地人"。既与天地同,还屑于去钻营什么!那些年,一些稍有办法的人都能把子女调回北京,而他,却只能让他最钟爱的幼子钟越长期留在医疗落后的黄土高原。一九八二年,钟越终于为祖国的航空事业流尽了汗和血,献出了他的青春和生命。

父亲的呆气里有儒家的伟大精神,"天行健,君子以自强不息",自强不息到"知其不可而为之"的地步;父亲的仙气里又有道家的豁达洒脱。秉此二气,他穿越了在苦难中奋斗的中国的二十世纪。他一生便是二十世纪中国文化的一个篇章。

据河南家乡的亲友说,一九四五年初祖母去世,父亲与叔父一同回老家奔丧,县长来拜望,告辞时父亲不送;而对一些身为老百姓的旧亲友,则一直送到大门。乡里传为美谈。从这里我想起和读者的关系,父亲很重视读者的来信,许多年常常回信,星期日上午的活动常常是写信。和山西一位农民读者车恒茂老人就保持了长期的通信,每索书必应之。后来我曾代他回复一些读者来信,尤其对年轻人,我认为最该关心,也许几句话便能帮助发掘了不起的才能。但后来我们实在没有能力做了,只好听之任之。把人家的千言万语书束之高阁,起初还感觉不安,时间一久,则连不安也没有了。

时间会抚慰一切,但是去年初冬深夜的景象总是历历如在目前,我想它是会伴随我进入坟墓的了。当晚,我们为父亲穿换衣服时,他的身体还那样柔软,就像平时那样配合。他好像随时会睁开眼睛说一声"中国哲学将来一定会大放光彩"。我等了片刻,似乎听到一声叹息。

不得不离开病房了。我们围跪在床前,忍不住痛哭失声!仲扶着我,可我觉得这样沉重的孤单!在这茫茫世界中,再无人需我侍奉,再无人叫我的乳名了。这么多年,每天清晨最先听到的,是从父亲卧房传来的咳嗽,每晚睡前必到他床前说几句话。我怎样才能从多年的习惯中走出来!

然而日子居然过去快一年了。只好对自己说,至少有一件事稍可安慰:父亲去时不知道我已抱病,他没有特别的牵挂,去得安心。

文章将尽,玉簪花也谢尽了。邻院中还有通红的串红和美人蕉,记得我曾说串红像鞭炮,似乎马上会劈劈啪啪响起来。而生活里又有多少事值得它响呢!

1991 年 9 月病中

(原载《读书》1991 年第 12 期)

三松堂岁暮二三事

往年每到十二月初,总要收一通祝贺父亲寿诞的信件和卡片,最准时的是父亲的老友,两卷本《中国哲学史》的英译者卜德先生。我一见那几个中国字,便知是这位老人。到十二月十日左右,便开始收到祝贺新年的美丽的卡片了。家里每个人都收到一些,有时还要比一比,"今年我得的最早!""谁说的,我昨天就得了!"我会把收到的贺卡大声喊给父亲听,连从花园中穿过的行人都听得见。

父亲去世已两年了,十二月的热闹冷落下来。两年来,信件少多了,本应该完全没有父亲的信了,但还是陆续不断,从全世界。昨天去哲学系办点小事,又带回一沓信件。

信件中有张向父亲祝贺新年的音乐卡,是河北水产学校一个名叫娄震宁的学生寄来的,卡上写道:我带着仰慕和敬爱的心情,在天涯为您祈祷,祝愿您新年愉快,健康长寿。

这是今年的第一张节日卡。

记得父亲去世以后,我第一次在信箱里拿到给他的信,心里有一种凄然而异样的感觉。那是英国一家学术出版公司寄来的关于哲学和医药的书目。这种书目以前我是根本不拆的,这次却反复看了好久,还想到书房去,大声喊着告诉什么什么事。几乎举起脚步,忽然猛省,即使喊破了喉咙,谁来听呢。

渐渐地,我习惯了,习惯于收阅寄给另一世界的信件。多半置之不理,有时也代复。譬如询问何处可买到《三松堂全集》《中国哲学史》《中国哲学史新编》等书,就要回复。虽然明知回复了也还是买不到的。

这次拿回的信件中,有几个新鲜机构和编辑部约请帮助,还有两本与父亲无关的校友通讯,不知何故寄来。积两年之经验,得一印象,真的有许多人是不看报纸的。我不知道这是好习惯抑或坏习惯,可能什么习惯也不是,只是太忙了。

来信人中也有明察秋毫的。一封打听《新编》售书处的信是写给我的。信封上写的是"北京大学哲学系转冯友兰先生家冯宗璞女士"。另一封给我的信因不知我的地址,写的是"北京大学冯友兰先生纪念馆转交"。许多人昧于已发生的事,混淆了阴阳界。这位朋友本着善良的愿望,想当然地以为必有一个纪念馆,把未发生的事当真了。孰知虽有关心的各方人士提倡,此事还不大有要成为现实的样子。

庭院中三松依旧,不时有人来凭吊并摄影。那贺卡中平凡的乐音似乎在三棵松树间萦绕。读三松堂书的人,都会在心中有一个小小的纪念馆。

一块大石头

这样一块大石,不是碑,不是柱,只是石头,立在众多的拥挤的墓碑中。进得万安公墓,向左转过一处假山,即可看见。石头略带红色,若有绿松掩映最好。但是没有,有的是许久不填平的新穴和坑坑洼洼的小路。

静极了,冬日的墓地。远处传来清脆的敲石头的声音,越显得寂静把墓地罩得很紧。

大石在寂静和寒冷中默默地站着。石上刻有"冯友兰先生夫人之墓"几个大字。我的父母亲就长眠在这里。我原想要一块自然的大石,不着一点人工痕迹,现在这一块前面还是凿平了,习惯是很难改的。

十二月四日,是父亲的诞辰,冥寿九十七岁。我一家人在六日来扫墓,先将墓石擦拭干净,然后献上几朵深红色的玫瑰花,花朵在一片灰蒙蒙中很打眼。这是墓地中唯一的红色。

我们站在墓前,也被寂静笼罩住了。

去年安葬时,正是冬至,从早便飘着雪。雪花纷纷扬扬,墓地一片白,来参加葬礼的亲友都似披了一层花白毯子。我请大家不必免冠,大家还是脱下帽子,一任雪花飘洒。白雪掩盖了墓志,一个年轻人不戴手套,用手抹去雪花。他是那热衷创立"从零到零"体系的学生,我记得。

张岱年先生在墓前讲话,说冯先生的一生是好学深思、永远追求真理的一生,永远跟随时代前进的一生,他对中国文化的贡献是巨大的。也向我的母亲——为父亲承担了一切俗务的母亲表示敬意。如果没有母亲几十年独任井臼之劳,父亲这样专心于学问也是不可能的。

我的弟弟、飞机强度专家冯钟越随父母安葬于此,这对于逝者和生者,都是很大的安慰。

墓穴封住了,大家献上鲜花。花朵在冷风中瑟缩着,它们本来是经不起寒冷的,这也是一种牺牲吧。

而墓中人再也不怕冷了,那深深的洞穴啊!

今年清明前后,一直下小雨。我们在清明后一天来到墓地。

没想到平常极清静的墓地如同闹市一般,人们在墓石间穿来穿去,不少人把放置在骨灰堂里的骨灰拿出来,摆在石桌上一起坐一会儿。天阴得很,雨丝若有若无,草都绿了。更显得有生气的是各个墓上摆了各种鲜花,有折枝,有盆花,有花篮和花圈,和灰色的天空成为强烈的对比。父母亲的邻墓有一座较高大的碑,刻了不少子孙的名字,似是兴旺人家。墓上摆了两个大花篮,紫色的绸带静静地从花篮上垂下来。一路走过去,我心里很不安,我们来晚了,带的花太少了!大石头前果然显得很空,但是我们马上发现,这里并不孤寂。

一束小小的二月兰放在墓志石上。这是一种弱小的野花,北京西郊几个园子里都很多。那么是有人来凭吊过了,是谁?是朋友?是学生?是读者?大概我们永远不会知道。

我们献上几枝花,小心地不碰着那二月兰。

我们在寂静中站着,敲石头的声音响着,很清脆。

我们的祈求是一致的,保佑平安。

学 术 基 金

十二月十二日,北京大学接受了冯友兰先生捐献的人民币五万元,设立了冯友兰学术基金。

数目小得可怜,心愿却大得不得了。

父亲在三十年代就提出要"继往开来",认为这是他作为一个哲学家一生的使命。一九四六年他撰写西南联大纪念碑碑文,文中有句云:"我国家以世界之古国,居东亚之天府,本应绍汉唐之遗烈,作并世之先进。将来建国完成,必于世界历史,居独特之地位。盖并世列强,虽新而不古;希腊罗马,有古而无今。

唯我国家,亘古亘今,亦新亦旧。斯所谓'周虽旧邦,其命维新'者也。"他后来一再提出,"旧邦新命"是现代中国的特点。中国有源远流长丰富宏大的文化,这是旧邦;中国一定要走上现代化的道路,作并世之先进,这是新命。在三松堂寓所书房壁上,挂了他自撰自书的一副对联:"阐旧邦以辅新命,极高明而道中庸。"上联是平生之志向,下联是追求之境界。

父亲希望有更多青年学子加入阐旧邦以辅新命的行列。所以就要以基金为基础,在北大中文、历史(中国历史)、哲学(中国哲学)三系设立奖学金,并每三年一次面向全国奖励有创见的哲学著作。

父亲最关心哲学,但不限于哲学。他任清华大学文学院院长十八年。清华文学院是一座极有特色的文科学府,至今为学者们所怀念。父亲曾说,他一生最幸福的时光就是在清华的那一段日子。

又因为西南联大老校友、加拿大籍学人余景山先生用加币在北大哲学系设立了冯友兰奖学金,已经数年,对哲学系就不必再有偏向。

当我把款项交出去时,颇有轻松之感。"又办完一件事。"我心里在告禀。

回想起来,父亲和母亲一生自奉甚俭,对公益之事总是很热心的。一九四八年父亲从美国回来,带回一个电冰箱,当时是清华园中唯一的,大概北京城也不多。知道校医院需要,立即捐出。近年又向家乡河南唐河县图书馆和祁仪镇中学各捐赠一万元。款项虽小,也算是为了文教事业做出的小小的呐喊吧。

北大校园电视的校内新闻节目中,播出了设立冯友兰学术基金的消息。荧屏上出现了父亲的画像,那样泰然,那样慈祥。

他看着我,似乎说:"你又办完一件事,可你的《野葫芦引》呢?"

《野葫芦引》是我的一部长篇小说,是父亲一直关心的。可我不争气,写完第一卷《南渡记》,一停就是四年。还不知道下一个"野葫芦"在哪里。

1992 年 12 月

(原载台湾《联合报》1993 年 1 月 16 日)

花朝节的纪念

农历二月十二日,是百花出世的日子,为花朝节。节后十日,即农历二月二十二日,从一八九四年起,是先母任载坤先生的诞辰。迄今已九十九年。

外祖父任芝铭公是光绪年间举人。早年为同盟会员,奔走革命,晚年倾向于马克思主义。他思想开明,主张女子不缠足,要识字。母亲在民国初年进当时的女子最高学府北京女子师范学校读书,一九一八年毕业。同年,和我的父亲冯友兰先生在开封结婚。

家里有一个旧印章,刻着"叔明归于冯氏"几个字,叔明是母亲的字。以前看着不觉得,父母都去世后,深深感到这印章的意义。它标志着一个家族的繁衍,一代又一代来到世上,扮演各种角色,为社会做一点努力,留下了各种不同色彩的记忆。

在我们家里,母亲是至高无上的守护神。日常生活全是母亲料理,三餐茶饭,四季衣裳,孩子的教养,亲友的联系,需要多少精神!我自幼多病,常在和病魔作斗争,能够不断战胜疾病的主要原因是我有母亲。如果没有母亲,很难想象我会活下来。在昆明时我严重贫血,上"纪念周"站着站着就晕倒,后来索性染上肺结核休学在家。当时的治法是一天吃五个鸡蛋,晒太阳半个小时。母亲特地把我的床安排到有阳光的地方,不论多忙,这半小时必在我身边,一分钟不能少。我曾由于各种原因多次发高烧,除延医服药外,母亲费尽精神护理。用小匙喂水,用凉手巾敷在额上。有一次高烧昏迷中,觉得像是在一个狭窄的洞中穿行,挤不过去。我以为自己就要死了,一抓到母亲的手,立刻知道我是在家里,我是平安的。后来我经历名目繁多的手术,人赠雅号"挨千刀的"。在挨千刀的过程中,也是母亲,一次又一次陪我奔走医院。医院的人总以为是我陪母亲,其实是母亲陪我。我过了四十岁,还是觉得睡在母亲身边最心安。

母亲的爱护,许多细微曲折处是说不完,也无法全捕捉到的。但也就是因为有这些细微曲折才形成一个家,这人家处处都是活的,每一寸墙壁、每一寸窗帘都是活的。小学时曾以"我的家庭"为题作文。我写出这样的警句:"一个家,没有母亲是不行的。母亲是春天,是太阳。至于有没有父亲,不很重要。"作业在开家长会时展览,父亲去看了,回来向母亲描述,对自己的地位似并不在意,以后也并不努力增加自己的重要性,只顾沉浸在他的哲学世界中。

希腊文明是在奴隶制时兴起的,原因是有了奴隶,可以让自由人充分开展精神活动。我常说,父亲和母亲的分工有点像古希腊。在父母那时代,先生专心做学问,太太操劳家务,使无后顾之忧,是常见的。不过我的父母亲特别典型,他们真像一个人分成两半,一半主做学问,一半主理家事,左右合契,毫发无间。应该说,他们完成了上帝的愿望。

母亲对父亲的关心真是无微不至,父亲对母亲的依赖也是到了极点。我们的堂姑父张岱年先生说:"冯先生做学问的条件没有人比得上。冯先生一辈子没有买过菜。"细想起来,在昆明乡下时,有一阵子母亲身体不好,父亲带我们去赶过街子,不过次数有限。他的生活基本上是水来湿手,饭来张口。古人形容夫妇和谐用"举案齐眉"几个字,实际上就是孟光给梁鸿端饭吃;若问"是几时孟光接了梁鸿案",也应该是做好饭以后。

旧时有一副对联"自古庖厨君子远,从来中馈淑人宜",放在我家正合适。母亲为一家人真操碎了心,在没有什么东西的情况下,变着法子让大家吃好。她向同院的外国邻居的厨师学烤面包,用土豆引子,土豆发酵后力量很大,能"砰"的一声,顶开瓶塞,声震屋瓦。在昆明时一次父亲患斑疹伤寒,这是当时西南联大一位校医郑大夫经常诊断出的病,治法是不吃饭,只喝流质,每小时一次,几天后改食半流质。母亲用里脊肉和猪肝做汤,自己擀面条,擀薄切细,下在汤里。有人见了说,就是只吃冯太太做的饭,病也会好。

一九六四年父亲患静脉血栓,在北京医院卧床两个月。母亲每天去送饭,有时从城里我的住处,有时从北大,都总是第一个到。我想要帮忙,却没有母亲的手艺。父亲暮年,常想吃手擀的面,我学做过几次,总不成功,也就不想努力了。

母亲把一切都给了这个家。其实母亲的才能绝不只限于持家。母亲毕业于当时的女子最高学府,曾任河南女子师范学校预科算术教员。她有一双外科医生的巧手,还有很高的办事能力。外科医生的工作没有实践过,但从日常生活中,从母亲缝补、修理的功夫可以想见;办事能力倒是有一些发挥。

五十年代初至一九六六年,母亲做居民委员会工作,任北大燕南、燕东、燕农、镜春、朗润、蔚秀、承泽、中关八大园的主任,曾为家庭妇女们办起装订社、缝纫社等。母亲不畏辛劳,经常坐着三轮车来往于八大园间。这是在家庭以外为社会服务,她觉得很神圣,总是全心全意去做。居委会成员常在我家学习,最初贺麟夫人刘自芳、何其芳夫人牟决鸣等都是成员,后来她们迁往城内,又有吴组缃夫人沈淑园等参加。五十年代有一次选举区人民代表,不记得是哪一位曾对我说:"任大姐呼声最高。"这是真正来自居民的声音。

我心中有几幅图像,愈久愈清晰。

一幅在清华园乙所,有一间平台加出的房间,三面皆窗,称为玻璃房,母亲常在其中办事或休息。一个夏日,三面窗台上摆着好几个宽口瓶和小水盆,记得种的是慈姑。母亲那时大概不到四十岁,身着银灰色起蓝花的纱衫,坐在房中,鬓发漆黑,肌肤雪白。常见外国油画有什么什么夫人肖像,总想怎么没有人给母亲画一幅。

另一幅在昆明乡下龙头村。静静的下午,泥屋、白木桌,母亲携我坐在桌前,为我讲解鸡兔同笼四则题。父亲从城里回来,点评说这是一幅乡居课女图。

龙头村旁小河弯处有一个小落差,水的冲力很大。每星期总有一两次,母亲把一家人的衣服装在箩筐里,带着我和小弟到河边去。还有一幅图像便是母亲弯腰站在欢快的流水中,费力地洗衣服,还要看着我们不要跑远,不要跌进河里。近来和人说到洗衣的事,一个年轻人问,是给别人洗吗?还没到那一步,我答。后来想,如果真的需要,母亲也不怕。在中国妇女贤淑的性格中,往往有极刚强的一面,能使丈夫不气馁,能使儿女肯学好,能支撑一个家庭度过最艰难的岁月。孔夫子以为女人难缠,其实儒家人格的最高标准"富贵不能淫,贫贱不能移,威武不能屈",用来形容中国妇女的优秀品质倒很恰当,不过她们是以家庭为中心罢了。

母亲六十二岁时患甲状腺癌,手术后一直很好。六十年代末又患胆结石,经常大发作,疼痛,发烧,最后不得不手术。那一年母亲七十五岁。夜里推进手术室,父亲和我在过厅里等,很久很久,看见手术室甬道那边推出一辆平车,一个护士举着输液瓶,就像一盏灯。我们知道母亲平安,仍能像灯一样给我们全家以光明、以温暖。这便是那第四幅图像了。握住母亲的手时,我的一颗心落在腔子里,觉得自己很有福气。

母亲虽然身体不好,仍是操劳家务,真没有过一天清闲的日子。她总是说,你们专心做你们的事。我们能专心做事,都因为有母亲,操劳一生的母亲!

记得是一九七七年九月十日,母亲忽然吐血,拍片后确诊为肺门静脉瘤。当时小弟在家,我们商量,母亲虽然年迈,病还是该怎么治就怎么治,不可延误。在奔走医院的过程中,受到许多白眼。一家医院住院部一位女士说:"都八十三岁了,还治什么!我还活不到这岁数呢。"可以说,母亲的病没有得到治疗,发展很快。最后在校医院用杜冷丁控制疼痛,人常在昏迷状态。一次忽然说:"要挤水!要挤水!"我俯身问什么要挤水,母亲睁眼看我,费力地说:"白菜做馅要挤水。"我的眼泪一下涌了出来,滴在母亲脸上。

母亲没有让人多侍候,不过三周便抛弃了我们。当时父亲还在受审查,她走时很不放心,非常想看个究竟,但她拗不过生死大限。她曾自我排解说,知道儿女是好的,还有什么可求呢。十月三日上午六时三刻,我们围在母亲床前,眼见她永远阖上了眼睛。我知道,我再不能睡在母亲身边讨得那样深的平安感了。我们的家从此再没有春天和太阳了。我们的家像一叶孤舟忽然失了掌舵的人,在茫茫大海中任意漂流。我和小弟连同父亲,都像孤儿一样不知漂向何方。

因为政治,亲友都很少来往。没有足够的人抬母亲下楼,幸亏那天来了一位年轻的朋友,才把母亲抬到太平间。当晚哥哥自美国飞回来,到家后没有坐下,立刻要"看娘去",我不得不告诉他母亲已去。他跌坐在椅上,停了半晌,站起来还是说"看娘去"。

父亲为母亲撰写了一副挽联:"忆昔相追随,同荣辱,共安危,期颐望齐眉,黄泉碧落君先去;从今无牵挂,斩名缰,破利锁,俯仰无愧怍,海阔天空我自飞。"自己一半的消失使父亲把一切都看透了。以后,母亲的骨灰盒一直放在父亲卧室里。每年春节,父亲必率领我们上香,如此凡十三年。直到一九九〇年初冬那凄惨的日子,父母相聚于地下。又过了一年,一九九一年冬,我奉双亲归窆于北京万安公墓,一块大石头作为石碑,隔开了阴阳两界。

我曾想为母亲百岁冥寿开一个小小的纪念会,又想到老太太们行动不便,最好少打扰,便只就平常的了解或电话上的交谈,记下几句话。

姨母任均是母亲最小的妹妹。姨父母在驻外使馆工作时,表弟妹们读住宿小学,周末假日接回我家,由母亲照管。姨母说,三姐不只是你们一家的守护神,也是大家的贴心人。若没三姐,那几年我真不知怎么过。亲戚们谁没有得过她关心照料?人人都让她费过心血,我们心里是明白的。

牟决鸣先生已是很久不见了。前些时打电话来,说:"回想起在北大居住的那段日子,觉得很有意思。任大姐那时是活跃人物,她做事非常认真,总是全力以赴。而且头脑总是很清楚。"

在昆明时,赵萝蕤先生和我家几次为邻居,那时她还很年轻。她不止一次对我说很想念冯太太。她说在人际关系的战场上,她总是一败涂地当俘虏。可是和冯太太相处,从未感到战场问题。是母亲教她做面食,是母亲教她用布条打纽扣结,她有什么事都可以向母亲倾诉。记得在昆明乡下龙头村时,有一次赵先生来我家,情绪不大好,对母亲说,一位军官太太要学英语,又笨又俗又无礼,总问金刚钻几克拉怎么说。她不想教,来躲一躲。母亲安慰她,让她一起做家务事。赵先生走时,已很愉快。

另一位几十年的邻居是王力夫人夏蔚霞。现在我们仍然对门而居。夏先生说:"你千万别忘记写上我的话。我的头生儿子缉志是你母亲接生的。当时昆明乡下缺医少药,那天王先生进城上课去了,半夜时分我遣人去请你母亲。冯先生一起来的,然后先回去了。你母亲留下照顾我,抱着我坐了一夜,次日缉志才出世。若没有你母亲,我和孩子会吃许多苦!"

像春天给予百花诞辰一样,母亲用心血哺育着,接引着——亲爱的母亲的诞辰,是花朝节后十日。

1993 年 5 月

(原载《中华散文》1993 年创刊号)

今日三松堂

先父冯公友兰逝世已将三周年了。

三年来,不时有各地的学人前来三松堂前凭吊,都想拍一张三松全景的照片,可叹树下再没有哲学老人了。也总有人要求看一看故居。为此,我们用一个房间陈列父亲著作的各种版本、各种文字的译本,以及有关资料。父亲的烙画像微笑地俯视着这一切。纪念文集经过多方奋斗,今年可由北大出版社出版。《三松堂全集》出了一至九卷,又出第十一、十二卷,第十三卷也已付印,第十四卷即最后一卷,河南人民出版社计划于今年出版。至于第十卷何时方能出版,则要看《中国哲学史新编》第七册的命运如何了。

在编辑全集过程中,不断搜寻到一些零散文字。这里刊载的几篇短文,都是未经发表过的。西南联大纪念碑碑文是父亲的得意之作。一九八九年五月四日,复制的纪念碑在北大西门内揭幕,父亲坐在轮椅上参加,被校友们抬到台阶上。这是那几年间父亲坐轮椅去到的最远的地方了。何以一九七六年写此"自识",则无记忆。

梅贻琦铜像揭幕典礼举行时,我代父亲宣读致词。词并不长,通过对梅先生的怀念,勾画出了清华近百年的历史,中肯地指出了清华所经历程的意义。对此,梅先生地下有知,想来也会欣然同意的。

《纪念新文化运动》一文的内容是父亲经常说的。少数服从多数的原则已深入人心,多数容忍少数还不为大多数人习惯。而没有容忍也就不可能有民主,这是"五四"以来的深刻教训。应该多讲解这一道理,以利于民主的推行。父亲一生,热爱祖国,热爱传统文化,又深知国家要发达富强,文化要发扬光大,必须经过工业革命,走现代化的道路。他在四十年代初就提出了这一看法。民主是现代化的关键环节,更是他晚年的深切体会。

父亲临终最后的话是:"中国哲学将来一定会大放光彩!"他的终极关怀还是在于哲学,我相信他的预言会实现。

哲人已逝,三松依旧。岁月不居,而对父亲的纪念将常有常新。

1993年6月13日

(原载《东方文化》1993年创刊号)

一九九三年岁末五日记

12月27日　星期一

晚往观于魁智主演的京剧《响马传》。外子蔡仲德喜爱京剧，在电视大赛中"发现"于魁智这一艺术家。当然艺术家早用不着谁来发现，但这位外行确是自己看出高妙，而非人云亦云。我乃在其感召下，同往观剧。

剧本讲的是隋末唐初的英雄故事，全剧没有一个女角。于魁智扮演主角秦琼，唱念做打都臻妙境，唱得尤其好！声音高而醇厚，又有些苍凉，真可绕梁三日。举手投足，从容潇洒，在英雄豪迈之中有一种儒雅风流，一种秀气。一句道白"吃酒去"，再经伙伴们的白话"喝酒去啦"衬托，韵味无穷。剧场中有人低声议论："真是文武全才！"京剧的音乐也有进步，秦琼观阵那一场开始时的唢呐独奏，很能表现月下沙场的情调。

回来路上讨论两个问题。一是中国与西方情感的不同。中国的豪杰注重的是男子间的义气，而非男女间的情爱，所谓"兄弟如手足，妻子如衣服"。西方武士则常在心中有一女性偶像，似乎这是做武士的一个必要条件。比武之后，要把胜利的荣耀献给所钟情的女子，如《撒克逊劫后英雄略》中所描写的。这种不同，可能和妇女的地位有关，不过有的时候，义气更为感人。

另一个我们关心的问题是于魁智是否会有合适的夜餐,由之讨论到千里驹是不能以凡马对待的。这样的艺术家,已超出一般的一级演员水平了,就应该有相应的对待。当然,还不只是物质一方面。

12月28日　星期二

下午四时,往办公楼,参加芝生奖学金首次发奖会。芝生是父亲的字。此奖学金发给北大文史哲三系的本科生或研究生,每年每系一人,每人得一千元。大家都说数目虽小,却是一种鼓励。鼓励对传统文化的关心和研究,鼓励做学问,鼓励坐冷板凳。哲学系主任叶朗说,文科很穷,哲学系最穷,然而大家乐此不疲。并且说冯先生九十岁后还在著书,人劝休息,冯先生笑答:"我是欲罢不能。"这种做学问的精神真是春蚕到死丝方尽!这也是北大人的精神。北大前党委书记、冯友兰学术基金主任委员王学珍说,冯先生一生有时处在逆境,但他不管境遇如何,从不气馁,总是有所追求,力图有创造,是很不容易的。

我讲了《冯友兰先生纪念文集》的出版情况。这本书于一九九〇年底编成后,找出版社费时两年,幸有北大出版社见义勇为,给予出版,现已问世。他们照常规印一千册,可是出人意料,新华书店一下要八百册,只好加印。这在纪念文集中,是少见的。现大多数作者尚未得到书,真是抱歉。

又据说一九九〇年父亲逝世后,南开大学哲学系的博士生、硕士生们自发地写悼念文章,油印成册。虽然这信息三年后才传来,却一点不觉得遥远。

12月29日　星期三

收到第十二期《读书》,见吴江文章《为什么要特别看重史学?》。其中有一段说胡适曾主持清华国学研究院,金岳霖、冯友兰都曾在旧北大研究哲学史,读后颇感不安。历史是多么难见其本来面目!金岳霖、冯友兰在解放前都是清华大学教授,从未在北大研究哲学史;胡适也从未在清华工作过。所以有一个说法:胡适从清华毕业,在北大工作,冯友兰从北大毕业,在清华工作,可说明两校血脉相通的关系。原以为这是人所共知的事,可见我的偏颇。对于两校以外的人,这可能是不易弄清楚的。

吴江文章只是叙述事情,不曾推演什么。有些文章就不同了,在不甚了了的基础上会得出某种结论,这很吓人。如果弄不清历史,怎能作"同情的理解";如不持"同情的理解"的态度,又怎能弄清历史!由之联想到《老残游记》中那一位自命清官的酷吏,动不动把人送进站笼站死!这样想了一转之后,不免暗自庆幸,现在毕竟消灭了站笼,而且以后也不会再有了。

12月30日　星期四

下午二时,前往清华大学参加人文社会科学学院成立大会。一九五二年院系调整,清华文学院和法学院归并于北大,我成为清华最后一届文科毕业生。今天成立人文社会学院,使清华又成为一个完整的、综合性大学,可谓大喜事。

父亲若有知,一定会高兴的。他任清华文学院院长十八年,老来常说,在清华那一段是他一生中最幸福的日子,无论哲学著作或教育事业,都有建树。我想值得一提的是,当时在学术界,由清华诸位大学者自然形成了清华学派。据徐葆耕《记王瑶先生与清华大学》一文记载,王瑶阐述说:"这一学派的主要特点是对传统文化不取笼统的'信'或'疑'的态度,而是在'释古'上用功夫,做出合理的符合当时情况的解释。为此必须做到中西贯通,古今融会,兼取京派和海派之长,做到微观与宏观结合。"王瑶先生指出,"释古"的概念是冯友兰先生提出的。

我在清华做学生时,清华文科名师荟集。怎奈我不用功,到现在也不敢打哪一位老师的旗号。我想我从清华得到的,不只是知识,还认识了清华的传统。那是一种蓬勃向上的、严谨的、富有创造性的人生态度和作风,是一生受用不尽的。清华校训是"自强不息,厚德载物",想到时,常觉是一种鞭策。

12月31日　星期五

清华友人来谈,始知清华校训曾经改为唯物观点、辩证观点、劳动观点等,只是鲜为人知。

我觉得还是"自强不息,厚德载物"好。"天行健,君子以自强不息;地势坤,君子以厚德载物",是多么丰富!这是我们的民族精神,也是一种理想人格。在古人的眼光中,天是永远向前的,没有任何力量能阻挡天的行走。有天永不休止的前进精神,有地无所不载的宽广胸怀,我们民族无论怎样饱经忧患,终将立于不败之地!

伫立窗前,看到横过的枯枝,想它很快就要发芽;听到紧邻邮局传来盖邮戳的咚咚声,每到年底,总是格外热闹。一年已尽,我没有催人老逼岁除的怅惘,而是感到平静而充实。

我爱清华。水木清华,我的摇篮,我的母校。

我爱北大。我的燕园,那是我一生中居住最长久的,与我的灵魂最贴近的地方。

我爱海淀区。图书城,音乐会,名园胜景,山光水色,滋润着红尘千丈,让人常感清凉。

我爱北京。又古典又现代的北京,我爱那我到过和没到过的每一个角落。

我爱中国。

我爱中国！我们多灾多难而又自强不息的祖国啊。

别了,一九九三年。

（原载《光明日报》1994年1月31日）

梦回蒙自

对我的父亲冯友兰先生来说,蒙自是个有特殊意义的地方。一九三八年春,北大、清华、南开三校从暂驻足的衡山湘水,迁到昆明,成立了西南联合大学。因为昆明没有足够的校舍,文学院和法学院移到蒙自,停留自四月至八月。我们住在桂林街王维玉宅,那是一个有内外天井、楼上楼下的云南民宅。一对年轻夫妇住楼上,他们是陈梦家和赵萝蕤。我们住楼下。在一间小房间里,父亲修订完毕《新理学》,交小印刷店石印成书。

《新理学》是哲学家冯友兰哲学体系的奠基之作,初稿在南岳写成。自序云:"稿成之后,即离南岳赴滇,到蒙自后,又加写鬼神一章,第四章第七章亦大修改,其余各章字句亦有修正。值战时,深恐稿或散失。故于正式印行前,先在蒙自石印若干部,分送同好。"此即为最初的《新理学》版本。其扉页有诗云:"印罢衡山所著书,踌躇四顾对南湖。鲁鱼亥豕君休笑,此是当前国难图。"据兄长冯钟辽回忆,父亲写作时,他曾参加抄稿。大概就是《心性》《义理》和《鬼神》这几章。我因年幼,涂鸦未成,只会捣乱,未获准亲近书稿。

石印《新理学》现仅存一部,为人民大学石峻教授所藏。纸略黄,很薄,字迹清晰。这书似乎是该在煤油灯或豆油灯下看的。

蒙自是个可爱的小城。文学院在城外南湖边,原海关旧址。据浦薛凤记:"一进大门,松柏夹道,殊有些清华工字厅一带情景。故学生有戏称昆明如北平,蒙自如海淀者。"父亲每天到办公室,我和弟弟钟越随往。我们先学习一阵(似乎念过《三字经》),就到处闲逛。园中林木幽深,植物品种繁多,都长得极茂盛而热烈,使我们这些北方孩子瞠目结舌。记得有一段路全为蔷薇花遮蔽,大学生坐在花丛里看书,花丛暂时隔开了战火。几个水池子,印象中阴沉可怖,深不可测,总觉得会有妖物从水中钻出。我们私下称之为黑龙潭、白龙潭、黄龙潭,不知现在去看,还会不会有这样的联想。

南湖的水颇丰满,柳岸荷堤,可以一观。有时父母携我们到湖边散步。那时父亲是四十三岁,半部黑髯(胡子不长,故称半部),一袭长衫,飘然而行。父亲于一九三八年自湘赴滇途经镇南关折臂,动作不便,乃留了胡子。他很为自己的胡子长得快而骄傲。当年闻一多先生参加步行团,从长沙一步步走到昆明,也蓄了大胡子。闻先生给家人信中说:"此次搬家,搬出好几个胡子。但大家都说,只我和冯芝生的最美。"

记得那时有些先生的家眷还没有来,母亲常在星期六轮流请大家用点家常饭。照例是炸酱面,有摊鸡蛋皮、炒豌豆尖等菜肴。以后到昆明也没有吃过那样好的豌豆尖了。记得一次听见父亲对母亲说,朱先生(自清)警告要来吃饭的朋友说,冯家的炸酱面很好吃,可小心不要过量,否则会胀得难受。大家笑了半天。

那时新滇币和中央法币的比值是十比一,旧滇币和新滇币的比值也是十比一,都在流通。用法币计算,鸡蛋一角钱可买一百个,以法币为工资的人不愁没钱用。在抗战八年的艰苦的日子里,蒙自数月如激流中一段平静温柔的流水,想起来,总觉得这小城亲切又充满诗意。

当时生活虽然平静,人们未尝少忘战争。而且抗战必胜的信心是坚定的,那是全民族的信心。一九三八年七月七日,学校和当地民众在旧海关旷地举行抗战纪念集会。父亲出席作讲演,强调一年来抗战成绩令人满意,中国必将取得最后胜利。又言战争固能破坏,同时也将取得文明之进步。并鼓励学术界提高效率。浦薛凤说这次讲演"语甚精当"。

在那战火纷飞的年月,学生常有流动。有的人一腔热血,要上前线;有的人追求真理,奔赴延安。父亲对此的一贯态度还是一九三七年抗战前在清华时引用《左传》的那几句话:"不有居者,谁守社稷?不有行者,谁捍牧圉?"奔赴国难或在校读书都是神圣的职责,可无论做什么都要做好。

清华第十级在蒙自毕业,父亲为毕业同学题词:"天将降大任于是人也,必先苦其心志,劳其筋骨,饿其体肤,空乏其身,行拂乱其所为,所以动心忍性,增益其所不能。第十级诸同学由北平而长沙衡山,由长沙衡山而昆明蒙自,屡经艰苦,其所不能,增益盖已多矣。书孟子语为其毕业纪念。"

一九八八年第十级毕业五十年,出一纪念刊物。王瑶(第十级学生)教授来请父亲题词,父亲题诗云:"曾赏山茶八度花,犹欣南渡得还家。再题册子一回顾,五十年间浪淘沙!"

如今又是五年过去了,父亲也去世三年有余了。岁月流逝,滚滚不尽;哲人留下的足迹,让人长思。

1994年1月中旬

(原载《华人文化世界》1994年第3期)

三松堂依旧

三松堂依旧。

三棵松树依然屹立。高的一棵那呈九十度角的横枝仍然直指西方,矮的一棵还是向四面散开;最大最古老的靠近屋门的一棵,常在我眼中的是那树身,可以抚摸,可以依靠。时光已流逝了许多年,这里仍不时有世界各地的人前来,探望三松,探望三松堂。

冯友兰先生一九一八年从北京大学毕业。当他走出校门的时候,他不知道自己的一生会有怎样的安排,但有一条已经确定,就是他永远不离开哲学。

他太爱哲学,他一生在哲学上的建树以他自撰的楹联总结得最好:"三史释今古,六书纪贞元。"上联写他哲学史方面的成就,下联写他在哲学体系方面的创造,这是大家都知道的了,我不再复述。近来有学者提出,对冯学的研究,要从三个方面,即中国哲学、西方哲学、马克思主义哲学入手。在二十世纪东西方文化大碰撞的时代,唯有融合各方面的优秀成果,才能为中国文化做出新的贡献、找到新的出路,而冯友兰哲学就正是这三方面融合的产物。张岱年先生曾说,当代中国最有名望的思想家是熊十力先生、金岳霖先生和冯友兰先生,三家学说都是中西哲学的融合,但熊先生的体系是"中"占十分之九,"西"占十分之一,金先生的体系是"西"占十分之九,"中"占十分之一,"唯有冯友兰先生的哲学体系可以说是'中''西'各半,是比较完整的意义上的中西结合"。(《冯友兰先生百年诞辰纪念文集》)上海西方哲学学者范明生在其《中西思维模式及其转型》中说:"中国哲学缺少正的方法(其实质是说形而上学的对象是什么),西方哲学缺少的是负的方法(其实质是说形而上学的对象不是什么),将两者结合,对双方都是积极意义,冯先生的主要贡献之一就在这里。"他还说:"在'贞元六书'中,结合中西思维模式,改铸中国传统哲学的思维模式的努力,都是在推进和提高中华民族抽象思维能力的宏伟事业上,做出了载诸史册的贡献。"(《冯友兰先生百年诞辰纪念文集》)

《中国哲学史》两卷本中有这样一段话,孔子的历史地位如苏格拉底,孟子的历史地位如柏拉图,其气象之高明亢爽亦似之;荀子的历史地位如亚里士多德,其气象之笃实沉博亦似之。读这段话感到很亲切,似乎看到三位东方先哲和三位西方先哲相视微笑,并颔首表示嘉奖冯友兰对他们的理解。

我读的哲学书不多,这几年接触一些文章,发现冯学研究已取得很大成绩,其中一些研究西方哲学的学者写的文章,另有一种分量。我想,这些学者们做的工作恰是冯学研究中比较薄弱的一面,更深入地研究冯学与西方哲学的关系,可能是理解冯学的一个方法。这也说明了冯学在中西文化大碰撞中吸收融合创立新说的贡献。

我从小至大,直到后来工作,都没有离开家。尤其是母亲去世以后,照顾父亲就成了我的重任。有朋友对我说:"你自己就是一个字不写,把老先生照顾好,你的功劳就够大了。"我是努力去做的。我常觉得,我不只对父亲尽孝心,我是对中国文化尽一个炎黄子孙的孝心。

从日常生活中,我觉得父亲的精神有两点应该说一说。一是爱祖国,一是爱思想。

爱祖国不是空泛的,他爱自己的家乡,爱自己的亲人,爱祖国大地的山山水水,爱北京的每一个角落,爱北大、清华的校园,更爱祖国的文化。这是一种很美好的感情。他曾自己给北大的亭台楼阁起名字,我记得现在鸣鹤园小山上的亭子叫作西爽亭。那时人们很少闲情逸致,顾不上他的这些创作。他的头脑是一座资料库,除了藏有大量经史典籍,还有大量诗文。他常在三松下小坐,津津有味地背诵。一次我们比赛,他把《秋兴八首》一字不漏地背出来,我却不能。他坐在那里,思接千里,联系着祖国的历史和未来,联系着祖国的天空和大地。他对祖国的深切感情使他永远不离开祖国的土地,终生在这片土地上服务。

父亲热爱思想。他在《新原人》里说,人的特点就是有觉解,也就是有思想。有了思想的光辉,世界才有意义。"天不生仲尼,万古如长夜",柏拉图著名的洞穴比喻也是父亲常爱引用的。因为无时无刻不在思想,他对外界事物,尤其是生活琐事有些漠然。"文革"中,我家只剩下一间房子,一切活动都在其中。一次我回家,母亲包了些饺子,等到要煮时,却找不到了,找了半天,后来才发现父亲正坐在这盘饺子上,他毫无感觉。"文革"中常有批斗,一次批斗十分凶猛,父亲回家来稍事休息,平静地对母亲说:"我们吃饭吧。"母亲言及时不觉泪下。父亲的精神中有一块思想圣地,尽管也受时代的沾染,留着烙印,但他"所挟持者甚大",所以虽从荆棘中走过,仍是泰然自若。

现在有些青年学者对冯学甚感兴趣,有人自称到了痴迷的地步,也有人对他仍持批判态度。这里用一个"仍"字,是因冯学的发展是从批判中过来的,这在学术史中并不多见。冯友兰哲学有一个特点,就是不只属于哲学界、学术界,而且属于普通人。在文学上我们有些作品可以做到雅俗共赏,在哲学上很少有人能做到这一点,冯学可以说是做到了。我们常收到各种各样读者来信,也有登门造访的,询问冯著出版情况,叙说他们喜欢读冯先生的书。有一位读者说,他经常读《中国哲学史》和"贞元六书"。他不能说出具体的收获是什么,但觉得读了和不读不一样,感到舒服。大概这就是"受用"吧。一个多月以前,冯先生已经逝世七年了,东北边陲的一个女青年在人生道路上遇到了困惑,写信来要求冯爷爷帮助她。照说哲学似乎是没什么实际用途,冯学在普通人中的影响,说明哲学对于人们的精神境界的作用。

五十年代初,各大学进行院系调整,冯先生回到北大任教,燕园成为他一生居住最长的地方。当时各方面都在探索,对"资产阶级思想"甚为顾忌。冯先生曾有一句话,这句话是:"家藏万贯,膝下无儿。"他以不能将自己的学问传下去为憾。据说当时江隆基副校长曾多次引用这句话。在越来越"左"的路线指引下,不要说一家之言,连整个的中国文化传统都割断了,还有什么可说。幸好我们迎来了改革开放的新时期,各种学说渐渐地可以研究探讨传播,这才有了中华民族的生机。冯先生就是在这时,在年过八旬的高龄开始并最终完成了他晚年的巨著《中国哲学史新编》,创造了人类文化史上的奇迹。我要说一句,尽管经历过各种危难,各种折磨,各种痛苦,中国学者们仍然继续传承,继续创造,无论是哲学方面还是文学方面,中国文化的主流仍在祖国的本土,决不在任何另外的地方。

曾有人问冯先生,谁是他最敬仰的人。他答称是他的母亲吴清芝太夫人和蔡元培先生。他曾说:"蔡先生是中国近代的大教育家,这是人们所公认的。我在'大'字上又加了一个'最'字,因为一直到现在我还没有看见第二个像蔡先生那样的大教育家。"

他对蔡元培先生的敬仰,也表明了他对母校的感情。他在《新事论·自序》中说:"二十七年为北京大学成立四十周年,同学诸子谋出刊物,以为纪念。此书所追论清末民初时代之思想,多与北大有关系者。谨以此书,为北大寿。"当时北大四十周年。现在欣逢北大一百周年寿诞,他如果远在千万里之外,也会赶来为母校庆寿,但是他永不能再归来。我愿代他向他的母校北京大学祝贺寿诞,并向保持三松堂依旧的北大校方敬致谢意。

1998 年 1 月

(原载《北京大学学报》1998 年第 2 期)

蜡炬成灰泪始干

二〇〇〇年春,我患目疾,好几个月都在奔走医院。住医院,上手术台,对我都不是新鲜事,这一次却怀着极大的恐怖。我怕变为盲人,我怎能忍受那黑洞里的生活,怎能忍受那黑暗,那茫然,那隔绝。

我在等待第三次手术,日子一天天过,还在等待。一个夜晚,我披衣坐在床上,觉得自己是这样不幸,我不会死,可是以后再无法写作。模糊中似乎有一个人影飘过来,他坐在轮椅上,一手拈须,面带微笑。那是父亲。

"不要怕,我做完了我要做的事,你也会的。"我的心听见他在说。此后,我几次感觉到父亲。他有时坐在轮椅上,有时坐在书房里,有时在过道里走路,手杖敲击地板,发出有节奏的声音。他不再说话,可是每次我想到他,都能得到指点和开导。

老实说,父亲已去世十年。时间移去了悲痛,减少了思念。以前在生活安排上,总是首先考虑老人,现在则完全改变了,甚至淡忘了。而在失明的威胁下,父亲并没有忘记我,或者说我又想起了他。因为我需要他。

"不要怕,我做完了我要做的事,你也会的。"

我会吗?我需要他的榜样,我向记忆深处寻找……

父亲最后的日子,是艰辛的,也是辉煌的。他逃脱了政治漩涡的泥沼,虽然被折磨得体无完肤,却幸而头在颈上,他可以相当自由地思想了。一九八〇年,他开始从头撰写《中国哲学史新编》这部大书。当时他已是八十五岁高龄。除短暂的社会活动,他每天上午都在书房度过。他的头脑便是一个图书馆,他的视力很可怜,眼前的人也看不清,可是中国几千年来的哲学思想的发展在他头脑里十分清楚,那是他一辈子思索的结果。哲学是他一生的依据。自一九一五年,他进入北京大学哲学门,他从没有离开过哲学。

父亲考入北大时,报的是文科。当时有人劝他读法科容易找工作,而且法科可以转文科,可是文科不可以转法科。父亲依言报了法科,考取了,但他还是转入文科。如果他要进仕途,可以从入法科开始,但那不是他的理想。他选择了哲学作为他的终身事业。

父亲那样出生在十九世纪末的一代人,分布在各个学科,创造了中国社会转型时期的新文化。不管在哪一学科,他们有一个共同点,那就是热爱祖国,要使自己的国家扬眉吐气地屹立在世界民族之林。我相信,我的了解没有错。父亲的哲学也不是空谈哲理,也不是书斋里的机锋,他要"阐旧邦以辅新命",就是要汲取中国文化的精华,作为建设新国家的营养。永远关心着国家、民族的命运,这就是他的"所以迹"。经过多少折腾、磨难,初衷不改,他的最后巨著《中国哲学史新编》的最后一页,仍写着张载的那几句话:"为天地立心,为生民立命,为往圣继绝学,为万世开太平。"他仍然是"虽不能至,心向往之"。

他在一九四二年写的《新原人》中提出了他的境界说——

他的哲学的灵泉。此书自序一开始就写了张载四句,接下去便说:"此哲学家所应自期许者也。况我国家民族,值贞元之会、当绝续之交、通天人之际、达古今之变、明内圣外王之道者,岂可不尽所欲言,以为我国家致太平,我亿兆安心立命之用乎?虽不能至,心向往之。非曰能之,愿学焉。"我一直认为,"贞元六书"的几篇短序都是绝妙文章,表现父亲的心胸气魄。听人说有哲学教师讲张载四句竟至泪下,可知怀有为国家致太平,为亿兆安心立命这种深情的人并非少数。

父亲最后十年的生命,化成了《中国哲学史新编》这部书。学者们渐渐有了共识,认为这部书对论点、材料的融会贯通超过了三十年代的两卷本,又对玄学、佛学、道学,对曾国藩和太平天国的看法提出了独到的见解,还认为人类的将来必定会"仇必和而解",都说出了他自己要说的话。一点一滴,一字一句,用口授方式写成了这部一百五十万字的大书,可谓学术史上的奇迹。蝇营狗苟、利欲熏心的人能写出这样的书么?我看是抄也抄不下来!有的朋友来看望,感到老人很累,好意地对我说:"能不能不要写了。"我转达这好意,父亲微叹道:"我确实很累,可是我并不以为苦,我是欲罢不能。这就是'春蚕到死丝方尽,蜡炬成灰泪始干'吧!"

是的,他并不以写这部书为苦,他形容自己像老牛反刍一样,细细咀嚼储存的草料。他也在细细咀嚼原有的知识储备,用来创造。这里面自有一种乐趣。父亲著述还有一个特点,就是不做卡片,曾有外国朋友问:"在昆明时,各种设备差,图书难得,你在哪里找资料?"父亲回答:"我写书,不需要很多资料,一切都在我的头脑中。"这是他成为准盲人后,能完成大书的一个重要条件。

更重要的是他的专注,他的执着,他的不可更改的深情。他在生命的最后两年中不能行走,不能站立,起居需人帮助,甚至咀嚼困难,进餐需人喂,有时要用一两个小时。不能行走也罢,不能进食也罢,都阻挡不了他的哲学思考。一次,因心脏病发作,我们用急救车送他去医院,他躺在床上,断断续续地说:现在有病要治,是因为书没有写完,等书写完了,有病就不必治了。

当时,我为这句话大恸不已。现在想来,如丝已尽,泪已干,即使勉强治疗也是支撑不下去的;而丝未尽,泪未干,最后的著作没有完成,那生命的灵气绝不肯离去。他最后的遗言"中国哲学将来一定会大放光彩",就是用他整个生命说出来的。

父亲久病后,偶然颤巍巍地站立,总让人想到风烛残年这几个字。烛火在风中摇曳,可以随时熄灭,但父亲的精神之火却是不会熄灭的。他是那样顽强、坚韧,那样丰富,他不烧干自己决不甘心。

一九八二年,父亲到哥伦比亚大学接受名誉博士学位,他写了一首诗:"一别贞江六十春,问江可认再来人?智山慧海传真火,愿随前薪做后薪。"薪火相传的意思出自《庄子·养生主》:"指穷于为薪,火传也,不知其尽也。"他要像浇了油的木柴一样,前面的木柴烧完了,后面的木柴便接上去,薪火相传代代不息。

父亲那一代人责任感太强了,他们无暇逍遥。其实父亲心底是赞成孔子"吾与点也"那一句话的。曾点说,他的愿望是"浴乎沂,风乎舞雩,咏而归",父亲是欣赏这种境界的。

四十年代,常有人请父亲写字,父亲最喜写唐李翱的两首诗——"练得身形似鹤形,千株松下两函经,我来问道无余说,云在青天水在瓶"。还有一首是"选得幽居惬野情,终年无送亦无迎,有时直上孤峰顶,月下披云啸一声"。

这两首诗,父亲写过几十幅,现在家中只有"月下披云啸一声"那一幅,没有了"云在青天水在瓶"的那一幅。父亲的执着顽强,那春蚕到死,蜡炬成灰,薪尽火传的精神,后面有着极飘逸、极空明的另一方面。一方面是儒家"知其不可而为之"的担得起,一方面是佛、道、禅的"云在青天水在瓶"的看得破。有这样的互补,中国知识分子才能在极严酷的环境中活下去。

很多年以前,父亲为我写了一幅字,写的是龚定庵诗:"虽然大器晚年成,卓荦全凭弱冠争。多识前言蓄其德,莫抛心力贸才名。"后来父亲又为我和外子作过一首诗:"七字堪为座右铭,莫抛心力贸才名。乐章奏到休止符,此时无声胜有声。"父亲深知任何事都要用心血做成,谆谆教诲,不要为一点轻易取得的浮名得意,在寂静中也许会有更好的音乐。想到这些,常觉得父亲坐在那里,以手向上一指向下一指,在沉默中,让人想到"云在青天水在瓶"的诗句;可是那含义,那境界,有谁领会。

我做了手术,出院回家,在屋中走来走去,想倾听父亲卧房里发出的咳声,但是只有寂静。我坐在父亲的书房里,看着窗外高高的树。在这里,准盲人冯友兰曾坐了三十三年;无论是否成为盲人,我都会这样坐下去。

(原载《人民日报(海外版)》2000 年 8 月 29 日)

怎得长相依聚

——蔡仲德三周年祭

蔡仲德(1937—2004)　人本主义者

这是我为仲德设计的墓碑刻字,我想这是他要的。他在病榻上的最后几个月,想得最多的就是关于人本主义问题。如果他能多有些时日,会有更多的文章表达他的信念。但是天不佑人,他来不及了。但他在为我写的一篇短文里提出市场经济、民主政治、人权观念等几个概念。虽然简单,却也清楚地表明了他的理想。现在又想,理想只能说明他追求的高,不能说明他生活的广和深。因为他的一生虽然不够长,却足够丰富。他是一个好教师,也是一个好学者。生活最丰满处是因为他有了我,我有了他。世上有这样的拥有,永远不能成为过去。

人人都以为,我最后的岁月必定有仲德陪伴,他会为我安排一切。谁也没有料到,竟是他先走了,飘然飞向遥远的火星。我们原说过,在那里有一个家。有时我觉得,他正在院中的小路上走过来,穿着那件很旧的夹大衣;有时在这边说话,总觉得他的书房里有回应,细听时,却又没有。他已经消失了,消失在蓝天白云,青山绿水,树木花草之间。也许真的能在火星上找到他,因为我们这里的事情,要经过漫长的光阴和遥远的距离,才能到达那里,他是一个怎样的人,在那里可以重现。

首先,他是一个教师。他在入大学前曾教过两年小学,又任中学教员二十余年,以后调入中央音乐学院音乐学系。他四十六年的教学生涯里,在中央音乐学院任教四十四年。他教中学时,课本比较简单,他自己添加教材,开了很长的古典诗词目录,要求学生背诵。有的学生当时很烦,说蔡老师的课难上。许多年后却对他说,现在才知道老师教课的苦心,我们总算有了一点文学知识,比别人丰富多了。确实,这不仅是知识,更是对性情的陶冶,影响着一个人的生活。

七十年代初,在军营中经过政治磨难的音院师生回到北京,附中在京郊苏家坨上课,虽然上课很不正常,仲德却没有缺过一次课。一次刮大风,我劝他不要去,他硬是骑自行车顶着西北风赶二十几里路去上课,回来成了一个土人。上课对于一个教师是神圣的。他在音乐学系开设两门课:中国音乐美学史和士人格研究。人说他的课讲得漂亮。我听过几次,一次在河南大学讲授中国古代音乐美学,一次在香港浸会大学讲"说郑声"。一节课的时间被他安排得十分恰当,有头有尾,宛如一篇结构严密的文章。更让人称道的是下课铃响,他恰好讲出最后一个字,而且是节节课都如此,就连他出的考题也如一篇小文章。他在每次上课前都认真准备,做了严谨的教案。他说要在四十五分钟以内给学生最多的东西,小学、中学、大学都是如此。一次我们在外边用餐,不知为什么,一个陌生的年轻人拿了一本唐诗,指出一首要我讲,我不记得是哪一首了,只记得其中有两个典故。我素来喜读书不求甚解,讲不出,仲德当时做了详细的讲解。他说做教师就要甚解,要经得起学生问。学生问了,对教师会有启发。

他淹缠病榻两年有半,一直惦记着他的课和他指导的学生。就在他生病的这一个秋天,录取了一名硕士生。他在化疗期间仍要这个学生来上课,在北京肿瘤医院室内花园,在北大医院的病室,甚至是一面打着吊针,一面在进行授课。他对学生非常严格,改文章一个标点都不放过,学生怕来回课,说若是回答草率,蔡老师有时激动起来,简直是怒发冲冠,头发胡子都根根竖起。不是他指导的学生也请他看文章,他一视同仁,十分认真地提意见挑毛病改文字。同学们敬他爱他又怕他。

他做手术的那一天,走廊里站了许多我不认识的音院师生,许多人要求值班。那天清晨,有位老学生从很远的地方赶到我家,陪伴我。一个现在台湾的老学生在电话中哭着恳求我们收下他们的捐助。我们并不需要捐助,可是学生们的关心从四面八方把我们沉重的心稍稍托起。

一个大学教师在教的同时,自己必须做学问,才能带领学生前进,才能不是一个教书匠。上世纪七十年代末,他从研究《乐记》的成书年代开始,对中国音乐美学做了考察,写出了《中国音乐美学史》这部巨著。这是我国的第一部音乐美学史。后来这本书要修订出版,那时他住在龙潭湖肿瘤医院。他坐一会儿躺一会儿,一字一字,一页一页,八百多页的书稿在不时插上又拔下针管的过程中修订完毕。

经过多年的努力,他对各种文献非常熟悉,却从不炫耀,从不沾沾自喜,总是尽力地做好他承担的事,而且不断地思考。不知不觉间又写出了多篇论文,音乐方面的结集为《音乐之道的探求》,由上海人民音乐出版社出版。文化方面的结集为《艰难的涅槃》,正像书名一样,这本书命运多舛,因为思想不合规矩,现在尚未能出版。

他能够连续十几小时稳坐书案之前，真有把板凳坐穿的精神。他从事学术研究不限于音乐美学，冯学研究也是重要的部分。其著述材料之翔实，了解之深切，立论之精当，为学界所推重。还是不知不觉间，他写出了六十六万字的《冯友兰先生年谱初编》，并整理、修订增补了七百余万字的《三松堂全集》第二版，又写出了《冯友兰先生评传》《教育家冯友兰》等。

对于我的父亲，他不只是一个研究者，而且也远远超过半子。幸亏有他，父亲才有这样安适的晚年。他推轮椅，抬担架，帮助喂饭、如厕。我的兄弟没有做到和来不及做的事，他做了；我自己承担不了的事，他承担了。从父母的墓地回来，荒寂的路上如果没有他，那会是怎样的日子！可是现在，他也去了。

在繁忙的教学、研究之余，他为我编辑了《宗璞文集》四卷本。他是我的第一读者，为我的草稿挑毛病。用引文懒得查时，便去问他，他会仔细地查好。我称他为风庐图书馆长，并因此很得意。现在我去问谁？

父亲去世以后，我把家中藏书赠给清华大学思想文化研究所，设立了"冯友兰文库"，但留了"四部丛刊"和一些线装典籍，供仲德查阅。他阅读的范围，已经比父亲小多了。现在他走了，我把最后留下的书也送出。我已经告别阅读，连个范围也没有了。他自己几十年收集的关于音乐美学方面的书，我都送给了中央音乐学院图书馆。学生们从这些书中得到帮助时，我想他会微笑。

他喜欢和人辩论，他的许多文章都在辩论。辩论就是各抒己见，当仁不让。他说思想经过碰撞会迸发出火花，互相启迪，得到升华，所谓真理愈辩愈明。如果只有"一言堂"，思想必然僵化，那是很可怕的。他看到的只是学问道理，从没有个人意气。

他关心社会,反对躲进象牙之塔。他认为每一个生命是独立的又是相联的。他在音乐学院任基层人民代表十年,总想多为别人做些事。他是太不量力了,简直有些多事,我这样说他。他说大家的事要大家管。音乐史专家毛宇宽说:"蔡仲德是一位真正意义上的中国知识分子。"我觉得他是当得起的。

我们居住的庭院中有三棵松树。因三松堂名得到许多人的关心,常有人来,有的是从很远的地方,就为了要看一看这三棵松树。三棵松中有两棵高大,一棵枝条平展,宛如舞者伸出的手臂。仲德在时,这一棵松树已经枯萎,剩下一段枯木,我想留着,不料很不好看,挖去了。又栽上一棵油松,树顶圆圆的,宛如垂髫少女。仲德和我曾在这棵树前合影,他坐我立,这是他最后的一张室外照片,也是我们最后的合影。又一棵松树在一次暴风雨中折断了,剩下很高的枯干,有些凶相。现在这棵树也挖去了,仍旧补上一棵油松,姿态和垂髫少女完全不同,像是个小娃娃,人们说它是仙童。

仲德没有看见这棵新松。万物变迁,一代又一代,仲德留下了他的著作和理想,留下了他的爱心。爱心和责任感是连在一起的。我们家中从里到外许多事都是他管,他生病后的第一个冬天,在病房惦记着家里的暖气。他认为来暖气时应该打开暖气上的阀门,让水流出来,水才会通。他在病床上用电话指挥,每个房间依次打开不能搞乱。我们几个女流之辈,拿着水桶,被他指挥得团团转。其实我认为这是不必要的,可是我领头依令而行,泪滴在水桶里……

仲德和我在一起生活了三十五年,因为有了他,我的生活才这样丰满。我们可以彼此倾诉一切,意见不同可以辩论,但永远互相理解,互相尊重。在他最后的时刻,我们曾一起计算着属于我们两人的日子。他含泪低声说:"我们相聚的时间太少了。"现在想起来,仍觉肝肠寸断!我觉得,只要有他,实在别无所求。但是他去了。所幸的是他的力量是这样大,可以支持我,一直走向火星。

蔡仲德,我的夫君,在那里等着我。

女儿告诉我,她做过一个梦,梦见我们三个人在一起,仲德不知为什么起身要走。我们哭着要拉住他,可是怎么也拉不住。他走了。

人生的变化,有谁能拉得住呢。

2007 年 1 月 5 日
距 2004 年 2 月 13 日仲德逝世已将三年矣
(原载《文汇报》2007 年 1 月 7 日)

四姑,你能告诉我吗?

冯沅君是我父亲的胞妹,按大排行是我的四姑。许多年来常有人问我,从事创作是不是受了沅君先生的影响,仔细想来,我和四姑的接触较少,很难说有什么影响。

四姑有时开人代会,到北京来。因为总是有事,好像很少在家里住。有一次四姑来,正好报上有我一篇散文,她对我说:"你的文章看来很平淡,却有余味。这是不容易的。"又有一次,说起做衣服的事,母亲建议她在北京做一件棉袄,做得了我们可以给她寄去。四姑坚决不同意,她总是怕麻烦别人,哪怕是亲近的人。抗战时期我们在昆明的时候,她到昆明来过,也都是来去匆匆。我已不记得在昆明见过四姑了。

一九三七年,四姑和四姑父陆侃如都在燕京大学任教。住在燕园里的天和厂,那房屋现在已经拆掉了。抗战炮火初起,父母把我和小弟送到燕京大学,寄放在四姑家。我们在那儿度过一个暑假,每天在燕园游玩。我们常在临湖轩下面池塘旁的土坡上玩沙土,用沙土造桥、造路、造房屋,有时造出一排小房子。说是小房子,当然是加上想象的,建成了又推倒,很自由。

那时我吃米饭总喜欢拌上白糖,在家里母亲是不允许的,因为这样会影响吃菜。四姑则随我们的意,不加管束。四姑父还把我和小弟轮流抡起来转圈,别的长辈从来没有过。我们很喜欢这个游戏,总是高兴得咯咯地笑。四姑和四姑父也笑,我想,这样的情形在他们的生活里不是很多。

上世纪七十年代初,我和仲到上海去,回来时路过曲阜,我们去看四姑。那时山东大学搬到曲阜,教师们的生活很简单。住房更可以说是很简陋,四姑照旧过着她简朴的生活。她上午有课,早早地起来备课。我想,那课她已经教了不知多少遍了。四姑父领我们去看孔庙。走到孔庙,大门是锁着的,我们扒在门缝上,里面什么也看不见。不过,总算看见了孔庙的大门和墙。

一九七二年尼克松访华后,中美有往来。我家算是开放户,哥哥携他的全家从美国回来,这是分别二十多年后的初次见面。四姑和四姑父来到北京,还有叔叔一家、七姑一家,在颐和园聚会。这是最后一次大团聚。

一九七四年,当时山东大学已经迁到济南。四姑病危,我和姐姐钟琏、堂弟钟广到济南去看望。她已经不能认人,我们叫她,告诉她父亲不能来,很惦记她。我想,她并不知道我们说的是什么,可还是答应。病榻旁边除了四姑父和两个护工以外,还有学生。当时,我和姐姐都很伤感,却无法做一点对她有益的事。在我们回京的路上,四姑去世了。父亲和泪写了唁电。四姑父来信说:"沅君的葬礼极备哀荣。"那又有什么用呢。

以后,四姑的学生袁世硕、严蓉仙编辑了《冯沅君创作译文集》,这是四姑在古典文学研究以外的成绩,后来他们又写了《冯沅君传》。

二〇一一年安徽教育出版社出版了《陆侃如冯沅君合集》,张可礼、袁世硕主编,共十五卷。

作为五四时代封建家庭出来的女性,四姑争取自由的精神值得钦佩。当时两位兄长都在北平读书,她很羡慕,也要到北平读书。女孩子出门读书,那时是很少见的,可是我的祖母同意了女儿的要求。因为四姑已经订婚,有人说,应该问问夫家是否同意。我的祖母是一位很了不起的女性,她说:"我们既然决定了,就不必问。"于是四姑就到北平来上学,也才有了以后的冯沅君。

四姑进了新学堂,有了新知识,她争取自由的志向更坚定。她坚决反对父母之命的婚约,经过一番抗争,解除了这道枷锁。她要自由,要自己决定自己的婚姻。她当然有权选择,这没有什么可责备的。她的选择是当时在清华国学院做研究生的陆侃如。以后,他们一同研究,一同著作,一同到巴黎大学,各自获得了博士学位。他们在学海中遨游,应该是很快乐的。

四姑父比较活泼,比四姑外向得多。有一篇文章上说,陆侃如参加一个什么考试,老师问:为什么孔雀东南飞?他答:因为西北有高楼。又见他自己写的文章写到,他们在巴黎的时候,有一天沅君派他去买面包。他在塞纳河边的小书店里浏览,遇见熟人就聊天,还和老板娘调侃几句,逛够了回家。到了家门口,才"哎呀"一声,想起买面包的任务。我不知道那天他们怎么样打发这顿饭。

我有时写几首歪诗,从未发表。我给了它们一个总名,"四余诗稿"。因为这些诗都是在工作之余、写作之余、家务之余、疾病之余写成的。《冯沅君创作译文集》中也有"四余诗稿",是四姑父中风后在病榻上为四姑整理的。两年后,四姑父也去世了。这部诗稿的最先便是《忆天和厂旧居》二首:

> 卜居却忆在天和,塔影湖光逸兴多。
> 屋后苍松窗外竹,晨昏伴我几吟哦。

半规赪玉隐遥岑,湖上相携作苦吟。

撩人最是千条柳,半摇翠缕半摇金。

还有《平寓被劫》:

连连枪声疑爆竹,兼旬卧病意尤哀。

一轮皎皎中秋月,更照强徒排户来。

以后就是向大西南的迁徙。在从长沙到昆明的路上,车过睦南关时,司机告诉大家要关上车窗。父亲可能是没听见(照金岳霖先生的解释,父亲那时正在考虑哲学问题),依然把手臂放在车窗上,撞折了臂肘,被送到河内医院。四姑也到后方去,正好走这条路,到医院来看望父亲,留下了这首《河内病院见大兄》:

间关避贼过南越,伯氏折肱伤未瘥;

一见惊呼欲下泪,家人情切在中年。

四姑的"四余诗稿"四十八首,又有"四余词稿"六十四首、"四余续稿"六十五首。我很想知道四姑的"四余"指的是哪"四余",读来读去,没有看到对"四余"的解释。我怎样才能找到答案呢?四姑,你能告诉我吗?

(原载《新民晚报》2018 年 12 月 20 日)

孙维世二三事

——百年祭

孙维世(1921—1968.10.14)是我的表姐,乳名小兰,我叫她兰姐。兰姐的母亲任锐(任纬坤)是我的二姨,和我的母亲任载坤是一母同胞姊妹,为任芝铭公的二女和三女。二姨父孙炳文是老一辈共产主义革命家,曾任黄埔军校政治总教官、国民革命军总政治部秘书长、总政治部后方留守处主任。他最喜李商隐诗,曾把一部顺治年间吴江、朱鹤龄做注的《李义山诗集》赠给我父亲,题赠云:"芝生姻兄学长,炳文敬赠　十三年一月"。

一九二七年,文武全才的孙炳文为理想牺牲。以后,兰姐曾住在我家,和我的姐姐钟琏一起上贝满女中。假期便回清华园乙所。

那时我家有一块红色的旧地毯,记得兰姐在家的时候,常把地毯铺开,算是舞台。我们几个孩子,兰姐的妹妹孙新世——我叫她粤姐,当时由大姨任馥坤抚养,常来我家,还有我们的邻居梅祖芬,以及我和小弟,都是她的演员。这张小地毯是她的第一个舞台,她最先在这里显露了导演才华。当时我们排演过明月歌舞团的歌舞,"云儿飘,星儿耀耀,海早息了风潮",也常常排演"小羊儿乖乖,把门儿开开,不开不开就不开,妈妈不回来,谁来也不开。"我们都很投入,每次排练都很顺利,好像没有谁不听话。

不久以后,兰姐和六姨任均(任平坤)一起去了上海,进入演艺界。

抗战初起,兰姐满怀天堂的理想去了延安。

一九四九年以后,六姨任均一家常在我家小住,兰姐也常来。我那时在清华读书,正检查思想争取入团,批判自己在中学时作的一副对联"简简单单,不碍赏花望月事;平平凡凡,自是顶天立地人"是小资产阶级思想。我告诉兰姐,兰姐说:"赏花望月有什么不好,不要把好东西都送给资产阶级。我也喜欢风花雪月。"

有一次,粤姐来电话,说兰姐邀我们去看她排演《万尼亚舅舅》。我那时已在《文艺报》工作,有事没有去,真是遗憾。后来看了演出,契诃夫剧本的深刻、孙维世导演的才华和功力自不必说,金山的表演也是极为精妙的,真是一次很好的艺术享受。我还看过兰姐导演的苏联话剧《保尔·柯察金》和我国当代话剧《同甘共苦》。她送过我一本她的译作《一仆二主》,但是不记得看过演出。

六十年代初,文艺工作者下基层,兰姐全家去了大庆。在那里和石油工人结下了深厚的友谊。

"文革"兴起,大家都是"罪人",不通消息。后来知道,兰姐被诬为"苏联特务",遭到逮捕。她没能活着出狱。

兰姐的哥哥孙泱也在"文革"中不明不白地死亡。这样的遭遇不只是一两个人。难道我们不应该研究清楚,这一段历史为什么是这样而不是别样?为什么以天堂的理想竟能奋斗出地狱的现实?孙维世等人本来也可以活到百年,但她得到的是非正常死亡。现在科技发达，人寿增长，我希望每个人都能有一个百岁庆，而不要百年祭。

2016 年初稿

2021 年 10 月 19 日定稿

长 寿 老 人

二〇二一年十月是辛亥革命一百周年,河南新蔡县召集同盟会的后人开了一个小小的纪念会。我抱着氧气袋去了,因为我衷心崇敬辛亥革命。辛亥革命推翻了中国几千年的帝制,把专制独裁扔进历史。人们如牛马做奴才那么多年,一旦成为自由人,是真正的改天换日。

我的外祖父任芝铭公,我称他姥爷,是辛亥革命的参加者。我每想到他,总有一种自豪感。他是一位长寿老人,生于一八六九年,比列宁大一岁,卒于一九六九年一月二十三日"文革"中,享年百岁。百岁现在看来很平常,那时就是很长寿了。若是天下太平,还不知能活多久。

姥爷是新蔡人,平民出身,勤苦好学,考上了举人,成为县里的士绅。他热心国家大事,早年参加同盟会,是新蔡县的同盟会支部长。因为这些活动他被清廷革去了举人功名,并要逮捕。他只有逃亡他乡,在流亡中仍然参加同盟会的反清活动。一九四五年他当选为新蔡县参议会议长。抗日战争中他参加国民革命军,在张轸部管理后勤军需。他因女儿任锐和女婿孙炳文的关系,向往共产主义,曾多次帮助青年学生去延安。一九四九年后,他任河南省政协副主席。"文革"中被批斗时,他问身旁的人:是不是政变了?没有人能告诉他是怎么回事。

姥爷有三个愿望。

一,为辛亥革命烈士建一座祠堂。我已亲眼见到了,那是很简单的建筑。可是一砖一瓦都是辛苦募捐得来的。凝聚着人们对辛亥革命的敬仰和永远的怀念。

二,在新蔡县建一所学校(中小学)。这个愿望已在一九二八年实现了。姥爷为那所学校起了名字——今是学校。我以为学校的名字真是妙极,包含的意思沉甸甸的。"觉今是而昨非",出自陶渊明的《归去来兮辞》。不反省"昨非",何谈"今是"?皇帝还有罪己诏呢。奥地利经济学家冯·米塞斯说:"人的最珍贵的特权,就是不断做出改进的努力。"建这学校也有姥爷的捐助,是从他并不富裕的生活费用中挤出的一点心血。更多的资金是募捐得来的,那就是大家的心血。一九四九年以后,今是学校交给了人民政府。

三,抚养辛亥烈士的遗孤成人。姥爷用尽心力抚养新蔡县的烈士遗孤,他们个个长大成人。可是万没有想到,没有一个能终其天年。他们遇到了什么?不用问了。

这几天我夜不能眠,不知何故,总有一个苍老的声音:"璞啊,河南饿死人了。"这是姥爷的声音。他虽然离开了我们,可是还在我耳边说话。这句话是一九五九年他来北京开政协会时对我说的。

2022 年 10 月中旬

(原载《中华读书报》2023 年 4 月 5 日)

对《梁漱溟问答录》中一段记述的订正

近读汪东林著《梁漱溟问答录》,见一百八十六页上,记述了梁漱溟与某教授的一次会见,颇生感慨。岁月磨人,记忆果然会移形若此。

人都可能记忆有误,老年尤甚。我写此文,不是要责备谁,而是有责任记下事实,以减少一些"历史只能是写的历史"的怅惘。

一百八十六页上提到的某教授,即我的父亲冯友兰。

一百八十六页上说,梁先生于"批林批孔"初期写信批评冯先生,不久,冯由女儿陪同,悄悄地来见,作了一番解释。

而事实是,梁写信给冯在一九八五年,冯梁相见也在一九八五年,所谈内容,无一句涉及"批林批孔"。

我自一九七〇年始,随父寓燕园,迄今已十八年。十八年间曾两次见梁先生。一次在一九七二年初,梁先生到我家来访(已见《三松堂自序》)。另一次即在一九八五年。十四年间,父亲与梁先生不曾见面,亦无联系。

一九八五年,人们的生活和以前很不同了。以前筑墙唯恐不高,批判唯恐不深,斗争唯恐不尖锐,现在则逐渐有了来往,有了交融,有了感情。十二月四日,北大哲学系为父亲举办九十寿辰庆祝会,哲学界人士济济一堂。前夕,我家私宴庆祝,亲友无不欢喜光临。

在筹办这次宴会时,父亲提出邀梁先生参加。我向政协打听到地址,打电话邀请。梁先生亲自接电话,回答是不能来,天冷不能出门。我也觉得年迈之人确不宜在寒冬出门,道珍重而罢。

数日后,父亲收到梁先生一信,信只一页,字迹清晰有力。大意是,北大旧人现唯我二人存矣,应当会晤,只因足下曾谄媚江青,故我不愿来参加寿宴。如到我处来谈,则当以礼相待,倾吐衷怀。

父亲读后并无愠色,倒是说,这样直言,很难得的。命我寄去一本《三松堂自序》。

忙过庆寿之后,父亲说要给梁先生写信,用文言,需我笔录。信稿如下:

漱溟先生:

十一月廿一日来信敬悉一切。前寄奉近出《三松堂自序》,回忆录之类也。如蒙阅览,观过知仁,有所谅解,则当趋谒,面聆教益,欢若平生,乃可贵耳。若心无谅解,胸有芥蒂,虽能以礼相待,亦觉意味索然,复何贵乎?来书竟无上款,窥其意,盖不欲有所称谓也。相待以礼,复如是乎?嫉恶如仇之心有余,与人为善之心不足。忠恕之道,岂其然乎?譬犹嗟来之食,虽曰招致,意实拒之千里之外矣。如何金石交,一旦更离伤,诗人诚慨乎其言之也。

非敢有憾于左右,来书直率坦白,甚为感动,以为虽古之遗直不能过也,故亦不自隐其胸臆耳。实欲有一欢若平生之会,以为彼此暮年之一乐。区区之意,如此而已,言不

尽意。顺请

  道安

冯友兰
十二月六日

  当时我认为应反驳"谄媚江青"的指责,因为这是莫须有的事。父亲说一切过程《自序》中已写清楚,不必赘言。

  过了几天,收到梁先生来信。我无留信习惯,此信不知何故,夹在幸存的一些信件中,得以抄录:

芝生老同学如晤:

  顷收到十二月六日大函敬悉一切。《三松堂自序》亦已收到并读过,甚愿把晤面谈或即在尊寓午饭亦可,请先通电话联系,订好日期时间,其他如汽车等事,亦均由尊处准备是幸。专此布复,顺请阖府均安!

梁漱溟手复
十二月十一日

  父亲说,还是去看他,不必麻烦他来。遂由我电话联系。记得梁先生还专来一函说电话必由他亲接,以免延误。在一九八五年十二月二十四日,父亲携我乘北大汽车处的车,前往木樨地二十二楼。我想这一行动无需保密也无需登报,当然如果哪家报刊有兴趣,登一登也无妨。我们无需"悄悄地"前往,也不曾"悄悄地"前往。

  回忆起来,这次晤面谈到四个话题。关于所谓谄媚江青,父亲说,一切事实俱已写清,应该能明白,如有不明白处请提出来。并引了孔子见南子的故事,还有"天厌之,天厌之!"那两句话。看来梁先生读过《自序》后确已较明白,未再就此事发表任何意见。何以会有《问答录》中的说法,希望有"一个他自己满意别人亦认为公正的答复",令人费解。事实就是事实,无所谓满意或不满意。若说要公正,对任何人都应公正。

当时我本着"童言无忌"的心理,对梁先生说了一番话,简记如下:

"梁先生来信中的指责,我作为一个后辈,很难过。因为我以为您不应该有这种误会。父亲和江青的一切联系,都是当时组织上安排的。'组织上'三字的分量,想来您是清楚的。江青处处代表毛主席,是谁给她这种身份、权力的?江青半夜跑到我家地震棚,来时院中一片欢呼'毛主席万岁!'是谁让青年们这样喊的?居心叵测的女人和小人君临十亿人民的原因,现在大家都逐渐清楚了。父亲那时的诗文只与毛主席有关,而无别人。可以责备他太相信毛主席共产党,却不能责备他谄媚江青。

"我们习惯于责备某个人,为什么不研究一下中国知识分子所处的地位,尤其是解放以后的地位?古时一些政治怨愤每托男女之情,近年又有毛附于皮的比喻。最根本的是,知识分子是改造对象!中国知识分子既无独立的地位,更无独立的人格,真是最深刻的悲哀。"

梁先生宽容地听了我的童言。恐亦因是童言,未能进入他的记忆,故不提及。不知怎么,话题转到他的青年生活。老人说他原打算出家,不愿结婚,很经过一番痛苦挣扎。老梁先生很盼儿子结婚,但从未训诫要求,他对这点常怀感谢。这一段话很长,可能因我注意力不在此,记得的不多了。

接着谈到佛学。我的笔记本上有一段:小乘佛教先出,是原始佛教。然后有大乘。所谓接引众生,是从愚昧走向开明,接引的方法不同,故有派别。密宗收罗了外道。梁走的是玄奘的路,是唯识法相。破二执,我执法执;断二取,能取所取。

（宗璞现按:这是梁先生谈话的"段落大意"。）

然后说到两位老人各自的生活,梁先生说他的养生原则是少吃多动。谈话自始至终,未提及"批林批孔"。我想当然因梁先生知道那情况的复杂,而谄媚江青是品德问题。

最后,梁先生取出一本《人心与人生》相赠,并坐到书桌旁签字。写的是"芝生老同学指正,一九八五年著者奉赠",写完取出图章。我习惯地上去相助,他说不必。果然盖得很清晰。

我们起身告辞,这时梁先生亲切地问我:"你母亲可好？代我问候。"我回禀道:"母亲已于一九七七年十月去世。当时大家都在'四人帮'倒台的欢乐中,而我母亲因父亲又被批判,医疗草率,心绪恶劣,是在万般牵挂中去世的。"梁先生喟然,直送我们到电梯前,握手而别。

1989 年

（原载《光明日报》1989 年 3 月 21 日,原题为《记冯友兰与梁漱溟的一次会晤》,编者改为今题）

向历史诉说

一九九五年十二月四日,是冯友兰先生百年诞辰;前此八天,是他逝世五周年忌日。父亲走完了漫长的人生旅程,像所有的"过客"一样,消失在长满野百合花的道路尽头,但是他的名字和他的思想留在了历史的册页中。

对于我来说,父亲的形象是不可磨灭的。他永远和我在一起,直到我也进入野百合花丛。

他在哲学方面的业绩,自有学者们评说。就一般的精神说来,我以为最突出的有两方面:一是他爱思想,一是他爱祖国。

抗战前,在清华乙所,他的书房是禁地,孩子们不得入内,但是我们常偷偷张望,我记得他伏案书写的身影。他听不见外界的一切,他在思想。在昆明为避轰炸,我们住在乡下,进城需步行三个小时,我随在他身后走着,一路不说话。但我感觉到,他在思想。在"文革"期间,我家被迫全家人挤在一间斗室,各处堆满东西。父亲能坦然坐在一盘食物上,害我们找了半天。他不能再感觉别的事物,他在思想。

从前我不懂"天不生仲尼,万古如长夜"这句话,后来渐渐懂了。就是说如果没有人类思想的光辉,外界的一切是没有意义的。《新原人》第一章便说,人的特点是有觉解。因为人有觉解,所以人是"天地之心"。

思想是通向觉解的过程。父亲把人类有思想这一特点发挥到极致,他生活的最大愉快就是思想。而在他的生活中,在中国土地上,恰恰遇见一段历史,这段历史的特点是不准思想。如果只是不准思想也还罢了,只要不说究竟怎样想,别人不会知道;问题是不准想,还必须说,那就只能说别人的话了。这就是思想改造。

巴金老人在他的《随想录》中有这样的话:"有一点是可以确定的:表态,说空话,说假话,起初别人说,后来自己跟着别人说,再后是自己同别人一起说。起初自己还怀疑这可能是假话,不肯表态,但是一个会一个会地开下去,我终于感觉到必须甩掉'独立思考'这个'包袱',才能'轻装前进',因为我已在不知不觉中给改造过来了。"(《真话集》,线装本第一○三页,华夏出版社)他又说:"我相信过假话,我传播过假话,我不曾跟假话作过斗争。别人'高举',我就'紧跟',别人抬出'神明',我就低首膜拜——我甚至愚蠢到愿意钻进魔术箱变'脱胎换骨'的戏法。"(《探索集》,线装本第七五页)每一个亲身经历过那一段历史的人都能体会老人的话是何等真实痛切!

中国学者钱理群在他的《一代学者的历史困境》一文中说:"那一时代服从政治需要的要求是绝对的,对其任何背离都会直接威胁到自身的生存。这是我们考察这一代知识分子的选择时,所必须充分注意并予以理解的。正是为了生存与自救,也部分地为了自己的信仰……总想努力跟上时代。他们不断地检查自己,在每一次政治和思想批判运动中,都或主动或被动地作种种或违心或半信半疑的表态。"(《读书》1994 年第 7 期)这一段话清楚而概括地说明了那时的情况。

一个哲学头脑的改造似乎要更艰难一些,他需要思想的依据。就是说假话,也要在自己思想里能自圆其说,而不是不管不顾地照着说,于是便有了父亲的连篇累牍的检讨。他已经给放在烧热的铁板上,只有戴着叮当作响的铁铃跳动。

他的改造除了客观形势使然,也有自觉成分。这个自觉成分最主要的原因是爱国。他有着对祖国对中国文化的深沉广博的爱。这种爱不是对哪个朝代、哪个政权,而是对自己的历史文化,对自己生存的空间,对自己的父母之邦的一种感情,如同遗传因子传下来,成为血肉。近百年来,我们的国家屡经丧权辱国,已经到了国不成国民不成民的地步。经过这样的历史,"中国人民站起来了"的巨吼怎能不让人割舍一切!"若惊道术多迁变,请向兴亡事里寻。"这是他以中华民族兴亡为重的心声。孟子早有话:"民为贵,社稷次之,君为轻。"三个层次分得很清楚。而现在有些人反而把朝代的变迁、政党的利益放在最上,令人遗憾。

二十世纪的学者中,受到见诸文字的批判最多的便是冯先生。甚至在课堂上,学生们也先有一个指导思想,学习与批判相结合,把课堂讨论变成批判会。批判胡适先生的文字也很多,但是他远在海外,大陆这边越批得紧,对他可能反而是一种荣耀。对于冯先生来说,就是坐在铁板上了。在这样的情况下,当时的哲学工作者,除了极少数例外,几乎无人不在铁板下加一把火。这里我绝没有责备的意思,那是时势使然,个人很难违抗。应该说的是,冯先生对批判者从不心存芥蒂,在家里从来没有对哪一个个人表示过不满。他知道烧烤别人的人自己并不好受,而且大多后来也受到烧烤。"夫子之道,忠恕而已矣",我在父亲身上感到他充满理解与同情的博大胸怀。

冯先生在这种铺天盖地的批判中，单枪匹马。但他不是孤独的，他有思想为伴。他在思想。他爱自己的祖国，他还要卫护中国宝贵的文化。在讨论哲学遗产继承问题时，他提出要区分哲学命题的两种意义，具体意义和抽象意义，具体的不能继承，只能继承抽象意义，这就是著名的"抽象继承法"。这一说法受到批判达十余年之久。

一九五八年，他又写文章《树立一个对立面》，提出哲学系要培养理论工作者，而不是培养普通劳动者。当然又引起大批判。

以后形势愈来愈严峻，但他仍不断提出自己的看法。如一九五九年强调"境界说"仍有合理性；一九六一年提出"普遍性形式"说，认为孔子关于"仁"的学说有进步性。同时他有一个大计划，足以承载他的思想，那就是写《中国哲学史新编》。这部书和"贞元六书"一样，表现了强烈的爱国心。他不是钻在故纸堆中，为史而史，而是要为我们建设新文化提供营养，也就是"阐旧邦以辅新命"。他在六十年代初写这部书，先写过两册，以后停顿约二十年，二十年中经历了多少折腾！他以惊人的毅力坚持下来，他一定要写完这部书，他终于写完了。

蔡仲德《论冯友兰的思想历程》一文中，将冯友兰的思想历史分为三个时期。我同意这个分法，第三个阶段是确实存在的，只是还不为人所知。但我以为，第二时期所谓"失落自我"并没有完全失落。我看到有作家因胡风问题被投入狱，出狱多年后，还是低头哈腰，检讨不完；我听说一九四九年后，有画家自巴黎回国，"文革"中遭批判，他认为画画浪费了纸张，每天沿街捡马粪纸，以赎前愆。冯先生自一九四九年后，生活的主要内容就是检讨，但是他并没有完全失落自我。他在无比强大的政治压力下不自杀,不发疯,也不沉默。在这混乱的世界中,在他的头脑里,有一片——哪怕已挤压得很小——清明的哲学王国,所以他在回归自我时很顺利。

他的失落最突出的表现当然是"批林批孔"那一段。老实说,我始终不明白何以"批林"要联系"批孔"。冯先生参加了"批孔",我想有几方面的原因。

一,对儒家的批判自"五四"始,"打倒孔家店"的口号和批判精神一直传沿下来。

二,开始"批孔"时声势浩大,又是黑云压城城欲摧的气氛。很明显,冯先生又将成为众矢之的,烧在铁板下的火,眼看越来越大。他想脱身,想逃脱烧烤——请注意,并不是追求什么,而是逃脱!——哪怕是暂时的。他逃脱也不是因为怕受苦,他需要时间,他需要时间写《中国哲学史新编》。那时他已近八十岁。我母亲曾对我说,再送进牛棚,就没有出来的日子了。他逃的办法就是顺着说。

三,毛泽东的影响。冯先生思想中无疑是有封建意识的。他在"文革"中遭批斗、被囚禁,毛泽东的一句话(大意是,研究唯心主义还得请教冯友兰),"解放"他于水深火热之中。他对毛有一种知己之感。幸亏他有一个回归自我的阶段,后来他的认识很清楚。他在《中国哲学史新编》第七册中写道,毛泽东"立下别人所不能立的功绩,也犯下别人所不能犯的错误"。但当时他不可能这样想,也不敢想,而是努力改造。对毛泽东的号召总要说服自己跟上。

冯先生参加"批孔"是事实,我有责任说出我的看法。

至于所谓江青问题,不是事实。有关的批判或诟骂,根据是对几首诗的深文周纳、无端臆造。这种做法,实际上是一种文字狱。

因为多年搞运动,我家来往的亲友很少,消息也少。江是毛的夫人,是政治局委员,出来活动自然是代表毛的。至于她怎样从夫人而变为中央领导,则非我们所能知,希望将来历史会有交代。由于毛泽东的旨意,一九七三年冯先生奉调两校大批判组(这一点,有人听过传达,见《冯友兰先生百年诞辰纪念文集》中焦树安《回忆与纪念》一文),这是组织安排,如同要你去西藏、新疆一样。这些情况在《三松堂自序》中写得很清楚。至于究竟还有何内幕,我想真正的知情人会在适当时机出来说话。

一九七六年北京地震,江青到北大,由周培源先生陪同,到我家地震棚来看望。当时我在场,亲耳听到数百学生聚集在棚外高呼"毛主席万岁",场面热烈。当时大多数人都认为江是毛的代表。

冯先生写过《咏史》二十五首,其中有一首讲武则天,被人附会为吹捧江青,其实这首诗与江青毫无关系。我现在还觉得武则天是一奇女子,五千年历史毕竟只有这一个女皇帝。有些人惯于歪曲诗的本意,甚至在所谓研究文章中杜撰,把自己的揣测硬安在别人头上,这种做法甚不足取。

对于没有根据的责备,冯友兰先生是坦然的。他逝世后,《三生石》英译者赖艾美写信来吊唁,说她在美国报纸上看到有文章说,冯先生的一生"生活过,斗争过,享有过,没有任何可追悔"。他的心境如光风霁月,如晴空碧海。他"俯仰无愧怍,海阔天空我自飞"。他晚年不参加任何会议,一方面是因为身体欠佳,另一方面正表现了他看破一切、潇洒自如、"愈写愈自由"的心境。他曾说,晋人懒得穿戴整齐,他当时很有体会。连穿戴都懒得,更不要说参加什么会了。

从一九七九年起,他基本结束了三十多年的检讨生涯,每天上午在书房两个多小时,口授《中国哲学史新编》。这一段生活大体上是平静的,愉悦的。他曾引孔子的话,"假我数年,五十以学易,可以无大过矣"。在他心目中,活着是为了多明白哲学道理,为了思想。他说自己是"欲罢不能",他不能不思想。他的最后十五年,一切都围绕着《中国哲学史新编》的写作。甚至说,现在治病,是因为书还没写完,等书写完了,有病就不必治了。果然,书成后四个月,他便安然离去。

经过这么多年的折腾,我深切地感到,我们需要能用自己头脑思想的人。不可能有很多哲学家,但是应该重视自由的思想。哲学家是爱智者,每个人最好都能爱思想,把人类有思想这一特点发挥得多一些。这样可以使人减少些物欲,减少些浅薄。冯友兰在不可能充分发展的情况下建立了冯学。人去境迁,将来的冯学研究者,会赋予它新的意义。但是爱思想这一点,只要有人类,就应该发扬。这也是一种抽象继承吧。

冯先生对祖国的深挚感情体现在爱中国文化,也体现在爱父母家乡,爱他周围的一切。他爱河南多灾多难的土地,爱北京的钟鼓楼,爱北大、清华的校园,曾自己为燕园的亭台楼榭命名,只是从未被采纳。这些不是一个"爱国主义"所能包括的。它可以发展为爱赫贞江、爱塞纳河、爱和平、爱世界,这是人类的一种美好感情,从中可以激发出无比的力量。

另外,我还想特别提出他在中西文化交融、互补这一方面的贡献。

一九三四年,冯先生在布拉格第八届国际哲学大会上宣读他的论文《哲学在当代中国》。在这篇文章中,他指出,从十九世纪末到二十世纪三十年代的五十年中,对新旧文明的解释和批评有三个阶段。第一阶段的精神领袖们用旧的眼光解释、批评新的。如康有为是维新运动的领袖,但他自认为他的作为并非来自西方新文明,而是来自孔子旧教义。第二阶段是用新的眼光批评旧的,如胡适的哲学史,读后让人觉得整个中国文明完全走错了路。冯文中说的第三阶段:"我们现在没有兴趣用另一种文明的眼光去批评某种文明,但是有兴趣用另一种文明阐明某种文明,使两种都能被人更好地理解。"第三阶段提出要互相解释,而不是互相批评。对东西方文明,"我们把它们看作人类进步的同一趋势的不同原理的不同表现",这样东西方不只联结而且能够合一。他明确地提出"希望不久以后我们可以看到,欧洲哲学观念得到中国直觉和体验的补充,中国哲学观念得到欧洲逻辑和清晰思想的澄清"。冯先生的《中国哲学史》成功地完成了他所希望看到的事。他用逻辑的科学方法澄清、梳理了中国哲学史。近闻西方哲学有文学化的趋向,变得贴近人生,不知是否得到中国哲学的补充?

中国学者范明生先生在其《中西思维模式及其转型》一文中说,中国哲学缺少正的方法(其实质是说形而上学的对象是什么),西方哲学缺少负的方法(其实质是说形而上学的对象不是什么),将两者结合,对双方都有积极意义,冯先生的主要贡献之一就在这里。他还说:"在'贞元六书'中,结合中西思维模式,改铸中国传统哲学的思维模式的努力,都是在推进和提高中华民族抽象思维能力的宏伟事业上,做出了载诸史册的贡献。"

对东西方文化各自所处地位的清醒的态度和为促进两种文化互补互融所做的努力以及得到的成绩,在冯学研究中,是非常重要的一个方面。我愿意给它和爱思想、爱祖国鼎足而三的地位。

冯友兰先生临终前有一句掷地作金石声的遗言："中国哲学将来一定会大放光彩！"这也就是半个世纪前他提出的，希望用中国哲学的直觉和体验补充西方哲学。他相信中国哲学一定会在世界哲学中做出应有的重要贡献。我为他的信心下泪，我相信他的希望一定会实现。

为纪念冯友兰先生一百周年诞辰，他的许多朋友、学生和同行从各方面写了文章。对此我衷心感谢，感谢大家没有忘记这一位哲学老人，感谢大家用自己的文字使"写的历史"向真实靠近。

冯友兰，不是孤独的。

附注：一九九五年八月四日，国际中国哲学会借双年例会之际，举行了纪念冯友兰先生百年诞辰大会。此文在会上宣读。

1995年5月
（原载《冯友兰先生百年诞辰纪念文集》，
清华大学出版社1995年出版）

致丁果先生信

丁果先生：

一九九五年十二月三日《世界日报周刊》及同年《明报月刊》十二月号刊载《从失落自我到回归自我》文，均由友人辗转寄来，始得拜读。感谢你的访问。现有一点说明和一点补充，我想是必须让读者知道的，你能做出安排吗？

文中说冯友兰"对毛泽东有封建的'知遇之恩'的感激"，并说是"宗璞第一次提出"。这个记载是错误的。我说的是"知己之感"（见《向历史诉说》一文），绝非"知遇之恩"。如果一九四九年后毛泽东任命冯友兰为清华或北大校长，或可这样说，但事实远远不是这样。冯所遭遇的是无情的批判，甚至是"文革"中的人身迫害，这与"知遇之恩"风马牛不相及！至于有"知己之感"，是因冯在牛棚中因毛的一句话而获释。那句话是：若要研究唯心主义还得请教冯友兰。也许有正人君子会说：就这么一句话，骨头太轻了！我只好奉劝：对自己没有经历过的事，最好别说风凉话。须知当时人不但生命朝不保夕，而且已被逼迫到对自己完全否定。忽然最高领导承认自己的价值（哪怕只是很少的一点），产生"知己之感"是自然而真切的。

文中提到牟宗三对冯友兰的痛骂。因为我对这一情况不甚了解，谈话时未作反应。回来向朋友们了解，但未查原文。现在说明我的看法。

我生长于学校之中，虽然孤陋，也接触一些学者，从未见哪一位出言粗鄙，恶语伤人。牟的行为令我惊讶。政治立场可以不同，学术见解可以不同，批评探讨都是可以的，而谩骂似不该提倡。据云，唐君毅先生的态度很是平允，令人钦佩。

我非儒者，但却知"夫子之道忠恕而已矣"这句话。"忠恕"两字把做人的道理和着力处说得再好没有了。以此衡量，谩骂者是否有违本门教训？孔夫子是否该整顿一下门墙？

  附记：一九九五年夏，参加冯友兰先生百年诞辰纪念会后，从波士顿经纽约等地绕道加拿大回国。九月下旬在温哥华接受丁果先生采访。今年初得见文章，乃去函更正，未得披露。

  今年夏，西南联大学生、中国社科院研究员、中国逻辑学会前会长周礼全自美返京，来晤于燕园，向我提出质问：一、所谓"知遇之恩"是否真是你说的？二、如是，你就大错特错了。在美亲友也多有疑问。无法一一解释，只能嘤嘤于一角，在自己的集子里发表此信。

1996年1月

（原载香港《明报月刊》1996年）

致人民出版社信

人民出版社：

为出版冯友兰先生所著《中国哲学史新编》，贵社做了大量工作，深为感谢。

《新编》第七册于一九九〇年交稿，至今已经八载，未能出版。因贵社考虑删节出版，我们于一九九七年六月三日曾表示同意删去论毛泽东的第七十七章全部，不能做片段删节；保留章名，说明此章因故删去。后来得知删节办法也不能实行（我们不详知是何原因），当即明确表示此后不再接受任何删节办法。现贵社以极大的勇气再次提出删节出版，我很感动。考虑再三，仍觉不能接受。第七册是冯友兰先生最后的文字，也可以说是他的天鹅之歌，如同意删节，难对先君。而这本书也可以说是改革开放的产物。只有脱去头上的紧箍，才有自己的见解和思想。如予以删节，也愧对改革开放的伟大时代。

况且我国已签字加入《公民权利和政治权利国际公约》。查该《公约》之第十九条明确规定："人人有自由发表意见的权利；此项权利……不论国界，也不论口头的、书写的、印刷的、采取艺术形式的或通过他所选择的任何其他媒介。"根据这一规定，也根据我国宪法的有关规定，《新编》第七册的全文出版应该是没有问题的。
　　专此顺致
　　敬礼

　　　　　《中国哲学史新编》著作权继承人

　　　　　　　　　　　1999年1月4日
　　（原载《野葫芦须》,北京出版社2003年出版）

他的"迹"和"所以迹"

——为冯友兰先生一百一十年冥寿作

　　人寿极少超过百年,而思想却可以活过百年千年,一直活下去。一九九〇年,我的父亲冯友兰先生去世。头几年,信箱里仍常有他的信件。我看到时总有一种异样的感觉,觉得是混淆了阴阳界。我拆阅,小心地收好,偶然也回复。后来,信渐渐少了,他的著作的传播却从未停止。前两个月又收到寄给冯先生的信。信是一位在北大就读的台湾学生写的。他说:"冯大师,虽然我知道这是一封您收不到的信,但我还是想向您表达敬意。""'贞元六书'是改变我一辈子的书,过去我太注重人的动物性,忽略了人的人性,在您的书中我深刻地体会到人性的重要性。"几天后又有人说起读《中国哲学史新编》的体会,说那真是一部浩瀚如海的大文化史。

　　父亲已经去世了,只能从九天之上俯视我们,而他的书仍活在人间,与我们为伴。

　　"贞元六书"是冯先生于抗日战争中在一盏油灯下写出的六本书。这六本书构成了他完整的哲学体系。《新世训》有序云:"事变以来,已写三书。曰《新理学》,讲纯粹哲学。曰《新事论》,谈文化社会问题。曰《新世训》,论生活方法,即此是也。

书虽三分,义则一贯。"

《新原人》序云:"此书虽写在《新事论》《新世训》之后,但实为继《新理学》之作。"书中提出了人生境界说,要人不断地提高自己的精神境界。《新知言》序云:"前发表一文《论新理学在哲学中底地位及其方法》,后加扩充修正,成为二书,一为《新原道》,一即此书。《新原道》述中国哲学之主流,以见新理学在中国哲学中之地位。此书论新理学之方法,由其方法,亦可见新理学在现代世界哲学中之地位。承百代之流,而会乎当今之变,新理学继开之迹,于兹显矣。"序虽简短,六书各自的地位、彼此的关系,都说得很是明白。

冯先生说,他的哲学是最哲学的哲学,于实际无所肯定。去年,一位老哲学工作者茅冥家先生,写了一本书叫《还原冯友兰》,他的意思就是冯友兰被扭曲了,现在来还原他。这个书写得很内行。他说《新原道》讲形上学的历史,在中国没有一本书讲形上学的历史。如果黑格尔读到这本书,就不会说中国没有哲学了。这是茅冥家先生的意见。我想,做学问就像冯先生在《新原道》序言中说的:"学问之道,各崇所见,当仁不让。"我觉得这个话非常好。当仁不让,这样才能百家争鸣。当然这也要有它的环境。

一九二六年,冯先生在燕京大学任教,教授中国哲学史,就开始酝酿写一部中国哲学史。一九二八年到清华,从此找到了安身立命之地。在那里他一直参与学校的领导工作,在教学和行政工作之余,写出了两卷本的《中国哲学史》,这是我国第一部完整的用现代方法写成的中国哲学史,对这个哲学史我也是越来越认识到它的价值。因为以前读书就是这样读过去,知其然不知其所以然。这些年读到一些文章,如任继愈先生有文章说,冯先生具有高度的概括能力,他用现代的治学方法,把我们中国的哲学史梳理得非常清楚,原来说不清楚的地方现在都说清楚了。例如把惠施哲学归结为合同异,把公孙龙哲学归结为离坚白。大家读起来以为本来就是这样的,其实这是我们前辈学者经过多少辛苦工作整理出来的。其他还有很多例子,例如把王弼的《老子注》和郭象的《庄子注》从《老子》《庄子》的附庸地位中独立出来。美国学者欧迪安特别推崇冯先生关于郭象的文章,把它译成英文。一九九五年我在美国,她用特快专递把译稿寄给我,表示对冯先生的崇敬。

关于冯先生对中国哲学史的贡献,陈来教授有一篇文章,说明了哪些地方是冯先生第一次提出来的,说得很详细。冯先生的这些新见发前人之所未发,也是后人不能改变的事实。

一九四六到一九四七年,冯先生在美国宾州大学讲授中国哲学史,一面和卜德教授一起翻译两卷本的《中国哲学史》。冯先生用英文授课,这个讲稿就是后来的《中国哲学简史》。有人误认《简史》为《中国哲学史》两卷本的缩写本,这是完全错误的。它不是两卷本《中国哲学史》的缩写本,而是一本全新的书。如果只是缩写,内容就只限于两卷本原有的,但这书有冯先生新的研究心得,是在一个新的高度上写出的。它用不长的篇幅把很长的中国哲学史说得极为明白而且有趣,真是一本出神入化的书,我每读都如醍醐灌顶,心神宁静。去年有赵复三先生的新译本,译文准确流畅,也是难得的。

我们迎来了改革开放,冯先生得以用全身心写作《中国哲学史新编》。他用尽了生命写出了这部书,用"春蚕到死丝方尽,蜡炬成灰泪始干"这两句诗来形容实不为过。这部哲学史有它自己的特点,也提出了新的看法。

《新编》自序中说,这部书的特点"除了说明哲学家的哲学体系外,也讲了一些他所处的政治社会环境。这样做可能失于芜杂。但如果做得比较好,这部《新编》也可能成为一部以哲学史为中心而又对于中国文化有所阐述的历史"。我想他是做到了。

《新编》提出了许多新看法。如对佛教的发展过程,提出"格义""教门""宗门"三个阶段;又如认为太平天国是向中世纪神权的倒退。最后更提出了"仇必和而解"的论断,指出人类社会应该走上和谐、理解的道理。

父亲曾自撰茔联:"三史释今古,六书纪贞元",这是他对自己工作的总结,也是他的"迹"。现在要问一问"所以迹",怎么会有这些"迹"。

有人问我,冯先生一九四八年在美国,为什么回国?我对这个问题很惊讶,他不可能不回国,这里是他的父母之邦,是和他的血肉联结在一起的。政权是可以更换的,父母之邦不能更换。中国文化是他的氧气,他离不开这古老的土地,这种感情不是一个"爱国主义"所能包括的。当然他并没有预测到以后会经历这样坎坷的生活。这也不是冯友兰一个人的经历,他可以说是一个代表人物。

他在《新世训》序中说:"贞元者,纪时也。当我国家复兴之际,所谓贞下起元之时也。我国家民族方建震古烁今之大业,譬之筑室,此三书者,或能为其壁间之一砖一瓦欤?是所望也。"

《新原人》也有序云:"'为天地立心,为生民立命,为往圣继绝学,为万世开太平。'此哲学家所应自期许者也。况我国家民族,值贞元之会,当绝续之交,通天人之际,达古今之变。"在这样的情况下,哲学工作者"岂可不尽所欲言,以为我国家致太平,我亿兆安心立命之用乎?虽不能至,心向往之。非曰能之,愿学焉"。

全部"贞元六书"充满着抗战必胜的坚定信念,祖国昌盛、民族复兴的热切期望。对祖国的热爱,是他回国的原因,也是他去留学的原因,也是他全部学术工作的根本动力。抗战胜利西南联大结束,冯先生写了西南联大纪念碑碑文,以纪念这一段历史。有文云:"并世列强,虽今而不古;希腊罗马,有古而无今。唯我国家,亘古亘今,亦新亦旧,斯所谓周虽旧邦,其命维新者也。"我们是数千年文明古国,到现在还是生机勃勃,有着新的使命。新命就是现代化,要建设我们自己的现代化国家。旧邦新命,这是冯先生常说的一句话。杨振宁先生说,他第一次读到"旧邦新命"这四个字时,感到极大的震撼。他还对清华中文系的同学说,应该把纪念碑文背下来。冯先生把这个意思写了另一副对联:"阐旧邦以辅新命,极高明而道中庸"。这副对联悬于他书房的东墙,人谓"东铭",与张载的"西铭"并列。下联的意思是他追求人生的最高境界(极高明),但又不离乎人伦日用(道中庸),这种境界就是即世间而出世间;上联的意思是他要把我们古老文化的营养汲取出来,来建设我们的现代化国家。这就是他的"所以迹"。

一副茔联,一副对联,一共二十四个字,概括了他的一生。

这二十四个字包含的内容是那样丰富,充满了智慧的光辉,在流逝的时间里时明时暗,却从未断绝,也不会断绝。

2005 年 7 月 22 日

(原载《人民日报》2005 年 11 月 6 日,编者改题为《智慧的光辉》)

给古人少许公平

耳读《上学记》中关于冯友兰先生的片断,深为慨叹。短短数页竟有这样多的事实错误、偏见和不理解。记述历史首先必须要事实正确,不然一切判断都是虚伪的。我以久病之身没有精力来做多余的事,但是作为历史见证人,澄清事实,说出自己的看法,是我的责任。

《三松堂全集》到底是全集还是选集早已不是问题。《三松堂全集》第一版(1994年)已收入能找到的检讨文字。书已出版十多年,何先生何以不知?其实在讲述以前翻阅一下就行了,只凭印象是不行的。在《全集》编纂的过程中,曾有两种意见,检讨文字收还是不收。最后冯先生自己做出决定,采纳了蔡仲德先生的意见,收入检讨类文字,不过作为闰编。蔡仲德一直认为,无论编纂《全集》或者编写《年谱》,都要"信"字第一。他认为冯先生的思想历程是中国知识分子的苦难缩影。他是从历史的高度、社会的高度来看,不为尊者讳。蔡著《冯友兰评传》和他的另一些文章对此阐述甚详。

其实涂又光先生主张不收,也不无道理。持这种意见的人也不少。"文化大革命"中发生的奇奇怪怪的事情,后人是很难理解的,完全是一场荒诞梦。所以"文革"后期有个政策叫作

"一风吹",就是把当事人胡说的东西全烧掉,那么冯先生也该有此待遇。可是我们并没有这样做,《全集》还是求尽量的全。为此,涂又光很生我们的气,我们也没有办法。这是出于"公心",保存一份历史资料。

一九七一年底,梁漱溟先生在给冯先生的信中说,北大哲学系的熟友现在恐怕只剩我们了,"相去咫尺的两人,岂可不一谈耶?"不久,梁先生曾到我家,两位老友畅谈甚欢。《三松堂自序》俱有记载。以后梁、冯之间虽有不快,最终却能化开,一九八五年又"有一欢若平生之会",并没有"朋友不终"的不幸。(参看拙文《对〈梁漱溟问答录〉中一段记述的订正》)冯先生胸怀坦荡,从来是事无不可对人言的。没有的事可能会混淆一时,但终究总会明白。

经查,《三松堂全集》诗词卷《咏史二十五首》关于汉朝的一首是:"秦帝巡行东复东,赵高叛变路途中。项王倒退乌江死,汉祖继秦歌《大风》。"并无"端赖吕后智谋多"之句。《咏史二十五首》原刊于《光明日报》一九七四年九月十四日,慎重起见,特查了原报,与《全集》所载完全相同。此句不知何人所作,冯先生不敢掠美,也不能接受据此生出的议论。《上学记》出版者三联书店派人请教何先生,何说在《人民日报》上读到。经查也不见此句。何先生已承认自己的记忆错误,但对由记述虚妄所产生的恶劣影响,如何处理,是否也应该有个交代?三联书店副总编辑李昕先生已代表三联书店向我道歉。责任编辑曾诚也写了道歉信,表示要汲取教训,做好工作,出好"贞元六书"。这是正常的文明的态度。

口述历史不是信口开河,是要负责任的。古人也需要公平。只有公平地对待古人,我们才有真实的历史。

下面要说一些看法。这些看法与何先生不同。我想我用不着回避。

关于《新世训》。《新世训》是一本讲生活方法的书。近年有不少学者写出研究论文，如陈来教授、台湾"中央研究院"近代史所翟志成研究员都有专文，对此书做出深入分析和学术评价。新中国成立以后，在"贞元六书"中《新世训》是单行本出版最多的，有北京大学出版社、香港天地图书公司等版本。最后一章《应帝王》讲领导艺术，讲社会的组织和管理。人是社会动物，群居而生，大至国家，小至一个村、一个组，都有领导。领导好了，大家受益。我觉得 CEO 们都应该读读这篇文章。说它是给蒋介石捧场的，实在令人不解。"贞元六书"中《新原人》是讲个人的道德修养与精神境界，《新事论》是讲中国社会的现代化之路，《新世训》是它们中间的过渡。单从逻辑上讲，它的结尾也自然是《应帝王》。我想何先生并没有仔细读这本书，而把冯先生在抗战中对国家民族兴起的希望、要为祖国文化添砖加瓦的热情，硬加曲解，强作附会，实在可悲。

关于哥伦比亚大学接受名誉博士学位。我参加了那次授予学位典礼。冯先生用英文写答词，由我打字记录，并在会场宣读。我觉得那是一次肃穆的、诚恳的、充满友好气氛的典礼。中美双方，群贤毕至。王浩也到场。没看见何先生。我觉得答词不仅十分得体，而且很深刻。他用很短的篇幅说明他六十年的哲学旅程。他指出："母校给予我的荣誉不单是个人荣誉。它象征着美国学术界对中华民族学术的赞赏，它象征着中美人民传统友好关系的继续发展。"他最后说："我的努力是保持旧邦的同一性和个性，而又同时促进实现新命。我有时强调这一面，有时强调另一面。右翼人士赞扬我保持旧邦同一性和个性的努力,而谴责我促进实现新命的努力。左翼人士欣赏我促进实现新命的努力,而谴责我保持旧邦同一性和个性的努力。我理解他们的道理,既接受赞扬,也接受谴责。赞扬和谴责可以彼此抵消。我按照自己的判断继续前进。"我看不出滑稽在哪里。

关于太平天国的反动性。冯先生在《新编》中指出太平天国是神权政治,如果胜利,会使中国倒退到中世纪。他的见解颇具影响。何先生说:"这一点大家过去都知道,只是都不能谈。"原来何先生知道什么能说,什么不能说。冯先生在晚年"海阔天空我自飞"的境界中是不这样考虑的,他按照自己的判断继续前进。

关于《中国哲学史新编》第七册的出版。《新编》第七册因为说了不能说的话,长期不能出版。虽有香港中华书局和广东人民出版社出版了《新编》第七册单行本,但人民出版社始终未能将《新编》七册出全。"中国文库"收入此书也只收了六册,是一部有头无尾的书。对这些情况,我想,何先生并不清楚,很多人也不清楚。借此机会说明。

二〇〇六年九月十五日《新京报》对何先生的采访中,谈到了应对变化问题。何说:"冯友兰在应对变化时是积极、主动的,我是消极的。"其实,压力并不一定是哪一次的命令,有时是无形的。何先生处境不同,很难体会,有些"站着说话不腰疼"的意思。一九五二年院系调整,各大学哲学系集中到北大,受到上面极大的关注,尤其是冯先生。一九四九年以后,他是最大的被批判和被改造的对象。他的一举一动,都受到注意。为声名所累,明白人应该懂得这句话。我觉得冯先生就像生活在聚光灯下,想逃也逃不出,想躲也躲不开。他没有说话的自由,也没有不说话的自由。张岱年先生曾说:"在那种环境下,冯先生地位特殊,不仅没有'言而当'的自由,甚至没有'默而当'的自由。"那时常有"最高指示",每次指示发布后,立即有人上门,要冯友兰的反应。一九四六年,我的姨母任锐传话,邀请冯去延安;解放前夕,蒋介石派飞机接包括冯在内的学者们去台湾。"文革"中,冯在手术后,腰间挂着尿瓶,被人打倒在批斗台上,游街时接连摔跤,还要继续走,那时他已经七十一岁。批冯大字报铺天盖地,还有"批冯联络站"等组织,批冯一时成了一种门路。抽象地说消极、积极是没有意义的,必须分析具体情况才知道压力是怎么回事。所要应对的变化是很不相同的,不便类比。所以古训云"设身处地",也就是近贤所说的"同情的理解"。做到这一点,要有明察,要有仁心,聊天式的随意谈论是不公平的。

2006 年 10 月 10 日

(原载《冯学研究通讯》2006 年第 4 辑)

漫记西南联大和冯友兰先生

和几个少年时的朋友在一起,总会说起昆明。总会想起那蓝得无比的天,那样澄澈,那样高远;想起那白得胜雪的木香花,从篱边走过,香气绕身,经久不散;更会想起彪炳青史的国立西南联合大学,北大、清华、南开三校联合,在抗战的艰苦环境中,弦歌不辍,培养了大批人才,成为教育史上的奇迹。

今年是卢沟桥事变、中华民族开始全面抗战七十周年,也是西南联大成立七十周年(包括其前身长沙临时大学)。八年抗战,中华民族经历了各种苦难,终于取得了最后的胜利,西南联大也是这段历史中极辉煌的一部分。

这些年来,对西南联大的研究已成为专门题目。记得似乎是在上世纪七十年代末或八十年代初,美国人易社强来访问我的父亲冯友兰先生,请他谈西南联大的情况。这是我接触到的第一个西南联大的研究者。他是外国人,为西南联大的奇迹所感,发愤研究,令人起敬。可是听说他多年辛苦的结果错误很多,张冠李戴,鹊巢鸠占,让亲历者看来未免可笑。历史实在是很难梳理清楚的,即使是亲历者也有各自的局限,受到各种遮蔽,有时会有偏见,所以很难还历史原貌。不过,每一个人都说出自己所见的那一点,也许会使历史的叙述更多面、更真实。

余生也晚,没有赶上入西南联大,而是一名联大附中的学生。只因是西南联大的子弟,也多少算是亲历了那一段生活。生活是困苦的,也是丰富的。虽然不到箪食瓢饮的地步,却也有家无隔宿之粮的时候。天天要跑警报,在生死界上徘徊,感受各种情绪的变化,可算得丰富。而在学校里,轰炸也好,贫困也好,教只管教,学只管学。那种艰难,那种奋发,刻骨铭心,永不能忘!

现在有人天真地提出重建一所西南联大,发扬她的精神。还是那几个少年时的朋友一起谈论,都认为那是完全不可能的。情况完全不一样了,环境也不一样了,人更不一样了。真的,连昆明的天也不像以前蓝得那样清澈了。现在昆明的年轻人,甚至不知道木香花。我们不再说话,各自感慨。

确实各方面都不一样了。那是在国难当头,民族危亡之际,一种生死存亡的紧迫感,让人不能懈怠。这是大环境。从在长沙开始直到抗战胜利,不断有学生投笔从戎。学校和民族命运是一体的。据联大校史载,先后毕业学生三千余人,从军旅者八百余人。奔赴抗日前线和留在学校学习,是一个事物的两个方面。冯友兰先生曾在他为学校撰写的一个布告中对同学们说:"不有居者,谁守社稷?不有行者,谁捍牧圉?"不论是直接参加抗日还是留校学习,"全国人士皆努力以做其应有之事"。前者以生命作代价,后者怎能不以全身心的力量来学习?学习的机会是多少生命换来的,学习的成绩是要对国家的未来负责的。所以联大师生无论遇到怎样的困难,从未对教和学有一点松懈。一九三八年,师生步行,从长沙经贵阳,跋涉千里,于四月二十六日到昆明,五月四日就开始上课。一九四二年以前,昆明常有空袭,跑警报是家常便饭,是每天必修之课。师生们躲警报跑到郊外,在乱坟堆中照常上课。据联大李希文校友(现任云南大学外语系教授)记忆,冯友兰先生曾站在炸弹坑里上课。并不是没有别的教室,而是炸弹坑激励着教与学。这种不屈不挠的精神,上昭日月。

西南联大的子弟从军旅者也不乏人,这也体现了父辈的爱国精神。梅贻琦先生的子女,梅祖彦从军任翻译官,梅祖彤参加国际救护队;冯友兰先生之子冯钟辽、熊庆来先生(当时任云南大学校长)之子熊秉明、李继侗先生之子李德宁都参军任翻译官。当时,梅祖彦、冯钟辽都在联大二年级,未被征调。他们是志愿者。西南联大纪念碑碑阴刻录了参军同学的名字,但因当时条件限制,未能完全收录。在这里,我愿向碑上有名或无名的所有参军的老学长们深致敬意!

我的母校联大附中属于联大师范学院,为六年一贯制,不分高中初中,有实验性质,计划要将中学六年缩短为五年,但终未实现。因为学校是新建的,没有校舍,教室是借用的,借不到教室,就在大树底下上课。记得地理课的"教室"便是在树下。同学们各带马扎(帆布小凳),黑板靠在树上。闫修文老师站在树下,用极浓重的山西口音讲课,带领我们周游世界。课后我们笑闹着模仿老师的口音:"伊拉K(克)、K(克)拉K(克)"。伊拉克现在是人所共知的了,但克拉克在什么地方,我却不记得。下雨时,几个人共用一柄红油纸伞,一面上课,一面听着雨点打在伞上,看着从伞边流下的串串雨珠。老师一手拿粉笔,一手擎伞,上课如常。有时雨大,一堂课下来,衣服湿了半边。大家不以为苦,或者说,是根本不考虑苦不苦,只是努力去做应该做的事。

管理学校,校方要和政府打交道,这可以说是一个中环境。

在这个环境里,学校当局有多少自由以实行自己的规划,对办好学校来说是关键性的。一九四二年六月,陈立夫以教育部长的身份三度训令联大务必遵守教育部核定的应设课程、统一全国院校教材、统一考试等新规定。联大教务会议以致函联大常委会的方式,驳斥教育部的三度训令。此函由冯友兰先生执笔,全文如下:

敬启者,屡承示教育部二十八年十月十二日第25038号,二十八年八月十二日高壹3字第18892号、二十九年五月四日高壹1字第13471号训令,敬悉部中对于大学应设课程及考核学生成绩方法均有详细规定,其各课程亦须呈部核示。部中重视高等教育,故指示不厌其详,但准此以往则大学将直等于教育部高等教育司中一科,同人不敏,窃有未喻。夫大学为最高学府,包罗万象,要当同归而殊途,一致而百虑,岂可刻板文章,勒令从同。世界各著名大学之课程表,未有千篇一律者;即同一课程,各大学所授之内容亦未有一成不变者。惟其如此,所以能推陈出新,而学术乃可日臻进步也。如牛津、剑桥即在同一大学之中,其各学院之内容亦大不相同,彼岂不能令其整齐划一,知其不可亦不必也。今教部对于各大学束缚驰骤,有见于齐无见于畸,此同人所未喻者一也。教部为最高教育行政机关,大学为最高教育学术机关,教部可视大学研究教学之成绩,以为赏罚殿最。但如何研究教学,则宜予大学以回旋之自由。律以孙中山先生权、能分立之说,则教育部为有权者,大学为有能者,权、能分职,事乃以治。今教育部之设施,将使权能不分,责任不明,此同人所未喻者二也。教育部为政府机关,当局时有进退;大学百年树人,政策设施宜常不宜变。若大学内部甚至一课程之兴废亦须听命教部,则必将受部中当局进退之影响,朝令夕改,其何以策研究之进行,肃学生之视听,而坚其心志,此同人所未喻者三也。师严而后道尊,亦可谓道尊而后师严。今教授所授之课程,必经教部之指定,其课程之内容亦须经教部之核准,使教授在学生心目中为教育部之一科员不若。在教授固已不能自展其才,在学生尤启轻视教授之念,于部中提倡导师制之意适为相反。此同人所未喻者四也。教部今日之员司多为昨日之教授,在学校则一筹不准其自展,在部中则忽然周智于万物,人非至圣,何能如此。此同人所未喻者五也。然全国公私立大学之程度不齐,教部训令或系专为比较落后之大学而发,欲为之树一标准,以便策其上进,别有苦心,亦可共谅,若果如此,可否由校呈请将本校作为第……号等训令之例外。盖本校承北大、清华、南开三校之旧,一切设施均有成规,行之多年,纵不敢谓为极有成绩,亦可谓为当无流弊,似不必轻易更张。若何之处,仍祈卓裁。此致常务委员会。

此函上呈后,西南联大没有遵照教育部的要求统一教材,仍是秉承学术自由兼容并包的原则治校。这说明斗争是有效果的。

学术自由,民主治校,原是三校共同的理念。现在,三校联合,人才荟萃,更有利于实践。由此形成一个小环境。西南联大在管理学校方面,沿用教授治校的民主作风,除校长、训导长由教育部任命,各院院长都由选举产生。以梅贻琦常委为首,几年的时间,形成一个较稳定的、有能力的领导班子。这是联大获得卓越成绩的一大因素。他们都是各专业举足轻重的人物,又都是干练之才,品格令人敬服。另一个文件可以帮助我们增加了解。

一九四二年,昆明物价飞涨,当时的教育部提出要给西南联大担任行政职务的教授们特别办公费,这应该说是需要的,但是他们拒绝了。也有一封信,已由清华档案馆查出。信为文言繁体字,字迹已经模糊,经任继愈先生辨认,我们得到准确的信文。任先生认为此信明白晓畅,用典精当,显然为冯友兰先生手笔。全文如下:

> 敬启者:承转示教育部训令总字第 45388 号,附"非常时期国立大学主管人员及各部分主管人员支给特别办公费标准",奉悉一是。查常务委员总揽校务,对内对外交际频繁,接受公费亦属当然。为同人等则有未便接受者:盖同人等献身教育,原以研究学术启迪后进为天职,于教课之外肩负一部分行政责任,亦视为当然之义务,并不希冀任何权利。自北大、清华、南开独立时已各有此良好风气。五年以来,联合三校于一堂,仍秉此一贯之精神,未尝或异。此为未便接受特别办公费者一也。且际兹非常时期,从事教育者无不艰苦备尝,而以昆明一隅为尤甚。九儒十丐,薪水犹低于舆台,仰事俯畜,饔飧时虞其不给。徒以同尝甘苦,共体艰危,故虽啼饥号寒,尚不致因不均而滋怨。当局尊师重道应一视同仁,统筹维持。倘只瞻顾行政人员,恐失均平之谊,且令受之者无以对其同事。此未便接受特别办公费者二也。此两端敬请常务委员会见其悃愫,代向教育部辞谢,并将原信录附转呈为荷。专上常务委员会公鉴。
>
> 签名人:冯友兰　张奚若　罗常培　雷海宗　郑天挺
> 　　　　陈福田　李继侗　陈岱孙　吴有训　汤用彤
> 　　　　黄钰生　陈雪屏　孙云铸　陈序经　燕树棠

查良钊　　王德荣　　陶葆楷　　饶毓泰　　施嘉炀

李辑祥　　章明涛　　苏国桢　　杨石先　　许浈阳

　　签名者共二十五人。他们担任各院院长、系主任等行政职务，付出了巨大劳动，不肯领取分文补贴。"同人等献身教育，原以研究学术启迪后进为天职，于教课之外肩负一部分行政责任，亦视为当然之义务，并不希冀任何权利。"难得的是，这样想的不是一两个人，而是一群人。除这二十五位先生外，还有许多位教授，也同样具有这样光风霁月的精神。有这样高水平的知识群体，怎么能办不好一所学校！

　　今年，有人问我：七十年前，日本人打来了，你们为什么离开北平？这个问题真奇怪，我们怎么能不离开北平！留下来当顺民吗？那时不要说文化人，就是老百姓，也奔向大后方，要去为保卫国家尽一份力量。离开北平不是逃避，而是去尽自己的一份责任。当然，留在沦陷区的人也会有所作为。教师们肩负传递文化的重任，他们可以在轰炸声中上课，在炸弹坑里上课，在和政府的周旋中上课，他们能在沦陷区上课吗？能在沦陷区办出一所国立西南联合大学来吗？

　　冯友兰先生在西南联大期间，不仅担任教学，而且参加学校领导工作，从一九三八年起一直担任文学院院长。冯先生是西南联大的"得力之人"，西南联大校友、旅美历史学者何炳棣在他的《读史阅世六十年》一书中这样说。老友闻立雕说，"得力之人"的说法很好，但还不能充分表现冯先生对西南联大的贡献。应该指出，冯先生为西南联大付出大量心血，是当时领导集团的中坚力量。云南师范大学雷希教授对西南联大校史研究多年，在《冯友兰先生在西南联大校务活动考略》一文中说："从有案可查的历史记载来看，冯先生在西南联大是决策管理层的最重要成员之一,教学研究层的最显要教授之一,公共交往层的最重要人物之一。"这是符合实际情况的。

据《冯友兰年谱初编》载,除了上课,冯先生每天都开会,每周的常委会,院系的会,还有各种委员会。在繁重的工作之余,他著书立说,建立了自己的哲学体系。他的"贞元六书"与抗战同始终,第一本《新理学》写在南渡之际,末一本《新知言》成于北返途中。在六本书各自的序言中,表达了他对国家和民族深切宏大的爱和责任感。他引横渠四句"为天地立心,为生民立命,为往圣继绝学,为万世开太平",说"此为哲学家所自期许者也"。听说有一位逻辑学者教课时,讲到冯先生和这四句话,为之泣下。冯先生的哲学,不属于书斋和象牙之塔,他希望它有用。哲学不能直接致力于民生,而是作用于人的精神。在这方面,已经有了广泛的影响。社会科学工作者李天爵先生说,他在极端困惑中看到冯先生的书,知道人除了自己的社会地位,还应当考虑自己在宇宙中的地位。一个普通工人告诉我,他看了《中国哲学简史》,觉得心胸顿然开阔。最近在报上看见,韩国大国家党前党首、下届国家总统候选人朴槿惠在文章中说,在她人生最困难的时候,读了冯友兰的书,如同生命的灯塔,使她重新找回了内心的平静。

二十世纪四十年代,一天在昆明文林街上走,遇到罗常培先生。他对我说:"今晚你父亲有讲演,题目是《论风流》,你来听吗?"我那时的水平,还没有听学术报告的兴趣。后来知道,那晚的讲演是由罗先生主持的。很多年以后,我读了《论风流》,深为这篇文章所吸引。风流四要素:玄心、洞见、妙赏、深情,是"是真名士自风流"的极好阐释,让人更加了解名士风流的审美的自由人格。这篇文章后来收在《南渡集》中。《南渡集》顾名思义，所收的都是作者在抗战时写的论文，一九四六年已经编就，后来收在《三松堂全集》中。

最近，三联书店出版了"贞元六书"和《南渡集》的单行本。《南渡集》是第一次单独出版。它和"贞元六书"一样，凝聚着作者对国家民族的满腔热情。它们的写作距今已超过半个世纪，仍然可以感到，作者的哲学睿智和诗人情怀化成巨大的精神力量，扑面而来。

西南联大这所学校虽然已不复存在，但它的精神不会消失，总会在别的学校得到体现，在众多知识分子、文化人身上延续。对此我深信不疑。冯友兰先生在他撰写的《国立西南联合大学纪念碑碑文》中为这一段历史做出了深刻而全面的总结，指出可纪念者有四。转述不如直接阅读，节录如下：

> 我国家以世界之古国，居东亚之天府，本应绍汉唐之遗烈，作并世之先进，将来建国完成，必于世界历史，居独特之地位。盖并世列强，虽新而不古；希腊罗马，有古而无今。唯我国家，亘古亘今，亦新亦旧，斯所谓周虽旧邦，其命维新者也。旷代之伟业，八年之抗战已开其规模，立其基础。今日之胜利，于我国家有旋乾转坤之功，而联合大学之使命，与抗战相终始。此其可纪念者一也。

> 文人相轻，自古而然，昔人所言，今有同慨。三校有不同之历史，各异之学风，八年之久，合作无间。同无妨异，异不害同；五色交辉，相得益彰；八音合奏，终和且平，此其可纪念者二也。

> 万物并育而不相害，道并行而不相悖，小德川流，大德敦化，此天地之所以为大。斯虽先民之恒言，实为民主之真谛。联合大学以其兼容并包之精神，转移社会一时之风气，

内树学术自由之规模,外获民主堡垒之称号,违千夫之诺诺,作一士之谔谔,此其可纪念者三也。

稽之往史,我民族若不能立足于中原,偏安江表,称曰南渡。南渡之人,未有能北返者:晋人南渡,其例一也;宋人南渡,其例二也;明人南渡,其例三也。风景不殊,晋人之深悲;还我河山,宋人之虚愿。吾人为第四次之南渡,乃能于不十年间,收恢复之全功,庾信不哀江南,杜甫喜收蓟北,此其可纪念者四也。

此文不仅内容丰富且极富文采,可以掷地作金石声。不止一个人建议,年轻人应该把它背下来。我想,记在心上的是这篇文章,也就是对西南联大的永恒的纪念。

2007年6月至7月

为《西南联大建校七十周年纪念文集》而作

(原载《中华读书报》2007年9月5日)

人 和 器

——第八届冯友兰学术思想研讨会"旧邦新命：
冯友兰与西南联大"书面发言

云南师范大学成立七十周年，是十分值得庆祝和纪念的。西南联合大学已经离开昆明七十年了，可是它留下的种子在云南师大这里埋藏着、生长着。先贤们的精神从来没有中断他们的影响。

冯友兰先生自留学归来，参加工作的那一天起，便一直在大学的讲台上，一生从事教育事业，没有一天转向。尤其在国家民族的危亡时刻，他和同仁们坚持西南联大的工作，为民族传递着文化血脉，为国家培养了精英人才，成为教育史上的一个奇迹。

冯先生的哲学成就，往往掩盖了他对教育事业的贡献，而在他一生中，教育是很重要的一方面。他关于教育的著作不多，但可以看出他的教育思想，是带有根本性的，很有意义。写于一九四八年六月的《论大学教育》一文，较完整地传达了他的看法。

冯先生的教育思想最根本的一点是关于大学目的的阐述。大学要培养什么？他的回答是："大学要培养的是人，不是器。"当然，来上大学的都是人，不是桌椅板凳。这里所说的人不是生物意义上的人，而是完整意义上的人。他说："'人'是什么？如何成为一个'人'？所谓'人'，就是对于世界社会有他自己的认识、看法,对以往及现在所有有价值的东西——文学、美术、音乐等都能欣赏,具备这些条件者就是一个'人'。所以大学教育除了给人一专知识外,还养成清楚的脑子、热烈的心,这样他对社会才可以了解、判断,对以往、现在所有的有价值的东西才可以欣赏。有了清楚的脑、热烈的心以后,他对于人生、社会的看法如何,那是他自己的事,他不能只接受已有的结论。"他还说,如果一个学校只要求学生接受结论,那就成了宣传。训练出来的人也就成了器。

根据冯先生的看法,大学的任务不只在传播知识,更重要的是启发心智,培养独立人格。人人具有清楚的脑和热烈的心,社会必定是文明的,和谐的,不断进步的。

冯先生用"继往开来"描述大学的工作。大学要传授已有的知识,并要研究将来的知识。如果只能传授已有的知识,那就是职业学校。大学必须求新知识,特别是那些冷僻的看似无用的知识。不必问它们能不能直接解决穿衣吃饭的问题,因人类不只是穿衣吃饭就够了。

照这样的想法,大学教师应不只教书,而且著书。冯先生自己就是这样做的。二十世纪三十年代,在清华时期,写出了《中国哲学史》两卷本。四十年代,在西南联大时期,写出了"贞元六书"。八十年代,在北大时期,写出了《中国哲学史新编》。三史六书形成了一个个学术高峰。

特别是"贞元六书",写在国家危亡之际,写在民族大灾难的时刻,写在地处边陲的昆明,在一盏油灯下,一字一句建立了他的哲学体系。他在《新世训》序中说:"承百代之流,而会乎当今之变。好学深思之士,心知其故,乌能已于言哉?"并说,他希望他的书,能成为建国的一砖一石。又在《新原人》序中说,哲学家"岂可不尽所欲言,以为我国家致太平,我亿兆安心立命之用乎?虽不能至,心向往之。非曰能之,愿学焉"。

如果不读"贞元六书",只读"六书"的六篇短序,也可以感到他的哲学是和国家民族的命运息息相关的。他希望民族复兴,国家富强。这也是他们那一代人的共同愿望。

他说,大学是一个专家集团,这个专家集团是自行继续的,只有他们能决定他们自己的事,所以有自己的传统,自己的特色。他几次提出,不能把大学当作教育部的一个司,这在《西南联大教授会为不同意统一教材致教育部函》中剖析甚明。

现在看来,西南联大之所以能成为西南联大,正因为它是一个高水平的知识群体。在不断的斗争中,在相当程度上,这个群体能够实践他们的想法,能够照他们所想的方法教书育人。他们是成功的,对得起中华民族抗日战争那一段历史。

冯先生晚年,因客观形势一度不能讲课,曾十分感叹,说自己是"家藏万贯,膝下无儿"。他希望有更多的人研究他、理解他。当然,那只是一段时间。他的学生很多,好学生也很多,研究他、理解他的人也越来越多。现在举行的"旧邦新命:冯友兰与西南联大"研讨会正是这样做的。我想,这样的学术道路会日益宽阔。

我因身体欠佳,不能来参加会议。想到在我少年时代居住的昆明的蓝天下,有识之士正在纪念冯友兰先生,心中有无限的感动和感谢。

我崇敬我的父亲那一代人,不必列举他们的名字,他们的精神和祖国的江山同在。

2008 年 10 月 10 日

《新理学》七十年

一九三八年,冯友兰先生的哲学体系——新理学体系的第一本书《新理学》,于云南蒙自以石印本的方式问世。

抗战初起,清华大学先至长沙,次年又到昆明。西南联合大学成立后,因校舍不够,文法学院暂居蒙自。父亲携带在湖南衡山撰成初稿的《新理学》,经过长途跋涉,在蒙自做最后修订。

那年六月,母亲带领我们四姊弟,与朱自清、周作人几位先生的家眷同行,自北平来滇,和父亲团聚。

蒙自的民居多有院落,木格窗可以撑起。窗下的白木案上摆着《新理学》书稿,父亲常坐在案旁,伏案工作。我们按照在清华乙所的习惯,不踏进书房禁地。这里当然没有书房,房间的一角,摆着白木书桌和一架子书,书架由煤油箱搭成,就自然成了禁地。我们在房间另一半,无论怎样嬉笑,父亲充耳不闻,他自有他的哲学世界。

一天,胞兄钟辽得到一个光荣任务,为父亲抄稿子。《新理学》序中云:"到蒙自后,又加写鬼神一章,第四章、第七章亦大修改。"钟辽抄的便是这一部分,他很高兴,甚至有些得意。因为我和弟弟钟越仍不得走进禁区。

当时,蒙自有电灯,但电力不足,灯光很暗,钨丝只能呈红色,晚上工作常点煤油灯。记得父亲讲过"老婆点灯"的故事,说老婆点灯为省油,一次只放一点油,岂知这样挥发得快,更费油。后来,父亲分析日军在侵华战场上兵力的投入,也曾用老婆点灯的比喻。

书稿终于修订完毕。蒙自有一家石印作坊,父亲决定,先印出石印本。送稿子那天,我和哥哥随去。石印作坊很小,地势低洼。店主看着我们说,冯院长好一双儿女。那年我十岁,哥哥十四岁。云南人说话一般都很文气,不知怎么,许多云南人都这样称呼父亲。父亲只顾交代印书,那是他心血的结晶,也是他的儿女。

当时文法学院的校址是原来的海关,园子很大,花木繁多,是孩子们喜欢去的地方。附近有一座文庙,据说这建筑原来没有大门,蒙自人要等到蒙自出了状元才开大门。后来,好不容易熊庆来先生家出了一位进士,也就不等状元了,开了大门。进士当然和官有点关系,但更是一种学历,这也说明人们对文化的尊重和期盼。

石印本印出了,取回了,它的纸张很坏,黄而脆,可是到底成书了。可惜我家无存,听说人民大学石峻教授保存了一本。他过世后,便也找不到了,但它的模样始终在我心中。

《新理学》序中云:"怀昔贤之高风,对当世之巨变,心中感发,不能自已。"他希望自己的著作"对于当前之大时代,即有涓埃之贡献"。

父亲的哲学不属于象牙之塔,而是关心着国家民族的命运。他相信抗战是民族复兴的一个转折点。贞下起元,冬去春来,他要为中华民族重建的大厦提供一砖一瓦。

我很崇敬父亲那一代学人。他们在无比艰难的情况下工作,不仅是物质上的匮乏,在精神上、工作上也要承受各种压力,应付多方面势力的干扰。他们终于能够使西南联大"内树学术自由之规模,外获自由堡垒之称号",至今为人们所称道。而且他们大都有领先于本学科的著作。

据记载,父亲工作繁忙,除授课外,一天要开不止一个会。就是这样,抗战八年,他写出了"贞元六书",差不多一两年就是一本,形成了完整的新理学体系。《新理学》是"贞元六书"的第一本,也是新理学体系的哲学基础。

《新理学》于一九三九年五月在长沙商务印书馆正式出版。一九四一年至一九四六年,教育部曾举办六次全国学术著作评奖。一九四一年举行首次评奖,经学术审议会投票选出,《新理学》获文科一等奖。理科方面获奖的是华罗庚的《堆垒素数论》。两人获奖后,华先生曾来家中看望,不巧父亲不在家,不然一定会有一番有趣的谈话。

人民文学出版社故社长韦君宜在《敬悼冯友兰先生》一文中说:"在延安,有一次老同学蒋南翔向我介绍冯友兰先生新著的书《新世论》。他说,'这书写得实在好,他自己不标榜唯物主义,但是这实在是唯物主义的,你看看那一章《谈儿女》,我们这些人写不出来'。我把这本书看了,完全同意老蒋的看法。"(《冯友兰先生纪念文集》43页,北京大学出版社)他们没有政治偏见,能够看出书的真实价值。

上海市社科院学者范明生说,冯友兰先生"凭借逻辑分析思维模式做出建立科学的中国哲学史的努力,渗透在其'贞元之际所著书'中,结合中西思维模式、改铸中国传统哲学的思维模式的努力,是在推进和提高中华民族抽象思维能力的宏伟事业上,做出了载诸史册的贡献"。(《冯友兰先生百年诞辰纪念

文集》239页,清华大学出版社)

父亲的书获得称赞和推许,也受到批评和非难。父亲从不以为意,他在批评与赞誉中前进。正如他在接受哥伦比亚大学授予名誉文学博士仪式上的答词中所说:"右翼人士赞扬我保持旧邦同一性和个性的努力,而谴责我促进实现新命的努力。左翼人士欣赏我促进实现新命的努力,而谴责我保持旧邦同一性和个性的努力。我理解他们的道理,既接受赞扬,也接受谴责。赞扬和谴责可以彼此抵消。我按照自己的判断继续前进。这就是我已经做的事和我希望我将来要做的事。"

答词全面而深刻,引文到这里可以结束。但我要继续引下面一段。

> 在这个仪式上,我深深感到,母校给予我的荣誉不单是个人荣誉。它象征着美国学术界对中华民族学术的赞赏。它象征着中美人民传统友好关系的继续发展。这种发展正是中国人民的共同愿望。

在这里,他讲中美人民友谊,也说明学术不只属于一个国家,而是属于世界。

新理学体系是中国哲学向现代转型的一个路碑。它记载了中国哲学的努力和发展。现在,"贞元六书"和作者的三种哲学史一样,不断有各种版本。人们现在读,将来也还会读。

2008年12月12日

(原载《光明日报》2008年12月29日,编者略有删节)

在冯友兰先生诞辰一百一十五周年纪念会上的发言

一九九五年十二月,清华大学为纪念冯友兰先生百年诞辰,举行了一次国际学术会议,这已是十五年前的事了。十五年来,对冯学的研究开展得更深入了,历史也在不断地清楚起来,虽有新的蒙蔽,不过总会越来越清楚。学者们研究冯先生在哲学和哲学史方面的著作时,也注意到冯先生对教育事业的贡献。他从开始工作就在学校教书,他的一生是和教育紧密连接在一起的,其中的重点是清华大学,在清华大学里又是文学院,他在这里投入了全部心血。

清华大学文学院于一九二九年六月十二日成立,一九五二年因院系调整撤销,它存在了二十三年,成绩是辉煌的。从上世纪三十年代初,它汇集了诸多名师,又得天独厚,有两个自然的传统——清华本来是留美预备学校,学西方是它的任务;一九二五年成立了国学研究院,对国学有深入研究。中西两个传统在文学院自然合流。

清华文学院的学风是有渊源的,自然而然形成的。中西融会,古今贯通,是为了创造新文化。融会了,贯通了,得出来的结果是创造性,不光是文科,理工科也是一样。大学不但要研究以往的知识,而且要创造新文化,至少要为创造新文化准备条件。这是冯先生和已逝去的那一代人的共同愿望。

冯先生在他的《清华的回顾与前瞻》一文中说:

> 清华大学之成立,是中国人要求学术独立的反映。在对日全面战争开始以前,清华的进步,真是一日千里,对于融合中西新旧一方面,也特别成功。这就成了清华的学术传统。
>
> 抗战八年中间,清华在物质方面,受到了许多打击,但是他的学术传统,是仍然存在的。这个学术传统对于中国的新文化,一定是有大贡献的。
>
> 不管政治及其他方面的变化如何,我们要继续着这个学术传统,向前迈进。对于中国前途有了解的人,不管他的政治见解如何,对于这个传统是都应该重视爱护的。

在这篇文章里,冯先生还说:"不管哪一方面的政治势力政见如何,请爱护清华的传统。"

我觉得这句话真是声泪俱下。

我自幼为清华的水木所滋养。在这里读大学的三年,虽然时局动荡,还是体会到清华教育的原创精神。

冯先生在《论大学教育》中说:"培养出的人要能欣赏古往今来一切美好的东西。"这点很重要。如果能欣赏美,就会站在正义一边,就会继承、吸收精华,扬弃糟粕,就会成为社会的一个健康细胞,不会成为废品。如果逐臭嗜痂、美丑不辨,社会是不能进步的。

感谢清华大学开这样的会。感谢各位学者前来参加。尤其是当年文学院的老校友,大都已经老迈,来开会很不容易。我们大家在一起,证明了一段教育史。我相信,历史总是会越来越清楚的。

2010 年 12 月

(原载《文汇报》2010 年 11 月 29 日,
编者改题为《他在这里投入了全部心血》)

水 仙 辞

仲上课回来,带回两头水仙。可不是,在不知不觉间,一年只剩下一个多月了,已到了养水仙的时候。

许多年来,每年冬天都要在案头供一盆水仙。近十年,却疏远了这点情趣。现在猛一见胖胖的茎块中顶出的嫩芽,往事也从密封着的心底涌了出来。水仙可以回来,希望可以回来,往事也可以再现,但死去的人,是不会活转来了。

记得城居那十多年,澂莱与我们为伴。案头水仙,很得她关注,换水、洗石子都是她照管。绿色的芽,渐渐长成笔挺的绿叶,好像向上直指的剑。然后绿色似乎溢出了剑锋,染在屋子里,在北风呼啸中,总感到生命的气息。差不多常在最冷的时候,悄然飘来了淡淡的清冷的香气,那是水仙开了。小小的花朵或仰头或颔首,在绿叶中显得那样超脱,那样悠闲。淡黄的花心,素白的花瓣,若是单瓣,则格外神清气朗,在线条简单的花面上洋溢着一派天真。

等到花叶多了,总要用一根红绸带或红绉纸,也许是一根红线,把它轻轻拢住。那也是澂莱的事,我只管赞叹:"哦,真好看。"现在案头的水仙也会长大,待到花开时,谁来操心用红带拢住它呢。

管花人离开这世界快十一个年头了。没有骨灰,没有放在盒里的一点遗物,也没有一点言语。她似乎是飘然干净地去了,在北方的冬日原野上,一轮冷月照着其寒彻骨的井水,井水浸透她的身心。谁能知道,她在那生死大限上,想喊出怎样痛彻肺腑的冤情,谁又能估量她的满腔愤懑有多么沉重!她的悲痛、愤懑以及她自己,都化作灰烟,和在祖国的天空与泥土里了。

人们常赞梅的先出,菊的晚发。我自然也敬重它们的品格气质。但在菊展上见到各种人工培养的菊花,总觉得那曲折舒卷虽然增加了许多姿态,却减少了些纯朴自然。梅之成为病梅,早有定庵居士为之鸣不平了。近闻水仙也有种种雕琢,我不愿见。我喜欢它那点自然的挺拔,只凭了叶子竖立着。它竖得直,其实很脆弱,一摆布便要断的。

她也是太脆弱。只是心底的那一点固执,是无与伦比了。因为固执到不能扭曲,便只有折断。

她没有惹眼的才华,只是认真,认真到固执的地步。五十年代中,我们在文艺机关工作。有一次,组织文艺界学习中国近代史,请了专家讲演。待到一切就绪,她说:"这个月的报还没有剪完呢,回去剪报罢。"虽然她对近代史并非没有兴趣。当时确有剪报的任务,不过从未见有人使用这资料。听着嚓嚓的剪刀声,我觉得她认真得好笑。

"我答应过了。"她说。是的,她答应过了。她答应过的事,小至剪报,大至关系到身家性命,她是要做到的。哪怕那允诺在冥暗之中,从来无人知晓。

我们曾一起翻译《缪塞诗选》,其实是她翻译,我只润饰文字而已。白天工作忙,晚上常译到很晚。我嫌她太拘泥,她嫌我太自由,有时为了一个字,要争论很久。我说译诗不能太认真,因为诗本不能译。她说诗人就是认真,译诗的人更要认真。那本小书印得不多,经过那动荡的年月,我连一本也没能留得下。绝版的书不可再得了。眼看新书一天天多起来,我指望着更好的译本。她还在业余翻译了法国长篇小说《保尔和维绮妮》,未得出版。近见报上有这部小说翻译出版的消息,想来她也会觉得安慰的。

她没有做出什么惊人的事业,那点译文也和她一样不复存在了。她从不曾想要有出类拔萃的成就,只是认真地、清白地过完了她的一生。她在人生的职责里,是个尽职的教师、科员、妻子、母亲和朋友。在到处是暗礁险滩的生活的路上,要做到尽职谈何容易!我想她是做到了。她做到了她尽力所能做到的一切,但是很少要求回报。她是这样淡泊。人们都赞水仙的淡泊,它的生命所需不过一盆清水。其实在那块茎里,已经积蓄足够的养料了。人的灵魂所能积蓄的养料,其丰富有时是更难想象的罢。

现在又有水仙在案头,我不免回想与她分手的时候。记得是澄莱到干校那年,有人从外地辗转带来两头水仙,养在"破四旧"时漏网的白瓷盆里。她走的那天,已经透出嫩芽了。当时两边屋里都凌乱不堪,只有绿芽白盆、清水和红石子,似乎还在正常秩序之中。

我们都不说话,心知她这一去归期难卜。当时每个人都不知自己明天会变成什么,去干校后命运更不可测。但也没有想到眼前就是永诀。让她回来收拾东西的时间很短,她还想为在重病中的我做一碗汤,仅只是一碗汤而已,但是来不及了。她的东西还没有收拾好,用两块布兜着,便去上车。仲草草替她扎紧,提了送她。我知道她那时担心的是我的病体,怕难见面。我倚在枕上想,我只要活着,总会有见面的一天。她临走时进房来看水仙,说了一句"别忘了换水",便转身出去。从窗中见她笑着摆摆手。然后大门呀的一声,她走了。

那竟是最后一面!那永诀的笑容留下了,留在我心底。是她,她先走了。这些年我不常想到她。最初是不愿意想,后来就自然地把往事封埋。世事变迁,旧交散尽,也很少人谈起她这样平常的人。她自己,从来是不愿占什么位置的,哪怕在别人心中。若知道我写这篇文字,一定认为很不必,还要拉扯水仙,甚至会觉得滑稽罢。但我隔了这许多年,又在自己案头看见了水仙,是不能不写下几行的。

尽管她希望住在遗忘之乡,我知道记住她的不止我一人。我不只记住她那永诀的笑容,也记住要管好眼前的水仙花。换水、洗石子,用红带拢住那从清水中长起来的叶茎。

澂莱姓陈,原籍福建,正是盛产水仙花的地方。

1982 年 1 月

(原载《天津日报·文艺》1982 年第 1 期)

忆旧添新

绿丝绦般的垂柳,六面玻璃罩路灯,小径弯曲,极似燕园一角。这是原华文学校旧址。五十年代初,前楼、东楼、西楼由文化部使用。西边并排三个月洞门,内有三座小楼,由三位长者居住。南为茅盾,北为周扬。中间是阳翰笙,当时他任文教委员会秘书长。

可能因文委宿舍拥挤,阳翰老慷慨地在二号小楼中腾出一室,辟作女生宿舍。这不是每个人都能做到的。那房间有四个女青年迁入,当时我经统一分配在文委宗教事务处工作不久,也是其中之一。照整栋楼房屋布局,那房间应是饭厅,窗外有一大株连翘,春来满眼金黄。从此翰老一家就在过道用餐了,使我常感不安。约在一年之内,那三位女同志有的调走,有的嫁出,只有我无由移动,死守那株黄灿灿的连翘。

转眼便是四年有余。

思来这也是一种机缘。因常在二号小楼出入,翰老知道有这么一个文学爱好者,又无慧根,不愿与高僧周旋,于是在重建中国文联时,把我调去。若无此调动,我可能要摒弃文学,专心于宗教工作。因为那时改造思想的决心非常大,自己不允许有业余爱好,现在想来,有些吓人。到文联后不同了,既在文艺团体,爱好文学可谓大方向对头,不算非分。

在文联工作时,看演出的机会很多。我生长在郊区,是个乡下人,艺术知识缺少。这时在艺术圈子里,受些熏陶,自觉很是滋润。也不时追随翰老夫妇看川戏,散戏归来,吃一点泡饭,写作到深夜,饭当然是阳家的。中篇童话《寻月记》便是那时夜班所得。

"文化大革命"后期,曾到和平里看望,翰老夫妇还是那样安详慈和。他们知道我的惦记,也知道我的遭遇。那种时候,一点惦记于事无补。翰老说:"这就很不容易。"几个字显示了对人情的透视,凝聚了睿智和宽厚,也使我感到一种悲凉。后来春回大地,大家心上平安。阳府乔迁后,我便疏于问候。前辈们于文艺事业,或于文艺外更大的事业建树宏丰,非我所尽知,不敢置词,只对二号小楼,未曾忘记。翠柏识暖,人寿可期。未来的灿烂时光,正在小楼旧主人前面。

1987 年 11 月

(原载《文艺报》1987 年 11 月下旬)

三 幅 画

戊辰龙年前夕,往荣宝斋去取裱的字画。在手提包里翻了一遍,不见取物字据。其实原字据已莫名其妙地不知去向,代替的是张挂失条,而现在连这挂失条也不见了。

业务员见我懊恼的样子,说,拿走罢,找着了寄回来就行了。

我们高兴地捧了字画回家。一共五幅,两幅字三幅画,一幅幅打开看时,甚生感慨。现只说这三幅画。

三幅画均出自汪曾祺的手笔。

老实说,在一九八六年以前,我从不知汪曾祺擅长丹青,可见是何等的孤陋寡闻。原只知他不只写戏还能演戏,不只写小说散文还善旧诗,是个多面手。四十年代初,西南联大同学排演《家》。因为兄长钟辽扮演觉新,我去看过戏。有两个场面印象最深,一是高老太爷过世后,高家长辈要瑞珏出城生产,觉新在站了一排的长辈面前的惶恐样儿。哥哥穿一件烟色长衫,据说很潇洒。我只为觉新伤心,以后常常想起那伤心。一是鸣凤鬼魂下场后,老更夫在昏暗的舞台中间,敲响了锣,锣声和报着更次的暗哑声音回荡在剧场里。现在眼前还有老更夫的模样,耳边还有那声音,涩涩的,很苦。

老更夫是汪曾祺扮演的。

时光一晃过了四十年。八十年代初,《钟山》编辑部举办太湖笔会,从苏州乘船到无锡去。万顷碧波,洗去了尘俗烦恼,大家都有些忘乎所以。我坐在船头,乘风破浪,十分得意,不断为眼前景色欢呼。汪兄忽然递过半张撕破的香烟纸,上写着一首诗:"壮游谁似冯宗璞,打伞遮阳过太湖,却看碧波千万顷,北归流入枕边书。"我曾要回赠一首,且有在船诸文友相助,乱了一番,终未得出究竟。而汪兄这首游戏之作,隔了五年,仍清晰地留在我记忆中。

一九八六年春,偶往杨周翰先生家,见壁悬画图,上栖一只松鼠,灵动不俗。得知乃汪兄大作时,不胜惊异。又有一幅极清秀的字,署名上官碧,又不知这是沈从文先生笔名。杨先生则为我的无知而惊异,笑说,你怎么什么都不知道。

实在是的,我常处于懵懂状态,这似乎是一种习惯。不过一经明白,便有行动,虽然还是拖了许久。初夏时,我修书往蒲黄榆索画,以为一年半载后可得一张。

不想一周内便来了一幅斗方。两只小鸡,毛茸茸的,歪着头看一串紫红色的果子,很可爱。果子似乎很酸,所以小鸡在琢磨罢。这画我喜欢,但不满意,怀疑汪兄存有哄小孩心理,立即表态:不行不行,还要还要!

第二幅画也很快来了。这是一幅真正的赠给同行的画,红花怒放,下衬墨叶,紧靠叶下有字云:"人间存一角,聊放侧枝花,临风亦自得,不共赤城霞。"画中花叶与诗都在一侧,留有大片空白,空白上有烟灰留下的一个小洞。曾嘱裱工保留此洞,答称没有这样的技术。整个画面在临风自得的恬淡中,却有一种活泼的热烈气氛。父亲看不见画,听我念诗后,大为赞赏,说用王国维的标准来说,这诗便是不隔。何谓不隔?物与我浑然一体也。

我这时已满意,天下太平,不再生事。不料秋末冬初时,汪兄忽又寄来第三幅画。这是一幅水仙花,长长的挺秀的叶子,顶上几瓣素白的花,叶用蓝而不用绿,花就纸色不另涂白。只觉一股清灵之气,自纸上透出。一行小字:为纪念陈澂莱而作,寄与宗璞。

把玩之际,不觉歔欷。谢谢你,汪曾祺!

澂莱乃我挚友,和汪兄也相识。五十年代最后一年,澂莱与我一同下放在涿鹿县。当时汪兄在张家口一带,境况比我们苦得多了。一次开什么会,大家穿着臃肿的大棉袄在塞上相见。我仍是懵懵懂懂,见了不认识的人当认识,见了认识的人当不认识。澂莱常纠正我,指点我这人那人都是谁;看我见了汪兄发愣,苦笑道,汪曾祺你也不认识!

澂莱于一九七一年元月在寒冷的井中直落九泉之下,迄今不明原由。我曾为她写了《水仙辞》小文。现在谁也不记得她了,连我都记不准那恐怖的日子。汪兄却记得水仙花的譬喻,为她画一幅画,而且说来年水仙花发,还要写一幅。

从前常有性情中人的说法,现在久不见这词了。我常说的"没有真性情,写不出好文章"的大白话,也久不说了。性情中人不一定写文章,而写出好文章的,必有真性情。

汪曾祺的戏与诗,文与画,都隐着一段真性情。

三幅画放到一九八七年才送去裱,到一九八八年春节才取回。在家里再翻手提包,那挂失条竟赫然在焉。我只能笑自己的糊涂。

1988 年 4 月

(原载《钟山》1988 年第 5 期)

《丛竹间燕园的家书》读后

转眼间,沈同先生已去世大半年了。

一个黄昏,沈先生的外甥女沈昆送来一本装帧极精美的书,让我看看。原来是沈先生写给外甥沈靖的一批信,由沈靖自制成书,扉页是大幅照片——燕南园五十三号,他们的家的外景,两扇窗和茂盛的植物。在这上面印出了书名《丛竹间燕园的家书》。

沈先生夫妇除了自己的四个孩子外,还抚养两个甥子女长大成人,是燕园中尽人皆知的事,大家对此都怀着敬意。这些信中不只充满了舅父对甥儿的关心和疼爱,也表露了一个科学家对后辈的教导和期望,沈先生引爱因斯坦的话:"知识面愈扩大,那么知道,还没有知道的领域更扩大。"这和我们的先贤所说"学然后知不足"是一致的,只是那示意图我觉得特别有趣。

在图上他自己还写了几个字,希望沈靖不断上进,"Upward! Upward!! Upward!!!"(向上!向上!!向上!!!)

在这万金家书中,他也写到燕南园邻居的情况。没想到其中还提到我。说我去看望他,送去乌龙茶。

我掩卷叹息。在燕南园邻居中,沈先生不算老邻居,不像土力先生、江泽涵先生那样,从昆明时起一直做邻居,在相隔不过数百米空间里过了半个世纪。不过在燕南园邻居中,我最常见到的,可以说是沈先生。因为我每天清晨出外走路(号称做气功),必经过五十三号。总见他在松墙后草地上活动。我常想问一问做的什么操,却始终没有问。忽然有几个星期没看见,还没来得及想是怎么回事,沈先生已去世了。

母亲病重时,我曾向沈太太查良铤先生请教营养方面的问题,她是协和医院的营养师。我也曾好几次想去旁听沈先生关于生命科学的讲座,但像我想做的许多事一样,皆为"梦幻泡影"。

对沈先生有一点认识,是由"总鳍鱼"引起的。

总鳍鱼登陆发生在古代泥盆纪,距今已三亿五千万年了。它们登陆后发展为两栖动物,又发展为高级脊椎动物。如果没有总鳍鱼登陆,就没有今天的人类。而其中的一支鱼不肯登陆,不肯变革,不肯发展,亿万年后成为总鳍鱼的活化石。七十年代末我一直想用两支总鳍鱼的命运写一篇童话,提醒人们僵化保守故步自封的下场。

童话本是最容许想象自由驰骋的文学体裁,不过内容有关生物发展,就不该违背科学史实。一九八三年初秋,我动笔写这篇童话时,为了避免错误,便去请教沈先生。

沈先生觉得我的想法很有意思。我想他可以立刻回答的,他却说要再查一查。这是读书人的习惯。似乎是当天下午,沈先生打电话来,说已查到,让我就去。我到五十三号院中,他已站在门廊下等我。那天飘着雨丝,草地绿得发亮。

他递给我一张纸,又拿起一本大书,纸上工整地用英文写着一段话,是从那书上抄下来的。沈先生不算长辈,但当时也已满头白发,我很惶恐,连说:"说说就行了,写着多费事。"

沈先生却不嫌费事，见我有些专门名词不认得，还加以讲解，足以作为我笔下总鳍鱼生活的根据了。童话写成后，发表在上海《少年文艺》上，后获全国首届儿童文学优秀创作奖。

沈先生一九三九年从美国康乃尔大学学成归国，一九四〇年开始在西南联大任教，主持动物实验室。也曾在北门街唐家大戏台上住过，那是当时几位单身教员的宿舍。

我以为写《野葫芦引》第二部《东藏记》时，他一定会给我丰富的材料，也以为近在咫尺，随时可以讨教，不料《东藏记》尚未开始，却再无谈话机会了。

但那几个字仍在我耳边回响，"向上！向上！！向上！！！"

1993年9月

（原载《文汇报》1993年9月5日）

久病延年

一九九五年夏,在美、加之行中,沿途几次听到朋友的噩耗,心情很觉沉重。不料九月底回到北京,一出机场,得到的消息更为惊人,那就是冯牧同志去世。我几乎怔住,呆呆地望着说话的人。在飞机上,我还筹划着要先去医院看望冯牧,送上我带回的加拿大草药书。但是太晚了。

在整理旧物的时候,忽见一方图章,上镌"久病延年"四个字。白文,图章是方形,很扁。这是冯牧同志在七十年代初送给我的。那时人们渐渐地趋向逍遥,而我则忙着生病,第一次重病刚趋稳定,又要做一次手术。冯牧当时正以篆刻消遣,收罗了些旧石头,每日练刀。他知道我不停地生病,就刻了这四个字给我。

这四个字对于冯牧同志和我来说,可以说是互勉。五十年代后期我们都在《文艺报》工作,他当时就是大病号。编辑部在文联大楼(即今商务印书馆所在地)四层。大家形容他走到二层便倚着栏杆休息,拿出药瓶喷药,看几页书再上楼去。他还常常发烧,常备抗菌素,有时从我门前过,便在信箱里放上几包,以示支援。在对付疾病这一点上,我们都相信破罐子熬得过铁锅。可能是因为身体的关系,他在编辑部从来没有管过全面的工作,似乎有点顾问的味道。但他有时到国际组来随便谈谈,出些主意,对我们的工作总是很有启发。

那些年强调斗争,"与天奋斗,其乐无穷;与地奋斗,其乐无穷;与人奋斗,其乐无穷",最温良恭俭让的人因为要求进步,也强迫自己去斗争。在这方面,冯牧没有"改造"好,他好像不大会整人。他对人宽厚,喜欢朋友。因他常常生病,人去看他,回来说,以为冯牧在家什么都不知道,其实他什么都知道。这当然是因为去看望他的人很多,他关心别人,别人也关心他。进入新时期以后,冯牧担负的工作逐渐多起来。他关心整个的文学事业,这表现为关心作家,关心文学青年,总希望能有一个好的环境,让每一个人的文学才能,哪怕只有一点,都能发挥出来。曾听一位指挥说,一个好的指挥不仅要指挥现有的乐队,还要能提高现有的乐队。我并不太了解情况,感觉上,冯牧同志在他负责工作的那几年里,就是这样做的。

六十年代我在洒兹府住,与作协黄土岗宿舍很近,冯牧有时到我处闲谈。当时我的挚友陈澂莱和我同住,说起来,他上中学时常和澂莱的堂兄们一起打篮球,是西皇城根陈家花园的常客。一转眼很多年过去了,少年们走上不同的道路。但是我们都觉得,冯牧骨子里总有一种旧家子弟的矜持,这使他的性格更为丰富。冯牧同志在自己和疾病的斗争中,还关心很多事,其中之一是我的医疗问题。常常生病的人,跑医院是开门七件事之后的第八件事,不可缺少,也是延年的条件。冯牧希望延年,是为了文学事业。他希望我延年,是要我把小说写完。我想冯牧同志可以放心,无论怎样挣扎,我不会放弃我的小说。

冯牧和我还有一个共同点,就是热爱云南。抗战时我在云南度过了少年时代,那蓝天白云红土和抑扬顿挫的昆明话伴随我成长,成为我的一部分。冯牧在《彩云之南》这篇文章里说:"我把云南看作是我的另一个故乡,一个哺育我发展成长的地方,一个常常使我魂萦梦绕的地方。"他一有机会就要去云南。一九九四年秋,作协创联部组织作家访问云南,请他做团长,当时他身体已很不好,人劝他不要出门。他在一次电话里说,不愿放弃这个机会,亲近云南的机会。有一次他从云南回来以后,寄来一张照片,背景是大片的木香花,他说,木香花有桂花的香气。这我以前完全没有注意到。一九九五年初,《中国作家》"我和云南"征文发奖,冯牧从医院里来颁奖,我从他手里接过奖状,这是最后一次在公开场合见到他。去冬还有几次会,本来都是少不了冯牧的,会场里熙熙攘攘,却觉得有些空,我们再也见不到他了。

"久病延年"这四个字,用来作一篇追思文字的题目,似乎很不合适,可是我还是用了。因为它有一种精神,有一种毅力,还有一种不离不弃的对生活的爱。

(原载《文汇报》1996 年 3 月 11 日)

刚毅木讷近仁

——记张岱年先生

张岱年先生的著作,我家有好几种,大部分是张先生送给先君冯友兰先生的。也有几种赐我和外子仲,如《张岱年学术论著自选集》《中国伦理思想研究》《张岱年文集》等。我以为哲学书是要正襟危坐来读的,但总没有这样的日子。近日,仲往中关园探望,又带回一本《张岱年学术文化随笔》。因为书名是随笔,似乎可以随便读,一读之下,启示良多,没想到我也是要把学术思想变为随笔才能领会。后又浏览《中国文化及哲学》等书,便有一些想法。张先生书的一个突出特点是个性鲜明,他旁征博引,用的材料很多,但是绝无堆砌之弊,而是经过咀嚼消化,条理分明地用来说出自己的看法。父亲曾说张先生的著作读来亲切有味,我想这是因为他提炼了中国文化的精髓,给我们的不仅是香醇的乳汁,而且是乳汁的乳汁,是奶油。

我很喜欢《论中国文化的基本精神》一文。文中提到中国文化的四个基本要点,即刚健有为、和与中、崇德利用、天人协调。我读后精神为之一振。文中说,《周易·大传》提出"刚健"的学说:"大有,其德刚健而文明,应乎天而时行。"又云:"大畜,刚健笃实辉光,日新其德。"这些都是赞扬刚健的品德。《象传》

说:"天行健,君子以自强不息。"天体运行,永无已时,故称为健。健含有主动性、能动性以及刚强不屈之义。君子法天,故应自强不息。张先生特别赞赏"天行健,君子以自强不息"的思想,在多篇文章中都讲到。这句话下面还有一句"地势坤,君子以厚德载物"。坤者,顺也,大地以其宽厚能载万物,也就是要宽容,要兼容并包。这句话很重要,如无厚德载物的地,自强不息的天是没有根基的。这两句话曾被清华大学作为校训,激励着许多学子,它镌刻在年轻人的心里。我自己非常喜欢这两句话,曾多次建议清华恢复这一校训,许多校友都有这想法。近闻清华大礼堂内原有的这八个字已经恢复,看来有望。张先生文的第二个要点:和与中。"以他平他谓之和",意谓聚集不同的事物而得其平衡,叫作"和",这样就能产生新事物,所以说"和实生物"。"君臣亦然,君所谓可,而有否焉;臣献其否,以成其可。君所谓否,而有可焉,臣献其可,以去其否,是以政平而不干。"这是《左传》记晏婴的话,君与臣也不能只是君说了算,要讨论哪些是否,哪些是可。第三个要点是"正德、利用、厚生"。这是春秋时代的三事说,意即端正品德,善于使用工具器物,改善丰富生活。这就包括了人的精神和物质两方面生活。第四个要点是"天人协调"。《文言》说:"夫大人者,与天地合其德,与日月合其明,与四时合其序,与鬼神合其吉凶。先天而天弗违,后天而奉天时。"《基本精神》文中说:"此所谓先天,即引导自然;此所谓后天,即随顺自然。在自然变化未萌之先加以引导,在自然变化既成之后注意适应,做到天不违人,人亦不违天,即天人相互协调。"张先生把中国文化精神从糟粕中清理出来,让我们知道该继承什么,而不是只盯着三纲五常,认为中国文化一无是处。若能把这几点略通一二,人们就会清醒些,就不会在糟粪中打滚,不会以邪门歪道求进身,不会用站笼把人活活站死,也不会学抽鸦片烟!

读这本书,知道一点张先生提出的文化综合创意的学说。有人说这一学说提示了文化发展的规律,因为文化总是在推陈出新的。这是大学问,我无研究。又知道张先生从青年时代就是唯物论者。《世界文化与中国文化》(1933年)一文中贯穿了辩证思想。最后写道:"文化是最复杂的现象,文化问题只有用唯物辩证法对待,才能妥善地处理。列宁说:'在文化问题上,性急与皮相是最有害的。'这是我们应永远注意的名言。"张先生自选集中收了这篇文章。他在三十年代就引用列宁的话了。我上过张先生所授的历史唯物主义和辩证唯物主义课,当时有人议论,说张先生讲的唯物论不见得合官方的意思。我懵懵懂懂地过了好些年,现在才逐渐明白,他讲的唯物论,大概是和政治有距离的,所以有学院派马克思主义者之称。去年在加拿大,有几位哲学教授,对张先生的文章都很钦佩,虽然他们都是有信仰的神学家。若论信仰唯物论,张先生可谓老资格,但似一直没有得到应有的重视,他从未当过什么委员、代表,倒是赶上当了回"右派"。

北大中哲史教研室主任陈来先生有一篇文章,其中说:"冯先生的《中国哲学史》,张先生的《中国哲学大纲》,前者以人物为线,后者以问题为纲,一纵一横,构成现代中国哲学史研究的经典双璧。"我读陈来文章才知道,有一段时期,因为是"右派",张先生的书不能用真名出版。无独有偶,冯先生的书五六十年代在台湾多次出版,却没有作者名字,好像这书是从天上掉下来的。曾遇一韩国作家,他说他很感谢偷印这书的人,不然就读不到,岂非大遗憾。现在在台湾读冯著倒是方便了,谁知又有新麻烦。

我一直认为"右派"都是聪明人。近闻有一位老学者说,"右派"是中华民族的光荣和骄傲。这是现在的认识,那时的经历,可是太惨痛了。曾与张先生谈及那一段生活,我问是什么支持着他,他答道:"批判想不通,觉得世间再无公理,曾有过自杀的念头。但想到我若自杀,你七姑和孩子就没法活了。"在最艰险的时刻,是朴素的亲情挽住了生命之舟。我自己也有亲身体会。

家里有一张古老的结婚照片,许多人簇拥着魁伟的新郎和娇小的新娘,那便是张先生和我的堂姑母,七姑冯纕兰。前面站的两个小女孩,穿着红缎镶亮边的小袍子,高的是张申府先生的女儿,矮一些的就是我,所以我在七岁就认识张先生了。七姑曾在清华乙所和我们城内寓所住过一段时期,但是张先生很少理会孩子,不像陆先生(侃如)还曾把我们孩子抡起来转圈,使得大家都很高兴。那是因为张先生满心装的都是哲学,别的再也塞不进去。七姑曾形容他,上公共汽车永远是被别人挤下来,怎么也上不去。这些年,我却越来越觉得张先生亲近,从心里爱戴他。张先生为人厚道,有求必应,这是众所周知的。我们常常觉得他也能说句"不"才好。

父亲和张先生俱治中国哲学,方法、道路不同,但他们互相理解,互相尊重,且有很深的感情,那并不是因为姻亲的关系。父亲去世的次日,张先生赶到家里,一定要去医院看望,我不愿老人看见他所关心的人躺在一个冰冷的匣子里,但是七姑父坚持要去,非去不可。当时有几位清华教师同来吊唁,乃陪同前往。两位老学者,一个躺着,一个站着,阴阳两隔,相对无语,似乎时间都凝固了。事隔多年,写到这一段,我还是忍不住自己的眼泪。父母亲下葬的那天,大雪纷飞,郊外青山如着一袭素衣。亲友们站在雪地中,没有一位肯戴帽子。张先生披着雪花作墓前演说,他说冯先生是一位与时俱进的思想家,他的一生是追求真理的一生。张先生的话透过雪花,在众人心上回荡。

一九九一年我罹重病,张先生数次从中关园步行半小时来看望。我知道他看望的不只是我。

我们一代又一代的学者,都是在努力追求真理,但是他们的步履是多么艰难!从焚书坑儒始,各种查禁,以至于砍头,可以作一部专史。到"文化大革命",歪曲批判,残酷斗争,还有各种助纣为虐的唾骂,一起上阵。他们坚持活下来,完成自己认为应该做的事,这需要多么大的勇气和毅力。东坡论留侯云:"天下有大勇者,卒然临之而不惊,无故加之而不怒,此其所挟持者甚大,而其志甚远也。"在荆棘中行走的人,很少认为自己是大勇者,只是有一种精神,一种志向,遂留下了名山事业。

有的人内涵很少,却从外界得到很多,有的人内涵丰富,却从外界得到很少,这也就是一种平衡吧。

"刚毅木讷近仁",是孔夫子的话,父亲用来形容张先生(见《张岱年文集》序)。我写下这句话作题目时还以为是自己的发明呢,其实我一定读过这篇序的。张先生有一枚非等闲的闲章,镌有"直道而行"四字。他确实是直道而行,所以不会挤公共汽车。他口吃,不善言词,木讷气质一见便知,于木讷中自有一种温厚气象,使人如坐春风。这春风很近,因为房间堆满书,人能占有的地方很小。在表弟未分得房子时,张先生的书斋放不下一把待客的椅子,我们去了,索性坐在床上。现在倒有了一张凸凹不平的老式沙发,人需先侧行,然后就坐。张先生重听,日益严重,而我听力、视力减退的速度似乎要和老人比赛,大家促膝而谈,倒免得高声。

　　以上文字是去年写的,总想再改得好些,便搁着。转眼冬去春来,一九九七年三月二十二日《张岱年全集》由河北人民出版社出版并举行了首发式。张先生命我参加,我当时正在医院又一次和病魔搏斗,未能前往。本来对一位哲学家的著作轮不到我发言,但以我的三重身份:学生、晚辈和读者,似还是可以说几句,意思虽肤浅,心却是真挚的。

　　张先生亲自参加《全集》的首发式,亲眼见到自己的全集出版,这样的例子并不多。我很为张先生高兴,也为读者高兴。没怎么听见动静,《全集》便到了读者面前,而且装帧精美,错字很少。比较起来,《三松堂全集》的出版过程要艰难得多,已历经十二个寒暑(玄奘取经也不过十四载),还不知何时能见全貌,只有耐心等待了。

　　去年一份报上刊出张家二老的照片,有小字说明他们都是七十八岁的老人。其实去年他们是八十七岁,今年正好是米寿大庆。我想"改得好些"的愿望,看来一时做不到了,乃将去年之稿略作修改,祝贺《张岱年全集》的出版,并为二老寿。

1996年11月中旬初稿
1997年6月下旬病中改,8月始成
(原载《随笔》1997年第6期)

悼念陈岱孙先生

陈岱孙先生是大学者,是我的父执,是长辈。但在我心中,总觉得他是一位朋友,一位"老友"。

不知道这是不是高攀,也不知道他是不是把我当作小友。我们的来往并不很多,而他待人的平等亲切,让人免去俗套,感到友情的萦绕。

约在八十年代中期,顾毓琇先生到京,来访先君冯友兰先生,让我邀请陈先生也到三松堂。那是一个下午,阳光从西窗射进来,照亮了三位老人的白发。不知是谁说了句"这是三位老院长的相聚",我猛然一惊。三人中,冯是文学院院长,年最长;陈是法学院院长,年居次;顾是工学院院长,最年轻。回想当时在清华,年最长的不过三十出头,各领一方,和同仁们一起,建立了清华的学术地位。那时是何等的意气风发!而转眼间都是老人了。座谈间,顾先生话语最多,他将中国喻为初醒的巨龙,正待腾飞,言下十分振奋。

一九八九年,陈先生迁至燕南园,与我们成为斜对门的邻居。一天,他和他的堂妹陈荷一起来探访。当时父亲已经坐在轮椅上,乃由我陪两位陈先生在院中看看。看看乱草中新长出的铃兰,枯叶中新长出的玉簪,还有那一小片属于香椿树的土地,树旁钻出的许多枝条也已有了嫩叶。因说起陈家院子里该种些什么,我说,种一棵香椿吧,可以吃到最新鲜的香椿芽,随即让人挖出两根枝条。陈先生接过,把它们举了一举,说:"给了我两根木棒。"他的笑容是那样年轻。

父亲去世的次日,陈先生由厉以宁先生陪同来吊唁。当时家里人很多很乱,看到陈先生高大的身影,我沉重的心感到一丝宁静,好像有一只无形的手帮我移去了什么。数日后,在冯友兰哲学思想国际研讨会上,陈先生讲了话,谈到他在南岳与父亲相处的日子,说到"贞元六书"和爱国主义。这篇讲话后来整理为《冯友兰纪念文集》的序言。一九九四年清华以三松堂捐书建立"冯友兰文库",开幕那天,陈先生和大家一同乘面包车前往参加。举行仪式后,大家去参观文库,因文库在五楼,陈先生对我说:"我不上去了,我在车里等。"幸亏有车先送他回去。那年陈先生是九十四岁,现在我进入老年还不太久,已经步履维艰,才体会到那里有多么重的情谊。

陈先生还帮助我了解历史,在我的记忆之井里添贮活水。家中有一张一九四八年中央研究院第一届院士会议的照片,其中许多人我们都认不出,都说去问陈先生。陈先生总是不嫌麻烦,耐心解答问题。我去看望他时,谈话的很大一部分内容是昆明的生活。有一次陈先生对我说,三十年代末,他曾随马帮到丽江去旅行,晚上披着麻袋坐在房檐底下,算是住宿。自己煮饭,煮牛干巴,肉汤很好喝。一天来到一片黑压压的树林,据说是强人出没的地方,大家都很紧张。马帮头一声令下,大家逃命似的冲过树林,总算没有遇险。

又一次,谈到一份杂志发表的陈先生的经济学文章。我不懂经济学,记得陈先生说,凡事都有来龙去脉,不连贯起来看,就看不懂问题,也许会得出相反的印象。

他看见《中华读书报》上有关于我的简讯,画了圈,让人送来给我。家人说:"连陈先生都帮你搜集资料。"

一九九五年我偕外子去美国,到费城,得见顾毓琇先生。顾先生应我之请题词。他写的是"学究天人,道贯古今;哲理泰斗,典范永存"十六个字,笔力遒劲,后放在《冯友兰研究》第一辑中。顾先生还要我们代为问候陈先生。我们回京后,到陈宅讲起顾先生情况,陈先生极言顾先生多才多艺。顾先生为科学博士,却又能写诗词、剧本,其英诗译作很有味道。

老人渐老和小孩渐长,都是可以看得见的。所以,说人"见老了""见长了"很传神。不记得什么时候,听说陈先生在会上晕倒了,便去看望。陈先生说:"是在会后饭桌上,没有任何先兆,忽然失去了知觉,现在已经好了。"自那以后,他似乎出门少得多了。过些时又去看他,他说:"我现在是大门不出,二门不迈。"客厅里靠窗摆着两张沙发,他总是坐那靠门的一张,让客人坐靠内室的一张,因为门边有风。而我一直不解为什么这样坐,想问,踌躇了一下,以后也就忘了。再过些时,陈先生说:"我老是觉得很累,早上一起来就累。"说了这些话以后,我怕他累,起身要走,老人说:"不要走,再坐一会儿吧。"于是我就再坐一会儿。这一会儿很重要,从此再没有见到陈先生。

我家的后院离商店、邮局比较近,陈先生有时从这里穿过,一直是腰身挺直,稳步而行。后院的石子小路坑洼不平,曾想让人修整,像我对一切事一样,总是一再蹉跎。等到把那些坑洼填平,老人已经太累了,已是"大门不出,二门不迈"。也曾想到做点什么好吃的送过去,但不是有事就是有病,这想法终于成了完成不了的心愿。

一九九七年我索性一病经年，住了三回医院。待回到家来，发现燕南园墙外正在大兴土木，日夜施工，令人不能安枕。"陈先生怎么受得了！"我想，"可能学校会安排老人暂避一时。"过几天，知道陈先生住医院了。住几天也好，我们议论。没有想到，陈先生一去不回，永远地离开了。

我们去陈宅吊唁，灵堂里有鲜花有遗像，十分肃穆。这又是贤孝外甥女儿们的劳绩。还有那两张沙发，依然留在窗下，我见了不禁悲从中来。

我很伤心，世上又少了一位宽厚仁让、能主持公道的长者。人常用学贯中西、中西合璧等形容人的学问，我想，陈先生身上体现了人格的中西合璧，既有中国的发自内心的"礼"，又有西方的平等精神，这样的人愈来愈少了。我难过，倒也不全是为陈先生，敬他爱他的人很多，无须我这一掬泪。我是被两句诗击倒："侬今葬花人笑痴，他年葬侬知是谁。"它们不知怎么忽然跳到我心中。那是曹雪芹假托十余岁少女林黛玉的锦心绣口说出的，我到七十岁才有些懂得。这是一个可以抽象出来的道理。父亲曾为许多朋友写过悼念的文字，陈先生为父亲写了悼念文字，我现在又在悼念陈先生。再往下呢？后人而复吊后人，代代无已。在这条来去匆匆的路上，人们"见长""见老"，要停也停不住。

1998 年 4 月下旬

（原载《陈岱孙纪念文集》，福建人民出版社 1998 年出版）

烟斗上小人儿的话

一九九九年是闻一多先生百年冥寿。他离开我们已经五十余年了,人们只能从照片里瞻仰他的风采。有一张照片传布最广,也是最能显出闻先生诗人气质、学者风度的照片。他侧着头,口含烟斗。在画面的烟斗上有一个小人儿,那就是我。

我在照片里坐了四十多年,一九九一年在医院中才发现那是我。我真是高兴。这张照片成为我的护身符,当我和各种魔怪(包括病魔)战斗时,每想到这照片,想到闻先生,就觉得增添了力量。

许多人在语文课本里读过闻先生的《最后一次讲演》,那跨出门就不准备再回来的精神感染了多少人,教育了多少人。有时私下议论,鲁迅、闻一多活到"文革"时代会是怎样情况。估计他们也活不到"文革",在前面的运动中,就会活不下去;或能顽强地用另一种方式活下来,但肯定是过不了"文革"这一关的。

闻先生倡导说真话,他要做到怎么想就怎么说。抗战后期,他发表许多言论,尖锐批评最高统治者,丝毫不顾及自身安危。他这种大无畏精神,上薄云天。他无所畏惧,但他对同事朋友是宽厚的,常替别人着想,从未闻有刻薄伤人之言。我想,他对统治者的愤怒是站在人民的利益上,而不是站在一己的利益上,而对于个人之间的摩擦(总会有的)是不放在心上的,可以说是"横眉冷对千夫指,俯首甘为孺子牛"的表率。

闻先生的革命精神包含了诗人气质,"这是一沟绝望的死水,清风也吹不起半点漪沦"(《死水》),"春光从一张张的绿叶上爬过……仿佛有一群天使在空中逻巡……忽地深巷里迸出一声清籁:'可怜可怜我这瞎子,老爷太太!'"(《春光》)。他以无比的深情关怀着整个社会。我喜欢《也许》这首葬歌:"我把黄土轻轻盖着你,我叫纸钱儿缓缓地飞。"这又是另一种深情,看透了生死,似浅淡,却长远的深情。闻先生著有《九歌古歌舞剧悬解》,这是他根据屈原《九歌》写的歌舞剧本,想象力真丰富。我非常想看它的演出。另一个愿望是看爱罗先珂《桃色的云》上演。我想今生是看不到了。

最近,闻惠羽小妹送我一本闻先生的《诗经通义》。这是一部草稿,经闻惠羽校补成书。我翻阅后,见一字一词注释得详尽,更体会到"何妨一下楼主人"的精神。古人说,"三年不窥园,绝庆吊之礼",才能做一点学问。做学问需要这种不窥园、不下楼的精神。一九四七年,我在南开大学上学。五六月间,举行了一次诗歌晚会,纪念闻一多。冯至从北京来参加,做了讲演。会后,我写了一首诗,那是我第一首发表的新诗。现摘一段在这里,诗的题目是《我从没有这样接近过你》。

> 我从没有这样接近过你。
> 真的,我从没有这样接近过你。
> 在大家沉重的脸中我看见了
> 你的脸。
> 在大家呜咽的声音里我听到了

你的声音。
我今天才找到了你,找到了你。
找到你
在我们中间。

闻一多是永远在青年中间的,他的精神永远年轻。这些年,我们不大想起闻一多了,远离了他的精神,而我们是多么需要他的精神!对强暴大无畏,对普通人深具同情,富有想象力的审美眼光,还有踏实认真甘坐冷板凳的治学态度——我知道"何妨一下楼"中只有冷板凳。

再来看一看那张照片。一九四五年初,西南联大悠悠体育会组织去石林,邀请闻先生参加。闻先生带了立雕(韦英)兄弟和我及钟越同往。那时去石林要乘火车,骑小马,到尾泽小学打地铺。到几个地方看景致都是步行,大家都是很能走路的。记得有一天中午,在一个小店打尖。闻先生要了米线,每个孩子一碗,招呼我们先吃。后来在长湖畔举行了联欢会,照片便是那时出世的。

我坐在烟斗上,并不感到云雾缭绕的飘飘然,而是感到焦虑沉重——是因为坐在烟斗上么?我感到沉重,因为我们离闻一多远了;感到焦虑,因为我们似乎并不知道究竟已经离闻一多有多远。

1998年12月于风庐

(原载《回忆纪念闻一多》,武汉出版社 1999 年出版)

仙踪何处

冰心老人离开我们了。

人们常把这种离去称为仙逝。我觉得谢先生确实是成了仙了。她随世纪而来，又随世纪而去，有着完满的一生。她不只是好作家，也是好女儿、好妻子、好母亲，有这样福分的人不多。

中国伦常的一项重要内容是朋友。谢先生有很多朋友，这又是一种难得的福分。她爱朋友们，朋友们也爱她。赵萝蕤先生曾对我说，她结婚前，谢先生专到她家讨论这桩婚事，这关心让人难忘。经过了"十年浩劫"，人们渐渐从麻木中醒来，彼此有了来往。赵先生和我商量去看望老人。我们去了，大家都十分高兴，谈话很随意。当然还有那只猫。在梁启超书的那幅"世事沧桑心事定，胸中海岳梦中飞"字下照相时，我想，这对老人来说，是重复而又重复的节目了。她却不嫌烦，因为她心里装着朋友。赵先生先老人一年而去，如今她们在一起时，不知会讨论哪些话题。

老人世事洞明，晚年更增添了棱角。她的短文《我请求》影响很大。一位自小相识的准兄弟看后责备我："你怎么不写一篇？"我很难回答。以后的文章《等待》，似很平淡，也给人极深的印象。这一篇简单朴素的文字，只写了几个家人，却装着一个大关心，关心着人民的疾苦和祖国的命运。

　　这个多福的老人留给我们一个谜，这个谜恰在我身边。老人曾居住于燕南园，那是她婚后最初的家。我曾认为她住的是六十六号，有何根据，却记不得、说不出了。近见有文章，说林庚先生也说是六十六号。但吴青说是六十号，当然应以她的话为准。有意思的是，燕南园房屋样式多不相同，恰恰这两幢十分相像，都是带有门廊的二层小楼，里面结构也大致相同。记得谢先生有文《我的家在哪里》，描写梦中回到各个时期的家，似乎没有提到燕南园。现在若回来，会分辨出哪一座是最初的家吗？

　　谢先生是成了仙了，她从闪烁的星空中俯视我们，从溶溶的春水中映照我们。在一次冰心奖的发奖会上，我曾写过两句话，"繁星爱之光，春水生之意"。那是永远的爱之光，永远的生之意。

1999年3月12日

（原载《群言》1999年第5期）

在曹禺墓前

四十年代后期,在清华读书时,有一阵子,每到下午课后,常常骑车出去漫游。圆明园、颐和园以及这一带当时还很荒僻的郊野,都是常到的地方。漫游中有一个"景点",便是万安公墓。那时的万安真是安静,很少人迹,墓也不多。春来野花烂漫,秋至落叶萧萧,便总想起华兹华斯的那首《我们是七个》,诗中说一个孩子认为死去的姐妹只不过是躺在墓园里,有句云"每当夕阳西下/我来到墓边/拿着我的小碗/坐在他们身旁吃晚饭",似乎他们仍在世上。那时我在墓间走来走去,觉得彼岸世界浑和静穆,很近又很远。

后来自己经历了几次亲人的永别,才知道什么是死亡。万安公墓不再是我欣赏的对象,而是牵连到我的心魂。我几乎是怕去,但又想去,抚一抚父母的墓碑,也是定省。今年清明前我们照例去扫墓,擦拭了作为墓碑的大石头,摆好了花束,又照例默然站了一会儿,各人想自己的心事。然后为一点小问题,我们到管理处去。走过另一个区时,家人忽说:"曹禺在这里。"

我们快步向前,见一个矮碑,写着"曹禺"两个大字,为巴金老人所题。墓面是隆起的黑色大理石,没有任何别的字迹。本来"曹禺"两个字就足以说明一切了。我们不约而同肃然而立,深深三鞠躬。

五十年代中,我在文艺界打杂,曹禺同志(这是习惯的称呼)为写《明朗的天》,曾约我谈话,要我讲讲解放前后教授的生活、学生的心情等。我讲话的能力很差,大概没有帮助。讲到刚解放时,和几个同学在寒风中,走到海淀去看解放军。解放军一个个都很年轻,戴着大皮帽子。他很注意这一细节。《文艺报》一个同事的妹妹是医生,他也曾去拜访。听说他写《日出》时,对不了解的生活特去做实地考察。这样补充生活,有时能酿出蜜来,有时却不一定,而这种认真的精神很值得我学习。以后,每在一些场合遇到时,他总要关心地问起冯老师近况。印象最深的是在阳翰老八十五华诞的庆祝会上,曹禺同志特地走到我面前说:"问冯老师好。我是万家宝,告诉他,万家宝问好。"

一九九三年,我在深圳小住。住处有一个女服务员,学写小说,笔名梅子,拿了几篇作品来征求意见,乃和她谈起要多读书。她说最想读曹禺的剧本,许多人想读,但是买不到。回京后,我立即到处搜寻《曹禺选集》,遍寻无着。我们又失望又气闷,为什么想看的书总是买不到呢?这个奥秘我到现在也不明白。当时有一家小出版社负责人听说,觉得偌大北京城买不到曹禺剧本实在不可思议,便想由他填补空白。我们都很兴奋,特地到北京医院看望曹禺同志,说了这一愿望。他说已和人民文学出版社签有合同,可是不知是没有书了,还是有书渠道不通。那家小出版社只好作罢。他还坚持依照习惯,坐在轮椅上送我们到电梯口。其实我们也知道,这样的张罗只是尽心而已。我只好写信给梅子,告诉买不到书,也不知她收到这信没有。后来《曹禺全集》是由花山出版社出版的,不知是什么原因。

一九九六年底,曹禺同志逝世,我觉得历史好像翻过了一页,再也回不去了。

曹禺同志是话剧史上的里程碑,我没有专门研究,这只是一个读者的看法。记得在昆明,上中学时,曾看过《家》《北京人》等演出,每次都受到很大的震撼。它们都有一种诗意,就好像《红楼梦》和别的小说的区别,就是有一种诗意。这使得作品超凡脱俗,直叩人们心底。从来改编自小说的剧本都不及小说,只有《家》的改编是个例外。它本身就是创作,很有灵气,很美。我很喜欢曹禺的对话。只凭对话不用描写,就能塑造出活生生的人物,真是了不起!而且那语言是多么铿锵有力。那时我们几个少年人在一起,有人随便说一句:"太阳出来了!"别的人就会自然地接上去:"黑暗留在后头,但是太阳不是我们的,我们要睡了。"还有《北京人》中的台词,"这是人类的祖先,这也是人类的希望,那时候的人要爱就爱,要恨就恨",也是我们常背诵的。《原野》中仇虎和金子的对话,一个说:"给你钱。"一个答:"钱我有。"一个说:"给你车。"一个答:"车不用。"过了几十年,我还记得。我觉得他的剧本不只是为上演,也是为了阅读,可以大声朗诵,也可以默默阅读,那语言在你心里回荡时,真是无声胜有声了。

若要攀点关系,可以说曹禺同志和我是清华先后同学。我一直认为,自一九二八年清华学校改为清华大学以降,在文科领域里,曹禺是清华学长第一人。

还有一位我敬佩的清华学长是作曲家黄自。老实说,当我知道黄自也是清华毕业(一九二四年)时,很觉奇怪。我喜欢他的音乐。在我国现代音乐史上,第一部交响音乐是他创作的。一九九五年,我在美国参加一个会,一个台湾旅美作家说,他很关心对黄自的评价。其实我们的中央音乐学院已经在校园里竖起了黄自的铜像,我每次去都要行注目礼。我永远记得他的《抗敌歌》中那雄壮的合唱:"锦绣江山谁是主人翁?我们四万万同胞!"前几天,中央电视台还演播了他的《春思曲》。可惜黄自在抗战后一年,在三十四岁的锦绣年华去世了,不然我们还会听到他的更好的、真正伟大的音乐。

曹禺和黄自对中华民族的文化倾注了自己生命的甘泉。他们的作品都是原创性的,不可替代的。他们是清华的骄傲。我们仍在读他的书,唱他的歌,而且会一直继续下去。

我不知道想读曹禺的读者们是否已经有书。希望他们不会等得太久。

明年清明,我当另带一束鲜花,放在曹禺墓前。

1999 年清明前后　搁至端阳始又检出
(原载《中华读书报》1999 年 6 月 23 日)

大哉,韦君宜

二〇〇二年一月二十六日黄昏,邵燕祥来电话告诉我,君宜同志已于当日中午辞世。我立即给杨团打电话,杨团说君宜同志是在歌声中离去的。那是抗日战争时代留下的歌,万众一心用血肉筑成长城的歌。她是唱着这些歌走上革命道路的,用这样的歌为她送行再恰当不过。

君宜同志是个敢说真话的人。我们经历过的那个古怪时代,要把所有的人的头脑都变成复印机,传达什么就照着讲照着说,够不上传达的也要人云亦云,以免出"错"。君宜同志不是这样,她要把她看到的真实情况说出来。小至对一个人的看法,大至对国家局势的看法。我常说,历史是一个哑巴,人们知道的只是写出的字。要更多的人说出真话,我们才可以接近真的历史。

君宜同志是一个能够反思的人。痛定思痛,只有人才能够做到这一点。可是人常常放弃这一特性。有多少人于痛定时就失去了记忆;有多少人于痛定时还要涂抹油彩,说本来就没有什么痛。《思痛录》中有这样一段话:"我就是这样一步一步思索我这十来年的痛苦,直到思索痛苦的根源:我的信仰。直到我们这一整代人所做出的一切,所牺牲和所得失的一切。思索本身是一步一步的,写下来又非一日,其中深浅自知,自亦不同。现在仍归其旧。这个根源,我留给后来者去思索。"她的反思不是偶然的、片段的,而是有目的、有系统的,有这样的反思才能进步。

然而这需要多么大的勇气。也许她根本没有想到勇气,她只是要把她看到和认真思索过的说出来,为了后人。

君宜同志是个永不消沉的人,缠绵病榻十余年,写下了近三十万字的文稿,为历史作证。我是一个老病号,在和病魔周旋时,有时会万念俱灰,满脑子萦绕着那两句"纵有千年铁门槛,终须一个土馒头"。我深知病中写作的艰难,我不知道君宜同志有没有灰心的时刻,但她是胜利者。

她终于明白地说出了要说出的话,可以安心地沉默,这让人减少些悲痛。

写于 2002 年清明前夕
(原载《韦君宜纪念集》,人民文学出版社 2003 年出版)

痛读《思痛录》

在读《思痛录》的过程中,不时悲从中来。这是痛读的一层意思;另一层意思是,书中说了许多别人未必敢说的话,读了使人痛快。那十八层地狱里的日子谁也不能忘怀,可是勇敢地回忆它、正视它、思索它的人并不多。而眼前的这本书是这样做的。

新时期以前,除五十年代前期外,几十年的生活总结起来,就是批判和被批判,斗争和被斗争,阶级斗争年年讲、月月讲、天天讲。人们如同站在滚油锅边上,一句真话就可以掉进去。我在小说里发明了"心硬化"这个词。"心硬化"其实就是硬起心来说假话。"心硬化"未必是改造的目标,却是一部分结果。书中说:"参加革命之后,竟使我时时面临是否还要做一个正直的人的选择。这使我对于'革命'的伤心远过于为个人命运的伤心。"这段文字最使我震撼和痛心,人本来应该学"好",要正直,要真诚,可是在"革命"的名义下,这些都莫名其妙地划给了资产阶级。只要提到立场,话就可以有完全不同的说法。

五十年代末,我下放回来后,写了一篇小文章《第七瓶开水》,第一句话写道:"天下的母亲都是爱自己的儿子的。"自己再一看,暗叫不好,这分明是人性论,于是改掉了。改成什么样记不得了,但那一句"天下的母亲都是爱自己的儿子的"却还牢记不忘。可见无论怎样改,真事是改不掉的。"心硬化"已成为一种沉疴,不过,既然知道它是病,就会治愈。

君宜同志在"心硬化"的过程中经历较久,但她始终是一个正直的人,真诚的人。她说过假话,但她愧悔,她挣扎着要说真话。现在有些人并没有经过多少精神的折磨、心灵的摧残,为了自己的小小名利,挖空心思编造假话,我看这样的日子也不好过。《思痛录》不只记叙了过去的种种坏事,也像照妖镜一般,照出现在的一些丑恶面目。作为一个病人,写出这样勇敢、健康的文字,令人起敬。当然书里也有不够准确的地方。一个个人来看整个历史,必然或有所缺,但如果大家都能真诚地说出自己所能看到的,那就是一部真实的历史。

巴金老人在人们庆祝他九五华诞时,写下了三个字"讲真话"。这是老人始终关心的最大的事。能不能说真话,关系着我们的民族精神,或沉沦堕落,或健康发展。每念及此,心中像坠着一个大秤砣。唯愿有更多的人记住巴金老人的这三个字:讲真话。

挣扎着说真话,《思痛录》的可贵处就在这里。

1998 年 12 月

(原载《文汇读书周报》1999 年 1 月 16 日)

向 前 行 走

去年十二月上旬得到雕塑家吴为山先生电话,说熊秉明先生患脑溢血昏迷不醒。他在发病前,曾说要给我写信,惦记仲德的病情,又想着我以多病之身遇到这种大事可怎么好。不料他自己摔了一跤就从此不起。我几次想打电话问秉明兄醒过来没有,却又怕打,怕的是他醒不过来。十二月十五日晚,我往巴黎打了电话,得知秉明兄已于十四日晚九时十五分逝世。

熊夫人陆丙安声音很平静,但显然在压抑着哽咽。她说我正想要通知你,他留下了很多未完成的作品,我一定要把它们整理出来,我要为他出一本纪念文集。我只有请她节哀保重,说不出什么话。

我常想到杜甫的一句诗:"访旧半为鬼,惊呼热中肠。"这两年,隔一些时候便会收到讣告。有的朋友几个月不见,再得到消息时,原来他已经离开了。我这一代人,好像是一个枝头的许多绿叶,正在悄悄地落下,一片又一片,回归了大地。如今,熊秉明兄落下了他人生的帷幕。

秉明兄与我同为清华子弟,是成志小学的先后同学,可谓从小相识。但因年纪相差,相互并无了解。直到读了《关于罗丹——日记择抄》这本书,才开始真正认识他。我很为书中充满哲理的艺术见解和简朴而动人的文字所折服,不由得写了一篇介绍文字,题为《行走的人——关于〈关于罗丹——日记择抄〉》。我说:"若想活得明白些,活得美些,都应该读一读这本书。"文章发表后也没有寄给秉明兄看,是有朋友告诉他。后来又得到他的几本散文集,又获得许多精辟的艺术见解,后来我眼疾日重,就无法阅读了。

一九九九年北京举办《熊秉明的艺术——远行与回归》展览,展品主要是雕塑,也有绘画和书法。我去看了,虽然只看到大概轮廓,却有一种感受,感受到一个艺术家的精魂在那些金属里发出活力。展品中那些翩翩起舞的铁条鹤,凝聚着生命的沉重的回首牛、跪牛,让人伫立良久。还有一个雕塑是仰天嚎叫的狼,让人仿佛真的听见狼在旷野中的嚎叫,正在穿透黑夜,似乎是绝望的挣扎,又似乎是希望的奋斗。秉明兄的艺术近于抽象,乍一看似乎很不像,但细细揣摩后发现它们是那样真实。他给读者留下了想象天地,大大丰富了作品内容。

有评论家说:"把书法的哲学、语言、形态融入他在西方所接受的雕塑训练,呈现的即是'熊秉明'这位艺术家的文化学养传承。"秉明兄毕业于西南联大哲学系,又多年在西方从事艺术创作。我常想,被东西方两种文化"化"过的人是有福的,世间有这样的人,对大家来说也是一种福分。可惜我们的福分越来越少了,怎不令人悲哀!

在秉明兄的建议下,我张罗着,得到北京出版社的支持,编辑出版了《永远的清华园》一书。那一年,我在眼科病房中,想得最多的就是怎样编好这本书。自幼生长在清华园中的清华子弟们从自己的角度记下了对父辈的印象,表现了这一代学人的风范。讲的是学问以外的事,留下的是长久的心中的记忆。

去年六月,在杨振宁先生八十华诞寿宴上,秉明兄书写了"八十"两个大字,为振宁师寿。这其实也为他自己祝寿,他也是八十岁,谁也没有想到他会停止在八十岁。寿宴后几天他偕丙安和吴为山君到我家来,谈起我的下一部小说《西征记》时,他说:"你没有打过仗,你怎么写?"我说:"就靠你们啊!"他曾参加抗日战争,在滇南一带作战,在丛山密林的枪炮声中读里尔克,可谓携笔从戎。西南联大纪念碑碑阴刻有当时从军学生的名字,记下了他们的爱国热情,如高黎贡山,如怒江水,长在人间。他说:"我可以告诉你许多事。"可惜我不能作长时间谈话,未得畅叙,总想着还有下次呢,谁知道竟没有了下次。

吴为山君创作了许多名人塑像,表现了他卓越的才华。秉明兄特别赞赏那一尊冯友兰头像,在给我的信中曾说这尊像"有历史,有哲学"。这像一式二尊,分放在北大、清华的文科图书馆中,注视着青年学子的成长。

我找出《远行与回归》艺术展的画册,一页一页翻过去,那些牛、鹤、狼和抽象绘画在我眼前流过。不能说他停在了八十岁,他的精神还在向前行走,正如他对罗丹雕塑《行走的人》的解释:"人果真有一个目标吗?怕并没有。不息地前去即是目的。全人类有一个目的吗?也许并没有。但全人类都亟亟地向前去,就是人类存在的意义。"

2003 年

(原载《文汇报》2003 年 3 月 3 日)

祭李子云

子云,时间过得真快,转眼间你已经离去十五个月了。这期间我常出入医院,也常在心中描摹你在医院中的情景,怎样的挣扎,怎样的告别。我知道只有一个结果,我再也不能与你相见,再也不会听到你的洞见妙语,再也不能毫无顾忌地畅谈我的各种感受了。

我们会面不多,但每次长谈都像是森林中的氧气,从你得到的永远是理解和启发,使我感到清醒和熨帖。二〇〇四年春我到杭州去,我是独自去的,再没有仲德陪伴了。经上海时,我们见面,从你得到许多安慰。我们讨论人生,也没有忘记文学。你说几天后你也去杭州,可是,后来你家遇事,没有来。二〇〇五年我又到上海,我们在一个小西餐馆相会,那种东一句西一句漫无边际的闲谈,真是一种快乐。能这样谈话的人太少了。如今又少了你,到哪里去寻找呢?总以为还会有再见面的机会,哪知这就是我们最后的见面。

随着时间的推移,灾祸向我们推进,而终于到了你结束一切的时候,我怕也不远了。

子云,你是有卓越见识的人。在改革开放初期,你的一批评论文章,给了新时期文学多少力量!

你是说真话的人。有见识不容易,能说出来更不容易。在这充满谣言和谎话的时代,说真话需要多么大的魄力!这包括勇气、决断、担当等等条件。

你是能听懂别人话的人,你从来不凭几个条条框框去评论别人。因为能听懂别人的话,看懂别人的书,能体会作品和作者最本质的东西,还能把它揭示出来,说你是第一流的评论家是不够的。你知作品之意,会作者之心。金圣叹读《西厢记》,读到"他不瞅人待怎生",卧床品味三日未食。现在的人已经缺少这种感动的能力了,而你的慧悟从未减退。

你能领略生活中的各种美,服饰永远得体。你七十岁以后的肤色还可以为化妆品做广告。

天地间孕育一个你这样的人,需要多少灵秀之气!要消逝竟这样容易。子云,我们会再见,在消逝中再见。

(原载《新民晚报》2010年12月27日,
编者改题为《李子云的慧悟》)

握　手

　　上世纪四十年代上半期,我在昆明联大附中读书时,有各种文艺活动。在一次诗朗诵会上,光未然来了,他好像朗诵了一首《为少男少女们歌唱》,有的同学记得是《午夜雷声》。那应该是我第一次见到光年同志,但已没有什么印象。印象清楚的是五十年代初,我在政务院文教委员会宗教事务处工作,文教委员会开会有时叫我去做记录。有一次会议,记得是由习仲勋主持。发言的人我大多不认得,做记录时,有人告诉我他们的名字。到张光年同志发言时,我才知道他就是光未然。他的发言很长,发言中常有人插话。他对旁边的人(好像是胡乔木)说:"我们这些人数学都不好。"不知为什么,会议的内容我全不记得了,只记得这句话。

　　一九五七年初,我到《文艺报》工作。当时《文艺报》年轻人多,很有朝气,学习的热情很高。那时还没有狠批"封资修"。记得副主编陈笑雨复习英文,要我为他找些书。我找的书是以前的高中英语课本,上面有《大卫·考博菲尔》在饭馆被骗的一段,读了都觉得很有趣。当时编辑组的两位女同志召明和杨明想读点古文,我建议她们背诵。她们要我布置功课并按时听她们背书。有一次,召明背到中间卡了壳,急得哭了起来。在这样的学习气氛中,作为主编的光年同志,自然是重量级。他开讲《文心雕龙》,每周一个半天。这本是很好的学习机会,但我没有能认真听讲。在编辑部的同乐会上,光年同志也朗诵过诗,印象最深的是这样几句:"绿色的伊拉瓦底啊!带着玻璃样透明的心肠,高傲而满足地,流在缅甸庄严的佛土上。"我觉得光年在朗诵时特别显出一种诗人气质。他是一位诗人又是一位学者。

我所在的外国文学部,主任是萧乾,副主任是黄秋耘和邹荻帆,大家都很谈得来。萧乾曾带我们全组人员到北海去会见文洁若。秋耘常说自己是军人,但他总是带一副多愁善感的模样。我们有时一起背诗,你一句我一句,很畅快。在宝钞胡同的《文艺报》宿舍,谢永旺等四个年轻人住一个房间,我称他们为"四杰"。文学评论组有两位年略长的同志,被我们称为"鸭、羊二兄"。那一段日子,也就是"反右"以前的几个月,回想起来是很快乐的。

"反右"运动开始以后,空气紧张起来。七月份,我的小说《红豆》在《人民文学》杂志发表,受到批判。当时的《人民文学》主编张天翼曾带我到北大中文系开了一次会,听取意见。后来又安排我写一篇外国作家大炼钢铁的报道,也在《人民文学》发表,以此表示我还可以发表作品,没有什么大问题。这都是对我的关心和爱护。但他也指出这个年轻人肯定是应该注重思想改造的。

一九五八年,干部开始轮换"下放"改造。在一次小规模的会上,光年力主我应该第一批下放,但后来因为工作需要,我到一九五九年才下放。在桑干河畔度过了整整一年。一九六○年初,我回到编辑部不久,光年和我做了一次长时间谈话。主要是通知我作协党组的决定，调我到《世界文学》杂志工作。我们谈了很多关于思想改造的问题，他鼓励我要巩固下放的收获。到《世界文学》以后，我写了短篇小说《后门》，批评社会上"走后门"的现象。虽然我已十分注意语气的委婉，并将原因归于资产阶级的影响。在《新港》（《天津文学》前身）发表时——这在当时已很不容易——题目改为《林回翠和她的母亲》。光年看到了这篇小说，也许是有人向他报告的。在一次作协的会议上，开会休息时他对我说："这篇小说不好，要投鼠忌器，要注意。"我很感谢光年的关照。以后，局面越来越紧，要写出自己的见识很困难，我在《世界文学》，对研究外国文学也很有兴趣。可做的事很多，我暗下决心不再写作。直到十四年后"新时期"到来，我才重新拿起尘封的笔。

到二十世纪末，作协原领导层的同志多已去世，只剩下光年，也患重病。大概在世纪之交的某一天，我和外子仲到崇文门外他的住处去看望他，光年很高兴，对我说："'文革'时被打倒，众人都不理我。有一次在灯市口遇见你，你走过来和我握手。后来我写了一首诗，题目就叫《握手》。"说着，坐在旁边的黄叶绿同志取出了那首诗。光年给我们念了一遍，这也是一次朗诵。以后这首诗收在《张光年文集·诗歌卷》，全诗如下：

> 当黑色的风暴，
> 席卷中国大地；
> 我匆匆穿过长街，
> 一切熟人视同路人的时候，
> 感激你，真挚的朋友，
> 你默默地同我握手，
> 你紧紧地同我握手！

当我开肠破肚,
摘除一串毒瘤;
我泰然躺在病床,
怀念健在的一切故人的时候,
感激你,真挚的朋友,
你深情地同我握手,
你紧紧地同我握手!

当一阵倒春寒,
挟来一阵冰雹;
我闭门谢客,
而又渴望倾诉衷肠的时候,
感激你,真挚的朋友,
你轻轻推门进来,
你紧紧地同我握手!

当风暴过去,
当病痛过去,
当感冒过去的时候,
感激你,真挚的朋友!
想念你,不死的友谊!
让我们紧紧地握手,
紧紧地,更紧紧地!

现在再读,真觉得无限感慨。

《黄河大合唱》是名作,感动了很多人,激励了很多人。我曾多次被那黄河的怒吼震撼。有一次,在北大百年纪念堂听《黄河大合唱》,有一段朗诵特别长,以前听《黄河》时没有的。我觉得这段朗诵不太好,不只啰嗦,也妨碍了音乐,而且词句太政治化了。怎么会有这一段?便打电话给光年。他说,《黄河大合唱》本来是有这一段的,一九四九年进城时说表演不便,删去了。现在又恢复了,很好。我说,我觉得效果不好。又说了我的理由。光年没有再说话,我们就谈别的事了。以后我没有再听到《黄河大合唱》,不知道那一段朗诵如何处理了。

不久以后,光年同志去世了。那一代文艺精英差不多全部走完,这是生活的规律,只有黯然。现在十年过去了,我们来纪念光年同志百岁冥寿。不知为什么,我又想起光年同志当年说的"我们这些人数学都不好",其实,这话也许并不尽然。我想,他们的共同点是把文学当成党的事业。拿光年来说,无论学者的才,还是诗人的才,都没有充分发挥;发挥较好的似乎是在文学事业的组织工作方面。他们竭尽全力,贡献了自己。这种精神是可敬的。

2012 年 9 月 26 日

(原载《回忆张光年》,作家出版社 2013 年出版)

应该说的话

二〇一三年春节,铁凝来看我。她说:"我刚从杨绛先生那里来,她问我,你要去看钟璞吗?我说是的。杨先生说,替我问她好。"

我一听,立刻叫人拨通杨先生的电话。好在电话号码还在那里。报名以后,保姆小吴说:"我去问奶奶。"杨先生很快来接电话了。

我向杨先生问安,两人都很高兴。我们本是师生关系,我上过她的英国小说选读这门课。说着话,彼此都有点伤感。杨先生说:"我还记得你听课时候的样子,我从来没有把你当作学生,我一直把你当作作家。我是上一代女作家里最年轻的,你是这一代女作家里最年长的。我们两个联系了两代人。"我从不知杨先生有这样的想法,也没听到过这样的说法。我这一代中最年长的应该是茹志鹃。但因为我是杨先生的学生,所以她知道我。

在电话里我听见杨先生的声音稍有些沙哑,但讲话还是很清楚。杨先生说:"我又听见鸟叫了。"我当学生时她就说我的声音像鸟叫。我说要去看她,铁凝在旁说:"我陪你去。"可是,因为南沙沟没有电梯,我不能上楼。结果就像许多事情一样,拖啊拖,拖到最后终于没有去看她,这是我们的遗憾。

一九六六年八月十八日,在天安门有接见红卫兵的活动,为配合这次接见,各单位又揪出一些不起眼的"牛鬼蛇神",我便在其中。我当时已被隔离在贡院西街《世界文学》杂志原址,和编辑部几位同志一起,每天中午在火炉上煮方便面。这一天下午,我被传唤到社科院大院编辑部的办公室,和外文所的老先生们一起接受批斗。我好像是升级了,当时杨绛先生也在场。造反派气势汹汹地喊口号,有人向杨先生大声喝叫:"告诉你不准搽粉,你怎么还搽?"杨先生天生皮肤很白,她低声分辩:"没有搽。"那人又大声喝叫:"不准分辩!"

因为"子弹"不多,批斗很快结束。这是八·一八那天在我们这个小单位的一幕。

一九六九年秋,我和蔡仲德结婚,当时"文革"的气氛有所缓和。《世界文学》编辑部和外文所有十来位同志来祝贺,杨先生也在其中。她是来客中唯一的长者。

那些年,在路上碰见钱先生,他总要我代问冯老师好。有一次,我们去看三姐冯钟芸和任继愈兄。三姐家和杨先生家住得很近,我们便也去看钱、杨两先生。到杨先生家时,两位先生都在看书,杨先生看的是一本竖排的中国书。因为我们的到来,他们都放下了书,大家愉快地闲谈。告辞后,走到小区大门口,才发现我放在椅上的毛衣忘记拿了。仲回去取,杨先生正在楼梯口等着交还毛衣。

以后,我和杨先生之间的不愉快是时代的颠簸所致。一切关系都撕裂了、扭曲了,极不正常。

杨先生走在人生边缘上时,想来是希望一切正常。我现在也到了人生的边缘。我要说一声:"杨先生,我的老师。不久在彼岸,让我在你的指导下讨论英国小说吧。"

以上的文字是多年前写的,因为觉得事情已经过去,不必再提起,也就搁下了。转眼间,杨先生已经去世五年。现在看来,这几句话还是应该说。告诉大家杨先生和我的关系状况。北宋哲学家张载把辩证法的规律归纳为四句话:"有象斯有对,对必反其为。有反斯有仇,仇必和而解。"人的一生不知有多少大小恩怨,只是争执,离仇还远,也都应该和而解。我相信这个道理。

2018 年 12 月

(原载《中华读书报》2021 年 3 月 31 日)

独臂多面手叶廷芳

叶廷芳（1936.11.23.—2021.9.27.）去世一年了。他是残疾人，独臂。可是他有多方面的业绩，是为多面手。他是中国社科院外文所德语文学专家，还有建筑方面的专著，等等等等，方面很多，他的影响不是我能了解的。

叶廷芳是第九届、第十届全国政协委员。他做了一件关系重大的事，就是在政协和几十位委员一起提出建议，修改计划生育政策。我看过一篇文章，介绍他怎样收集材料，研究实情，怎样让其他的政协委员也知道。他们的建议对于这项政策的实际修改无疑是起了作用的。我很佩服这种为公事为大事献计献策的精神。两眼只盯住屋角堆着的萝卜白菜是不行的。所以，我要为他写一点文字，表示我的敬意。

叶廷芳还是一位业余歌手，外文所每有聚会，少不了他高歌一曲《克拉玛依之歌》，洋溢着对建设祖国的热情。现在我的耳边好像还回荡着那"克拉玛依、克拉玛依……"的歌声——你听见了吗？

（原载《中华读书报》2022年10月12日）

悼 张 跃

张跃,中国哲学史研究者,三松堂的关门弟子,冯友兰先生的最后一个博士生。他很年轻,时间在他身上停止时,不过三十三岁。不知他还有多少计划,多少梦想,可是本来应是慷慨给予的年岁竟然掠走了一切。

父亲最后几年的著书生活中,常为助手问题苦恼,学校没有名额,找人抄抄写写总不当意。

一九八五年任继愈先生建议,最好带博士生。学生可以随在身边学习,又可以帮助工作,可谓一举两得。于是,便有张跃出现在三松堂前。

这是个能干的年轻人。父亲有四字评语:"书而不呆。"和我家几个"又书又呆"的"书呆子"相比,能帮得上忙多了。他来时,《中国哲学史新编》第四册刚开始。他除在指导下读书写论文,便是帮助查找资料,看《新编》稿。间或也帮助记录。父亲从他那缩微资料馆般的头脑中提出篇目,张跃便去查找。有一次父亲要外子蔡仲德找一本书,说记得这书家里是有的。蔡教授遍找无着。次日准备到大图书馆去借。不料张跃一出书房门,便看见走廊里的一堆书中赫然躺着那本书。为这事我们笑了一个月。

三年一转眼过去,张跃毕业了,获北京大学哲学博士学位,仍回宗教所工作。但他还是每周来一次帮助《新编》的写作。那时我们已找到一位退休中学教员马凤荪先生,旧学颇有根底,做记录胜任愉快,形成了一个较稳定的班子。

《新编》的完成张跃是有功的。在马先生来以前,笔录的人水平很差,张跃为了弄清究竟是哪几个字,就得向失聪的老人嚷嚷半天。父亲对中国哲学有话要说,原拟写八十一、八十二两章,但内容似少些。是张跃建议合并为一章,成为八十一章,即现在的讲解中国哲学的底蕴精神的最后一章。父亲对八十一这数字很满意。

记得那是在中日友好医院病房里谈论这事的。在走廊上,张跃对我说:"不管怎样,先弄出一个提纲也好。"都怕父亲写不完这书,他竟以惊人的毅力字斟句酌地写完了,不仅只是提纲。而只有他三分之一年纪的张跃,患病前正在写《冯友兰先生传略》,他竟没有写完。

人们说,这是他们师生的缘分。他们一起看到《新编》的成稿,却都没有能看见最后一册的出版。最后一册,不知什么时候才能出版。时有读者写信,或竟登门来问,我回答不出。

对老人的生活,张跃也是关心的。往医院看望,每每一陪就是一下午。若干年前,父亲的一位老学生送来一架粉碎机,我搁着没有用。直到这早先看来较特殊的小小机器有了普遍性,直到张跃来了,而且熟了,自告奋勇摆弄它半小时,机器才开始工作。

《新编》第七册完成后,父亲照例向帮助工作的学者们致谢。这是最后一册,父亲把我和仲都写上了。我以为不必,删去了。张跃提出也不要写他,我们当然没有同意。书而不朽,能干而不自矜,这样的人,似乎日见其少了。

张跃的硕士论文题目是《理学的产生与时代精神》,博士论文题目是《唐代后期儒学的新趋向》,已编辑成书,由台湾文津出版社收入该社的博士丛书。

1992年2月中旬

(原载《文汇报》1992年5月10日)

记朱伯崑

朱伯崑,北京大学教授,易学专家,著有《易学发展史》等专著。晚年组建了东方国际易学研究院,任院长。七十五岁时易学研究院为他庆寿,颁发伯崑奖,出了一本文集。第一篇文章的第一句话是这样的:朱伯崑先生是冯友兰先生的大弟子。

朱伯崑是清华哲学系学生,用他自己的话说,从一九四七年进清华就跟着冯先生。他们上课有时是一师一生,但冯先生仍是很正式地讲解。那时清华的先生们都是这样的。记得我上邓以蛰的美学课,学生只有两人,我和一位哲学系同学;上李广田的各体文习作,学生也是两人,我和一位物理系同学。学生人少,老师的知识似乎更集中地传授给我们了。

冯先生和朱伯崑的师生之谊,不止是在课堂上那几年,而是终生延续下来。朱伯崑毕业后,留在清华任教。院系调整以后,他们同来北大。朱伯崑不是冯先生的助手,却常来我家,开展师生对话,讨论各种学术问题,并经常帮助冯先生看稿子,一直看到《中国哲学史新编》脱稿。"文革"中,朱伯崑曾被迫在大会上作检讨,痛责自己追随"反动学术权威",他的检讨在大喇叭里广播。"文革"过后旧习不改,仍然常来,与冯先生在书房高谈阔论。老师的声音一年比一年低,学生的声音一年比一年高。

家里常来往的年轻人都知道朱伯崑。一次,一位年轻人问,他说话为什么声音这么大?我想,一来是因为父亲耳聋日重,二来是朱伯崑的学问日深。一年一年过去,世事变化很多。而他们的高谈阔论依旧。在他们之间,唯一的话题是学问。父亲八十岁以后,每逢寿辰,家中总有小规模的庆祝,也必会出现朱伯崑送的蛋糕。

一九九〇年十一月二十六日父亲逝世。朱伯崑撰一挽联:"擎夏宇,系国魂,呕心沥血,重诠正统,千载绝学承先圣;赞中华,求真理,白发殚精,再写新编,百年自序启后生。"

老师走了,师生情谊并未终止。朱伯崑没有研究冯学的专著,但有文章和讲话,他解释"照着讲"和"接着讲",一讲便是洋洋洒洒,自成系列。一九九五年酝酿成立冯学研究会,朱伯崑自然而然地被大家公推为第一任会长。他和秘书长胡军(北大哲学系副主任,现代哲学史家)为研究会的成立筹办各种手续,很麻烦了一阵子。朱伯崑任会长十二年间,为推广冯学、开展研究做了不少工作。二〇〇五年的一天,他打电话给我,说要为冯先生诞辰一百一十周年开一次研讨会,我的反应是又要开会了。他拟了讨论提纲和胡军、李中华等冯学研究会理事们一起筹备。会议在十一月八日举行,是一次规模较大的国际性会议。会议的论文,由胡军编纂成书,题名《反思与境界》。其中有许多精彩篇章。如陈来《"圣贤之后"的人生追寻》,分析《新世训》的伦理学意义与功能;牟钟鉴《冯友兰先生是当代贵和哲学的一面旗帜》,指出冯先生提出贵和哲学的贡献。这些论文以及后来蒙培元关于"贞元六书"的文章《理智与情感》,代表了冯友兰研究的新的学术水平。

我不大记得朱伯崑年轻时的模样,似乎他年轻时就像"老夫子"。后来越来越像,再后来我索性就称他"老夫子"。他也不曾抗议。

那年十二月中旬,清华文学院老校友们,在清华人文社会科学学院举行了一次"冯友兰先生和清华文学院"小型座谈会。朱伯崑那时身体已不大好,但还是来了。我因目力太差,看见他竟不认识,问:"你是谁?"他用力说:"我是朱伯崑。"我忙说:"你也来了。"他说:"我自然要来。"

还有坐着轮椅来的,那是西南联大学生、中科院院士唐稚松。在大家热烈的发言中,他讲话时声泪俱下,给人印象很深。他说:"冯先生最爱国,我想起来就很感动,那一代人爱国的热情是后人无论如何赶不上的。"我想,赶不上,能理解也好。遗憾的是现在有些人不只在时间上离开前辈学者越来越远,在思想感情方面,也是越来越远了。个别人更以一种居高临下的态度妄加裁判,信口胡言,使人啼笑皆非。

朱伯崑先生于二〇〇七年五月逝世。父亲的大弟子去了,我真有梁柱摧折之感。历史总是要一页一页掀过去的。我感叹之余,特别发了唁电:"常记朱伯崑先生为开展冯学做出的努力。"唁电很短,只有一句话,而常记是实在的,长远的。

朱伯崑在易学上造诣很深,听说有不少商家想借他的影响请他算卦,占卜商机,他坚决拒绝。他常说他的易学是"学术易",不是"江湖易",钻研学问是为了阐明易理,增加人们的智慧,不是为了营利,也不是为了地位,而是希望有用于国家民族的发展和兴旺。

这些年来,胡军一直任冯学研究会秘书长,做了很多工作。他曾对我说,在工作接触中,他深深体会到朱先生对冯先生的情义深厚,让他很感动。朱伯崑说:"自己所以能有今天的学术成就完全是由于冯先生的提携,没有冯友兰先生就没有自己的今天。"(《反思与境界》编者前言)能够感恩的心是高尚的。现在还有多少人记得自己在学问的进程上,拿在手中的笔是一根接力棒。

在二〇〇七年十二月十二日冯学研究会新一任理事会上,陈来当选为会长。大家特别提出要继承朱伯崑先生的遗志,促进冯学研究。在纪念冯先生的同时,增加了对朱先生的纪念。纪念的情意山高水长,影响自然是可以期望的。

2008年12月29日

(原载《随笔》2009年第2期,题为《忆朱伯崑》)

记涂又光

涂又光(1927—2012),河南光山县人。初为南京国立政法大学政法系学生,为投名师考入清华大学哲学系。但是刚上一年级就参加南下工作团,投身革命工作。那时候他并不认识冯友兰先生,后来通过工作才熟悉起来。而我作为老人的"秘书",对他们的工作稍有了解,知道涂又光为冯学做了几件重要的事,应该记下来。

1. 参加《三松堂全集》最初的编纂工作。(河南人民出版社出版)

2. 翻译冯友兰《中国哲学简史》,是为第一种中文译本。他完全是凭自己的认识和兴趣翻译了这本书。由北大出版社出版。当时没有稿费,后来才正规化。

3. 又因对冯学的喜爱和对作者的崇敬,笔录了全部的《三松堂自序》。

4. 他整理了冯先生《中国哲学简史》以外的英文著作,编为《冯友兰哲学作品精选》,由外文出版社出版。并将其中重要的篇章译成了中文,比如冯先生在哥伦比亚大学授予荣誉博士典礼上的《答词》。对冯学来说,可谓功不可没。

涂又光出身农村,祖父和父亲都是乡村私塾先生。他们是农民,可是,实际上他们是三代读书人。那时的私塾水平令人起敬。他的全部贡献我不了解,只知除冯学以外他还通诗词、精书法、篆刻,有中国老知识分子遗风。

2023 年 6 月

悼余敦康

余敦康(1930—2019),当代著名学者,一九五六年北京大学哲学系毕业,次年考上北大哲学系研究生。因对当时的运动的看法,向上写了十封信,遭遇是可想而知的。他先被发往四清运动,又经过"文化大革命"。一九七〇年才被分配到湖北枣阳某中学任教。在这一段时间,余敦康与冯友兰先生时常通信。一九七八年他回北京后住在离北京友谊医院不远的禄长街。

一九九〇年冬,冯友兰先生病重,住在友谊医院。当时余敦康每天傍晚必来探望,闲谈。余敦康有一篇文章《冯友兰先生关于传统与现代化的思考》,令我深感兴趣和关切。这篇文章的结尾说:"在这场长达整个世纪的讨论中,尽管各个时期涌现出各种不同的主义和各种不同的观点,五光十色,纷然杂呈,就其所持的思路而言,归结起来,不外乎三派,一派是'全盘西化'的激进派,一派是'本位文化'的保守派,另一派则是介乎二者之间的至今尚无确定学名的中间派。"

第三派的见解就是冯友兰从"别共殊"这个哲学问题思考得来的成果。我曾想请余敦康来为第三派想一个学名,可是做事总是拖着,一直拖到他也辞世。

我们现在看到,冯友兰自己有一段说明:"我平生著作虽有许多,但只有一个中心论题,像一条线贯穿于全集。就是这个坚强的信念:中国是旧邦而有新命,新命是现代化……此乃我平生志事的全部。"(《冯友兰英文著作序言》,1987年1月。涂又光译)

冯友兰创造的学派自然有了学名:现代化派。

2023年6月

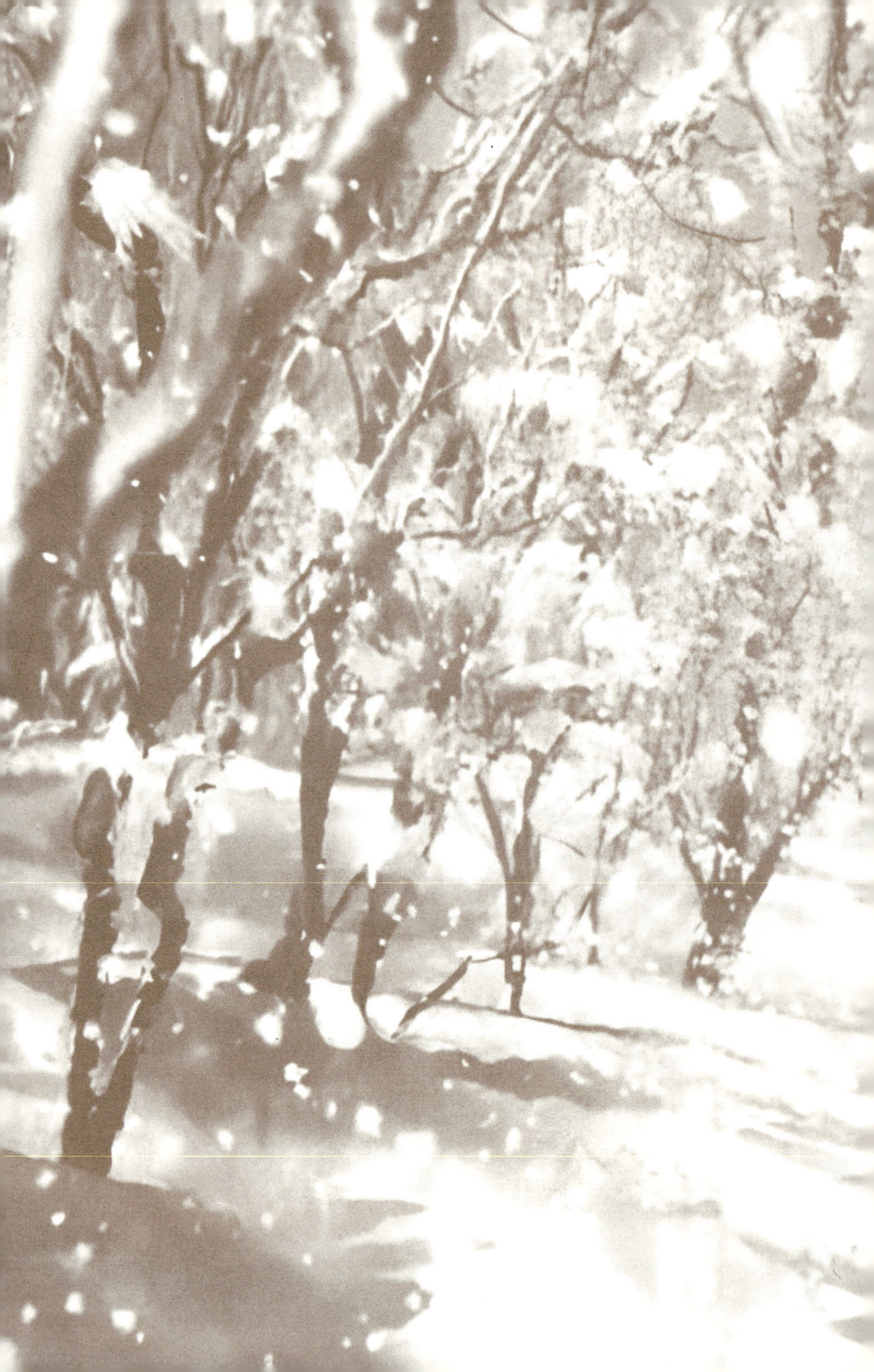